邱华栋——著

西北偏北

North by
Northwest

百花洲文艺出版社
BAIHUAZHOU LITERATURE AND ART PRESS

图书在版编目（CIP）数据

西北偏北／邱华栋著. -- 南昌：百花洲文艺出版
社, 2024. 12. -- ISBN 978-7-5500-5696-1

Ⅰ . I247.7

中国国家版本馆CIP数据核字第2024MP3354号

西北偏北
XIBEI PIAN BEI

邱华栋　著

出 品 人　陈　波
策划编辑　陈　波 朱　强
责任编辑　罗　云 倪晓瑞
美术编辑　方　方
装帧设计　纸　上/光亚平 万　炎
插　　画　雷子人
制　　作　何　丹
出版发行　百花洲文艺出版社
社　　址　南昌市红谷滩区世贸路898号博能中心一期A座20楼
邮　　编　330038
经　　销　全国新华书店
印　　刷　浙江海虹彩色印务有限公司
开　　本　889 mm×1230 mm 1／32　印张 14.5
版　　次　2024年12月第1版
印　　次　2024年12月第1次印刷
字　　数　300千字
书　　号　ISBN 978-7-5500-5696-1
定　　价　85.00元

邮购联系　0791-86895108
网　　址　http://www.bhzwy.com
图书若有印装错误，影响阅读，可与承印厂联系调换。

目 录

雪灾之年

关于这座西北偏北的小城市的最早记忆是狗子的。现在由他来回忆。

狗子清楚地记得，那一年的大雪一进九月份就开始下了。

那一年的雪下得特别蹊跷，一开始就是大块儿的雪疙瘩从阴郁的天空中往下砸，不像过去下雪，最多下的是鹅毛大雪。

狗子那一年十岁，他确切地记得，当时他站在一棵长相狰狞的老榆树下抬头看天，他看见天空中积满了暗灰色的云团，那些云团彼此挤压着，汹涌地翻滚着。狗子的脸冻得像烂茄子一样，脸上的冻疮在冷风的撞击下十分鲜艳夺目。

狗子的嘴里不停地念叨着什么，浑身冷得哆哆嗦嗦的。他可以感觉到自己棉袄下面的皮肤上，鸡皮疙瘩已经起得全身都是。而坚硬冰冷的棉衣衬里摩擦着那些鸡皮疙瘩，一阵阵战栗从脚底涌入他的胸腔。

他的棉衣上有很多的破洞，冷风就像是冰凉的蛇一样在这些破洞中自由地穿梭。他仍旧在抬眼看天，看着天空中的乌云在互相地倾轧着，激烈地彼此推搡着，细碎的、坚硬的雪疙瘩砸到了狗子的脸上，他的额头一阵阵地疼痛。

狗子觉得自己的心里充满了冰碴子和冰块，他稍微一走动，体内似乎就一阵阵地发出了碎裂的声音。

大雪很快就淹没了他的脚踝，还在往他的膝盖处增长。狗子痴痴地看天，似乎有一些迷惑。那天空中凌乱地飞舞着的雪花令他头晕目眩。他的目光死死地盯住一个雪疙瘩，盯着它快速地下落，他看见这个雪疙瘩的影子在他的瞳孔中迅速地放大，然后"扑哧"一声砸在他的脸上，这个时候他竟然感到了一种前所未有的快乐。这是冰疙瘩在他的脸上粉身碎骨带来的快乐。

狗子终于咧开嘴呵呵笑了，银亮的鼻涕从两个鼻孔里迅速地滑出，他抬起袖口抹去了那些鼻涕。这个时候他忽然听到了一声喊："狗子，回家来！"

狗子茫然地回过头来，看到他妈佝偻着腰，从他家的院子里出来。她的头发凌乱，目光忧郁，背上还背着一个巨大的筛子，肩膀上斜挎着一只人造革保温包。狗子知道他的妈要去城外的季节河上筛沙子，她背上的保温包里装的是够她一天吃的硬馒头和炒土豆。

狗子愣了一下，快步地向他的娘走去。他妈脸色铁青，十分烦躁地说："回去，狗子，回家好好念书，过两天你放假了，也跟我去河坝筛沙子。去，回去！"

狗子像一条懂事的狗一样缩了缩脖子，头上接受了他妈严厉的一拍。等到狗子再回头的时候，他妈已经走远了。在大雪纷飞当中，远处的公路两边，等候着很多和狗子的娘一样打扮的婆娘，她们在风雪中搓手的搓手，跺脚的跺脚，几乎无一例外地穿着笨重的黑衣棉裤，脑袋上包着厚厚的头巾，背着铁丝编成的筛子。等到汽车来的时候，她们排着队，像年迈的企鹅一样，摇晃着上了汽车，在风雪中不见了。

狗子转身进了家门，家中的炉火十分旺盛，温暖。他的七岁的妹妹正埋头在一张上面被刻画得斑驳陆离的木桌上做作业。他突然感到有一点头晕，就朝地下用力地吐了一口唾沫，用手撑住墙。

躺在床上得了中风病的父亲的呼吸声十分急促，就像是快死了一样。看到衰朽的父亲的样子，狗子的内心涌出了一股怒气，他拿起了书包，又拿起了两个焦黄的锅贴，扭身就出了房门，向学校方向走去。

很多年以后，狗子都会清醒地记得那一年是飞碟出现的一年，那是1977年。就是在那一年，狗子看见了飞碟，飞碟后来爆炸了。飞碟的大爆炸预示了大地上的一些变化，这些狗子在后来过去了很多年才真正地明白。但是当时飞碟破空而来的时候，狗子只是对天空中的异象感到了震惊。这一天夜里大雪奇怪地停了。往常像这种雪，要一下好几天的。狗子放学之后回到了家里，他和妹妹一起做好了饭，是面疙瘩菜汤。狗子吃得很香。吃完饭以后，他的妹妹去给父亲喂饭，狗子一个人走到院子里。

他抬眼看天，天空中的颜色是一种奇怪的蓝绿色，把深到膝盖的雪映照得十分恐怖。狗子忽然感到有一些害怕，但是这个时候他的脚竟然不能够移动半步。这个时候，风声遽然地大了，就像是有一千种怪兽在嚎叫，有一股旋风蓦地旋入他家的院子，卷起来一道雪浪，雪浪挺起来的样子就像是一个巨人的手臂，猛地打在了十岁的狗子身上，他一下子摔倒了，狗子喊了一声"娘……"就急急忙忙地跑回了屋子。

这一天晚上的风声异常巨大，一夜都没有停，奇怪的是，似乎到处都响着凄厉的猫叫。这种猫叫的声音悠长，听上去十分凄惨，仿佛是它们拖着血红的内脏在冰天雪地里爬行时发出的。

整个夜晚，狗子都没有睡好，他睁着两只眼睛，捂着耳朵，但是那些猫叫还是涌入了他的耳朵。他的心就像是马蜂炸了窝一样地乱跳。

半夜里，随着猫叫声，门突然被撞开了。狗子尖叫一声拉亮了电灯，看见是他娘回来了。娘脸上的颜色十分鲜艳，手脚似乎僵硬了。她说："狗子，快，拿雪给我搓搓身子。"狗子知道娘冻坏了，就跑到屋外，用脸盆盛了雪回来，给娘搓身体。

屋外的猫叫声仍旧十分凄厉，似乎到处都在响着猫叫。风声丝毫没有要停止的意思，狗子给娘仔细地用雪搓身子。他搓她布满皱纹的脸，搓她塌而瘪的乳房，搓她柴火棍一样瘦的腿，搓她鸡爪一样的手和脚。

第二天狗子去上学，大雪和风都停了。天空中密密麻麻地涌动着阳光。阳光十分耀眼，但是天气十分寒冷，狗子撒的尿立即就变成了弧形冰。

而最让狗子惊心动魄的是，在马路的两边，那光秃秃的树干上，每一棵都挂着一只冻僵了的死猫。猫的种类、体格、花色各不相同，在阳光的照射下显现了奇丽的颜色。他好奇地一路上数着这些像是树的果实一样的死猫，却怎么也数不清。

　　狗子的记忆当中，那年整整的一个冬天，树上的死猫都没有掉下来，一直到第二年的四月，冰雪在整个大地上融化的时候，全城树上的死猫都扑嗒扑嗒掉了下来，连着三个星期，全城都被淹没在一片死猫的浓烈的臭气当中。

　　很多年以后，狗子仍旧没有忘记，那天早上，他一边数着树上的死猫，一边来到学校的情景。在学校的大门口，他就听见上课的铃声响了，同时，他还看见了父亲单位筑路队牛队长的儿子牛福顺，外号叫"癞瓜"的，正在把雪往一个女孩的脖子里灌。

　　狗子说："癞瓜，你别欺负女生！"

　　癞瓜说："狗子，我×你妈，你管那么多的闲事干吗？我想弄谁就弄谁，你管得了？我爸可是专管你爸的，×你妈，走开！"

　　狗子恨恨地走到他的跟前，一头将癞瓜砸倒在地。那个女生跑了，癞瓜爬起来扑了上来。这一架两个人都是鼻青脸肿，狗子还掉了两颗牙。

　　三天之后，又开始下雪了，街上的积雪已经没过了膝盖。狗子的爸爸还在床上躺着，他浑身哆嗦着，双眼放出了一股红光，十分吓人。狗子的妈又去河坝筛沙子了，晚上才能回来，因此狗子和妹妹很着急。

他们焦急地围在爸爸的床前，干着急没办法。他们听见父亲咬着牙说："我……要吃橘子……橘子……"狗子想，这个大冬天的，到哪里去买橘子？1977年的冬天谁能够吃上橘子？狗子十分痛苦地看着父亲因为病痛而扭曲的脸。忽然，他灵机一动，说："妹妹，咱们到商店去买橘子罐头！"他从母亲的枕套里拿出了一块钱，拉着妹妹急忙向外走。

狗子过了很多年，仍旧十分清晰地记得那一年冬天的那一天，他们家发生的事情。他和妹妹走出了房门，雪地上反射的阳光刺痛了他的眼睛，他的眼睛哗哗地流水。出门不到三十米，他听到了身后异样的声音，他惊慌地回过头去，并且张大了嘴巴。他们家的土坯房子轰然一声响，木板和砖块在半空中横飞，一股冰凉的雪气扑了过来，狗子的身体剧烈地摇晃了一下，妹妹尖叫了一声："爸——"他们跑过去疯狂地扒着砖块和废墟，狗子的眼前闪动的是一片白色的雪光……

在父亲同事的帮助下，狗子父亲的尸体从屋子废墟当中挖出来了，他的身体已经完全僵硬了，睁开的眼睛上蒙着一层血红的雪，堵住了他渴望了解世界的窗口。1977年的冬天，狗子的父亲就是这样死的。

他妈在天擦黑才回来，这个时候牛队长已经把狗子和他妹妹安排进一间临时搭建的帐篷里了。狗子的娘听说了这个消息，一声不吭地流了一会儿泪。狗子知道他们一起经历了1958年的大饥饿，1966年的武斗和1974年的天灾人祸，最后终于在1977年死亡的手把他们分开了。是的，狗子知道这些，狗子一滴泪也没有流。

牛队长长着一张马脸，脸上还布满了精细的雀斑。他走到狗子的娘身边："大妹子，这下你可解放啦。"他那不怀好意的目光打量着狗子的娘。狗子心里想："×你妈，你要是欺负了我妈，我就杀了你！"十岁的狗子在1977年的冬天就这样起了杀机，目视牛队长宽阔的身影在雪地上消失，他的心里充满了对冬天和权贵的仇恨。

那天夜里，狗子被他的娘拍醒了，娘严肃地看着他，她的目光里都是坚毅和期待。"狗子，过几天跟我一起去河坝筛沙子，你爸死了，今后咱们要自己养活自己了。"

狗子觉得自己就是从那天晚上开始懂事的，一种苦涩的液体在他的喉咙里涌动着，他的眼睛立即变得模糊了，他的眼睛里流出了灼热的泪水。

狗子的父亲被葬在了城外的那条季节河边的坟场上，那里的坟堆十分阴郁。狗子在送葬队伍中向后看去，四周的大地白茫茫一片真干净，只有一条黑色带子一样的公路穿行在这一片白色的空茫之中。

这条季节河是从遥远的天山山脉的缝隙里流出来的，像是一条耷拉出来的巨人的舌头。每一年的夏天，这条平时干枯的季节河里，就会流过汹涌的洪水，那是天山山脉的西北段的冰雪融水。季节河后来一直流向了大沙漠当中，消失在了一片沙海之中。

在枯水季节里，河道中有一些没有干涸的水洼，里面有狗鱼和小白条。狗子的童年就是在这条季节河边上度过的。

现在，他的眼睛被雪光照耀得看不清任何东西，因此当他父亲的黑色棺材缓缓地放了墓穴的时候，狗子又看见了不远处，河床上筛沙子的人们。他们黑色的身影十分鲜明，像蚂蚁一样在劳作着。

埋完了父亲，狗子在整个过程中没有哭，没有流一滴泪。人们开始纷纷地散去，他们早就想逃回家去了。狗子的娘说："走，狗子，回家去。"狗子痴呆呆地望着那条积满了白雪的季节河，脑袋里一片空茫。

几天以后，狗子穿着厚厚的棉衣裤，背着一只小号的筛子，他的娘拉着他，与那群企鹅般的婆娘一起，在风雪当中向季节河进发。在一大群黑衣婆娘里，他看上去很像一只忧伤的小牛犊。

河坝的沙子冻得十分结实，一镐头下去甚至会冒火星，狗子的脸在冷风的撞击下，很快地褪了一层皮，狗子奋力地把手里的铁锨扬起来，雪粒和泥沙唰唰地从筛子上滚落下来，在筛子的后面，就落下了一层均匀的细沙，那值钱的沙子。

在1977年，筑路队所有的女人都在筛沙子，因为仅仅靠她们丈夫的收入养家是远远不够的。因此，当狗子在那年冬天参加了筛沙子队列的时候，他的心中也充满了那一年的冰碴。他已经过早地开始品尝生活的艰辛了。

在干活的时候，妹妹瘦小的木讷的头颅总是映现在他的脑海里，他奋力地用单薄的胳臂，将沙子扬向天空，扬向了那一年阴郁的天空。

一个月以后，狗子的妹妹，在做饭的时候，不慎把帐篷烧着了，她也被大火烧死了，干瘦的身躯连同浓浓的黑烟，一同飘向天国……狗子奋力地挥动着铁锹，远处，天山山脉那铁黑的身躯在无声地向着远方延伸。

有一天，在公路上走着的婆娘分成了两队，拉开了阵势。娘说："狗子，去，看一看是咋回事。"狗子就把身体缩进衣服，在黑衣婆娘们中间挤着，在她们温暖的胯下穿梭，然后知道又一场械斗即将爆发。

筑路队的女人们分成了两派，一派是普通工人的女人，另一派是包括癫瓜的妈等筑路队大小权贵的女人，她们凭着丈夫的职权，抢先把许多的车皮截住，先装她们的沙子。

现在，婆娘们个个怒眼圆睁，争吵的唾沫和雪花一起飘到了狗子的脸上和脖子上。打！打！打！婆娘们突然动手了，牛队长的老婆、癫瓜的妈，一个有一嘴狰狞的黄牙的大屁股女人抢先动手了，婆娘们混战成一团。

慌乱之中狗子连忙逃去，只听见一个凶狠的声音喊道："死老杨的小崽子，哪里跑！"兜头就是一铁锹，狗子眼前一黑，一嘴啃了地上一口雪。

他捂住脑袋，感觉头上有一股热流向自己的后背流去。他跑回他娘的跟前，哭了："娘，她们打我，她们打我……"在狗子的眼里，娘的目光冷峻而又愤怒，她像雕像一样站立着，没有说一句话。

狗子回过头，看见那边的婆娘互相撕扯着、殴斗着，铁锨飞舞，更多的婆娘从一个个墓穴般的沙坑当中跳出来，加入大混战当中……第二天，牛队长下令，让她们所有的人参加为期一个月的思想学习，扣发半个月的工钱。

季节河是狗子度过童年的地方，当婆娘们在家里学习的时候，季节河就是天然的溜冰场，那里有一片巨大的平整的冰面。溜冰的孩子也分成两派，一派是权贵牛队长的儿子癞瓜，另一派就是狗子和其他的孩子。他们在溜冰的间隙里，经常分成两派开战，狗子的一个雪球正砸在癞瓜的头上，伙伴们都叫好。

癞瓜抹掉头上和脸上的雪渣，看清了狗子，就扑了过来，和狗子战成一团。

狗子还记得，他和癞瓜打的那一架十分漫长，从早晨一直打到了中午，因为他们谁都不服输。所有的孩子分成两派在观战。最后，狗子终于被癞瓜压在地上了。

狗子的眼睛什么都看不见，因为已经被打肿了。癞瓜狠狠地扇狗子的耳光，用大头鞋狠命地踢狗子的肚子，最后解开裤子，往狗子的脸上撒了一泡热尿，一边撒一边说："我×你妈！

狗子，你妈已经被我爸×过了，你还硬个屁！"

这个时候，狗子一点儿力气都没有了，听任带着臊气的温热的尿水在他的头上、脖子上和眼窝里游动。但是听到这句话，他突然有了力气，一翻身把癞瓜打倒在地了，这个时候两边的人马开始混战了。

他站起来开始向家里走去，他想杀了牛队长，杀了他！杀了他！狗子的耳朵里只是响着这样一个声音，闷头向家里走去。癞瓜见势不妙，骑着单车跑了。

狗子上了河岸，看见远处，那企鹅一样的婆娘的队列又过来了，原来她们结束了学习，又开始要干活了。这些不怕风雪的婆娘的队列让狗子的泪水夺眶而出。

正在这个时候，天空中响起了一阵巨大的呼啸，声音尖厉、恐怖，把世界上所有的声音都给盖住了，狗子的身体一阵战栗，他仰脸看天。

只见一个巨大的燃烧着的火球破空而来，旋转着，呼啸着，在天空中迅疾地移动着。它的周身吐出的火焰五彩缤纷，像是火的舌头一样在伸吐，背衬着一面狰狞、灰暗而又疯狂的天空。火球缓缓地破空而来，向河床上坠落。

狗子惊呆了，他惊恐地张大了嘴巴，因为那个火球正在向河床上的几十个孩子所在的地方飞去！然后听见一声剧烈的爆炸声，火球就在河床上爆炸了。顷刻之间，所有的孩子都在火海里化作轻烟，升入了天空，一排巨大的气浪打了过来，狗子重重地摔倒了。

这完全是一个雪灾之年，狗子看见很多的婆娘哭喊着自己的儿子，疯子一样冲了过来，她们扔掉了手中的铁锹、镐头、筛子，所有的人望着那大火熊熊的河道，放声大哭。只有狗子的娘搂着幸存的他，一脸沧桑地看着那团火焰和浓烟，一句话也不说，她的头上积着一层厚厚的雪，脸上挂着晶亮的冰碴，那枚白亮的太阳在云层当中放射着阴暗的光芒。

街上的血

"你说他们也有一顶真正的军帽？"蹲在一堵矮墙上的人说。

"是的，他们说不光有一顶，还说他们有三顶真正的军帽呢。"站在地上的人仰望墙上的人说。

"你放屁，这一条街上只有我有一顶真正的军帽。"蹲在墙上的人说。

"他们让我看了，我觉得那是一顶真正的军帽。"站在地上的人说。

"三顶帽子你都看了？"墙上的人问。

"没有，头儿，他们只是让我看了一顶，我看那像是一顶真正的军帽。我看和你这一顶军帽一模一样。"

"这是不可能的，"墙上的人把自己头上的帽子摘下来，递给了地上的人，"你用你那眼再看看，是不是真的和我的这顶帽子一模一样。"

"是一模一样，错不了，头儿。"地上的人看了帽子以后，又把它递还给墙上的人说，"我没有看错，头儿。"

"这么说，癞瓜也有真正的军帽了。"墙上的人的脸上掠过了一道阴沉的光，看着他的脸色行事的人，都知道要有事情发生了。

　　当时我们都是站在地上的，只有国新一个人蹲在墙上，他是我们的头儿。刚才是灰狗在和国新说话，他是我们的探子，负责打听这个城市各个街区的最新动态。

　　我们都在看着1983年的天空。1983年的天空十分阴沉，总是没有晴天，天空就像是尿片子一样被乌云弄得十分凌乱。我们的心情也是十分狂躁凌乱。

　　国新是那时候我们街区最心黑手狠的家伙，他在我们的街区是孩子王，我们都听他的。他平时都戴着那一顶绿色的军帽，左手上拿着一条闪闪发亮的铁链子，右手的中指上戴一个长着尖锐的角的铁手箍。

　　那种东西要是砸到人的脸上，你完全可以想象后果会是怎么样的。

　　听国新话的人有三十几个，我们也都戴着军帽，但是实际上只有国新的军帽是真的，那是他从一个当兵的手里抢来的。一天夜里，我们看着他把那个当兵的给打昏了，然后把帽子抢过来了。

　　在那一年，街上的人都喜欢戴军帽，可是没有几个人戴的是真正的军帽，我们经常听说街上有人因为抢军帽死人的消息，但是没有谁敢来抢国新的军帽，我说了，他是我们的头儿。

我们不光有头儿，我们这一伙儿还有我们的标志，我们的标志都是戴在脖子上的一条白色的带子，上面绣着一只蝗虫。蝗虫就是我们的标志。

而另一条街区的癞瓜的人也有一个标志，他们的标志是白色的袖章，在袖章上绣着一只红色的癞蛤蟆。

你说，癞蛤蟆有红色的吗？有的，就是癞瓜那些人。我们经常嘲笑癞瓜的人，就是因为他们只是一些红色的癞蛤蟆。

我们走过大街的时候，很多人都会让开，他们害怕我们，这使我们觉得自己很威风，我们像是蝗虫一样漫过大街，没有人敢在我们的街区牛×。

但是癞瓜的人向我们的人炫耀说他们有三顶军帽，这不是故意和我们作对吗？国新从墙上跳下来的时候，我们就知道该怎么干了。

每到春夏之交，在城郊的麦田里都会有很多蝗虫，它们彼此紧紧地拥抱着，从麦田埂里成堆地涌出来，就像一团团蘑菇，亮晶晶的眼睛闪着光。

这个时候我们这些以蝗虫为标志的人，在国新的带领下，会来看蝗虫繁殖。这是它们的庆典，也是我们的仪式，我们只是静静地看着蝗虫闪亮的幼虫从地里出来，一句话也不说，因为我们的脸色都十分凝重。

没过多久，它们就变成了会飞的蝗虫，飞越了农田，也飞越了城市，飞越了那条季节河，到别处吃庄稼去了。

国新让我们看蝗虫的出生仪式，可能是要我们学习蝗虫的团结和顽强。因为这些蝗虫在地下孕育的时间是整整一个冬天。当然，这是国新告诉我们的。就像国新说的那样："一个牛×的好家伙，是要到别人的地盘上弄东西吃的，就像那些蝗虫，它们从不吃本市的庄稼。"

我们很快就要和癞瓜的人打交道了。国新先是让我们不断地去癞瓜的街区探听虚实，我们得到的情报是，癞瓜的人手已经增加了，他的人有五十几个，尤其是有一个叫布拉提的哈萨克人，新近加入了他的以红色癞蛤蟆为标志的队伍。

"一个红色的哈萨克癞蛤蟆？"国新听到这个消息狂笑了起来，因为在整个市区的几条重要的街区，还没有哈萨克人加入我们的帮派，现在，有一只红色的哈萨克癞蛤蟆了。

"头儿，那个布拉提有一米八五高，他是民族中学的，他只有十五岁，可是他妈的居然长得那么高。"灰狗对国新说。

"可是他照样是一只癞蛤蟆。"国新十分坚决地说，"到时候你就知道他是个什么东西了。"

我们在街上经常可以看见从山上下来的哈萨克牧人，他们是下山来买酒喝的，他们往往在一个小酒馆里喝个大醉，然后再在怀里揣上一瓶酒，翻身上马，又上山了，从来都不招惹我们。

我们蹲在大街上的十字路口的边上，他连看都不看我们一眼，而我们知道，如果他看了我们一眼，他就会有麻烦了。

可是看来布拉提不同，他是一个城里的想有所作为的哈萨克人。我们知道了他每天要走的路线，然后对他进行了一次伏击。

我们有四个人埋伏在布拉提必经的街角，当他转过街角的时候，我们就出其不意地袭击了他，用砖头砸昏了他的头，抢走了他的军帽。

说实话，我特别喜欢听到砖头砸在人头上的闷响，那种声音就像是埋在土里的瓶子碎了，声音十分干净。然后，我们伏击的对手就像一摊泥一样地倒在地上了。

布拉提的军帽是假的，国新在这顶假军帽里撒了一泡尿，然后让灰狗给送回癞瓜那里了。

但是灰狗回来的时候带来了一个让我们琢磨不透的消息，癞瓜准备和我们握手言和了，他准备在同样既不由我们耍威风也不由他们称霸的另一条街道上的一个饭馆，请我们吃大盘鸡。

大盘鸡是在脸盆那么大的盘子里放上鸡肉块和白色的拉条子拉面，然后拌着吃。我们觉得这是最好吃的东西了。

"这里面一定有什么阴谋。"我们不相信癞瓜会轻易地和我们讲和。癞瓜和国新比起来，在心狠手辣上一点都不逊色。

布拉提被我们收拾以后，缺了两颗门牙，再也不在街上露面了。

但是癞瓜却想和我们握手言和，这里面有没有什么陷阱？

国新决定带着我们赴宴，他说："我还真的想看一看癞瓜的军帽是不是真的，这下我有机会了。"

大盘鸡宴会在一个回族人开的拉面馆里进行。国新带了我们最得力的十几个人，而癞瓜的人已经到了，他们有二十几个。

国新和癞瓜一见面，假装十分热情。他们十分虚假地握了握手，然后坐了下来。

"我们不要再打了，我们联手吧，"癞瓜说，"我们的人加上你们的人，这里的街区就全归我们管了。"

"我先看看你的军帽，行不行？"国新十分傲慢地提出了这个要求。

癞瓜哈哈一笑，就把头上的帽子取了下来，递给了国新。我们都围坐在国新的两边，我们在他们的地盘上，因此我们都很小心。

国新仔细查看着手里的军帽，轻轻旋转着，把那顶帽子看来看去，末了也笑了一下："这只军帽是真的，你从哪里弄的？"

癞瓜的脸上都是粉刺，一脸都是，红色的巨大的疙瘩，十分恶心人。"我姐夫是军分区的连长，这顶帽子是他给我的。你要是想要这顶帽子，我就送给你。"

国新冷冷地一笑："我只要抢来的东西。我可没有一个当兵的姐夫舔屁股。"

我们紧绷的脸上绽开了笑容，毕竟是我们的老大，在他们的地盘上仍旧十分牛×。癞瓜的人立即十分紧张地把手伸进口袋和怀里，我们知道那里有铁链子或者是刀子。但是癞瓜却毫不在意："国新，你看，我们两帮人马要是联合起来，就能够把城关的木胡塔尔的人给收拾了。这就是我和你联手的真正的想法。"

木胡塔尔是在城关街区称霸的维吾尔人，那是一个长得很帅的家伙，听说和我们一般大，只有十五岁，但是已经干过一百个女人了。

他的人有六十几个，在城关一带活动。我们的人要是去了那里，一般都会被他们把牙齿打掉几个。我们都是经常开战的。

"这个想法不错，"国新有一些动心，木胡塔尔的人一直也让他十分头疼，"可是我并不信任你呀！你有什么绝活？"

国新说这话的时候，在嘴里翻转着一个燃烧的烟头，他可以用舌头把殷红的烟头在嘴里翻一个个儿，也不把它弄湿了，更不会烫着自己的嘴。我们都不会这一招，总是要把嘴和舌头烫伤。

"你的功夫厉害。"癞瓜看着国新从嘴里拿出来烟头继续抽的时候，表示佩服。这个时候，大盘鸡和拉面上来了，癞瓜微微一笑，他说："我也来一个绝的。"

他用筷子挑起了一根很细很长的白生生的拉面，往嘴里一吸，长长的拉面就不见了，他又一顿，只见从他的两个鼻孔中，两条拉面又钻了出来，在桌子上的调料碗中蘸了一下调料，那两条拉面又重新被吸了进去。

这他妈的可真是恶心透顶的一个绝活，我们都恶心坏了，而癞瓜的人都鼓起掌来。

这种吃面的办法我们都不会的，国新也笑了："癞瓜，真有你的！"

于是，我们开始吃大盘鸡了。

我们握手言和了，接着我们商量着把城关的木胡塔尔的人给收拾了。

　　在嘴里翻转烟头的招式和用鼻孔吃拉面的功夫立即传遍了整个城区，很多小子都认为这两招十分牛×，按照现在的话说叫作很酷，大街上的小混混都在学着这两个招式，但是，我们蝗虫帮和癞瓜的癞蛤蟆帮的人正在策划针对木胡塔尔的人的行动了。

　　这在1983年的夏天是一件类似暴雨将至的事。只是谁都没有察觉。

　　到处都是我们的人。我们的人和癞瓜的人握手言和以后，整个街区到处都是我们的人了。连哈萨克小子布拉提也和我们握手言和了。

　　为了收拾木胡塔尔的人，我们整整策划了一个星期，我们选好了日子，决定出击。

　　那天是一个晴朗的日子，整个白天什么事情都没有发生，到了晚上，我们全部出动了。

　　木胡塔尔这天晚上要带着他的小兄弟去县城的影剧院看电影，那天放的是一部印度歌舞片，我们就准备在影剧院门口动手。

　　我们的人有一百多个，他们有三四十个，我们埋伏在暗处，看见了木胡塔尔带着他的女朋友，那个女孩一头卷发，看上去十分风骚。我们想，待会儿也叫她尝尝被我们上的滋味。

他们蹲在影剧院的门口抽烟，这个时候，一声尖厉的口哨声响了，我们的人从埋伏的地方出来，亮出了手里的家伙，包围了木胡塔尔的人。

平心而论，木胡塔尔也是一个汉子，那天他十分镇定，他的人团团把他围住，但是我们的人太多了，我们手上的家伙开始飞舞，我们开始收拾他们了。

木胡塔尔的人十分顽强，但是到处都是我们的人，我们把他们都给打趴下了。我们的人还带走了木胡塔尔风骚的女朋友，他们把她拖到一边的小树林给干了。

其中一个干了那个女孩的家伙说："她的屄可真松，我们干她的时候，她哼哼着比我们还快活。"

我们大获全胜，我们把他们很多人都给打残了，我们在警察来临之前就已经彻底把木胡塔尔的人给收拾了。从此，木胡塔尔也要改个名字了，他要叫作"断腿木胡塔尔"了。

警察来临的速度就像是姑娘的例假一样慢，他们来的时候我们已经撤退了。

我们彻底制服了木胡塔尔的人，他的人后来都加入了我们的队伍，我们的人越来越多了，到了晚上，我们几乎都在大街上晃荡、喝酒、斗殴、拍婆子，或者去抢军帽，因为没有任何可以让我们关心的事情，我们就是这样整天在大街上晃荡。然后，街上总有我们斗殴留下的血迹。

但是军帽已经不时兴了，现在我们都喜欢戴着头油把帽子浸湿的那种军帽，我们在里面垫上一圈纸，这样帽子的边缘是一个圆箍，上面的一圈深绿色是头油的颜色，我们当时觉得像今天的酷。

我们都不怎么去学校上课，几乎天天逃课，因为即使是我们去上学，下场也和我们根本就看不起的父亲们的命运一样。他们的生活难道不像是一条狗的生活？

就在昨天，牛蛋和我们都蹲在街边的水泥墩子上，我们现在都学会了用舌头翻转燃烧的烟头，把它拿出来接着抽。

出于无聊，牛蛋决定抢劫，他当着我们的面，在马路边一共六次拦住行人，用刀子逼着他们交出钱来，但是抢了六个人一共才抢了二十五块钱。他们都没有钱给他，我们也都没有钱。

国新很快和癞瓜发生了冲突，传说他们的父亲在"文革"那个时候就是死对头。现在，收拾了木胡塔尔的人，国新和癞瓜也要分个胜负了。

这是迟早的事，他们因为刺青的事不和了。

国新要把蝗虫这个标志刺青到我们的身上，因此和癞瓜发生了争吵，而癞瓜的意思是把癞蛤蟆刺到我们的身上。

但是我们都不想在自己的身上刺一个癞蛤蟆，如果非要刺青的话，我们宁愿刺一只蝗虫，因此，他们两个人差一点就要动刀子了。

他们之间很快就互相地猜忌起来，然后就是有一天，国新听说癞瓜打算将他打残的时候，决定先下手为强。我们看见国新用他的铁手箍把癞瓜给打残了，癞瓜的一只眼瞎了。

　　但是癞瓜还是逃脱了，他离开了这座城市。我们不知道他去了哪里。

　　现在，我们的人越来越多，就像是蝗虫一样。我们都在身上刺了一只蝗虫，这只蝗虫被我们每个人刺在了身上不同的位置，到底刺在哪里，每一个人都不一样。那要看你喜欢你的哪个部位了。

　　人们把我们叫作"蝗虫帮"，但是我们在1983年不过是一些无所事事的半大的少年而已。我们都不喜欢蝗虫，可我们谁能够拒绝在自己的身上刺一只蝗虫？

　　在那一年，非常奇怪的是，在白天，城市里到处都是蝗虫，而到了晚上，我们又出动了。整个城市变成了蝗虫的天下，但是，这是两种不同的蝗虫，对不对？

　　那些蝗虫过去是从不在城市里出现的，所以它们在白天疯狂地从夜晚埋伏的地方出来，把城市当中的一切绿色都啃光，它们比我们要厉害得多。

　　我们十分吃惊，因为国新过去说过，那些蝗虫是喜欢到别的城市去吃东西的，就像我们故意到别人牛×的街区去惹祸一样。我们问国新这是怎么一回事，他想了好久，没有回答我们这个问题。

　　可能他也觉得这件事情非常奇怪。

　　就在这一年的8月28日，晚上我们照样在大街上溜达，突然，警车的警笛声在全城响着，他们开始抓人了。

我们中间一些机灵的家伙就跑了，到谁也不知道的地方去避避风头，很久以后才回来。但是大多数人都被抓起来了。我们后来才听说那一次叫作"严打"，是专门对付我们这些在街上无所事事的小流氓的。

我们的头儿国新也被抓起来了，牛蛋也被抓起来了。

让我们惊奇的是，他们从甘肃的酒泉，还抓回来了癞瓜。原来，他跑了那么远。他又是被谁举报的？

国新、癞瓜和牛蛋他们十几个人，以流氓团伙罪，都判了死刑。其中有两个人都是因为抢一顶军帽杀了人，现在，他们也完了。

很多年以后，当时幸存下来的人还记得他们被剿灭时的情景。枪毙他们的时候街上简直是人山人海，我们少数漏网的事儿不重的人躲在人堆里看。在押往行刑地点的解放车上，我们看见国新和癞瓜一脸的冷漠。而他们身上的死刑犯的牌子实在是太大了，都快把他们压倒了。

"和他们两个人的爸爸在十五年前'文革'中被枪毙时一模一样，一模一样。"我听见大人这么在人群当中说。

倒是牛蛋已经软了，他在车上丢人地哭着。他抢了六个人，一共二十五块钱，现在，他要为此而受惩罚了。

后来，那些白天的真蝗虫和夜晚我们的"蝗虫帮"都消失了，来来去去都没有留下什么痕迹，就像蝗虫吃过的草后来都长出了新绿，我们消失了。

又过了几年，街上走着的都是簇新的人，他们甚至都没有听说过我们。我们洒在街上的血，也早都没有一丝气味了。

阴阜上的玫瑰

街上的少年把追女孩叫作"绕丫头"，每当说到这个词的时候，他们的脸上都洋溢着一种幸福、激动和神往交加而几乎不能自持的表情。

他们都到了"绕丫头"的年龄了。现在，他们已经十三四岁了，蹲在街上的时候，他们会神情诡秘地说起自己已经有"熊"了。

当已故的文身师的儿子马强自己的"熊"还没有出来过的时候，他是不知道什么是"熊"的，而其他的人都知道。有一天他们中的一个表演给他看了，那个"熊"是一种类似鼻涕一样的东西，从男人尿尿的东西里流出来的。

表演者是狗子，他一边捋着自己的变得肿胀的东西，一边嗷嗷叫着往外喷溅着那种叫作"熊"的东西。

马强的东西还是软塌塌的，他还没有"熊"。但是这些街上无所事事的家伙们接连地都有了"熊"，他们把"熊"弄出来的时候脸都扭曲了。

他们都说这样十分快活，然后，他们一个个地开始"绕丫头"了。

对于马强来说，如果没有"熊"，就丧失了"绕丫头"的动力、理由和资格，所以他迫切地希望自己的"熊"早一点到来。

只要你是一个男人，你就有"熊"，马强后来也有了"熊"，那是在1983年初夏的夜晚，一觉醒来，马强觉得自己的内裤湿了，他的"熊"像是一摊骄傲的油漆一样，涂抹和修改了他的青春史。

于是他也必须向他们表演"出熊"，把那一摊乳白色半透明的东西当众射出去，马强就来了一次十分漂亮的"出熊"。

街上年龄大一些的无所事事的流氓在自己"绕丫头"之余告诉他们，男人的这种"熊"是要专门射进女人两腿之间的漏洞里的，然后，如果碰上温度和湿度合适，一个小崽子就在女人的肚子里发芽了。

"如果你不想让你的'喇'怀上小崽子，那你就得戴上一种牛皮做的皮套。"老流氓十分神秘和专业地对他们说。接着他们就开始推销他们手里的"皮套"。

当马强的"熊"来了以后，他的心理状态发生了很多微妙的变化。他还发现自己的两个乳头部位出现了两个肿块，如果你一不小心碰上了那个部位，那里就非常疼。

此外，他的两腿之间的地方，出现了很多淡黄色的茸毛，围拢着现在可以时不时骄傲地、毫无缘由地竖起来的男根，他的肉棒棒。

而且，他的喉结处也在突出，声音在变粗，他们在街上蹲着的时候，说话的声音很怪，因为都是刚刚才来了"熊"的家伙，所以别人就把他们叫作"一群小公鸡"。

　　的确，他们说话的声音太像是小公鸡了，一些人的脸上长着红红的"青春骚疙瘩"，这些变化和他们来了"熊"都是密切相关的。

　　据说男人有了"熊"，对女人就有了吸引力和攻击力。马强可以十分明显地感觉到这些家伙们血管里的破坏力。

　　现在，街上的少年"绕丫头"成风，因为他们都有了"熊"。不光是成群的男孩在街上闲逛，到了晚上，有些骚劲的女孩也三三两两地在大街上溜达，用余光鼓励着街边的小公鸡，准备着让他们"绕"。

　　这完全是本能和天生的。1983年的夏天十分令人烦躁，所以每一个少年和女孩在这个季节都想着尽快地短兵相接。他们都感受着身体里的骚动，和这种骚动进行着佯装的抵抗，实际上早就投降了。

　　马强和杜玫的短兵相接也发生在1983年的夏天，春天的气息还没有消散，杜玫就已经把所有的裙子从她家的箱子里拿出来，洗烫好，准备穿了。

　　杜玫的第一次例假是一个月以前来临的，当时她还在睡梦当中，忽然就梦见自己在一条红色的河流里游泳。

　　她早晨醒来的时候，发现床单已经被染红了，她照例吓坏了，把这件事情告诉了妈妈。她的妈妈是一个工厂的工程师，她立即告诉了女儿，这是她成为女人的必经阶段。

来了例假以后，杜玫觉得看懂了男孩看她的目光中的东西。所以，即使是妈妈不让她在晚上到大街上去，她也要去看看那些"骚狗少年"——这是她的妈妈给那些在街上溜达，并且滋事寻衅的男孩的统称。

她是一个学习成绩在全年级都是最好的女生，每一次考试，她都是排名第一，似乎从来都不费劲。

但是现在杜玫有一种渴望，希望看到那些男孩对她的渴望的目光。尤其是当他们看见她，向她吹口哨的时候。

这个时候她连看都不用看他们，扬着头向前走，脸上挂着骄傲的得意的笑容，这样，一天她都会非常高兴。

但是有一天当她走过马强他们身边的时候，她被他们气哭了。

远远地她就看见他们，在路边的水泥墩子上坐着，一边还抽着烟，一边互相打闹着。马强就在他们中间。

这个时候，杜玫立即提了神，就像她即将走向舞台一样，她马上要经过他们的检阅了，所以杜玫情不自禁地高高地仰起了头，步子走得就像多年以后中国城市中比较常见的模特一样的猫步。

她不用正眼瞧他们，但是她的余光告诉她，他们看见她过来了，他们立即不说话了，专注地看着她走近。

她现在经过他们的身边了。但是今天有一些不对劲，他们没有像往常一样向她的脸上看，而是一齐用眼睛直勾勾地看着她的脚。

她觉得自己走路的步伐立即乱了套了，有一阵子甚至都倒不开步子了，就好像她连走路都不会了。他们哈哈大笑着，取笑着她。

但是在这个关键的时候，她镇定了下来，稳住了心情，继续迈步向前走，不管他们怎么捣乱，她仍旧继续朝前走，终于逃出了他们的视野。

走了好远，她还十分纳闷地看着脚下和自己的腿，但是什么也没有发现。

"你不用看了，你的腿和脚什么事都没有，我们不过是对你开了一个心理战的玩笑，其实，你哪里都很好的。"

在杜玫的身后，一个男孩子的声音说。杜玫把脸转过来，看见了马强的脸。但是她立即明白了他们刚才对她搞的恶作剧，她没有感谢他告诉了她这个秘密，相反她因为更加丢了面子而恼羞成怒。

"滚开！"她说。

马强笑了一下，他发现好姑娘生气的样子也挺好看的。"你别生气，我叫马强，我很喜欢你，你做我的女朋友吧。"

他站在她的前面，挡住了她的去路。但是他们两个都明白他现在说这话是再傻不过的了。

"滚开！"这下杜玫似乎是真的生气了，她大声地对马强说。

马强不动窝，但是他看见远处有一个穿白衣服的警察正朝这边走来，才让了开来。

"我死了都不会做你的女朋友！"杜玫急急地走开时又扔下了一句狠话。

马强现在每天想的都是杜玫。他开始跟踪她，在她放学和上学的时候，花了一点时间以后，他就了解了杜玫的生活规律。

但是他又不让她发现他在跟踪她，他对她有着一种渴望，在睡梦当中她也是经常出现。他开始手淫了，而他的性幻想的对象就是杜玫。每一次他手淫之后，都有一种强烈的犯罪感，觉得对不起杜玫，因此每天看到杜玫实际上是对他自己隐秘的在他看来是罪恶的性幻想的赎罪。

这样，他甚至现在需要看到每天杜玫的卧室熄灯以后，在远处的黑暗的树荫之下躲藏的他才会回家睡觉。

杜玫并不知道有人，就是马强几乎天天跟踪着她。直到有一天马强保护了她，事情才有了另一种发展。

在夏天来临的月份，似乎整个城市都陷入了某种烦躁和骚乱之中。到了晚上，街上到处都是小流氓，而杜玫的母亲已经禁止她在晚上出去了。

这个时候在这座城市里也传出了一些少女被强奸和被杀害的事情。杜玫当然也加强了警惕心理，但是在一个到处都是小流氓的地方，你总有一天会落到他们的手里。

那个时候癫瓜还没有在几个月之后被"严打"枪毙，正是他的人到处惹是生非。一天，杜玫参加完学校的一个文艺演出，回家的时间晚了，而她的妈妈碰巧没有接她，在一个灯光黑暗的街区，杜玫被癫瓜的流氓团伙给截住了。

　　她被他们拖到了一个废弃的厂房里，那里空间开阔，灯光阴暗，是流氓们聚会的地点。小流氓把杜玫劫持到这里的时候，癫瓜他们刚刚吃完了一条烤狗。狗那没有肉的骨架还在火焰熊熊的铁架子上，十分恐怖。

　　"把她扒光了！"癫瓜下令道。传说他的人已经强奸了几十个女孩了，现在，杜玫是最新的被放上祭台的人。立即，拼命挣扎的杜玫就被扒光了。

　　"还怪漂亮的，皮肤真好。"癫瓜上来用手摸着杜玫的胸部，这引起了杜玫一阵的哆嗦，"谁想先干？"癫瓜问周围围上来哈喇子都流了老长的家伙们。

　　"我！""我！""我想先干！"他们都十分踊跃。

　　"都滚到一边去！他妈的，我故意问一问，你们当真了，我没上过的你们也敢沾？我×你妈！"癫瓜一边骂，一边开始脱衣服。

　　他让两个家伙按住杜玫，自己分开她的腿准备强奸她，但是这个时候杜玫开始再次挣扎，可能烈性女子在这种时候都会反抗的，几个人按都按不住她，她张嘴一口就把癫瓜的一只耳朵给咬掉了。

　　癫瓜疼得哇哇大叫，他提着裤子向后退去，另一只手捂着受伤的耳朵，掉在地上的耳朵胡乱地蹦跳着，就像是一只活跃的癞蛤蟆。

几个人都去抓那只耳朵，就像是扑向逃脱的癞蛤蟆，终于把那耳朵给抓住了。"我×你妈，你这个尻还挺硬的！"癞瓜愤怒了。而这个时候杜玫才感到了害怕，因为，狂怒之下的癞瓜找到了一根长长的日光灯管。

"看你的尻有多硬，我拿它捅死你！"疼得龇牙咧嘴的癞瓜急红了眼，要拿那根日光灯管往杜玫的两腿之间里捅。

"慢着！"就像是英雄救美人的电影里一样，这个时候马强出现了，"癞瓜，不要这样对待女人，我是她男朋友，是我的'喇'，你说怎么样都行，先把她放了。"

"你妈的，你看我的耳朵！"癞瓜摊开手掌，半只红色的耳朵老实地躺在他的手掌上，现在就像是一个死了的癞蛤蟆。癞瓜和马强的关系不错，这是因为马强是一个远近闻名的文身高手。这座城市很多人的身上都有他的杰作，即使是远在兰州的流氓头子，都千里迢迢来找过他，所以，马强是一个特殊的别人都会忌讳和给面子的人物。

"现在去医院，还能够补上耳朵，再晚就来不及了。医药费我全出。癞瓜，我们认识好多年了，你和国新打群架，都是我的人帮你，现在，求你放过她。"

"你妈的，这可能吗？你要是现在剁下来一根手指头，我就放了她。"癞瓜说。

马强二话没有说，伸出左手，放在一个铁板上："你要哪一根指头？"

"我×，真的？那我要小指！"

马强从腰里拔出一把英吉沙匕首，手起刀落，一根小指就离开了他的左手。这一招让四下的小流氓都吓得跳开了。

马强也叫了一声，声音既是痛楚，也是示威。他疼得皱着眉头，把小指递给了癞瓜。

"妈的，马强，你带着她走，我×你妈！"癞瓜接过了小指，快意和感情复杂地欣赏着小指，这个时候杜玫一边穿衣服，一边才像是受了惊吓般哭着，显然，她吓坏了。

马强带着杜玫走了。癞瓜也一手拿着马强的小指，一手拿着自己的耳朵，去医院缝合自己的耳朵了。

这件事情的结果是马强从此只有九根指头了，他的威名传遍了好几个街区。

癞瓜在一个酒精瓶子里收藏了那根手指，他经常欣赏它，但是几个月以后，这成了他被判处死刑的罪证之一。

而杜玫铁了心跟定了马强，她真的爱上他了。

当另一个街区的蝗虫帮的头领国新听说了这件事情的时候，专门来找马强，希望他入伙，但是马强决定洗手不干了。现在他有了杜玫，他别的什么都不想了。

那个年代这个城市的人都喜欢文身，一些男人的身上甚至都文了几条大龙。马强已故的父亲就是一个著名的文身师，过去有很多的少数民族的壮汉喜欢在自己的身体上文身，马强的父亲就擅长文巨大的可以在一个人身上盘绕的龙。

在那些年，有人就在街上走着，为了显露他身上的文身。

后来街上的流行趋势是，当一个男人有了自己的女朋友的时候，要在女朋友的身上文身。

杜玫现在几乎整天和马强在一起。老师和她的父母亲都反对他们这么小就成双成对，但是杜玫就是不听。马强不光是靠着一根小指赢得了杜玫的爱情，一定还有别的，那是什么，就只有杜玫自己知道了。

"我也要你给我文身。"杜玫有一天双眼迷离地看着他说。

"文身？为什么？"马强问她。

"打上你的印记。"杜玫仍旧双眼迷离。

"我不想给你文身。这样对你不好，万一你以后嫁给了别人，会影响你的。"

"你竟然这样说！"杜玫生气了，"我跟定你了，你怎么还有别的想法？"杜玫十分委屈地哭了起来。

马强抱住她："我不会离开你，可我们只有十三岁，谁知道以后的事情呢。"

"你休想离开我，我会自杀的！"杜玫威胁着他，目光炯炯。

他们挑了一个好日子，马强来给杜玫文身。杜玫决定让他在自己的小腹的下部，也就是阴阜上偏左的地方文身。

这是一个特殊的部位，当杜玫心潮起伏地脱光了，躺在一家旅社的床上时，马强还是有一些不情愿。可是杜玫就是想在自己的身上打上他的烙印。他隐隐地感觉到给杜玫文身，会影响她的未来。

马强有一套文身的工具，这是他从父亲的手里接过来的，现在，他要给自己的女朋友文身了，而且是在她阴阜的部位。

文身的过程不短也不长，这是一个精雕细刻的过程，似乎持续了很长时间。但是马强还是没有满足杜玫的一个要求，就是在她的阴阜上文上自己的名字。

在她的身体不会被很多人看见的地方，他给她文上了一朵鲜艳的玫瑰花，在文身完毕的时候，杜玫决定把自己的处女之身给他，但是马强坚决地说："以后吧，等你嫁给我的时候。"

随着1983年夏天"严打"的扫荡，癞瓜和很多帮派的团伙首领都被枪毙了，马强因为有营救杜玫免遭癞瓜毒手的记录，被宽大处理了，没有追究他任何的刑事责任，而大多的帮派的家伙都落网了。

九月过后，街上已经是冷冷清清，就像是一座死城。

对于马强和杜玫来说，1983年是他们最好的年月，他们后来无忧无虑地开始了他们真正的恋爱。即使是杜玫的母亲和班主任如何反对，他们的关系仍旧是牢不可破，坚如磐石。

"我的小腹上有你给我文的玫瑰花，我永远都是属于你的。"杜玫对这一点十分坚定和执着。

"那当然！"马强肯定地说。

从那以后，街上的人几乎已经换了整整一代人，到了1987年的夏天，马强在大街上已经看不到几个熟悉的面孔了。这一年马强和杜玟都高中毕业了，但是两个人都没有考上大学。

在秋天的征兵当中，马强的各个方面都合格了，但是因为他少了一根手指，不能够参加军队，后来，在街区的派出所谋了一个帮忙性质的工作。

而杜玟，各方面都十分合格，参军去乌鲁木齐了。他们互相约好等杜玟从军队复员，他们就立即结婚。

他们的故事在1988年结束了，这一年杜玟在一次偶然当中被女战友发现了她阴阜上的文身——马强刻的那一朵怒放的玫瑰花，于是就向部队政委告发了，而政委得到的消息是杜玟在过去曾经是流氓团伙的一员，现在，因为她阴阜上的玫瑰文身，他找到证据了。

不用多说什么，只需女大夫进行一次检查，这个刻在杜玟阴阜部位的玫瑰文身就被证实了，杜玟被部队立即退回了街道。

当时就是有这样的规定，军人是绝对不能文身的。

当杜玟回到那座城市，另一个消息让她呆住了。就在几天以前，马强在抓捕逃犯的时候，被罪犯杀死在一片紫茵茵的苜蓿地里。

杜玟赶上了向马强遗体告别。马强安葬三天以后，杜玟吃了大量的安眠药，离开了这个令人烦恼的世界。

一个解剖杜玫尸体的年轻法医，十分惊异于杜玫不仅是一个处女，在她的阴阜上还有一朵美丽的玫瑰文身。出于狂热的喜欢，他悄悄把那玫瑰文身处的皮肤给切了下来，隐秘地保存了。

　　遵照遗嘱，杜玫的骨灰后来撒在了那生长得无比茂盛的城郊的苜蓿地里，也就是马强被杀的地方，这样，他们似乎可以永远地在一起了。

　　这一年，他们还不到十八岁。

枯河道

我们那座城市的季节河离城区不远，但是站在季节河的边上，四下里望去，就是一片十分荒凉的景象。到处都是令人悲哀的戈壁荒滩，没有多少人，也没有动物奔跑的痕迹，没有什么绿色，只有一种褐黄色在大地上铺展。

季节河，顾名思义，就是在一年中的某些季节里，这里才形成了河流。一般在夏天来临的五六月份，远处的天山上的冰川融化了，这条季节河就形成了，河水滚滚向东，河水是黄色的，就像是上游发大洪水了一样。

在河床上，每一次洪水过后，都会留下淤积的沙子，那是值钱的沙子，被正在盲目扩大的城市建设需要着。

而一些从内地来的盲流，那些年就在河床上筛沙子，吴成就是那些筛沙子的像蚂蚁一样蠕动的盲流当中的一个。

他在河滩上仿佛是突然出现在西北偏北的荒芜的景色中的。

吴成又一次跃上河堤，抑制住悲凉，咽下一口发咸发涩的浓痰，那痰像一疙瘩火，顺着吴成的喉咙一直烧了下去，他突然感到一阵窒息，就仿佛是心脏被烙铁烫焦卷了皮一般的痛苦，两滴老大的泪珠像珍珠一样从他发涩的眼角疾滚出来。

他张了张口，想骂一句什么，喉咙哽得发疼，他又憋足了劲想骂一声什么，却只憋出一个闷闷的屁。

生活！吴成的脑海里五颜六色的冰凌花上下翻飞，他感觉到浓烈的屁在裤裆里荡漾开来，消散开来，他用手用力擦了擦红色的眼睛，抑制住悲伤，愤愤地放眼望去。

四天以前突发的洪水此时又突然不见了。一里宽的河床上聚满了略略有些潮湿的黄沙，向天空呈现着放荡之后的松懈。早晨的风凉得发麻，一股股顺着他的脖子往里钻，最后在他的腋窝里旋了一个圈儿。

吴成感到眼睛又酸涩起来。不，不能掉眼泪，我还得活下去，活下去。吴成低低地咆哮了一声，那声音就像荒野上无家可归的狗发出来的。生活！狗日的生活！我得活，他想。他跳下岸堤，向前疾跑着。他可以感觉到他身上多日未洗而产生的异味在他的身后拖成的一条线，就像狼走路时流下尿臊气一样。或者，他感觉到自己更像一条狗，一条一无所有的狗。突然他跌倒了，双膝立刻砸进沙土。他探出双手，用力在沙土中挖了挖，颤动着举起一捧沙子。

那沙粒均匀而细小，闪亮亮用嘲笑的眼睛看着他。他清楚这就是能给他带来好运的沙子，值钱的沙子，可他明白一发洪水就又完了，狗日的洪水又将冲垮他的肥皂泡一样不实在的想法。

慢慢地他愣住了，任凭那细沙从他的指缝间无声地滑落下去，就像四天前的夜里他的刚出生的儿子和共患难的老婆突然被浆红色的水掩埋了一样轻松。远处的大桥巍然耸立，向天空辐射着傲然。

我要是能像大桥一样该多好，可我没有力量承受生活的重压了，他想。一声长长的仿佛在召唤什么的火车汽笛声碰撞着他的思绪。他茫然地抬起头，看见一列黝黑的长龙一样的火车，隆隆向东开去，蓝得冰凉的天空中飘过一道黑色的烟。他知道那火车是往关内开的，他坐上那车是可以到家的——他的远在中原的伏牛山区的家。可他知道，他已经无所谓家了，因为家里就只剩下他一个人了。他感到自己骤然间陷入了一个庞大的可以吞噬一切的黑洞。

你一直想发财。1982年你二十二岁，结婚两年了，有一个一岁的女娃。你是一个农民，你祖宗八代全是农民。每天你干农活的时候都经过你家的墓葬地，那里躺着你的爷爷奶奶和曾祖父曾祖母以及其他已经死去的家族成员。

你知道再过几年十几年你也像他们一样进入辉煌而又死寂的黄土堆了。可你觉得那样太他妈窝囊，你老想干点什么。这时候改革了，世道变得真快，你想，世道变得真快，看看村里的老百姓眼看着吃饱了肚子，眼看着盖起了房子，置起了各种家具，有的还添了电视机、录音机，你就眼热。

你每天晚上躺在老婆酥软的怀里时就想着要发家，因为你每天听着自己血管里澎湃着年轻的热血的喧响就不是滋味。老婆玉珍又在你怀里获得了快感，呻吟着，而后你就厌恶地推开她，给她一个后背。因为她总给你生丫头，头一个丫头是你在家里亲自接生的，为的是如果是个女孩你就溺死她。

你忐忑不安，满头大汗地从老婆肚子里拽出你头一胎娃子，可你往那个湿漉漉的家伙的下体扫一眼，你就心凉了：小家伙少了点东西，少了点男人的那东西。你老婆在像杀猪般嚎叫过后昏死过去了，你的手抖得厉害，因为你的心中正泛着暗色的污水，你在对自己说：溺死她！溺死她！

你的眼睛突然放起了黑光，你几下子就把小东西放进早准备好的尿盆里，小东西上下翻腾了一会儿就不动了。刹那间你的脑海里雷鸣闪电，脑门上汗流如雨，你就这样呆呆地站在那儿直到你老婆醒来之后明白了这一切，发疯地跟你撕扯。一年后你老婆又生了，还是个女孩，这次是在公社卫生院生的，也就是现在已一岁的这个，你还想生，你非得要生一个男孩。可你家的劳动力不足，你爹死了之后你娘就跟你住在一起，你一家四口三个都是女的。

与你家相距三十米，住着同村的王来顺一家。他比你大两岁，他那玩意儿就像是弹无虚发的驳壳枪，和他老婆连着生了三个儿子，叫你羡慕得要死。你恨自己不争气，你白天打老婆，夜里折腾你老婆，可还是无济于事。你亲眼看见王来顺为了三个儿子落了好几千罚款而满不在乎的样子。

当时你恨不得冲上去撕碎他那张脸。你不相信命，你知道当今发财的没有多少是靠正道来的。你不信你没本事，包括生儿子，包括置家具。你为娶这个老婆花了三千块，到如今你越来越觉得这太他妈的亏了。三千块买来一头不会下崽的母猪！你愤愤不平地想，听着血管里澎湃着的血浪，长长地叹息着。你感到生活的阴云，正好罩着你的头顶、你一家人的头顶，长久不散。

洪水到来的那一天，吴成趁着太阳还没有完全升起，又支好了筛子，准备接着干了。吴成举起一把军用铁锹，用力地仇恨般铲下去，沙土像肉体般蠕动着，被铁锹铲出一铲褐色的内脏。吴成用力向筛子上一扬，一阵"唰啦啦"响过，筛子下落下了一层黄金般的细沙。

阳光猛烈地从天山博格达峰后面喷泻出来，刺得吴成浑身又麻又痒。他一下又一下地使劲往筛子上扬着沙土，周围的雾霭正在升浮，在半空中消失得干干净净。

黑色的太阳移到中天的时候，在吴成的筛子下已出现了坟堆般大小的沙堆。他感到了一丝欣喜，但继而他的眼里又冒出了凄凉的火花：早晚有一天我也会死在这坟一样的沙堆里的。

肚子里突然有几个青蛙哇哇大唱起来，顺着吴成的脊背直往上蹿冷气，他把手中的铁锹一掷，垂头向自家那地窝子走去。

天空之下，沿着河岸连绵而去的全是盲流们的地窝子，像一座座生命的暗堡，抵挡着生活的进攻。

他的脚踏在沙地上，沙土黏而潮湿，吴成感到自己仿佛是在踏着黏稠的尸体前进，他骤然感到恶心。接下来他又走过了石滩……拳头大小的鹅卵石花花白白，在他的眼里浮现。

等到跃上河堤的时候，他才猛然觉悟，他的地窝子已经同他的老婆孩子一同坍塌了，完结了。他颓丧地喘着气，望着中午灼热的阳光下的季节河。

坟墓般的地窝子们在向天空喷吐着乌黑的语言，和他同命运的盲流们都在吃午饭了。他转身，眼睛里的泪水在哗哗地唱着歌。他又重新回到那个沙堆边，取下铁锨，向河对岸的树林走去。

他走到一片花草茂盛的地方，用力挖了起来。令人奇异的是，这里的老鼠都长得非常大，有的几乎跟猫差不多。这一片草地上洞穴密布，他测准了方位，堵住了几个洞口，就迅速地挖了起来。

突然两个大黄鼠从洞穴中跃出来，它的眼睛里蓝色火花直冒，因为它们预感到了自己的命运。他用力地用铁锨拍打着，三铁锨就把在草丛中乱窜的老鼠拍死了。

死鼠的腥气扑鼻，像胎盘一样叫他感到恶心，感到神志昏迷。他把两只战利品捡起来，扔到一边，又挖了起来，挖到第十三铁锨，挖出了五个粉红色的小老鼠。小老鼠粉嫩、可爱、通体透明，叫他心花怒放。

一堆火升了起来，一根粗铁丝上串着黄鼠一家七口，在火中吱吱叫着，一阵阵恶臭夹杂着奇香冲天而起，在火焰中升腾。

他的目光中流露出人类本有的急不可耐的食欲，往滋滋冒油的烤鼠身上撒了盐巴，他急速地把手中的铁丝翻转着。

他急不可耐地用中指和食指夹住一个小的烤焦的老鼠一拨，一阵炙烫叫他的指头惨叫一声，焦黄油亮、奇香奇臭无比的小老鼠扑嗒一下掉到了火上，升腾起一团暗色的火苗。他大骂了一声，又夹了一只通体油亮焦黄的小鼠，一揪，丢进了嘴里，有一种温热的腥香。骤然间在他的脑海里掠过了他溺死的从老婆肚子里拽出来的血淋淋的小家伙的样子——那小东西同这老鼠一样可爱又可恨。

他大口地嚼着鼠肉而心中却在想着吃着女儿的尸体，胸膛里一只巨钟咚咚地响着。后来他顾不了那么多了，肚子里的青蛙在经过了第一只奇香奇臭的老鼠肉的冲击后，越发不可止地大叫起来，他风卷残云般消灭了其余的五只老鼠。

现在，老鼠一家七口安然地入了他的肚子。而明天，它们会变成一团黑稀的黏稠物从他的大肠中喷泻出来。人也一样，被时间的大肠消化，排泄成废物，人一辈子就这样完了，像一堆大粪一样消散在历史的无可奈何的回声之中。

枯河道之上，浮动着一层波动着的蜃气，吃了东西，胃部的血液在聚集，他感到了疲乏，就像条蛇蜷缩在树荫下了。

这个时候你突然想起了新疆这个地方。那里有你的姑姑一家，你一想到这额头就冒蓝色的火花，你欣喜地同老婆玉珍商量到新疆生孩子，那里简直就像金矿般向你招手，你心急火燎地变卖了一些家具，带着女儿和老婆玉珍坐火车千里迢迢来到了塞外新疆。

但是事情并不像你想象的那么好，你姑姑一家并不欢迎你，一开始就把你们安排到装煤炭的小房里住，每天你都到离姑姑家两公里外的这条季节河筛沙子，而每天你和老婆必须拖着沉重的身体回姑姑家吃饭。

姑姑、姑父待你还可以，但姑姑的一个儿子、一个女儿，也就是你的十八岁的表弟和十四岁的表妹，整天挑你这个乡下人的刺儿。

你姑姑家住在天山北麓的一座中型城市里，这座城市里人的生活水平比较高，每天都可以喝上牛奶，吃上各种肉食，就像你心中的天堂。但自从你住进姑姑家这一切都变了，你每天都得吞咽土豆汤和馒头，当然这对于你无所谓。你每天晚上劳累完回到家中，同表弟、表妹、姑姑、姑父坐在沙发上看电视，但表弟这个高中生却提醒你，你的脚太臭了。他第三次提醒你的时候你再也坐不住了，起身走到星光之下，头高高地仰起，悲凉的河流在你的心中流淌。

你就和玉珍搬到河坝——那里沿河十几公里住着无家可归的盲流，许多人的情况跟你相同。你在那里学着他们的样子搭了一座地窝子，从姑姑家拿了一些必需的生活品，你就开始大干了。

筛沙子是一个挣钱的活儿，一立方米沙能卖七八块，你一天能挣一二十元钱，除去交税，你每月可得三四百元钱。

你心中非常高兴，又开始进行生儿子的艰巨战斗：翻看了许多"科学生男法"，同玉珍进行了试验。后来你老婆果然怀孕了，秋天的时候她的肚子像面鼓一样，你既高兴又忐忑不安，一方面又加紧地干着。

盲流们互相之间有联系也有仇恨，为了争地盘，抢车子，你不知打了多少次架，腰上被铁锨砍了多少次，可你最终没有倒下去，原因就是你想要一个儿子，你活着一辈子只为要一个儿子，你琢磨这世界中的一切是不是都不对劲了。

吴成一觉醒来，感到阳光的金针在刺着他的眼皮，他使劲睁开眼，看见枯河在下午暴烈的阳光中死一般寂静，腥热的风吹拂着他干裂的脸，脸上一层黑皮已翘了边儿，生疼生疼的。

吴成抄起铁锨，感到老鼠一家七口的热量已从每一个毛孔中散放出来，他又跳进了枯河，脚踩着哗哗干响的砾石，走向自己的领地。

他使劲地挖着，沙子被扬起，被筛子过滤，成为细而匀称的沙粒。太阳安静地在空中移动，时间在悄悄凋落，他感到自己的心脏在慢慢衰弱了。

猛然他感到铁锨之下触到了什么东西，他愣了一下，琢磨了半天，就又用力挖了起来，他小心翼翼地挖着，慢慢地挖出了一个死人的骨架。他吸了一口冷气，紧张地继续挖着，最后，一个坐着的死人骨架完全地显露了出来，骷髅深幽的眼窝正对着他，牙齿排列得很整齐，双手放于膝，样子既安详又痛苦。他不知是祸是福，颓然地坐在地上，看着对面的骷髅。这时候江苏人刘老倌从远处走了过来，他五十多岁，人很不错，刘老倌大声地喊：你怎么了你……

刘老倌也吓了一跳，他走过来端详着骷髅，见骷髅的眼窝里积着乌黑的水。他的身架子上挂着丝丝缕缕的衣服炭化后的痕迹。刘老倌抄起铁锨，又挖了开来，一边挖一边往筛子上扬——他想着能挖出点儿稀罕物。挖到第八铁锨的时候，一只闪着金光的圆形东西从筛子上滑落下来。

刘老倌和他都惊喜地扑了过去，刘老倌抢先抢到手里举起来，两颗脑袋像两只争食的狗，端详着，发现竟是一枚勋章。刘老倌恍然大悟：这条河在四十多年前曾经开过一战。我看这骨头是盛世才和苏联红军打仗时……

他们又都沉默了，他们都闻到了一股股战争的硝烟正从时间深处翻腾上来，一阵阵血腥扑鼻而来。他们痴呆呆地看着在眼前斜阳映照下一览无余的枯河道……

今年四月，一开春，你老婆就在地窝子里给你生了一个大胖小子，你高兴得差点都傻了。

你拿出一百元请了平时打了不少交道的盲流哥儿们大吃了一顿，那一天在你眼前，一炷香火悠然闪现，你知道那祖宗的香火又续上了，你好不开心，一方面买了许多营养品慰劳玉珍，另一方面又像牛一样大干特干。日子过得飞快，转眼就到八月。你打算两个月后，就"得胜回朝"了。

可就在四天前，那一天晚上你眼前那一炷香火忽隐忽现，断断续续，你没有想到那是噩兆。

那天的半夜之中，一声巨响，你在惊惶万分的情况下就被一股水卷了出去，但那地窝子转瞬之间把你老婆、女儿和小儿子一块给砸进去了。

肆虐的洪水冲荡着一切，差点把你也淹死了。你被洪水冲了好几里才得救。后来，你跌撞地冲到地窝子那里，挖出了三具肿胀的尸体……

月亮湿漉漉地升了起来，跟过去一样阴冷，这个地方昼夜温差二十多摄氏度，他打算趁夜里多干点儿。他的脊背在月光下泛着青铜的光。

忽然，他的耳朵捕捉到了一种声响，这声音很阴险，在他的耳膜深处跳荡、回旋。吴成感到毛孔都大了，他循声望去，什么都没有发现，满河的圆圆的砾石在月光下变得呆头呆脑。当吴成猛然转身发现了月光下银蛇般涌来的大股水流时，这才明白了，又一次洪水到来了。

吴成的眼里喷着红色火花。他握紧了铁锨，退后几步，站到高处，那洪水忽地扑到了吴成近旁，一眨眼就把干了一天筛出的沙子一卷而光。他虎吼一声，像张飞一样凶猛地杀入了洪水的战场，用力劈砍着阴险的洪水，洪水溅起的黏稠的浆汁溅满了他的全身。

他哈哈大笑大骂着与洪水作战，大叫我要和你大战三百回合！但是似乎有着无穷无尽的洪水在涌来。渐渐地他开始下陷了，像一座沉降岛，缓缓地没入了血红血红的泥浆中，不见了，留下了泥浆之上咕咕嘟嘟地喷着的血红的气泡。

一躺十八年的红旗

"我一定要宰了他们。"在季节河边找到了一堆还没有晒干的人粪的人，一边用棍子拨弄那堆潮湿的人粪，一边十分生气地说。远处，是戈壁滩上的蜃气浮动的景象，他的左手上还握着一把闪亮的刀子。

十八年以后，红旗向我们讲述了他去追他们的整个过程。那一年红旗还只有十八岁，那是1983年，红旗清晰地记得他在那个夏天的追逐。

"他们沿着一条季节河往天山里跑，我就像是一条猎狗一样在追着他们。我只要抓到他们，我一定会宰了他们。我当时拿着一把最好的刀呢。我肯定会宰了他们。我拿着一把最锋利的刀呢。"

但是他还是没有看见他们，只是找到了他们的粪便。他只要一拨弄，就能够知道那是他们，他知道他们会吃什么，也就知道他们拉什么屎。

"是红红的屎我一闻我就闻出来了，她的屎还带着一股榆钱的味道，我知道她最爱吃榆钱了，她走之前一定带了一袋子榆钱。此外，戈壁滩上还有很多人的粪便，但那是牧羊人拉的屎，有一股羊肉的臭气，我一下子就能够闻出来。"红旗十八年以后对我们说。

　　但是那一年的夏天他可没有想到自己还会回来，也没有想到自己从此就再也没有出门，而是一直躺在床上，什么也不想干了。

　　"在那年的初夏，那条季节河还没有发洪水，我就沿着河道追他们。"

　　因为红旗的女朋友红红跟着一个四川来的盲流跑了，所以，他要去追他们。他还决定杀了他们。

　　仅仅靠闻他们遗留在荒野上的粪便来判断他们逃跑的方向是不够的，还需要去闻风。"风中是什么味道都有的，在荒野上的风中的味道里有他们逃跑的气息，我就想他们跑不了了。"

　　那条季节河就从我们的城市边缘流过，在夏季到来的时候，从远处的冰山上流淌下来的山洪十分巨大，会把很多从内地来的筛沙子的盲流搭建的住所——一种叫作地窝子的半地下住所给一下子卷走，连人带东西都卷走。

　　"和红红跑了的盲流就是在季节河上筛沙子的，是一个个子很矮的四川盲流，你说我的脸往哪里搁？"

　　的确，1983年的街上有很多从内地来的盲流，他们充斥在刚刚兴起的建筑业和服务业上，和当地的人抢饭碗，而那个年月正是街上最乱的时候，所以，我们经常和盲流们打群架。

他们就像是苍蝇一样多，就像是苍蝇一样惹人讨厌。但是，红旗的女朋友，我们街上最漂亮的女孩红红，却和一个盲流跑了，这在我们街上是一条最大的新闻。

消息刚开始传出来的时候，我们就知道有好戏看了，我们知道脾气很坏的红旗一定会干出男人都会干的事情，这样街上就又会有一摊很大的鲜血了。

红旗也放出话来，要是那个盲流不在三天之内滚出这座城市，他就会当众杀了他。

派出所也知道这件事了，他们也劝那个盲流离开，因为在这座城市谁也制止不了一场准备好的凶杀案。

"三天以后，他们一块儿跑了，红红也跟着跑了，这是我没有想到的，红红这个骚货到底是怎么了？我真的弄不明白。"

当时我们其他的人也不明白，为什么红红会离开红旗，为什么看上一个从四川来的盲流。要么是出于无聊；要么就是故意让红旗发怒，来检验红旗对红红的爱。

当然现在我们知道当时我们都猜错了，我们都不了解女人，和女人发疯的时候会怎么做。反正红旗、红红和那个四川盲流在同一个早晨都不见了，城市里只有榆钱的甜味在弥漫。

传说很多，一些人开始在城里寻找他们的尸体，因为有人认定一桩命案已经发生，很可能已经有两具或者三具尸体躺在那里了。

但是他们什么也没有找到，除了死猫死狗的尸体，他们没有发现人的尸体。

"我在凌晨去杀他们时，看见他们在鱼肚白的天色下往季节河的方向跑去了。红红穿着一身红色的衣服，而那个盲流则穿着一身黑。他们跑得挺快，转眼之间就不见了，在荒野上消失了，但是他们的屎告诉我，他们往哪里跑了。"

那个初夏天气猛然热了起来，红旗在戈壁上追逐他们时，觉得天气热极了，热得顺着屁股槽子淌汗。

"这条季节河向上游一直通到天山上的冰川上了。他们还能跑到那里去喂熊吗？"红旗十分生气地想。

但是在季节河延伸进山的时候，红旗回望了一眼身后的荒野戈壁，知道他们的确是在往天山的深处跑。

"我听说了那年天山里有很多棕熊，后来我在追逐他们的时候，果然碰到了两头熊，一头大熊和一头小熊。大熊看来是小熊的妈妈，总之后来我没有带回来红红，我只是带回来了那头小熊。"

天山山脉就像是死在这里的一头巨大的远古野兽，它的黝黑的身体躺在大地上，远远看上去仍旧十分威猛。它的骨架粗大，在骨架的缝隙中形成了山谷，而冰川融水就从这些山谷当中流淌下来，形成了刺骨的冰水河。

冰水河流出天山山体以后，就流向荒野戈壁，变成了季节河，因为大多数时候季节河的水都是断流的，荒漠戈壁就像是干渴的贪婪的女人下体，不断地吞噬着这样一条条清醇的河流。

"我在季节河岸边的一条小路上跟踪了三天，才开始进山。晚上我就睡在一个军用的棉被里。夜里荒野上很潮湿，没有狼，但是有狐狸，我在睡梦当中都能够闻见狐狸浓重的臊气。"

"他们当然也在夜里休息，他们被我追得也很疲惫。白天我能够看出他们头一天晚上的宿营地点，那里也还有点火的痕迹。他们吃的是馕，喝的就是这一条季节河的河水，这一点我很明白。"

"我的想法很简单，我就想杀了他们。他们没有给我面子，在我们的城市里不能够没有面子，所以我一定会杀了他们。"

"但是他们似乎知道我在追着他们，他们向山里逃跑的速度也很快，一点也不比我追赶的速度慢。但是他们逃错方向了，向天山里走，就只是死路一条，他们难道还不知道这一点吗？"

十八年以后红旗这样对我们说。现在，红旗因为在屋子里待的时间比较长了，皮肤变得很白，就像是一个白化病人，但是实际上他不是。

"你看现在我像不像是一个白化病人？但是当时我的皮肤很黑，他们都叫我红旗老黑，你就知道我有多黑了。"十八年以后躺在床上的红旗对我们说。

红旗和红红是隔壁邻居，两个人是青梅竹马。"红红的父母亲是以卖卤肉为生的，他们家整天都传出来一股子卤猪肉的气味，那种气味说不上好坏，但是十分熏人，经常熏得天上的小鸟都会在空中突然掉下来，掉到我家的院子里来。"

"嗨，你看，你们家卤肉的臭气都把天上的小鸟给熏死了，掉到了我们家，你说怎么办？"当时的红旗在墙头上对隔壁的红红说。

"真的吗？哇，这只鸟的羽毛这么好看，你把它送给我吧。"红红有一些难过地说。

"你要它干什么？你们家的人都是刽子手。"

"我想把它埋到郊外的麦田里去，你说行不行？"

后来，他们就一起去郊外埋小鸟了。

"但奇怪的是，红红的父母亲整天摆弄那些卤猪肉，他们要是在街上走，老远你都能够闻见他们身上的一股臭味，可是红红的身上却有一种淡淡的香气，是那种类似苜蓿花的味道，你一定也闻过，是一种特别的清香。"

"我闻过那种清香了，是很好闻的一种味道。她的身上总有这种味道？"我们问红旗。

"就是那种味道，她这完全是'出淤泥而不染'，所以，从很小的时候我们就在一起了。"

"红旗，我想告诉你一件事情。"

"红红，你想告诉我什么？"

"我不知道怎么对你说，我——喜欢上别人了，就是这样，所以，我不得不和你分手了。"

"你这是开玩笑吧？那是一个什么人？"

"是一个你可能看不起的人，一个在河坝筛沙子的四川人。"

"我×！是一个四川盲流？！你说的是真的？"

"是真的，而且，我想过些日子就和他一起去四川。"

"我×，你这是……我×……"

当红红告诉他这件事情的时候，红旗完全不相信这是真的，但是红红认真的表情使他明白这的确是真的。

"我现在找不到他们的踪迹了，"红旗在季节河和天山山谷接口的地方想，"他妈的，他们一定是过了河，往那边的山谷而去了，就像是为了摆脱猎犬的追踪一样。"

于是红旗过了河，结果又发现了他们的踪迹。

这个时候，他可以看见山地的哈萨克牧人赶着羊群在山坡上走着。

"哈萨克牧羊人看见他们了吗？"我问躺在床上的红旗。

"我没有问他，我只是向他借了一支烟，我忘了带烟了。我那个时候几天都没有抽烟了，我知道他们往哪个方向走了。"

"你真的就忍心和我分手？你真的想好了？我哪一点比那个四川盲流差了？红红，你告诉我。"

"可能是我们相处的时间太长了吧。"红红对红旗说，"我没有新鲜感了。"

"我×，你说，是不是女人都是他妈的花心东西？"红旗对我们说，"后来我就不再理会她了，我就想把那个四川盲流给杀了。"

　　对于那个年代的红旗来说，这件事情就是这么简单，而且在我们的城市里，这种彪悍粗犷甚至野蛮的想法是十分正常的。

　　所以，红旗、红红和四川盲流的故事就只有一个结局了，这个结局就是有人必须为此付出血的代价。

　　"你说，人的鸡巴惹的事情可真多，"红旗在十八年以后对我们说，"那个四川盲流的鸡巴闯了祸，我怎么能饶了他？"

　　红旗继续沿着天山山脉的一条山谷向山里进发，他有时候会站在风中闻风。

　　"在风中有他们的味道，我闻见了，我就快要追上他们了。"

　　天山山脉十分高峻，这是一个庞大的山体，山谷的纵深有一百多公里，正在逐渐地升高，要一直延伸到雪线和山顶的永久性冰川地带。

　　"他们的身上有一种几天没有洗澡的臭味，我闻见了，而且，红红还来月经了，我也闻见了。他们其实不应该跑得那么快，这样我不用费那么大的力就可以把他们干掉了，因为我的主意已经定了，他们跑不出我的手心的，熟悉我的人都知道我的脾气，我打定主意要干的事情，是一定能够干成的。但是，后来我却没有干成。"

　　但是当时红旗可没有预料到他没有干成，因为他离他们越来越近了。

"红红来了月经，她就似乎走不动了，我闻到他们的味道越来越强烈了。"

他仍旧抬眼看天，在天山里看天的感觉和平原上看天的感觉是不一样的，那些塔松和云杉特别多。

"往山里走，我可以看到有越来越多的哈萨克牧人在放牧，他们都在赶着他们的羊群往高山深处的夏牧场走，到处都是羊群和牛群，它们的气味很大，但是仍旧遮盖不住他们的味道。"

进山的第二天，红旗远远地就看见他们了，他向他们喊了一声，叫他们停下来。

"你们站住吧，你们跑不了了，我肯定会杀了你们，你们别再费心思了，我马上就要抓住你们了。"

但是他们跑得更快了，一转眼，他们就跑到树林里了。

"他们肯定弄到了马，因为我发现他们不见了，于是我也花钱借了一匹马，这样，我就能继续追赶他们。"

往天山深处走，有时候会突然下一场雨，把红旗给浇个透心凉。"可我的心里很热，雨是浇不灭我心头仇恨和耻辱的火焰的，我就想把他们都给干掉。"

红旗也弄不明白红红是怎么和那个四川盲流搞上的，事前连一点征兆都没有，然后，他们就搞上了，两个人还准备去四川结婚，这当然会让红旗接受不了。

"我和红红是一起长大的，我觉得她可以离开我，但不是

58

这么个离开法。她一点面子都没有给我留，我就要杀了他们。谁也拦不住，你说，谁可以拦住我？"

　　在天山深处的简易公路上，真的有两个人拦住了红旗，他们是两个森林警察，一个是哈萨克族，另一个是汉族。"他们要我把身上的火柴交出来，可我没有火柴怎么烧火取暖？我就把他们打翻在地了。我说了，谁也拦不住我去干掉他们。"

　　红旗于是继续地前进，现在，他已经到达雪线的边缘了。

　　雪线就是永久冰川的边缘，再往山上走，就看不见什么植物和树木了，这个时候，他追到了他们。

　　"我追到了他们，但是我看到在他们的前面，有一头哈熊，也就是一头棕熊在朝他们怒吼。那头棕熊很大，在它的旁边还有一头小熊，他们和我都遇到麻烦了。"

　　这个时候他们慌了，前面有熊，后面是红旗这个红了眼的追兵，他们慌了，然后，红旗看见那头大熊朝他们扑去。

　　"这个时候我本能地上前，用一根木棒和大熊搏斗，但是我明白那头大熊只是为了保护小熊，所以它只是想赶走我们。在我迎战大熊的时候，他们就又继续向前跑了。"

　　红旗决定不再和那头熊纠缠，他绕开大熊，继续追赶他们。

　　"红红，你给我站住，你不能再跑了。"

　　"你要杀我们的。"

"我不杀你！"

"你会的！"

红旗这下子把那个四川的盲流看清楚了，他是一个眉清目秀的家伙，但是似乎并不害怕他。

"跟我回去我就不杀你了。"

他们仍旧朝高山上走，这个时候他们已经到了冰山的脚下了，幽蓝的冰川把黝黑的山岩覆盖。"我以前没有这么近看到过冰川，但是现在我看见了，它十分漂亮，居然是蓝色的，这很奇怪。"

但是更奇怪的是他们还在往冰川上走，他们到底要去哪里？

翻越了一个大坂，他们继续逃跑着。这里已经很冷了，四周都是冰雪的世界。"我觉得就像是做梦一样，这里的景象完全是梦境当中才有的。"

红旗在这么美丽的冰川面前惊呆了，一瞬间他甚至都忘了自己来到这里的目的，只是专心地看着眼前的冰川。然后，他看见他们在不远处攀爬。

"红红，你到底要去哪里？"

"到一个你再也抓不到我们的地方！"红红坚决地说。

"你真的喜欢他吗？"他十分痛楚地问。

"当然，我们至死都不会分开！"

"我×！你说的是真话吗？"

没有人可以回答他的这个问题了，就在前面不远的地方，发生了雪崩，是一场小型的雪崩，但是已经足够把他们，把红红和那个四川盲流给埋在冰雪之下了。

一阵轰隆隆的巨响过后，一股冰冷的气流险些把红旗吹倒。大地也在剧烈地抖动。当一切都平静下来的时候，红旗眼前的冰雪世界已经换了个模样。

"他们就这样不见了，被雪崩给吞噬了。"十八年后，红旗给我们讲述这个过程的时候，仍旧十分颓丧，"我搜寻了他们一整天，但是找不到他们。他们终于死在了一起，但是，不是我杀的他们。"

红旗在下山的时候，在一个猎人设置的陷阱里发现了那头大熊的尸体，到底还是有人杀了它，那头小熊着急地在陷阱边上嚎叫。"我就把它带下山了，送给了一个患了哮喘的叫茗茗的女孩。"

红旗下山以后，像是受了真正的打击。从那以后，他就在床上躺下了，一躺就是十八年。

他的父亲已经去世了，他的母亲和他生活在一起，红旗从此再也没有出过房门。

李翼与狗、茗茗与熊

　　红旗从天山深处带回来一只小熊，他再也没有出过房门，于是后来他把小熊给了他家对门院子里的小姑娘茗茗。

　　茗茗非常喜欢那只小熊。茗茗得了严重的哮喘，经常喘不过气来，一旦发病就脸色憋得青黄，一副立即要死的样子，让人看了心疼。茗茗是一个十分柔弱和善良的姑娘，她对待小动物特别好，走路都怕踩死蚂蚁。

　　一次，在公园的跑马场，带她玩的叔叔叫她骑马，她说什么也不上马背。叔叔很奇怪，问她为什么，她说："因为我们骑在人家的背上。"

　　因为医生说她的哮喘病让她只能再活一年，所以大家都十分难过，想过各种的办法，找过各种的偏方，但就是没有什么大用。

　　但是当红旗把他从天山深处带回来的小熊送给茗茗的时候，茗茗很喜欢它。可她的爸妈和叔叔都担心小熊会伤着她。不过，自从茗茗天天带着小熊玩，几年以后，她的哮喘竟然好了。

　　大夫后来认为是那只熊的功劳，这是医学家后来都无法证实的消息：和一头熊生活在一起可以治疗哮喘。

这是我们那条街上的爆炸性新闻。我们后来经常爬在茗茗家院子里的墙头上，看茗茗和棕色的小熊玩儿。在随后的几年里，我们看到那只小熊的颜色在一点点地变深，因为它已经变成了一只大熊了，变成了一只可以伤人的大熊，被关在一个铁笼子里。

而关于茗茗和那只小熊的故事，以及李翼与狗的故事是同时发生的。现在讲述的就是他们的故事。

在我们的那条街上，过去似乎到处都是乱跑的狗，大狗、小狗、公狗、母狗、白狗、花狗、哈巴狗，什么样的狗都有，可是短短一年以后，那些狗就几乎绝迹了，这个结果就是李翼造成的。一个人能够让全城的狗都绝迹吗？答案是肯定的，因为李翼就做到了。

李翼几乎把它们全都吃掉了。这简直是一个奇迹。要是美国人或者是法国人听到一个人可以把几乎全城的狗都吃掉了，肯定会把李翼看成比屠杀犹太人的纳粹恶魔还可怕。可实际上李翼是一个戴着金丝边眼镜的秀气的家伙。

李翼为什么要吃狗？有人很多年以后还问他这个问题，他的回答是："因为狗肉香，所以我就是喜欢吃狗肉。再说，狗毕竟是畜生嘛。"

这个戴金丝边眼镜的家伙实际上心狠手辣。他从小就十分讨厌动物，甚至还包括蜻蜓、蚂蚱之类的各种昆虫。我们从小就认识李翼，也从小就看见他不断地屠杀各种落到他手里的动物和昆虫，那绝对是它们的末日。

一到夏天，李翼就开始大规模地捕杀蜻蜓。他带着一帮子半大的孩子，每一个人都拿着一个捕蜻蜓用的白色的纱网，在草地上追捕蜻蜓。然后我们在傍晚就看见他们把抓到的蜻蜓的头、翅膀和尾巴揪掉，然后放到火上烤着吃。一个春天下来，城市里的蜻蜓几乎就绝迹了。

李翼甚至在我们的那座城市掀起了一个吃麻雀的热潮。这个特别不好的头就是他开的。春夏之交，当他发现天空中和树林里的麻雀越来越多的时候，就开始带着浩浩荡荡的孩子们上树掏麻雀窝，把叽叽喳喳乱叫的麻雀的幼崽连窝端了，用火烤了吃。后来，很多人效法他吃麻雀，从此成了这个西北偏北的城市里的一种风俗。

麻雀被吃掉了以后，每一年的春天，城市里都会出现一个毛毛虫的灾害，所有的杨树上全是毛毛虫，它们齐刷刷吃树叶的声音就像是军队在行军。

至于他对待猫、鱼、蟋蟀，甚至是较大的动物羊、马、驴，都是十分不客气的，经常可以看见他在折磨或者是鞭打它们。

他的身上可能埋藏了人类天生就具有的残暴的特性，这一点从他对待动物的态度上就可以看出来了。

他小的时候尿床，几乎每一天，邻居的孩子都会看见他的母亲把他尿湿的被子拿出来，晾晒在门口的绳子上，这样大家都知道他是一个尿床的家伙了，这使他的自尊心受到了很大的打击。后来，他的父亲听说了一个偏方，就是如果找到一条纯黑色的狗，把黑狗的肉吃了，尿床的毛病就能治好了。

于是在他十二岁的时候，父亲让他吃了黑狗肉，果然，只吃了一顿黑狗肉，他尿床的毛病就再也没有犯过。

但是就是从他吃了那一顿黑狗肉以后，他对狗肉的香甜记忆犹新。他从此就忘不了狗肉的香气了，开始吃起狗肉来。

几年以后，街上的狗似乎就越来越多了，这个时候，李翼吃狗肉的习性也越发膨胀了，他的胃口和口味都变得刁钻了起来。他后来只吃狗身上的某个部位的肉，比如只吃狗的眼睛，这说起来有一点吓人，尤其是喜欢狗的人，但是就像你有喜欢狗的权利，那么同样有人也有不喜欢狗的自由。

但是像李翼这样的以狗为敌、以杀狗吃狗为唯一乐趣的人，的确还是非常少见的。我们开始并不知道他在杀狗吃狗，只是觉得城市里的狗似乎越来越少了，一个流言在城市里散布了。

这个流言说，很多狗已经得了狂犬病，悄悄地被卫生局的人给杀了。现在，卫生局的人开始屠杀全城的狗了。他们一般是晚上行动，坐着厢式的小货车，人人手里都拿着猎枪，见狗就杀，把狗杀了就扔到车上去。

于是很多人开始注意晚上有没有厢式货车出没，他们没有发现有这样的车辆，但是狗仍旧在不知不觉地减少着。这是为什么？

那个时候，李翼就开始了杀狗吃狗的行动。他其实是大白天干的，和他在一起的是罗坚，罗坚负责开车，而他则负责开枪。李翼的枪法很准，在狗还没有叫的时候，他已经把狗击毙了。

他们开着一辆吉普车，每天都会打死十几只狗，几个月下来，已经有一两千只狗死于李翼的枪下了。

狗是非常有灵性的动物，它们后来看见李翼就发出了可怕的呜咽，因为它们都闻出了他身上可怕的气味。但是没有一个人可以闻出来。这样的话，李翼就在吉普车里埋伏好，用枪远距离射击，继续射杀着狗，不停地得手。

而茗茗和小熊，不，现在已经是大熊了，她和这个大熊之间也出现了一点问题。实际上并不是茗茗和熊之间出现了问题，而是有一天，一个街上的坏小子，翻过茗茗家的院墙，跑到茗茗家去逗引那头熊，结果被熊一爪子抓掉了一个耳朵。于是引发了一个在我们的城市里长期争论的问题：当原来的小熊已经长大了的时候，是不是应该把熊送到动物园去？

省会城市的动物园对这头已经完全驯化，并且和茗茗一家人关系融洽的熊觊觎已久了，因此借机在报纸上大做文章，说这头熊已经而且肯定是会给市民造成不安全因素的隐患，熊，即使是经过了人的驯化和喂养，但是它毕竟仍旧是野兽。

于是，政府的人就登门来访，劝说茗茗一家，把熊交给动物园。

可能是这头熊已经通了人性，当政府的人来到茗茗家的时候，它愤怒地大吼，把铁笼子的栅栏都快抓破了，吓得政府的来人仓皇逃窜了。当这些人回到省城的时候，在报纸上又发表了坚决要把这头被居民收养的熊关入动物园的强硬言论。

茗茗哭了，她决不希望熊离开她，但是似乎社会上的很多人都认为应该把熊关入动物园，而不是放在居民区。熊也似乎知道了关于它的争论，时而低沉地怒吼，时而忧郁地哀嚎。这使茗茗一家十分痛苦。

很快，城市的管理人员再次登门，向茗茗一家宣布了政府的决定：责成茗茗一家立即把熊送交省会动物园，动物园以购买的方式，给予茗茗一家一些货币补偿。

茗茗哭了，突然，她脸色青黄，呼吸困难，她的已经被熊治好的哮喘又犯了。场面一时乱了。

救护车立即把茗茗拉到了医院进行抢救，整整一天以后，茗茗才脱离了危险期。而和政府有关部门的意见相反，医院的大夫们强烈反对动物园把治好了茗茗哮喘的熊带走。他们联名撰写文章，认为这可能是人类即将攻克哮喘的先兆，因此，茗茗和熊的关系要保持。

一时间，关于该不该把熊从茗茗家带走的争论开始了。也有人认为，既然茗茗再次发生了哮喘，那么说明这头熊和茗茗的哮喘的好转就没有什么直接的关系，但是医院的大夫认为，自从茗茗五年以前，收养了被红旗从天山深处带回来的熊之后，五年间没有再犯过哮喘，所以，茗茗的哮喘的痊愈和收养这头熊有着直接的关系。而哮喘是人类几大致命的难以治愈的疾病之一，如果医学界能够从茗茗和熊的奇妙的关系中找到和哮喘病的联系，那么对整个人类都是一大贡献。因此，大夫们建议让茗茗继续和熊在一起，他们抓紧时间进行研究，以期早日揭开这个谜团。

但是更多的市民关心的不是哮喘和茗茗之间的关系，他们更多的是关心自己的安全。他们被一种说法吓住了：如果这头熊跑到街上，那么它会见到人就吃，完全拿人当作食品。而关这头熊的笼子已经十分小了，这些年熊已经长大了，但是笼子并没有加大。所以，很多市民坚决赞同把熊送到动物园里去，只有这样，他们才不会提心吊胆地生活，担心冷不丁从街上就窜出一头吃人的熊来。

动物保护协会和宠物协会的人也有不同的看法，他们坚决支持茗茗收养这头已经和她一家人产生了亲密感情的熊，他们认为，这头熊并不是一头野兽，它已经完全被驯化了，它不过就是一个宠物而已。我们不能剥夺一个长期生活在死亡阴影下的女孩子的爱好，就是和一头熊感情融洽地生活。所以，任何人、任何政府都没有权力把一个患病的孩子的宠物夺走。

于是又有人认为应该对这头熊进行测试，看看它的野性还有多少。但是相关人士立即指出，这头熊现在的情绪相当不稳定，需要过一段时间再进行测试。因此，关于这头熊的去留众说纷纭。

茗茗被抢救过来以后，又回到了家里。那头熊看见了茗茗，狂躁的情绪才多少有一些缓和。茗茗也十分难过，她就跑到铁笼子里对熊说："他们就是想把你带走，带到动物园去，你说，你愿不愿意去？"

熊呜咽着，用悲哀的眼神看着茗茗。茗茗明白熊不愿意离开这个地方。

"可是，他们保证你在动物园里能够有更多的好吃的东西，还会有很多人来看你，你也能给很多人带来快乐。"

熊摆动着上身，十分愤怒地喷着气，表示它根本不愿意被很多人观看。

"我明白你的意思了，你不喜欢和很多人见面，对不对？"

熊哈着气表示同意。

"那，我就不会让你离开咱们家。只要我们团结起来，他们一点办法都没有。"茗茗坚定地对熊说。

而和茗茗与她的熊的事情闹得沸沸扬扬的同时，李翼正在展开他的杀狗行动。人们的目光被茗茗的熊这个事件弄得十分兴奋，也十分头疼，没有注意到城里的狗，已经不知不觉越来越少了。它们都到哪里去了呢？

很快，有人就发现大量的狗失踪了。一个不利于茗茗家的谣言开始传播了起来：茗茗家用狗来喂那头熊！

这个谣言对茗茗一家十分不利，甚至警察都登门来调查这件事情。

"都说是你们家的熊吃掉了城里的狗，是不是这样的？"

"怎么可能？我们家的熊平时都是以吃素为主的，很少吃肉，更别说吃狗了。"茗茗的父亲对警察说。

而对于这只熊最终的去留问题，政府在进行最后的决定。

这只熊到底要到哪里去，很快就会有个眉目了。

李翼吃狗的事情后来还是他自己败露的。当然，如果他不交代，连他的命恐怕都要保不住了。

所有的事情总是一报还一报的，在大家的注意力都在那只熊身上的时候，李翼大规模地悄悄地屠杀并且吃掉了很多的狗，而且还向附近的几个城市的餐馆提供狗肉，但是有一天，突然，他身上患了一种奇怪的疾病。这种病使李翼浑身发热，不断地冒汗。汗水就像是雨水一样从他的身上往外冒，关键的是，他的十个指头都开始往外面流脓了。

十指流脓是十分可怕的，因为医生也不知道李翼得了什么怪病，他们怀疑他吃了什么不该吃的东西，一开始怎么问他他都不说，后来医生说："如果你不配合，那么你的命就保不住了。"

这句话把李翼给吓坏了，他终于交代了这几个月来杀掉、吃掉、卖掉几千条狗的情况。"求求你们，一定要把我救过来……"

于是这座城市大量的狗神秘地消失的谜底算是解开了，凶手原来是这个戴金丝边眼镜的文弱的家伙！有的医生的狗也莫名其妙地消失了，现在，他们找到罪魁祸首了。他们愤怒地把他打了一顿，因为院长的阻拦，他们没有剥掉李翼的皮，就已经对得起他了。

与此同时，市民也知道李翼才是屠杀狗的真正的刽子手，他们愤怒了，开始在医院外面进行示威游行，抗议医院收留"杀害人类朋友的刽子手"。他们威胁要把李翼在广场上活活烧死。

但是毕竟医生是有医德的，他们明白了李翼的病因，在李翼痛哭流涕地哀求下，准备给他治疗了，他们就对症下药，开始抢救他了。

狗肉是特别具有热性的东西，医生就让李翼吃了从深海里捉到的一种泥虫，和西藏高原上生长的一种青草。这种泥虫和青草都是极寒的东西，可以中和李翼体内的热量，可以止住他十指流脓的情况。

而让茗茗担心的事情终于发生了，考虑到大多数市民的愿望，政府决定，茗茗家收养的熊必须在三天之内交给省会的动物园。

就在政府的通知送交给茗茗家的当天晚上，茗茗家的熊消失了。

按照茗茗一家的说法，在茗茗把这个政府的决定当天念给这头通人性的熊听了之后，半夜的时候，熊就不见了。

和这头熊同一时间不同地点消失的还有李翼。李翼是从医院的病床上消失的。因为听说了他要出院的消息之后，愤怒的人群已经堵住了医院的大门。他们肯定会把李翼给撕成碎片的。

于是李翼就通过六楼的排水管，爬下了医院大楼，消失在了茫茫的黑夜里。

第二天，全城的很多人都在找李翼和那只熊。他们原来是两拨人马，后来汇聚成一拨人马了。但是他们就是不知道他和它跑到哪里去了。

　　奇怪的是，当他们在一个星期后发现他和它的时候，他们是在一起的。这只传说中要以人肉为食的熊和蓬头垢面的李翼十分安详地躺在一片铺满了野花的田野上，他和它都睡着了。发现他们的时候，人们都不敢相信自己的眼睛，因为他们是在一起逃亡的两个东西，一个是人，而另一个是野兽，现在，他们在一起安详地睡着了。

　　"我在晚上溜出医院的时候，并没有发现它，其实，它在黑夜里先发现了我。它就一直跟着我走，我后来发现它了，我吓坏了，但是这头熊似乎十分悲伤，也十分友好，一副无助的样子，我过去害怕和讨厌所有的动物，但是在夜晚逃亡，看到另一个无助的活物，我忽然有了亲切感。于是我就站在那里，慢慢地和它接近了。"

　　李翼和那头不愿意去动物园、通人性的熊一起逃亡，也许他们的命运确实是连在了一起。他们在逃亡的过程中建立了深厚的感情，这是谁也没有想到的。

　　人们后来终于原谅了李翼的杀狗吃狗的行径，没有剥了他的皮。李翼在逃亡的时候终于明白了和动物也能够建立深厚的感情，发誓痛改前非了。

　　后来，李翼在动物园当上了动物饲养员，他现在要天天照顾那只熊了。那只熊也接受了来动物园的安排，而人们经常看见茗茗和李翼一起，在熊圈里，指挥那只熊给大家做动作。

茗茗的哮喘彻底好了，但是医生还没有解开她哮喘痊愈的谜。

环形树

    在这座西北偏北的小城，沿着季节河往天山的方向走，走到天山的深处，那里就是哈萨克人的居住区，他们的高山牧场。

    当春天来临，那里到处都是野花在开，一直持续到秋天，山上仍旧十分绚烂。

    乌斯曼就生活在那里，生活在天山的怀抱里。但是他总是想看一看外面的世界，尤其是当他发现了那只蓝鸟的时候。

    那只蓝色的鸟还在烟雾一般的阳光里飞旋、唧啾。空气湿润得像手触摸青苔一样的感觉。

    我得抓住它，那幽灵一样的蓝鸟，十二岁的乌斯曼这样想。这几天，老是有一只蓝鸟儿在他的心里扑腾，那鸟长着一对有几千只小眼组合的复眼，老是不动声色地盯着他看。他感到有一种不祥之兆，仿佛黄色的云在头顶盘旋。我得抓住它，那幽灵一样的蓝鸟。那鸟晶蓝晶蓝的，蓝得发亮，蓝得璀璨，蓝得耀眼，蓝得辉煌；那鸟通体透明异常，就连五脏六腑和流动着的闪亮的血液都清晰可见；那鸟轻舒爪齿，把他的心一扯一扯的，叫他突然有一种浸到羊奶里的感觉。这使他又回想到了很久很久以前的日子。

那时，他比现在要小得多，个子长得跟奶桶一般高下。他蹒跚地搬来一只小方凳，愣愣地站在上面望着那平静的羊奶，他记得很清楚他那会儿笑了，笑得是那么开心，自得其乐。他看见了一只椭圆的小脑袋在羊奶里沉浮、摇摆。现在他明白他那时看见的那张脸其实不是他，而是这只蓝鸟所化。

他用手去捞那个脑袋、那张脸，但忽地全像雾气一样散去了。他又第二次去捞。这次捞的时候忽然感觉到天和地换了位置，一瞬间变得那样地扑腾迷乱，疯狂得令他至今难忘。不久那个羊奶中再次显现出一个孩童的脸和脑袋，水淋淋的、湿漉漉的，就像刚出生的小羊羔。

他现在想起来这只小脑袋才是他。这只小脑袋万分疑惑地张望着桶外的景观，仿佛在看着蚁眼中分裂的世界。但很奇怪的是，有一只眼睛里的东西全是绿的树、红色的人脸和漫坡漫坡的翠草坪，而另一只眼睛看到的是灰色的树、更白的羊和黄色的人脸。那张红色的或黄色的人脸突然扭动了起来，他远听到了一个声音，似乎以前从未捕捉过的一个声音。

那张脸坑坑洼洼的，黑色的胡子像松树一样长满了山坡般的两腮。他现在记起来了那张老脸是君玛德力大叔的脸。那时候君玛德力大叔有些气急败坏，手里的皮鞭一甩一甩的，他大步朝他走来，他的大皮靴像铅一样野蛮地躺在一大片美丽的三叶草上。他有些莫名其妙地看着朝他走来的大叔。

紧接着这一刻是他感觉突然长了翅膀似的飞在了空中，或者说是悬浮于空中，他感觉自己在飞翔过程中碰撞着哗然作响的阳光，触摸着悠然游动的空气；那阳光像玻璃的碎片一样随着他的身体落了下来，空气也是哆哆嗦嗦地扑腾、跃动。他的头先挨地，接着他觉出左眼，也就是刚才塞满了绿的树、白的羊和红脸的君玛德力大叔的那只眼，在一声尖脆的迸裂中，被一只羊角刺扎了进去。

他再次努力地睁开双眼，这时候他的另一只眼看到的是那些灰色的树、更白的羊以及黄色的大叔的脸盘子了。

——现在他记清了他眼中的世界之所以有两种底色，是因为其中的一只被羊奶浸染了，而另外的一只被很小很小的羊角刺永远地扎出了血色。他的名字由乌斯曼变成了"花眼乌斯曼"。

那只蓝鸟的叫声像水波一样在透明的空气中弥漫开来，在周围粗大的塔松的树干上碰出了鲜亮的蓝色火花，它的尖尖的嘴像在空中啄着，叮当作响。

我得抓住它，乌斯曼想。他这时还坐在一块橘红色的石头上，披着散发着膻味儿的羊皮袄。这时他突然感到了温暖，感到了一丝莫名其妙的心灵悸动——这使他站了起来，他扔掉了手中像死蛇一样干瘪耷拉着的鞭子，像游泳者一样划开水一样的空气，他追着那只蓝鸟的叫声。我得抓住它，那蓝鸟。他想着，脚已经像马跃蹄一样在山路上奔驰了。

他穿梭在兄弟般亲密的松林里，搜捕着那像溪水一样流淌着的鸣叫。我得抓住它，那蓝鸟。这样想着他像雪豹一样在峥嵘突兀的山石间飞跑。

那蓝鸟的叫声像天上牧羊神那样指引着他前进。他感觉中有一座小型的火山在慢慢地向外流淌着黏稠的岩浆，他的双手在空气中一攥一攥，他能体会到他抓住那鸟叫的声波的快感。

在跳跃一块大石的时候，他突然跌倒了，身体像一块干奶酪一样跌在了厚厚的马莲草上。这一刹那，那蓝鸟的叫声忽然神秘地隐去，他感到累了，倦了，乏了——胸口像风箱一样轰响。他闭上眼睛，用心灵去捕捉那鸟的翅膀，感到身体被天山荨麻扎了一般的疼痛。继而，又睁开眼睛。同过去一样，世界的一切原色极不真实地在他两只不同颜色的眼睛里映现。

阳光像瀑布一样从疏疏密密的松树枝间流泻下来，铺在他的身上；他忽然感觉自己好像成了祭祀大神的羊。他又听见了那蓝鸟的叫声，叫得那样热烈，那样欢快，那样躁动不安。他一个蹦子跳起来，但仍看不见那鸟儿在哪儿。鸟叫声像水波一样在弥漫。

他又开始在山谷、树林，在岩石与岩石之间、之上跳跃奔走了。风在抚摸他四面飞扬的长发，他不停地奔跑、跳跃。那蓝色的叫声一直在引导着他。又一会儿他停下脚步，是因为在一丛灌木背后，伸出了一颗好奇而又慈祥的大脑袋，那脑袋上长了四只眼（后来他记得是因为那颗脑袋上的眼睛上的黑眉毛太独异，或明或暗的，被他误认为是眼睛了），那是一只好奇的马鹿，马鹿的眼睛里闪着两团橘黄色的火花。它和他离得那么近，以至于双方都有些紧张，接着——八秒钟以后，那只马鹿突然扬蹄而去了。腾腾的奔跑声在他的耳朵里逐渐地减弱，逐渐地消失。

他感觉到失去了一些什么。这时他发现自己不知不觉地离山顶只有二十米远了，但那蓝鸟的叫声还在他之前响着，叫着，牵引着。他又继续弓着身子，猫一般地向山顶摸去。当他出现在山顶，听到那鸟叫近在咫尺之际，突然，他惊呆了。一种异常兴奋、激动的异物卡住了他的喉咙。

山顶是平的，平得仿佛没有一株杂草，平得坦坦荡荡。褐红色的土地，向天空呈现着一种别样的静谧。方圆三十米的中间生长着一棵树。这棵树的叶子纷呈、茂密，叶子全是蓝色的，闪现着夺目耀眼的晶亮。这棵树那样高大，高大得令他惊讶异常。他从来也没有见过这么高大的树，叶子是蔚蓝色的树。他奇怪他的眼睛怎么好使了，他使劲把它们瞪得圆圆的、大大的，然后绷得更圆圆的、更大大的。

令他更加惊讶的是，这棵树的所有的枝枝节节全部都呈环形。一个环上套一个环，环环相扣，扣扣相连，连成一棵环形的树，除了那棵粗壮的树干，环形的枝直冲云霄。一阵阵的山涛巨响传来，山峰陡起，这棵环形树开始在风中轻轻地抖动，哗哗地摇响。树的摆动很有韵律，就像是海面的起伏，起伏如他均匀的呼吸；树的喧响很有节奏，就像琴弦的拨弄，拨弄的手是大自然的玄妙。这一瞬间他感觉自己像从万籁俱寂中复苏，又突然回想到了在母腹中呼吸的感触。

那蓝鸟的叫声异常明亮，呵，他看见了那蓝鸟。那蓝鸟在离他最近的一段环形树枝上对着他鸣叫。他有些战栗，有些不敢相信自己的眼睛。环形树在风中有节奏地摇摆，发出好听的声响，仿佛一架天国的风琴，奏出了奇妙的圣音。他感觉自己的头顶出现了一圈白云。

他急走几步，离那只蓝鸟只有一臂之遥了。他面对他追了整整一上午的蓝鸟，眼睛里滚动了一些蓝色的液体。

他伸出手，手在微微颤动，如扇动翅膀的蜂翼。那蓝鸟轻快地一下子跳上了他的手掌。这一瞬间他心头的狂乱像海啸一样冲击着他的神经。他端详着、凝视着这散发着露水味儿的蓝鸟，幸福得发狂。

他小心翼翼地托着蓝鸟，听着蓝鸟幽深的鸣叫，围着环形树绕了好几圈。最后，他停了下来，慢慢地举起双手，手中托着的还是那只闪闪烁烁的蓝鸟。这个时候环形树突然落下了许多树叶，蓝色的树叶像雪花一样飘曳回旋在半空中，然后拥吻大地，然后投向他。他惊奇地发现环形树的叶子居然是椭圆的环形，中间是空的，叶子全都是清晰的脉络，散发着蓝色的、亲近的、柔和的光芒。他又抬起头，看到那轮在他头顶上高悬的、成熟的、黑红的太阳。

他把那鸟的身子正对着太阳，透过这蓝色的、透明的身体，他看到了一轮幽蓝幽蓝的太阳。

他闻到了马奶子酒般的香味儿，这香味儿在这一瞬间淋浴着他的全身。他感到自己像一片羽毛一样浮了起来。也就是在这个时候，那只蓝鸟，轻舒翅膀，慢镜头般地飞了起来，飞进了透明的空气，飞进了叮当作响的阳光。

这时他突然变得茫然失措，这时他转过身，俯视着在他的眼前展现的一望无垠的大世界。他在这一片翠色欲滴的山中生活了十二年！他有些愤然，两股透明的水从他的眼睛里流溢出来。

他愤然地看看这属于他的世界：遥远的群山像亲密的亲兄弟们一般，肩并肩地站着一直排列到云之深处。白云像棉花，一团团一簇簇地在地毯一样的崇山峻岭中投影下暗色的大花。羊群像白石子一样分布在绿得叫他恶心，叫他由衷联想起绿头苍蝇的草坂上。塔树们正直、诚实。白色的毡房像被风吹雨打过的野蘑菇，坐落在山凹处。他感到愤然——这是他生活了十二年的世界！他对这里的一切都感到愤然。这时他眼中的颜色又重新变为了两种颜色。

他找到那鸟，蓝鸟早已不复存在了。环形树冷峻地高耸着身子，向世界映射着傲然。

他决定要离开这里了。

傍晚吃手抓肉的时候十二岁的乌斯曼感到心口特别疼，就像脚指甲被猛然掀去的疼痛。父亲简力别克像所有的日子一样，一声不吭，像一座铁石墩一样盘腿坐在毯子上，呼呼啦啦地发出了像羊被割破了喉管喷血时发出的那种声音，喝着叫乌斯曼感到特别难喝的盐茶。这褐黄色的盐茶总叫他想起马尿。干酪饼散发着霉味儿，就连手抓肉也老是叫他联想起得病后倒在密林里腐烂后的羊。尤其今天更是这样。

你怎么不吃?

我不饿,所以我不吃。

你为什么不吃? 我不吃是因为我不饿,我感到恶心。

父亲简力别克冷冷地看着这个小儿子,心头泛起一阵暗灰色的液体。乌斯曼的眼睛变成了两种颜色的这八年里,父亲就没有对他好言好语过。父亲和母亲努尔古丽一口气接连生了四个儿子,乌斯曼最小。简力别克一看到乌斯曼痴呆呆地用两种底色的眼睛看他,或者目光集中在一点做沉思默想状,凝固成雕像的时候,就不由得心中稀里哗啦地结上了一层冷霜。

你是不是还想去上学?

我不饿,所以我不吃。

你必须放羊,不能去上学,怎么你就想不通?

我不想吃是因为我不饿。

今年六月份乌斯曼小学毕业了。小学这五年,乌斯曼觉得他过得非常舒心和畅快。这五年中乌斯曼每天都挟着课本,和其他二十几个孩子不远数里,在白杨河谷的一块绿得醉人的草坂上,听老师绘声绘色地讲课。

老师那脆亮脆亮的声音,就像在草坂上滚动着的晶亮晶亮的露珠儿,在他们的心坎儿上闪着璀璨的光。老师无所不知无所不讲,但乌斯曼最爱听的还是那个哈萨克族人的祖先、大英雄椰力斯汉的故事。他从老师那里明白了星星为什么会像阳光下的玻璃一样发亮,懂得了土里为什么能生长出树呀草呀鲜艳的花儿呀，却冒不出马驹和小羊羔子来。可今年六月份他就小学毕业了。

乌斯曼的上头还有三个哥哥：一个专门做皮箱，发了大财；一个跑到苏联的伊塞克了；还有一个在遥远的库车第一监狱里待着呢——他因为乌斯曼还不甚明了的"爱情"而杀了人。他的这三个哥哥没怎么念书，也不愿念书，可乌斯曼却一口气念到小学毕业了而且还想继续再念初中，可父亲执意叫他去放羊。这一下子碾碎了乌斯曼冰凌花一样绚丽而又脆弱的许多想法。

他其实很想读完初中再上高中，有一天高中毕业了还想走出山里去念山里人想也不敢想的大学。他不知道外面是怎样的世界，不知道大学的娃儿们是不是也望着天，坐在一望无垠的阔草坂上任思想的野马驰骋个够，不知道还有多少个神奇玄妙的故事和传说还可以让他陶醉个够……山外的世界对于他来说就好像是听老人们讲大海。

两年前，一位瘦小得跟山羊似的汉人，背着一个用两根绳子串起来拴在身上的背包，穿着很奇怪的鞋子，鼻梁上架着一对有颜色的镜片。他用汉话问他好多东西，叽里呱啦地叫乌斯曼听着就像猴子想捞着月亮最后跌进水里一样茫然而不知所措。后来那个汉人就继续上山了。

乌斯曼足足跟了他一天。后来他在乔克拉斯峰的冰岩上发现了一具被雪豹啃得支离破碎的骨架，旁边倚着那双花花绿绿的旅游鞋，那双鞋现在还被他藏在他家后面的那棵老红松的潮湿洞穴里。他每个礼拜天都要去清理检查它们一遍。

你不能再上学啦，听见了没有？

我讨厌放羊像讨厌牛屎一样。

父亲简力别克的胡子齐刷刷地第七次竖起来，一根一根的。他像塔松一样站了起来，虎着的脸铁青得像破牛皮一样难看。

他用手拉住乌斯曼的皮袄领子，只一提就把小小的乌斯曼像蒲公英种子一样拈在半空，然后那双写满老茧的手猛力一送，乌斯曼就像老师讲的炮弹一样从毡房里飞了出去，像一头大葱似的栽在松软的土里。

在他落地的一瞬间他心头充满了悲凉和愤怒。他使劲摇着发疼发晕的脑袋，抬起如灌铅般沉重的脑袋，看着他生活了十二年的毡房，他感到恶心。牛屎成堆在他眼前飞舞，他感到恶心。刹那间——一种蓝色的火花在他的两种底色的眼睛里燃放开来。这种火花璀璨、狂热。他记起来了，像雪豹一样向树林冲去。

他找到了他藏鞋的那棵树。他像老猫一样爬了上去，蜷在高高的树杈上，从洞穴里取出那双鞋。那双鞋散发着好闻的奶气。他——高兴地哭了。继而快速地脱掉了靴子，换上了那双鞋。鞋很大，像船一样亲密地托着他光光的脚底。他感到特别踏实，心中洋溢着幸福。他沉醉地闭上了眼睛。

有一种急切的呼喊惊动了他。通过密密的松叶，他看见了母亲努尔古丽那笨拙的身体、蹒跚的脚步，听见了她苍老的声音——她在找他。每次父亲打他时她总是在旁边呆呆地看着，像在看皮影戏一般一点办法都没有。

所有的故事都没有她，她也进不去。乌斯曼不恨她但也不爱她。乌斯曼没有理会母亲，直到她那焦急的呼喊像水烟一样消散。

就这样，他蹲在树上，一直挨到晚上。

水淋淋的月亮疲惫地升了起来。他又像猫一样溜下了树。他悄无声息地跑到马厩，麻利地解开那匹黄色走马，又蹑手蹑脚地猫进毡房拿了一褡裢干粮和酸奶疙瘩，跨上走马，像风一样走了。马蹄声像鞭炮一样在月光中的夜空中炸开，他像水中的鱼儿一样游着游着，滚进了月色。

两天后的夜晚，月光同样很明朗很狡黠。他骑着马，后来到达了城市。这时候已是午夜。打他骑着马一踏上宽大的路面的时候开始，他心中的潮水就汹涌澎湃，奔腾不息。他许多次梦见了城市，幻想过城市，而现在，在所有的人都熟睡的时候，他像一束光一样切入了城市的梦。他感到又自豪，又有些顾影自怜。

马蹄在空旷的路面上叩出美丽的音符，这音符跳跃成歌曲，在他心中激荡起来，在他面前，展现的是比山中最高的树还挺拔还伟岸，还有气魄的方形的楼层，从一些更小的窗户向外流泻出平和的光。大道上几乎没有人，秋季的天空阴冷潮湿。偶尔有一辆冒冒失失的汽车，轰隆隆地从他身边哗然地驶过，把他的黄走马吓得一跳又一跳的。

他继续骑着马朝前走着，左右张望，像哈熊走进毡房一样地好奇。他端详着许多他第一次看到的东西，他那两只不同底色的眼睛感到特别新鲜、特别惊喜。他的马有时走得快，有时走得慢，像一尾鱼儿在夜空的水里漫游。

他走过了一条条大街，穿过了一个个胡同，有时在巨幅的壁画前凝思，有时在一些突然响着狂热的摇滚乐的宾馆前立马聆听，城市里因为沉睡而毫无戒备地在他面前呈现得一览无余。

乌斯曼不停地催马前进，时而在模样古怪的果品店前下马仔仔细细地观赏，又时而在一些高贵华丽的建筑前留步赞叹。令十二岁的乌斯曼奇怪的是整个城市里人很少，像影子一样一晃而过，又隐入了幽暗的地方。

他那热烈的心慢慢地有些降温了。他突然感到他与城市的一切有一种隔阂感，他和城市之间横着一条什么东西。

他有点冷了。他用力地拽了拽衣服，他在这一瞬间有些茫然。他像一只快要搁浅的小船那样，疑惑地寻求着停泊地。

他又拐进了一条山谷般黝黑的胡同。他感到有尿在体内憋得慌，就翻身下马，解手。尿液哗啦作响，像击破冰块一样铿然有声。在他低头看他的尿液漫开的图形的时候，三条人影遮住了他的视线。

他抬起头。

在他的面前并排立着三个妖冶得要命的女人，朗朗月光的照射下，嘴唇抹得跟刚吃过人血一般鲜亮。她们都很年轻，都长着幽深的大眼睛，眼睛里都闪着蓝色的荧光。

哈哈哈，这儿有个脏兮兮的小家伙，喂，你从哪里来的？

瞧他那傻不拉叽的样子，就跟山羊似的笨头笨脑。

喂，你怎么不说话？两只招风耳挺显眼的嘛。

他骤然感到寒冷异常。山羊才不笨头笨脑！他愤愤地说。

瞧他叽里呱啦的，更像头笨山羊。

依我来看这小孩的鸡巴。他可能还是只雏鸡呢。

她们三个像蛇一样围拢过来，手臂像野刺藤一样有力地圈住他。他心里感到非常难受，却一点儿办法也没有。他的裤子被这三个女人褪下来了。几只手在拨弄着他的小鸡鸡。

他把眼睛像门一样地紧紧关闭着，他感到愤怒、羞辱，一个十二岁的男孩从未体验过的耻辱感一阵阵地泛上心头，可他无可奈何。那三个女人不知道怎么样的就一会儿跟鸟儿似的不见了。他站在那里，任冰凉的风拍着他裸着的下体。他异常地悲痛，心仿佛都碎光了。这里的一切不是他的，这里不欢迎他。他的两种底色的眼睛里滴淌出黏稠的液体。他想起了裤子，自己的裤子，用来遮羞的玩意儿。他呜咽了起来，跨上了自己的黄走马，他使劲地抽打着它，那马像箭一样地飞了起来。他茫然若失，他知道他从此没有家了，哪里都不是他的家。城市根本就不喜欢他，也不欢迎他。

月光湿漉漉的，在月色中，他像一头绝望的小羊，挣扎着颠簸在马背上。

又是两天后。

同样，月色幽蓝幽蓝的，他骑着马，脸色黝黑得像沥青似的。他听着那微弱的心像快死的鸟儿在扑腾，他感到心像碎纸片一样在飘浮着、摇曳着。他又回到了山中。

他把马拉回厩里，没有进毡房——那里躺着乌斯曼的父母和哥哥。他没有打扰他们，他径直向山上摸去。他要去找那棵环形树，还有那只蓝鸟。

当他再次气喘吁吁地出现在山顶时，他流泪了，仿佛看到了最亲近的人。他有些哽咽，他呼唤起来：蓝鸟，蓝鸟！蓝鸟蓝鸟蓝鸟——

蓝鸟的鸣叫没有再次响起。他感到阴冷的目光在吞噬着他。蓦然间他发觉，环形树的树枝间，有一个巨大的蜘蛛网，月光下投射着无垠的幽深。在蜘蛛网的正中，一只欢快的蜘蛛正高兴地舞着，它的旁边，静静地躺着，或者说粘着的正是他朝思暮想、梦寐以求的蓝鸟，死去的蓝鸟。

现在蓝鸟又躺在他的手里了。蓝鸟的眼睛像门一样紧紧地关闭了，蓝鸟的嘴像门一样紧紧地锁住了。蓝鸟。他哽咽着喊着，蓝鸟蓝鸟。

继而他抬起头，仰望着月光下疏影横陈的环形树。环形树在月光下沉寂无声。他的心真的碎得什么也没有了。我要回家！他哭着，奔跑着，狂嚣着，他托着那蓝鸟。我要回家！我要回家！他拍打着环形树盘旋的枝干，说，我要回家！我的家呢？他从腰上取下那把刀，使劲地砍着，削着那美丽无比、残忍无比、阴冷无比、高深无比的环形树，树皮在刀光中铿然作响，如马鞭在空中炸响一样。

他倒在了树下。紧接着这一刻是所有美妙的环形树叶全都飘飘然地坠落下来，把他盖了起来，而所有的树叶又组成了一个大的环形，在环形中间慢慢黯灭的是他的脑袋。

你要是在第三天早晨去看山顶，你仍可以看见那环形树叶堆中间露出的十二岁的乌斯曼的小脸，那脸上，流着两种不同颜色、像干颜料一样的泪水……

生命，你像草还是像风

我们街上的方子把他的后妈给杀了，他是一个乖孩子，因此才让我们吃惊。他们的家庭在我们看来一直是一个奇怪的家庭，因为他们家里的每一个人似乎都不太健全，是在几次失败的婚姻之后又拼凑的家庭。他们家人丁兴旺，但是来自不同的背景，这给他们家后来的悲剧结果酿造了祸根。

因此，当我们后来听说平时很蔫的方子竟然干出了这么轰轰烈烈的事情来的时候，还是十分震惊的。

毕竟后妈也是妈，杀掉后妈的人，他的脑子不知道是怎么想的？我们都想不出来，我们实在是想不出来。

方子一般不喜欢和我们在一起玩，他有一个瘸腿的哥哥，我们总是看见他们坐在一起，一副十分亲密的样子，似乎有永远也说不完的话似的。

他们都在说些什么？

——哥哥，那些草，它们为什么有这么多？它们无穷无尽地在生长。哥哥你告诉我，是什么力量使它们繁殖和灭亡？它们难道就从来没有感觉，没有意志和记忆？它们是些什么样的生命？

——那些草，它们都是兄弟姐妹，它们活着，春天里它们活得多好，它们在风刮过来的时候就一起说话。弟弟你听，它们现在又在说话了。它们是在欢笑，可我们是在哭。你知道我们为什么要哭吗？

——因为我们已经没有了妈妈。草们也没有妈妈，可风吹来的时候它们就能一起欢笑。人的生命像草一样吗？在大地上繁衍，没有四季它们就不能生长。人的生命就像草一样吗，哥哥？

——人的生命不是草，而是风，看不见的一阵风。弟弟，你想一想，要是你死了，谁会记得你？

——也就是哥哥你了。他们都会把我们忘了。

——是啊，那我们和草又有什么区别？

方子和他的瘸腿大哥坐在草坡上，看着眼前的草海在大风吹拂下泛着青绿的波涛。瘸腿大哥十九岁，方子十七岁，他们就像两只正在走向成熟的蝈蝈，一边嚼着苦涩的青草，一边怀想着苦涩的生活和死去的妈妈。他们一边流着泪，一边看着无穷无尽的草在风的吹拂下欢笑。

方子一直觉得他妈妈是一个蠢得不能再蠢的人了。草在风吹来的时候都会笑或哭，可妈妈她为什么要像一个榆木疙瘩一样只知道干活不说话？

当方子那像暴躁的牛一样的爸爸骂她打她的时候，她为什么像一块石头一样承受着打击而一声不吭？现在她死了，像石头沉入水底一样消失了，可是方子，还有她那瘫腿儿子和她那两个小女儿四个人都还活着。她离开了他们，使他们就像是四株草一样在荒野般的大地上生长。没有人再真正关心他们了。

那天，他进门的时候发现爸爸正在发脾气，母亲在一边流泪。他听见暴躁的父亲在唠叨着：家里没有钱了，家里所有的钱都叫你们四个小蠢猪给吃空了，你们这群浑蛋！我干吗当初要你们？你们还不快给我把钱挣回来！爸爸一脚踹倒了瘫腿大哥，又给两个妹妹一人一个耳光，她们立刻像风中芦苇一样摇晃着，发出了嘹亮的哭声。爸爸恶狠狠地盯着他：还有你这个浑蛋，我最讨厌你了，你总是想从我这里偷些钱，而你们谁会挣来钱？我这个看劳改犯的人在家里吃得还不如劳改犯，全是你们这四张嘴，不，五张嘴吃光了！你们这群蠢猪。父亲骂骂咧咧地在屋子里走来走去踢踢打打，他把妈妈拉起来：快，去做饭，我饿了。

你饿了，只管骂孩子就可以饱了，还吃什么饭？妈妈突然冷笑着对爸爸说。

什么？父亲的眼睛突然暴凸了出来，他立刻拔出了手枪，哗地把子弹推上了膛，我要把四个兔崽子全部杀掉！也把你杀掉，然后我就自杀！自杀！

他母亲的脸色立刻变得惨白，连忙就跪下了。她哀求着爸爸，苦苦地哀求着饶了孩子们。后来，他终于放下了枪，然后摔了门扬长而去。

他妈妈在第二天的下午，把方子和他的瘸腿大哥，两个傻里傻气的整天只知道哭的妹妹一同叫到了跟前，她脸色苍白六神无主。她叫他的哥哥妹妹们站成一排，然后，她取出了一瓶一斤装的三氯甲烷，在一瞬间就喝完了。她喝得那样痛快也是那样地欢畅淋漓，那样从容不迫同时又视死如归。

方子和哥哥妹妹在事情发生的那一刻十分迟钝和漠然，仿佛已知道了这是迟早要来的一幕。当他们终于扑上去抢她手中的瓶子时，瓶子已经空了。妈妈的脸红润得像苹果一样，她从衣袋里掏出了八百元钱，交给了他的瘸腿大哥："带好你的弟弟和两个妹妹。"很快她就口吐白沫了。

他的爸爸一进房门就听到了他们的号啕大哭。哭什么？谁死了叫你们这么伤心？一群浑蛋，滚开，滚开！他爸爸骂骂咧咧地走了进来，他当时也愣住了。

他像一只呆头呆脑的长颈鹿一样探着脖子看了一会儿自己的老婆，他上前用手探了探，发现她已经冰冷了。他捡起了那只褐色的空玻璃瓶，把它在地上砸碎了，然后，一把揪住方子的瘸腿大哥：告诉我，你妈死时留下了多少钱？快，全部都交给我，不然，我把你们四个崽子全都赶出去！

没有，我妈，没有留下钱，没有……瘸腿大哥哭得像个泪人。这时他的爸爸松开了他，狐疑地看了他们一眼，然后他便走进了里屋，开始翻箱倒柜了。

方子脸上的泪水像泉水一样汩汩地流着，他心中摇曳着大片的草，它们在风的吹动下像水波一样涌动。

方子妈死后仅仅两个月，在红星监狱当劳改干部的父亲又娶了一个老婆，他们的后妈。

她还带来了三个孩子，这使得他们家的队伍一下子变得更加庞大了。方子的后妈长着一双微凸的金鱼眼，她又高又胖，走起路来浑身肥肉颤动着，就像是波浪在涌动。她的脾气居然比方子父亲还要暴躁，她专横跋扈，谁也不敢惹她。方子兄妹四人的处境更惨了，动不动就被爸爸和后妈打。

他们依旧经常想到那些草，那些在大地上不断生长和灭亡的草，它们彼此之间挨得十分紧密，它们像是兄弟一样站满了整个大地，到处都是它们，就连人把火引向它们的时候，它们也要用身体将火苗传递开去。它们是一个整体，它们共同面对一切，谁也没法拆散它们。

——哥哥，你说人的生命像一阵风，就是说人死了之后，谁也看不见它的存在了，是吗？

——是的，你说你现在还能够再见到妈妈吗？你再也见不到她了，她只存在于我们的记忆里，你说她的离去像不像是一阵风？

——哥哥，我不愿我像一阵风，我更愿自己是一棵草，我要像草一样和许多草一同生长，一同被火烧成灰烬。

——可是你只有一个瘸腿哥哥我，和两个傻妹妹。我们都不能像草一样和你站在一起，我们宁愿像一阵风，追随妈妈进入黑暗。死就是一种黑暗。

——哥哥，你看秋天到了，那些草就要被烧起来了。它们烧起来的样子一定十分美丽，是吗哥哥？是吗哥哥？

他的大哥倾尽他所有的积蓄，加上妈妈在临死之前给他的八百元，开了一家修伞店。他的瘸腿大哥像是一个勤劳的大蝈蝈，每天都坐在那间租来的小铁皮亭子里，埋下头去修理那些破烂的伞。

那些伞像各色各样的蘑菇一样长满了小亭子，他每一次去大哥那里都感到温暖和快乐。哥哥的生意很好，很快就积攒了一笔钱，可是他们的爸爸很快就知道了，他就像一只闻到了肉香的狗一样来到了小铁皮亭子，涎笑着问他的瘸腿哥哥："儿子，给我五百块，我要去买台照相机。"

"我没有那么多钱，我只有一百五十块。"他的哥哥头都没有抬，像一只老实的蝈蝈坐在伞后面说。

"呸！你以为我不知道？快把钱拿出来！快！"他的爸爸突然穷凶极恶起来，脸上的青筋像蚯蚓一样开始蠕动。

但是方子的瘸腿哥哥不说话了。他不理他。

他暴跳如雷，一脚把那些黑伞红伞花伞踢开，抄起一根铁棍，愤怒地开始砸小亭子了。他砸得那么起劲，把方子哥哥的小亭子砸了个稀巴烂。他的哥哥满眼含着泪，坐在一边像沉默的蝈蝈不说话。

我再也没有办法忍受了，方子想，那些长在荒野上的草总有一天要被野火烧个精光的。因为，方子的后妈也开始和爸爸吵架了。这样家里整天似乎都是硝烟弥漫的，没有一点安宁。

　　在吵架的时候，他们像两条疯狗一样狂吠着，嘴角拖下来口涎，眼睛暴凸，龇咧出森森白牙。他们在屋子里追逐着，方子的后妈手里提着一柄明晃晃的菜刀，砍杀方子的爸爸。他们像是两条争抢热屎的狗一样如此热衷于打斗。

　　方子再也忍不住了，方子从屋子的一角跃出，方子一把抱住了她，方子奋力地夺下她手中的刀。

　　但是她力大无比，她像一头母牛一样甩开了方子。这时方子的爸爸却走上前来一拳把方子打得脸上直冒火花……

　　后来还有一天，那天方子刚刚放学，回家后发现电灯不亮了，方子就站在板凳上去修电闸刀。这时，方子爸爸从方子背后像一只黑鹰一样地出现了，他的眼睛黑森森的，他说："臭小子，你八成是想用电电死我和你后妈！你兴许还要用电引爆炸药，炸死我们！……"他一把把方子从板凳上扯了下来，他开始用皮鞭没命地抽方子。方子被打得鼻青脸肿，他疼得在地上滚来滚去，方子听见遥远的空气中传来了母亲的劝慰：孩子，要学会忍，忍，忍……

　　他们兄妹四个和后妈的兄妹三人天天对峙，就像是敌人一样之间有着一条深深的鸿沟。有时候突然就开始了混战。

　　这年年底父亲弄到了一个招工指标，可他并没有给刚刚满十八岁的方子，而是给后妈带来的儿子，而且还叫方子去替他考试。方子没有听从，他就挨了父亲一电棍，方子感到自己像一根羽毛一样轻轻地飘在了空中，血像梅花一样开在了脸上，开在了方子的白衬衣上，他一声不吭。

——哥哥，你说，自从后妈跨进咱家，咱家的日子是不是像监牢里一样？哥哥，你说，咱家这几年，吃过一顿好饭吗？哥哥，就连血液都要说话了，你告诉我，这一切是不是那个该死的女人、我们的后妈带来的？

——弟弟，你谁也别恨。这是命，后妈也并不好过。爸爸从根子上讲也不是一个坏人，弟弟，你为什么不去学开车？这是你可以学到的手艺了，然后把车开到很远的地方，永远离开这里。

——哥哥，我是一棵草，我不离开我的土地。哥哥呀，再说，我走了，你和妹妹该怎么办？

——人的生命就是一阵风。或者，我们都是野草，因为人人都是过客，人总是要死的。受这点苦又算得了什么？人就是一棵草，该烧成灰烬的时候，就自然会烧成灰烬了。

——你是说我们就只有忍耐？

——可是生活本身就是一场忍耐啊。

那是一个阴天，空气沉闷得就像在煤坑里一样，低低地、紧紧地压着方子的心。他带上了一把足有三十厘米长的刀，他脸上带着一种奇异的笑。在他的眼前，有大片大片的草在燃烧的幻境出现，火苗子腾空而起，火苗子飞上了半空……他约了平时最要好的朋友去一家馆子聚餐，然后，他又拉着他们照了合影。他笑着对他们说："我以后再也不想见你们了。照这张照片，就是为了和你们永别。"

朋友们都笑了，他们以为他在开玩笑，他们压根就没有往那个方面想，之后，他和他们分手了。

中午一点钟，他和瘸腿哥哥去电影院看电影《妈妈再爱我一次》。他和大哥边看边流泪："世上只有妈妈好，没妈的孩子像棵草……"

他也是一腔怒火，他想起了妈妈，他听到了自己身体里燃烧的火焰。他猛地从漆黑的电影院里冲了出去，直奔后妈开的电子游戏机房。

现在，他的双手插进裤兜里，而他的目光平静而又疯狂，他走进游戏厅的时候发现这里人很多，人人都在沉溺于这种使人变得更加麻木的游戏。

这时他那身强力壮、身子晃颤颤的后妈看见了他，她在他面前像一头示威的母豹一样走来走去，她"呸"地朝地上吐唾沫，就好像他是一个令人恶心的叫花子。他突然听见了山洪暴发的声音，他猛地拔出了匕首，他已经抢上了一步，向她的肚子扎去。她尖叫着倒地了，他听见胸腔里的山洪在汹涌，他用力地扎着她，听见了刀锋进入肉体的钝钝的声音，这一刻他悲愤和快乐极了。

人们像疯子一样围了过来，他们想要抓住他，他手中的匕首使劲地戳下去，他的耳朵里山洪轰鸣……

所有的人都惊呆了，他们呆呆地不知到底发生了什么，直到一分钟后，才意识到发生了什么。他们尖叫着奔逃出电子游戏机房，几个粗壮的大汉扑了过来，企图扳住他的肩膀和手臂……

"我要杀了她！我要杀了她！杀了她！是她带给了我们更深的灾难。我要报仇！你们瞧，我已经杀死她了，她已经死了，你们让开！都给我滚开！我已经十八岁了，我已经到了可以判死刑的年龄了，你们谁也别烦我！放开我！都给我滚！我自己的事，我自己解决！"他大声地叫喊着，他提着血淋淋的刀在他们惊异和恐怖的目光中径直向公安局走去……在方子的心中那广阔的荒原上，那些优美的草都在燃烧，熊熊火焰显得是那样壮观和美丽，草们在毁灭中获得崭新的末日。

方子杀了他的后妈，投案自首以后，被关进了红星监狱。

一个月以后，已经年满十八岁的方子被押赴刑场，在城郊季节河边上的一个黄草滩上被枪毙了。

他的瘸腿哥哥几年以后死于街头的一次交通事故，两个妹妹后来嫁到了湖南。他的父亲死于红星监狱的一次囚犯的暴动。

阳台上的美人

"阳台上的那个女人真骚。"

他们这么评价那个女人，在1983年的夏天。

他们经常在暗处观察她。她是一个洒水车司机，但是她那丰满的身体成了他们性想象的对象。

他们说那个女人真骚的时候，她正站在阳台上，穿着一种紧身的裙子，丰满的乳房像是要从衣服里面跳出来一样在裙子里滚动。

她每做一个动作，浑身都在散发着母河马的气息，浑身透露出一种后来叫作性感的东西。

有时候，她会从蹲在街上的他们面前走过，裹在衣服里的身体散发着香气，让他们在她走过去很久后，还闭着眼睛闻着这种气味。

一次她还和他们说了话，那是她走过他们经常小便的墙角，她看见墙根被坏小子们的小便给冲刷腐蚀得锈迹斑斑，笑了，对蹲在墙边的他们说："你们撒尿的力气还怪大的，都快把墙给冲倒了。"

这句话让他们回想和兴奋了好久。

"我真想办了她，你看，她的奶有多大。"远远地看着她远去，牛牛流着哈喇子这么说。的确，按照十几年以后进入物欲横流时代的标准，她也算是一个奶霸，一个十分性感的尤物。

"她的一对奶头甩过来，能把我们任何一个都给砸晕了。"马强说。那个时候他还没有泡上女朋友杜玫。

他们这些年龄不大的小骚狗，蹲在地上，从远处贪婪而又不动声色地偷看她在阳台上伸腰展臂，似乎都能够看见她身上金黄色的茸毛。

"我们中间有谁能够上了她？"牛牛问大家。

他们都没有说话，但是都表现出一副心虚和畏惧的样子。后来他们就再也没有说这个话题，但是一个有心人，他最终和这个女人有了一种联系。

谁都没有想到罗兵最终能够得手，他们也是在他死后才知道这个消息的，当时罗兵是从她家的阳台上掉下来的，他们都惊呆了，这个新闻在消息闭塞的1983年仍旧是爆炸性的。

过了好长时间，他们才在众人的回忆的拼接当中，完成了对这个事件的猜测性的回忆。那个时候，时代风尚发生了变化，人们早已经将罗兵和丰满的洒水车女司机的情欲故事给忘得一干二净了。

罗兵是一个比较腼腆的人，但是正是应了那句会咬人的狗不叫的老话，这个家伙居然最终得手了。

似乎在每一个少年的想象当中，都应该有一个成熟的女人引导他走向成熟，有的时候是烈火焚身，有的时候你会因此加速成长。

罗兵就是在那一年的夏天，经历了他的成长和死亡，成了我们记忆当中一道黑色的擦痕。

罗兵喜欢一幅叫作《成熟》的画，在那幅画上，画的是一个男孩偶然面对一个女人裸体时的情景。

这几乎成了他青春期的隐秘的愿望。

罗兵是一个蔫蔫儿的家伙，很多人都这么评价他。这句话的意思是说平时他很少谈自己的看法。

坏小子们对那个漂亮丰满肉感的女洒水车司机进行放肆的评论时，罗兵是一声都不吭的，但是这个小子是一个实干家，最终是他被她完成了成长的仪式——他们说，这个仪式是要一个女人用双乳夹住你的脸，而她就用她的巨大的双乳夹住了罗兵的脸。

罗兵到底是怎么上手的，谁也不知道，可是有人发现天黑以后，当这个女洒水车司机的丈夫——他是一个电厂的工程师，需要上夜班而离开了家以后，有一个黑影从她家的阳台上翻越进去，和女司机在床上滚成一团，但是他们都没有看见那个人是谁。

因此他们在大街上聊天的内容之一，就是那个从她家的阳台上翻进去的人到底是谁？他们争论得十分激烈，而当时罗兵也在他们中间。

他是从阳台上掉下来摔死的，大家对此都感到遗憾。

可是他和那个丰满的女洒水车司机的恋情还是让整个城市兴奋了好久，城市里那一段时间整天都在街上谈论这件事情。

那个女司机后来很快就调到别的城市了，坏小子们的青春记忆的路标从此就消失了，就像罗兵最终消失在大家的记忆当中一样。

没有谁可以和记忆的力量抗衡。就像当年罗兵不能和那个丰满性感的成熟女人的诱惑力抗衡一样。

"我后来就没有再和他们谈论她，我发现我经常梦见她。有一天，我梦见我骑着一匹白马在旷野上疾驰，但是忽然，我的胯下的白马变成了一个喘着气的丰满的女人，我再一看，发现那个女人就是她。我的下身的树干已经进入了她的体内，她喘气就是因为这个，然后，我在一阵眩晕当中第一次射了精。"

"我后来在梦中就经常被她夹住身体，有时候我只是一根细长的棍子，在她的身体里走得很远。我白天醒来以后吓坏了，我的脸色在那一段时间里特别苍白，我的妈妈以为我得了什么病，非要我去医院检查，但是我知道我什么病都没有，我只是被那个梦缠住了，被她给缠住了。"

"我当然想和她发生联系，但是最好要有时机，有一天，时机来了，当时我一个人在街上走，她驾驶的洒水车正从我的身后开过来，这种时候一般人都会躲开，但是我恰恰不躲开，我就被洒水车的水把半个身子给浇湿了。她把车停了下来，她从车上下来，走到我的身边，和我面对面，这个时候我的耳朵里一阵轰响，我紧张得什么也听不见，我只是看见她说话的口型。真正面对她的时候，我又厌了。"

"你看你，没有听见我的汽车喇叭声吗？你看你的衣服都湿了……这样吧，你到我的家里，我给你把衣服熨干了吧。"

他就上了车。他的心咚咚直跳，但是只要是和她靠近，他就十分满足了。但是他几乎不敢用眼睛看她，害怕自己色情梦的女主角看出他的心思。

她一边开车一边用眼睛看着他："我在哪里见过你……对了，你就是那些蹲在墙角，对过往的女孩吹口哨的坏小子中的一个，是吧？你叫什么？"

"罗兵。"他的脸红了，这是他没有想到过的，在此之前，他往打架的对手头上拍板砖的时候是连眉头都没有皱一皱的。

"你就是一个坏小子，你们整天蹲在街上干什么？"她熟练地开着车，又问他。

"看你。我们在看你呢。"他突然鼓起勇气这么说，同时也是为了看一看她的反应。

她怔了一下，显然没有预料到会有这样的答案。"一群小公鸡，你们又懂什么呀！"她接着哈哈笑了起来，"你们看我的什么？"

他的脸色有一些红，他当然不能告诉她他们看的是她的哪里。洒水车很快就停到了她的家门口。"上来吧，我要把你的衣服给熨干了。"

她的家里十分整洁，没有多余的和凌乱的东西，还有一股在她的身上也有的清香。她给他翻出来几件显然是她的衬衣和西装短裤，让他把身上的湿衣服脱下来，暂时换穿一下。

于是她就给他熨衣服，那是一种自制的带烘干功能的铁熨斗，他换上了看上去很大的衣服，在她的一边看她劳作。

实际上在这样一个初夏的天气里，湿衣服会很快自动干的。为什么她叫他上家里来呢？他有一些不明白。"你有孩子吗？"他问她。

"啊，没有，"她的脸上掠过一丝很难察觉的遗憾，"我们很想要一个小孩，但是，不知道为什么——"她看了他一眼，"你是小孩子，和你说这些，你也不懂的。"

"嘻，我什么都懂。"他有一些不服气。

"什么都懂？"她眯起眼意味深长地看着他。

他有一些做贼心虚了，就到客厅里，坐在沙发上翻看一本杂志。

"罗兵，你的衣服好了。"很快就看见她提着他的衣服走过来，"来，给你换上。"

他脱衣穿衣，这个过程她都在哼着歌。她帮他穿上上衣的时候，他来了勇气，转身一把把她抱住了，用嘴唇凌乱地在她的让他朝思暮想的胸部寻找着什么，一瞬间她似乎怔住了，几乎是听任他对她的身体进行不着边际的触碰，但是她很快从这种局面下清醒了，她推开了他，有一些责备："你停下来——"

她的力气把他的动作制止了，他有一些羞愧，转身想跑，但是她又一把抓住了他："你是个小孩，不能学坏了。我今天原谅你了。但是——"

他还是挣脱了她，跑出了房门。

他后来仍旧摆脱不了那些色情梦的纠缠，而且这种色情梦还有愈演愈烈的情况，在这样的梦中，他最终都无一例外地和她发生梦交，他的身体在她张开的身体下，显得十分渺小，醒来之后他的小腹上的黄毛都在濡湿的液体中倒伏了。

从那些让他脸红心跳并且充满罪孽感的梦中醒来，他都在悄悄欢呼这毕竟是一个梦。但是可以明白无误地说，他已经无法回避她了，无论是在梦中，还是在现实的境况里，他都要和她发生联系了，这是注定要发生的事。

他当然渴望和她再次见面，但是他担心她会对他印象不佳，毕竟他上一次突然把脸埋在了她的胸部，让她吃了一惊。

街上的坏小子们仍旧肆无忌惮地谈论着她的乳房和身体，把他们的性想象都寄托和发泄到她的身上，但是在他们中间的罗兵，因为有了一次和她的短兵相接，而再也没有说起有关于她的任何脏话。

他和她的见面发生在上一次见面的半个月之后，这个时候的他已经被梦中和她的交接弄得脸色苍白、神情委顿、精力萎靡。他有时候自己一个人悄悄地观察阳台上的她，这个时候一般是黄昏时分，她刚刚吃过晚饭，在阳台上伸腰舒背，每一个动作在他的内心里都掀起一阵风暴。

　　于是很快他就和她再次见面了，就像是天意一样。

　　说是天意，其实仍旧可以说是偶遇，那是在她又一次出车的时候，不过这一次是在早晨，是她先发现的他，然后她没停止洒水，而是放慢了速度，在路过他边上的时候，喊了他一声："罗兵，你上来我搭你一段吧。"

　　罗兵被这一句话吓了一跳，但是他没有太多迟疑，就跳上了车，在位子上坐好以后，他感到很兴奋。

　　"我以为你害怕再见到我了。"她笑着对他说。

　　"为什么？！"他反驳道，"我……又没有干什么坏事。"

　　"可是你想干坏事，对不对？"她仍旧笑着说。

　　她的笑容让他有一些恼火，因为这样她似乎掌握了主动权。

　　"每一个男人都想干坏事。"他淡然但是不服气地说。

　　"可你还是一个小孩，一个小公鸡啊。"

　　他的脸色涨红："我才不是一个小公鸡呢，我肯定能够把你放倒。"他向她示威了，但是这只是招来了她一阵爽朗的笑声。

"把我放倒，你们议论的一定是这件事情。"她已经把什么都看穿了。"不过，我给你买了几件衣服，"她的脸色郑重起来，"到我的家里我给你。"

他的心怦怦直跳，他以为这是她邀请乃至勾引他放倒她的信号。当他再一次走进她的家时，变得十分紧张了。

"过来，试一试这件衣服。"她拿出了衣服，开始让他试穿。衣服十分合身，她的眼里露出了满意的神色。

"很好，这样你就不像是街上的小流氓了。"她转身收拾屋子了，"罗兵，你可以走了。"

他不太明白地看着她，这使她反而有一些诧异。"你怎么啦？难道真的想放倒我？"她又大笑起来。她的笑声让他一点勇气都没有了。

她笑完了，脸色又变凝重了："你过来。"

他惶惑又无法推辞地向她走了过去。她伸出手臂抱住了他。现在，他在她的怀里了，他的脸刚好可以埋在她的胸脯上。"我没有孩子，我觉得你像是我的孩子。"她叹着气说。这个时候他完全可以感受到她身体起伏的韵律，她身体的热度和芬芳。这是让他安然的身体的世界，其中的气味和触觉是如此生动，让他的脸几乎要沾在她的身体上。

"好了，你可以走了。"她推开他，"你就别再想着'办'我了。我的年龄可以是你的姑姑呢。去吧，到学校好好学习，不要在街上瞎混，那样你以后就完了。"

他下了楼，仍旧感到有一些晕眩。刚才的他似乎是在深海里待过一样，或者刚才他经历了一次窒息。他的脸上还停留着对她的美妙身体相接触时的全部美好的感受，现在，他觉得自己在了解女人了，而她也让他从心中升起了亲近和敬畏。罗兵的妈妈很早就去世了，因此现在她被他想象成母亲和情人相混合的女性的形象。

但是，在接下来的一天，在他对她的窥视当中，他对她的印象又改变了。

这个时候他翻出了父亲的一架望远镜，找到了她家对面的楼顶上的一个隐蔽的地方进行观察和窥视。

就像是观看所有的成年人的生活一样，罗兵看到了她和她的丈夫做爱时的情景。在放大的镜头中，她和她的电厂工程师丈夫的身体咬合在一起，在激烈地扭动着，脸部的表情十分夸张和狂迷。

这一幕深深地刺激了他，他骂了一句，不知道是骂她戴着眼镜的丈夫还是骂她，那个重新在他的心中变成了一个骚货的女人。

等到罗兵再次和她相遇的时候，当她的洒水车停下来，她叫他上车，相反的是他拔腿就跑，根本就不愿意再和她说话了。

"我在心中对她产生了一种奇怪的感情，那是一种又爱又恨的感情，我希望和她接近，但是毕竟她是一个成熟的女人，她有着她的家庭和天天可以骑着她的丈夫，我觉得有时候她是诱人的诱惑，但是有时候她又是一个陷阱。"

"可是，我能够抵挡住她的吸引吗？我觉得我在被她引入一个结局，就像是我被引入她的家里一样，我和她，终究要发生一些什么的。我仍旧经常梦见她，在梦中，她却是一个引导者，引导我走向一个成熟女人的世界。"

"除了窥视，我不想向她靠近。我只想通过想象来靠近她，这才是我免受伤害的办法。只要是和她面对面，我就感到无地自容，因为，我的任何的想法，她只要看我一眼，就会知道我在盘算什么。"

后来，能够从罗兵留下的日记当中找到的文字就是这些了。大约又过了一段时间，罗兵再次和她相见了。他们发生了什么，是谁也不知道的，在街上后来的一种说法是她勾引了他，让他从童男子变成了一个真正的男人。

但是也有相反的说法，说是罗兵变成了一个她的生活的骚扰者，一个十分讨厌人的性骚扰者，想尽办法对她进行各种骚扰，一直到那天晚上的事情发生。

那天晚上，1983年的夏天，深夜一点钟，她家的屋子里忽然亮起了灯，传出了"抓贼了！抓贼了！"的呼喊。这个呼喊声到底是男声还是女声，后来的说法各异，因此猜测也可能完全相反。

于是隔壁几户人家的灯光都亮了，这个时候，在三楼她家的阳台上，有一个黑影翻越阳台栏杆，准备沿着雨水排水管向下爬的时候，失手掉了下去。

那个人就是罗兵。他刚好掉在底层的一块巨石上，脑浆迸裂，当场死亡了。

这就是罗兵的死，在街区上关于他的传说进行了一阵子，谁也不知道那天到底发生了什么，是不是他由她藏在家里，而她的下班的丈夫发现了才大叫的？而她是否引导他完成了男人成熟的仪式？或者他的确是一个后来可以称作是变态流氓一类的人，在深夜翻越阳台要对她进行骚扰甚至是强奸时，被她的尖叫吓得从阳台上掉下去了？

这些疑问，没有人能够回答了。

枪和蝴蝶

1983年冬天我们看见刘克戴着一个破烂的黄布棉帽，穿行在大街小巷中。

那个时候刘克总是一脸迷茫，神色惶恐疲惫地站在大雪之中遥望远处的天山山脉，它在大雪纷飞中像一条黑色巨龙，无穷无尽地向西天边延伸。十四岁的他从那个时候起内心开始堆满了岁月的灰烬。

那年冬天刘克转过街角的时候碰见了国庆。国庆那一年已经十七岁了。他的父母原先都是盲流，五十年代末期和大批进疆的神色兴奋而又迷茫的支边者一同来到了天山脚下的一片荒滩上，接二连三地生下了国雄、国疆和国庆。

那一年已经十七岁的国庆脸上总是带着一种异常古怪的神情，似笑非笑，目光之中又带有一种恶毒的对世界的仇恨。刘克记得那一年整个城市里的少年们依旧玩着掷羊骨的游戏，这种游戏是用掷击的方法来赢得羊的腿关节骨，而那一年国庆的两个哥哥——国雄和国疆，都已经从他们这条街上消失了。

他们兄弟三人长得就像从一个模子里浇铸出来的，清一色黑脸膛大眼睛方方正正的中等个子。国雄因为和别人一起杀了人，在1982年被判了重刑，被送往塔克拉玛干沙漠中的大监狱中服刑了。

那年夏天体内躁动不已的刘克和少年的伙伴们都看见了坐在囚车中神情严峻坚毅的国雄，他那被剃得发青的头隐在囚车车窗玻璃后面，一言不发地看着前方，他的母亲哭得像个泪人，很多的白蝴蝶在那一天骤然从天而降，在天空之中飞舞，囚车开动了，刘克清晰地听到了站在刘克身边的国庆冷笑说："总有一天我也要让这个世界吃惊。"

国庆也就是从那天开始做枪了。他一共造了七把枪。刘克实在想不出为什么他造的枪能够打真子弹。他造木头枪，用铅铸枪，用钢管铁杆又焊又锯制成长枪。只有一回他的枪炸了，那是他用一支木枪朝他家院墙上放枪试枪时，枪炸了。

当时刘克就在附近，刘克听到一声巨响之后，转身看去，只见国庆被淹没在一片蓝色烟雾之中了，过了一会儿，硝烟散去，刘克看见国庆的脸上血流如注，无数枚细小的木屑嵌入了他的脸上。他从此成了小麻子。

二哥国疆比他大三岁，刘克关于国疆的印象是最清淡的，因为他的生命就像一股青烟，不动声色地就飘入了半空。

国疆脸色阴沉，一言不发地穿行在季节的夹缝中，与大哥国雄的沉静坚毅粗犷和三弟国庆的喧哗躁动形成鲜明的对比。他在1982年冬天大雪掩埋了世界的时候，死在了天山深处的一条国道上，他那时已是一名汽车司机了。他去天山拉煤的时候死在了那里，他死的时候在雪地上用手指深深地写下了"蝴蝶蝴蝶"四个字，而他的左手紧紧抓着一枚黑色蝴蝶的尸体，眼睛朝向天空，表情充满了向往与渴盼——在他眺望的方向，可是蝴蝶们消失的方向？

他们一家人总是与蝴蝶有一些关联。后来国庆死的时候下的那场雨中竟然奇怪地降下了无数条毛毛虫。这些毛毛虫在几十天后全都变成了雪白的蛾子，在天山脚下的这座小城飞舞，产卵，落地死亡，空气中充满了病态的花粉气息。

刘克刚刚拐过街角，就看见国庆缩在他那套著名的黑棉袄中，神色诡秘地朝刘克那排平房张望着。"你看你家来新邻居了。还有一个姑娘，胸脯已经长了小馒头了。"

刘克顺着他指的方向看去，只见在他家门口前停了一辆卡车，许多人在那里忙忙碌碌地搬东西。刘克呆呆地望了许久，脑子里像雪花纷飞一样一片缭乱。

很快地，一个穿红花布袄的女孩子——扎着两个羊角辫从那些人的缝隙中钻出来，兴奋地在雪地上堆雪人了。

她抬头发现刘克他们的时候，刘克看见她的眼睛里闪过的几只黑色飞鸟的影子。但旋即她冲刘克笑了，她向刘克他们招了招手。十四岁的刘克心中顿时响起了一阵音乐，刘克转身用询问的目光看国庆。

国庆的脸上依旧挂着诡秘的笑："这个小母猫一定是个小

骚货。她已经看上你了。你去吧，我去打麻雀了。"

说完，国庆就走了。

那一年冬天刘克就和青青这样认识了。后来刘克知道青青的家是从中国最西北边的城市伊犁搬过来的。"那里有许多石人像，就立在山崖下和荒漠里。石人的额头又冰又冷又光滑，还发亮，我总是很喜欢摸它们。"青青跟刘克说。

刘克在那年冬天，身体开始发出奇异的声响。每到夜晚，刘克都能听到自己体内的爆炸声，他总是持续不断地做梦，梦见自己变成一棵古怪的榆树，疯狂地在黑夜里从根部和树梢一起生长着，醒来以后，依旧能听到自己的小腹深处一片火焰燃烧的喧哗声。

青青和刘克一个年级，但她比刘克小一岁。刘克记得那个时候街上的少年们几乎个个都养成了欺负女孩子的毛病了。他们总是能想出许多下流的招数，来吓唬那些像花朵一样娇艳幼弱的少女。

青青的到来很快就招惹了许多无所事事的少年，那年冬天，许多流鼻涕的或不流鼻涕的少年总在窥视着青青这朵小花，企图伺机给她以突如其来的打击。

十四岁的刘克就在那年冬天开始悄悄地喜欢她了，可刘克不是一个好的护花使者。面对那些像野狗一样兴奋地随时准备攻击青青的少年，刘克感到虚弱无力，因此刘克不得不求助于国庆。

国庆那个时候已经在整条街上建立了凶悍的威名。十七岁的他总是爱穿一套黄色旧军装，足下还蹬一双漂亮的小马靴，马靴上钉的铁掌子在他走起路来的时候叮当作响，那模样跟电影上的小恶霸一样。

他能一拳就把别人的牙齿打飞了。牙齿要是掉在地上超过一分钟，没有拾起来吞进肚子里，就只能活五年——他们私下传说着。

因此少年们被他打落了牙齿之后，只想尽快找到牙齿并把它一口吞掉，剩下的就是想着如何逃走和告饶了。

刘克把自己十四岁的心事在那年冬天透露给国庆。十七岁的国庆喉结突出，他嘶哑着嗓子叫了起来："那个小母猫把你给迷住了。我觉得她要给你带来坏运气。不过，我还是会帮忙的。"

从1983年寒冷异常的一月到三月，国庆一共惩罚了十四个不怀好意的小子，记忆之中那年冬天他左手戴着一柄银亮的铅制手镯，右手挥舞着一条自行车链条做的鞭子，打得那些骚狗少年鬼哭狼嚎，总是不断地将牙齿吞进肚子。

一直到这年四月春天到来的时候，他才松了一口气对刘克说："好啦春天来啦，他们再也不敢来骚扰你那朵小花了。我的任务完成了。我还要造七把枪呢。"

就在这年春天的一个夜晚，刘克小腹处的火焰猛地燃烧了，早上起来的时候他的两腿之间一片潮湿，一股湿麦子的气息扑鼻而来，他内心之中充满了恐惧，就把这告诉了青青。

刘克没想到的是青青居然对这一切了如指掌。她只沉吟了一会儿就说："你长大了。你不再是个小孩子了。"她说这句话的时候脸有些微红。刘克当时十分诧异，问她："你们女孩子也流那东西吗？"

"不，我们流血，每月一次的，"她平静地告诉刘克，"我已经开始一年了。"

那些日子刘克恍恍惚惚地思考着这些问题，刘克目睹自己的躯体在那年春天发生着本质的变化：他的喉结是如何突兀起来；他的嗓音是如何由稚嫩到嘶哑再到浑厚；他的两腿之间是如何在一夜之间长出了细密的黄毛，并且又如何在一个月之内由黄变黑了。刘克对这一切变化怀有着强烈的疑惧，仿佛他还没有准备好，就有人将他推上舞台硬要他表演节目一样。

这年春天刘克才知道男孩子为什么要攻击与侵犯那些花朵一样的女孩子了。刘克才知道有些事是不能告诉女孩子的，刘克懊悔极了，心中对了解刘克这些隐秘的青青充满了怨恨。

然而奇怪的是，宽宏大量的青青却越来越和刘克要好了。他们都上初中二年级，总是一同上学放学。

只是有一天她告诉刘克她想要鸟蛋："春天里的鸟都在筑巢，给我掏一些鸟蛋吧。"但是那一天刘克一听，立刻脸色愤怒地跑开了。

第二天青青脸上挂着泪痕找到了刘克。"我不知道的，原谅我吧，我不知道你爸爸就是为了这死的……"

刘克爸爸在两年前的一个夏天，因为刘克吵着要鸟蛋，他在一次野外出差中，翻越了天山的拉库次克大坂，在天鹅湖的大沼泽中掏取天鹅蛋的时候，被沼泽吞没了。人们发现他的时候他已经沉入了沼泽地，只是那泥水中却伸出了他的一只手，手上托着一枚天鹅蛋，高高擎入了天空。

　　那枚十分精致的灾难之蛋被父亲的同事辗转送到刘克手上时，刘克把它高高举起，透过它去看太阳。被太阳光穿透的蛋体之中发出了浑黄混浊的光芒。之后，刘克流泪了，刘克狠狠地把天鹅蛋摔向了地面，蛋花溅开的一瞬间，他听到了父亲在半空中悄悄逼近的声息。

　　那一年刘克十二岁，那是1981年，因为刘克的固执而失去了父亲，从此他再也不做有关鸟的梦。

　　青青的父母告诉了她刘克父亲的事，青青在那一年的悄悄流逝中知道了刘克越来越多的秘密，这一点让刘克恼火。一直到有一天，刘克终于忍不住了，在一个傍晚，刘克把青青领到了城郊外的苜蓿地里，刘克告诉她他要看她的那个地方。"你知道了我太多的隐秘。我恨死你了。"

　　青青一下子就哭了。她娇小鲜艳的身体在那一天的夕阳光中一颤一颤的，然后，在刘克凶狠地逼视下，她一点一点地掀开了裙子，褪去了鲜红色的小裤衩。

　　那一刻刘克心中的青蛙又蹦又跳，十四岁的刘克蹲下身子，怀着十分好奇的心理，端详着她那个地方。

刘克用手轻轻地触摸了那里，他闻到一片沼泽地的气息。她的那里分布着细密的黄毛，只是看起来有些杂乱无章，叫刘克搞不清头绪。刘克有些失望了，他说："你穿上衣服起来吧。"

然而青青一动不动，她依旧紧闭双眼，刘克看见有许多泪珠无穷无尽地从她的眼皮下流溢出来，刹那间刘克才明白自己犯了一次罪。刘克叫一个少女永远地背上了耻辱的磨盘。刘克大叫一声，一头扎在苜蓿丛中，羞愧难当地把头深深地扎进大地深处的气息，而对自己充满了鄙视。

从此刘克和青青几乎成了一个人。他们都了解了对方少年的隐秘，他们不可能再单独面对什么了。

这年春天结束的时候，整座城市中飞舞着大片的蝴蝶，刘克带着她奔跑在田野、溪涧、河流和树林之间，一边欢笑，一边追逐着那些翩然飞舞的灿烂的蝴蝶，他们的笑声像雨滴，滴满了这一年春天刘克的记忆。

青青的爸爸是一个有名的酒鬼。他一口气能喝下半瓶白酒而脸不变色心不跳。他每一次喝酒之后就疯狂地殴打青青的妈妈。

刘克还从没有见过像青青她妈那样柔顺温存的女人，她的脸总是白白的，像是笼罩着一层浮云，总是带着悲天悯人和虚弱无力的微笑。终于有一天夜里在青青的家里发出了一声惨叫，这惨叫是那样沉痛，以至于惊醒了所有的邻居。

天亮以后，大家都奇异地发现，青青的家发生了奇异的变化：青青的父亲一身血污，躺倒在地板上，而青青和她的母亲则消失了，与那年夏天的黑夜一同消失在黎明的手掌里了。

得知了这个消息，刘克立刻呆住了，少年的刘克满怀着一颗因爱而疯狂的心，手足无措地狂热地奔跑在那年夏天的每一个黄昏里，哦青青，青青，你就这样永远地离开我了吗？在你还只像一滴水一样刚刚开始滋润我的生命，你就离去了吗？

青青和她母亲的离去成了一个谜，多年以后刘克才从各种渠道探听到她们离去的原因。青青的父亲是一个性虐待狂，他总是以让常人无法想象的方法来折磨青青的母亲，青青懂事以后，多年以来总是在黑暗之中睁大恐怖的眼睛，听着不远处黑暗里母亲伤痛的呻吟。而她幼小的心灵中又承受了多少世界和人性的黑暗呢？刘克无法得知。

在她离开的前一天，这座城市再一次奇异地飞满了蝴蝶，彩蝶在太阳光的照射下光芒万丈，无数枚斑斓的蝴蝶在空中飞舞、碰撞，组成了异常激动人心的图案。那一天刘克拉着同伴对世界满心地瞻望，在蝴蝶密布的天空下飞跑，亦会用手轻轻捉住蝴蝶，惊异于这个世界的奇异和美丽。

1983年夏天，这个永远的夏天里刘克悄悄地开始了生长，懂得了生命的美丽和脆弱。

被砍成重伤的青青的父亲在伤好之前一直一言不发，浑身缠满了白色的绷带，叫刘克感到无比厌恶。

他浑身总是散发出灰兀鹫的气味，两只秃鹰般的大眼睛从缠满绷带的额头下面阴沉地打量着世界,叫刘克不寒而栗,同时又怀恨在心。刘克听说了青青父亲在那个惨叫之夜蹂躏了青青的母亲之后,又企图对亲生女儿非礼乱伦,被终于像母豹一样发了脾气的,一向温存无比的青青母亲用菜刀砍成重伤。那一夜里的一幕是多么悲壮惊人啊,只有十四岁的刘克是无论如何也不会懂得了。

刘克的身体在那一年里继续发生着变化,刘克仍旧梦见了他变成了一棵榆树,这棵树向天空使劲生长着、延伸着,枝繁叶茂,树枝间缀满了刘克的幻想和希望。

青青的蓦然消失,就像是被风吹走了一般,叫刘克一下子无所适从了。刘克焦急万分,六神无主。那一年的夏天到秋天的每一个黄昏都深沉无比,暗云在天边流逝,飞鸟轻轻从太阳的边缘滑过,沉静而且忧伤,刘克四顾茫然,站在被收割过的土坡上,眺望着河流消逝的方向。

噢,1983年,这一年不谙世事的刘克充满了迷茫,在爱情、死亡和生命的命题面前低下了小小的沉重的头颅,内心的画布上浓重的乌云翻滚不休。

秋天的印象是衰败的印象。一年光景之中,春天青嫩,夏天茂盛,秋天萧瑟。树叶叹息着落地了,大地之上黄叶飘浮,这世界就好像只剩下了刘克一个人。刘克依旧可以听到自己体内细微的爆炸声。

青青的孤狼一样的父亲在那年秋天里痊愈了。解除绷带的他有些可怕：脸上几条巨大的刀疤倾斜着，他仍旧表情阴郁，成天酗酒，多少次刘克看见他像一条死狗一样躺在他家门口，一大堆呕吐物散发着恶臭和酒香。

那年秋天的叶子飞快地凋落着，一些鸟凌乱地在枝头啁啾，歌唱着即将凋敝的季节。这年秋天将要结束的时候，城市里到处都出现了猫叫。猫叫声在冰冷的街道中响成了一片，声音狂乱、凄凉和激越。猫叫声在刘克的内心之中造成了巨大的震荡。

而冬天的来临是狂暴的，大雪进入了这年十一月份便开始下了，一场比一场大。风在雪地上哭号的一天晚上，刘克终于窥见了令他万分仇恨的一幕：刘克母亲和青青的爸爸，在黑夜的幕布下，浑身闪着蓝光，像公猫和母猫那样翻腾撕咬，与冬夜中的猫叫相映成趣。看见了这一幕的同时刘克的心都碎了。

1983年使刘克懂得了太多的东西。那一年刘克的脑海中蝴蝶飞舞，花朵在微风中摇曳，猫叫声响彻阴暗的天空。他一点一点地从季节的河流中探出头来，悲怆地打量着这世界。

伴随着这年冬天的加深，一种源自内心深处的火焰也越来越灼热，它迫使十四岁的刘克像成人一样思索大地和天空、人生与生命。刘克在这年冬天时而仰天思索，时而站在高处俯视大地，脸上挂着冰凉的泪水。

母亲和青青父亲的偷情像一团邪恶的火整整烧了两个月，1983年的车轮很快要碾入下一年了。

陌生的时间像潮水一样将要淹没一些什么呢？满心伤痕和

仇恨的刘克终于下决心干一件事了。父亲的遗像在墙上严肃地看着刘克，刘克和他对视着，感到生命之河在自己体内深沉地流动着。

就在这一年的最后一天，刘克听到了自己心灵深处冰块碎裂的声响。深夜已至，刘克像警觉的小狗一样睁大眼睛。

终于，那里又传出了类似猫叫的声音了，刘克身体内的火焰一下子飘出了皮肤，他爬起来，用一把锁悄悄地将他们的房门锁上了。然后，刘克用汽油细细地浇在了屋子里、屋顶上。之后，刘克点燃了它。

火焰声掩盖了那奇异的猫叫声，刘克逃到了远处的黑夜之中，看见了那巨大火焰在冬季的天空中伸展，无数只野猫在嘶叫着，飞一样的从四面八方赶来，扎进了那枯黄的火焰之中。

刘克就这样用火焰烧死了他的母亲和她的情夫，他的仇人，刘克爱情的扼杀者。

那年十四岁的刘克站在没膝的积雪之中，眺望大火升入天空，无数只野猫燃烧发出了蓝色火焰，他的心头抖落了无数枚花瓣，脸上的泪水像河流一样涌流。

噢，1983年，每一个延伸的季节和断裂的时日，都让他感到了生命的困顿和死亡的诗意。在那年结束时他看着自己一手制造的大火腾空，内心激动、苍茫，而又绝望。没有一只鸟，为他衔来一枚发亮的太阳。

春天里的囚犯

那座监狱在城市的西北郊，围墙是红色的砖墙，上面还拉了铁丝网，通了高压线，在这个方形的监狱的四个角上，都有高高的瞭望塔，背着枪的警卫可以看见任何一个想越狱的人。

所以越狱是十分困难的。但是在那一年的春天，所有的罪犯都跑出去了，后来他们很多人对已经变化的城市十分陌生，甚至都不会离开街道，大部分在大街上又被抓住了。

他们只是知道监狱的大门开了，所有的警卫都不见踪影了，就像是发生了一场地震，囚犯们茫然地走出了监狱，然后才四下里散开逃跑。

可能是他们已经习惯了被囚禁，所以他们就像是和警察在玩一个捉贼的游戏，很快他们就被抓住了。

但是那个老奸巨猾的囚犯徐贵，那个看上去非常慈祥善良的人，他不见了。警卫们还在监狱附近的沙枣树林里发现了玲玲的尸体，她的脖子上的手绢是囚犯徐贵的。

这说明是徐贵杀了她，杀了监狱长王大鹏的女儿，七岁的玲玲。法医化验了玲玲的阴道提取液，没有迹象表明她被强奸过，但是这已经足够让王大鹏愤怒和伤心至极了。他发誓要抓住那个杀害他女儿的人，那个人表面上看起来非常善良，可是实际上他还是一个监狱里的牢头。

因为发生了这么严重的逃狱事件，王大鹏被撤职了。后来作为平民，他抓住了徐贵，在一个沙漠戈壁上很小的火车站——柳树泉车站边上的荒凉的戈壁滩上，杀了他。

原监狱长王大鹏后来因为杀人罪，被关进了他的监狱，很快他就成了一个令其他犯人胆寒的牢头。不过这都是很久以后的事情了。

并不是所有的囚犯都在那天跑了出去，女犯人没有一个跑出去的，原因是没有人来给她们打开铁门。

当警卫们重新控制了监狱以后，他们发现在一间女犯人牢房里，多出了一个男人，他是这个监狱的看守小胡。他待在牢房里并不是他不愿意出来，而是他出不来了。

这间屋子是一个单人牢房，关着一个女死囚金萍，但是不久前发现她突然怀孕了。这样她就不能被枪毙了。

她是一个人被关在死囚牢房里的，监狱长王大鹏怎么也想不到有人会在警卫的眼皮子底下进入牢房，但是小胡就进入了。

他进入牢房就是为了进入金萍的身体，因为金萍是一个风骚的女人，她被判死刑是因为她杀了两个男人，一个是她的丈夫，另一个是她的奸夫。

她为什么干掉她的丈夫是很好理解的，但是她干掉她的奸夫是别人都无法理解的。"我不想和他在一起了，可是他仍旧缠着我，所以我把他杀了，他就不能缠着我了。"她无论在审讯还是审判时都是这么几句话。

她和监狱看守小胡的故事结局是小胡在1983年秋天的"严打"当中被枪毙了，而金萍自己却活过来了，因为后来她生了一个小孩，很快就被放出来了。

替死鬼小胡是从天窗用绳子吊着自己进入金萍的单身牢房的，但是就在男犯人集体越狱的那天晚上，他绑在身上的绳子断了，所以他只好待在牢房里了。

后来他被判死刑以后，也是在这一间牢房里等待自己被枪毙的日子，直到被执行死刑的那一天。但是金萍却从此离开了死囚室，他们互相换了个位置，这一定是谁也没有预料到的吧。

这一切都发生在那一年春天里的一个晚上。在这一天傍晚，监狱里还发生了另一件事情，囚犯肖勇终于忍受不了被不断鸡奸的命运，把徐贵的弟弟徐壮给杀了。

所以那一天对于这个监狱来说，可真的是够乱的。也就是说，在这年春天的同一个晚上，发生了三件事情，导致了三个人的死亡：玲玲、徐贵、小胡。后两个人是后来死的，但是他们的命运在那一天晚上就已经定了。

玲玲是一个特别可爱的女孩子，监狱的人都喜欢她。她左边的脸颊上长着一个十分漂亮醒目的酒窝，笑的时候特别可爱，大人都很喜欢她。她的爸爸是监狱长王大鹏，所以她平时就经常在监狱里玩，有的时候还跑到一些老年犯人劳动的队伍中玩耍，这几年也从来没有什么危险，没有人阻止她和犯人接触，因为她是监狱长的女儿，又能够碰到什么样的事情呢？

但是促使犯人逃出监狱的人竟然是她，这个只有七岁的小姑娘，是后来谁也没有想到的。

她把那些犯人放出来的唯一的理由，竟然是春天已经来了，所以要把所有的犯人都放出来，既然春天都来临了，为什么不让他们获得自由？

她的这个行动的代价就是她也死了，即使是她希望所有的犯人都能够直接在大自然当中接触到春天，仍旧有仇恨她的父亲王大鹏的人，杀害了她。

那一年的春天在这个监狱里发生了这么多的事，过去了好多年，人们仍然能够回想起那一年，"红星监狱的犯人逃跑的那一年"，很多人已经这么说那一年了。

当这座小城市的居民发现在大街上游走着一些表情茫然的怪人的时候，当然要比这些犯人获得自由还要吃惊。

所有的犯人事后都说既然大门已经开了，为什么他们不走出监狱呢？再说，他们大多数人后来都没有真正地逃跑，只是像一个个没事人在街上行走了一下，从这个方面来说，他们实现了玲玲的梦想：春天来了，囚犯也应该在户外自由地活动活动。

而罪犯徐贵的腿有一点瘸，但是他却是真正想逃狱的人，可是由于他的腿有问题，不能够逃跑得那么远，所以他就挟持了玲玲。

　　玲玲一开始并不知道她被这个瘸腿的家伙挟持了，后来警察追踪到他们的时候，徐贵才凶相毕露，把玲玲掐死了。

　　"我用手绢紧紧地勒住她的脖子，这个小丫头的脸慢慢地憋紫了，她用脚乱蹬我，我很烦躁，我就又用力掐了一下，她就死了，这个过程和杀了一只小鸡是一样的。"后来徐贵招供说。

　　徐贵被警察追踪得实在太紧了，他只是沿着一条季节河干枯的河道跑了十几公里，就跑不动了，然后，他绝望地杀害了玲玲。"就是为了让她的父亲一辈子都记住我，因为，他代表那些关我进监狱的人。"

　　小胡后来招供说，当那个女犯人一进来的时候，他就已经被她给吸引住了。"只要是我走过她的面前，她总是用她的那双会说话的大眼睛盯着我看，一开始我觉得她太猖狂了，我也就盯着她看，但是她的眼睛里似乎有什么魔力似的，我竟然被她给融化了，后来她再用眼睛盯着我看，我的腿都软了。"

　　实际上这就是这个要被枪毙的女囚金萍设下的一个圈套，让小胡来上钩的。这是她最后的机会，她果然抓住了这个机会，然后让自己的命运和另一个人的命运换了一下，然后她改变了自己的命运。

　　小胡自动上钩以后，他开始和她幽会，就在她的单身牢房里。这是专门关押死囚的房间，有两个看守同时看着她。所以，小胡要和她幽会，只能够进入牢房，才可以达成进入她的产道并让她怀孕的结果。

这一间牢房的屋顶非常高，大约有六米的样子，但是在这一间单身牢房的屋顶上，有一个天窗，刚刚够一个很瘦的人进入。如果一个人稍微胖一些，他就进不去的，但是小胡刚好就是一个很瘦的人，所以，他就用一根绳子，像探险队员一样，在夜深人静的时候，进入了这一间牢房，和那个有着致命诱惑的女囚达成了苟且之事，同时也让自己逼近了死亡，他是在稍后的1983年夏秋之交的"严打"当中被枪毙的，因为让一个死囚怀孕的事件是相当严重的。

"我确实非常后悔，但是，我又有什么办法呢？"在被枪毙之前，他哀叹着说，"女人就是毒蛇，我斗不过一条毒蛇。"

实际上，小胡是死于情欲。但是就在他和这个妩媚的女囚苟且的时候，他离不久以前他结婚的那一天才三个多月，没有理由相信他仅仅是出于情欲的压抑。

这是人性的弱点，这就是小胡的命运。

杀掉徐贵的弟弟徐壮的人叫肖勇，他是一个刚刚毕业不久的大学生，在电线厂工作，因为偷盗电线被判了五年有期徒刑。当他被关进这个监狱的时候，他没有想到他的命运会更糟。

肖勇长得弱不禁风，但是面如美玉，像一个女人，还戴着一副金边近视眼镜，他的性格和言行举止都像一个女人。

他被关进了有八个犯人的牢房，第一个晚上牢头徐壮就让他睡在了便桶的边上，让他呼吸着粪便的臭气入睡，他这个晚上当然就失眠了。

　　谁也不想在长达五年的时间里都呼吸着粪便的臭气，而这正是肖勇在头一天蹲监狱时想到的。要改变这种局面的时机还远没有到来，他是在这个冬天被关进这所红星监狱的，直到这年春天的那个晚上，事情才有了变化。从此以后，肖勇彻底地改变了自己的形象，变成了这所监狱后来几年中的牢头，没有人敢招惹他了。

　　因为，他杀了一个人，杀了徐贵的弟弟徐壮。徐贵和徐壮是监狱中的霸主，在任何时候，他们都享有着特权，所有的犯人都害怕他们。

　　徐壮当然根本都不会想到，有一天，像一个女人，同时他也把他当成女人的肖勇会反过来杀了他，而当时在场的徐贵居然也不敢动，他们都让他给制服了。

　　徐壮死的时候，实际上监狱的看守没有一个人在边上，而很快监狱的门就打开了，犯人们被刚刚肖勇杀死徐壮的过程给惊呆了，接着有人喊了一声："我们可以逃出去了！门开了！"于是所有的男犯人就开始向外面逃跑了。连徐贵也不见了。

　　肖勇是监狱中唯一一个没有逃狱的犯人，当犯人逃走了以后，在偌大的犯人吃饭的食堂中，只剩下站着的他和躺在地上已经没有了动静的徐壮。旁边的一些在他们刚才激烈搏斗中翻倒的桌椅保留了他们搏斗的痕迹。

　　"你现在一点都不能了吧？嗯？……"肖勇对着徐壮的尸体说了很长时间的话，后来他忘记了自己都对徐壮说了一些什么。徐壮在几个月的时间里多次凌辱他，鸡奸他，让他受尽折磨。

因为他杀了徐壮，就没有再想别的，更没有想逃跑的事了。但是没有想到这反而成了他的资本，当重新控制局面的监狱的看守控制了监狱的时候，他们找到的只有一个活着的肖勇和已经死了的徐壮。

虽然后来人人都知道是他杀了徐壮，但是就是因为他没有逃跑，所以没有人追究他的责任，也没有人告发他，监狱还表扬了他，给他减刑一年。人人都敬畏他了，在监狱中他杀了徐壮的瞬间让他们看到了一个"女人"是如何变成一个男人的。

但是他的心理和形象都彻底地改变了，等到他出狱的时候，他已经变成了一个又黑又壮的男人，彻底地变成了另外一个人。

"春天里的天气可能让人容易发狂，所以我永远地怀念那一年的春天，那一年的春天我变成了肖勇。勇敢的勇。"

玲玲从小就和她的爸爸王大鹏在这所红星监狱里外的地方玩，因为玲玲的妈妈很早就去世了。

那年春天红星监狱的犯人大逃狱，谁都没有想到是玲玲导致的。实际上玲玲在这一年春天刚刚来临的时候，就决定要干这一件事情了。

在这座天山脚下的小城市里，冬天的漫长是令人几乎无法忍耐的。整整五个月，都是大雪覆盖的日子，因此，当春天来临的时候，那种万物复苏的气息令人沉醉。

蝴蝶和蜻蜓的大面积飞舞是这个城市春天里最强烈的景象，但是这个春天玲玲在父亲掌管的监狱里见到了一幅画面，促使她干了这么一件惊天动地的事情。

那天她看见在一个关着犯人的铁窗里伸出了一只手，因为有一些蝴蝶在窗外飞，这只手想逗引蝴蝶，但是蝴蝶总是无法降落到那只手上。

这个景象使玲玲感到了被关起来的人的痛苦，她想："春天来了，要是他们所有的人都能够自由地在空地上追逐蝴蝶该有多好！"

她等到了实现自己的梦想的那一天，那天是她的父亲、监狱长王大鹏的生日，几乎所有的监狱看守都去她的家里为王大鹏祝贺生日，玲玲把父亲常吃的安眠药，稀释到了啤酒里，而他们所有的人都喝了大量的啤酒，然后他们就都睡着了。

玲玲还带着掺了安眠药的酒，到红星监狱，把剩下的看守灌晕，她就用钥匙把监狱里外三层门都打开了。

"你们走吧，春天来了，你们走吧！"玲玲兴奋地对目瞪口呆的犯人们说。

他们发了一会儿呆，然后就蜂拥着出去了。

后来，被重新抓回来的犯人回忆，他们没有一个人看见蝴蝶和蜻蜓。

"街上到处都是人，人怎么这么多？"

王大鹏被撤掉了监狱长以后，他似乎十分消沉。对于一个几乎同时失去了权力和亲人的男人来说，这是毁灭性的。

后来人们见不到他了，再后来听说他在一条穿越沙漠的铁路边，抓住了杀了他女儿的老犯人徐贵，亲手杀了他。

谁也不清楚王大鹏通过什么消息，得知了徐贵的去向，当他出现在瘸腿徐贵的面前时，徐贵知道他完了。"你饶了我吧，我的弟弟已经死了，我想回安徽老家看看我的老娘，你饶了我吧。"

但是王大鹏毫不犹豫地用绳子勒死了他。

王大鹏在四个月以后，被关进了他过去掌管的红星监狱，但是，他发现红星监狱的名字已经改了，叫新生监狱了。

肖勇永远也忘不了他杀了徐壮的那一幕。他已经被徐壮欺负好久了，他的仇恨就是慢慢地聚集起来的，直到他起了杀机。

他是在吃饭的时候动手的。在此之前，他已经通过一个犯人从外面买回来了一把一尺长的西瓜刀，把它藏在了袖子里。

那天吃饭的时候他就坐在徐壮的左边，但是他的余光一刻不停地观察着徐壮。徐壮壮得就像一个铁塔，他比肖勇整整大一圈，一脸的凶相。

他们吃东西的时候，彼此都在用余光打量着对方，食堂里的气氛十分紧张。慢慢地，其他的犯人就像是知道要发生什么了一样，都很快地离开了食堂，这个时候，他们都在远处观望，装出一副漠然的样子，实际上是在等待着事情发生。

肖勇的心脏剧烈地跳动着，他的耳朵里只听得见自己心脏的轰鸣，然后，他猛地拔出了刀子，这个时候一直观察他的徐壮也同时扑向了他。他们扭打在了一起。

没有一个人上前拉架，有一会儿徐壮几乎已经把肖勇压在地上了，但是肖勇最终用刀子疯狂地刺向了徐壮，仿佛他是一个沙袋。徐壮重重地倒下去了。

小胡在那年春天里被骚情的金萍迷上以后，就用绳子吊着自己进入死囚金萍的单身牢房和她偷情。但是就在金萍笑着告诉他自己已经怀孕了以后，拒绝了他的求欢的时候，小胡感到事情不妙了。

看着金萍灿烂的笑容，小胡似乎觉得自己走入了一个陷阱，这个时候他立刻觉得十分恐惧，他不想再在这个死囚室里待着，就立即攀着绳子向上爬去，但是他爬到一半的时候，绳子断了。就像是上天安排的一样，他和金萍交换了命运，一个月以后，小胡被枪毙了，这是他根本没有想到的。

那一年的春天是一个多事的春天，蜻蜓和蝴蝶飞舞了好长一段时间，后来又消失了。它们一定去产卵了，然后它们也都消失了。

在这年春天消失的还有几条人的生命，玲玲、徐贵、徐壮和小胡，人们慢慢地就不记得他们了。

来年的春天里，从新生监狱的窗户里伸出了一只手，在逗引不远处飞舞的蝴蝶，可是没有蝴蝶降落在他的手上。

这只手是王大鹏的，但是没有人看见他的举动，和他的手的渴望。

也没有人再会把监狱门打开了，即使是春天又到了。

驼背老洪

在我们的那条街上，过去有很多的怪人，有口水在风中被扯成了细线的智障者、大脖子病、披头散发的疯子、驼背、小儿麻痹症患者、面带诡秘微笑的花痴、走路像拧麻花一样的骨节病人、白化病人、脸型全球一样的国际脸谱人、兔唇，这些人走在大街上，真的是我们那条街上的一个风景。

当时他们可真多，每天你走在街上，都可以看见几个。但是后来，尤其是进入九十年代，他们都几乎不见了，似乎满街走着的都是聪明人，都在忙着做生意。偶尔还可以看见一个小儿麻痹症患者，就已经是一个大宝贝了。

我记得很清楚的是驼背老洪，这个家伙死得很惨，他死的时候我就在边上，那是1984年的事情，当时我还很小，我是一个目击者，当然后来警察问我这一点我从来没有承认过。

驼背老洪没有姓，他和他的瞎了一只眼睛的老娘在一起生活。但是当然他有过爸爸，可是谁也没有见过他的爸爸，可能是因为他的爸爸死得很早。

他父亲的单位是养路段，传说他的父亲在穿越天山山脉的高山公路上的养护站工作，那是一条通向神秘的喀什的翻越了雪山的公路。

有人说驼背老洪的父亲死于一次雪崩。那次雪崩一下子就把公路边上的养护站连人带房子都给推到高山峡谷里去了。

从此老洪没有了父亲，他和他的瞎眼妈妈相依为命了。

给驼背老洪画个像的话，是很容易的，这个家伙长着一个巨大的驼背，就像是背着一个包裹，因此，他的个子只有一米多一点。他的上衣都是耸立在背上的。

但是驼背老洪和街上所有的怪人不一样的地方，是这个家伙十分聪明。表现在他的脸上，是他有一双滴里骨碌乱转的大眼睛。而且，很久以来，他就是一个有名的小偷了。

你要是看见他的眼睛，你就会知道他是一个小偷，因为他的眼睛无时无刻不在搜寻着什么，尤其是搜寻着他的目标。

很久以后我们才发现，这个家伙有一个做小偷的天生优势，就是他的个子小，在人群当中很难发现他，而他的手刚好可以伸进目标的口袋。

我们曾经亲眼看见他偷人家的东西，他的手相当快，他靠近目标的身边，看着目标不注意，就一下子把手伸进了人家的口袋，转眼之间就看见他已经离开目标，就要消失在人群里了。

"站住，把你的手松开。"有人拦住了他，我们看到那个人是街上的霸主艾里，他是维吾尔族人，我们这些人都吃过他的拳头，他要找老洪的麻烦了。

老洪伸开了自己的手，里面当然什么也没有。

艾里搜遍了老洪的口袋，也没有发现他把钱包藏到哪里了，很生气，一脚把他给踢倒了。我们都觉得打一个驼背十分不好，但是那是艾里干的，我们都无话可说。其实他是想黑吃黑，没有得逞罢了。

后来驼背老洪得意地告诉我们，他把钱包夹在裤裆了。"艾里总不能把手伸进我的裤裆吧。"

做小偷也是需要训练的，这是我们从驼背老洪那里知道的。他平时没有事情，就在家里练习技术。

这个技术一般是在滚烫的水里用两根指头夹一块很薄的肥皂，这是练习快捷的。要不然你的手就容易被烫伤。

接下来要在滚烫的水里练习夹钢蛋，钢蛋很大，有一斤重，要你瞬间就把它夹出来，这是练习你的手劲的，如果碰到一个人的钱包很重，这一招就派上用场了。

此外，还要在墙上贴上一个信封，在信封里放上几张纸，练习用两根指头从信封里把像钱一样的纸夹出来，这是练习角度和轻微用力的。

驼背老洪还给我们教了用小钳子绞断链子的手艺，因为有的人害怕丢掉钱包，他的钱包上还拴着一条链子，当老洪偷了钱包出了事主的口袋的时候，需要快速地剪断链子。这个家伙自从父亲死了以后，就一直当小偷了。

除了对他偷别人的钱包感兴趣，我们对他身上的那个驼背，那个神秘的凸起的地方也非常感兴趣，我们总是想看一看他的背上到底有些什么。

但是只要是谁动了他的衣服，企图掀开他上衣的时候，驼背老洪就显得十分恼怒，立即生气了，并且对这个要看他驼背的人破口大骂，后来甚至没有人再靠近他，他像搜寻人的钱包一样，注意着别人的企图。

可他越是这样，我们越是对他的驼背感兴趣，总是浮想联翩，甚至把他的那个驼背想成是和单峰骆驼身上一样的东西，即使是有人告诉我们，他背上的不过是弯曲并且高耸的骨架，我们也没有人愿意相信。

驼背老洪后来就死在他的驼背上，这是谁也没有想到的。生活之中的灰烬太多，谁都不能猜测到一个人的命运。其实驼背老洪是死在自己的自尊上的，他让我们知道了什么是真正的自尊，并且，我们后来都学会了要维护自己的自尊。

要拥有自己的自尊在1983年前后的时间里是十分困难的，在街上如果你的拳头不硬，你就毫无自尊可言。到处都是成群结伙的人，他们都不是吃素的，因此，现在想来驼背老洪能够靠着小偷小摸的技巧生存下来，已经相当不容易了。

在1983年"严打"期间，我们那条街上的家伙中有不少后来被枪毙了，很多人都被关起来了，像我们整条街上的霸王艾里，也被判了十五年，给关起来了。

艾里没有被枪毙已经便宜他了，这个家伙手段残忍，打起架来心黑手狠，而且惯于黑吃黑，他喜欢盯着小偷，看着小偷刚刚偷了别人的钱，他就抓住他，要从中拿到大部分。加上他已经二十多岁了，比街上混的人普遍大一些，所以大家都怕他，没有人敢惹他。但是再厉害的人都有要栽的时候，艾里后来就完全栽了。

这个家伙的毛病是喜欢喝酒，而且经常容易喝醉，往往一喝醉就要和人打架。因为他喝醉了，别人就不和他认真，因为一和他认真，他就拔出一把刀子来了，所以他喝了酒之后没有人和他闹别扭了。

但是那天艾里不知道哪根神经错乱了，他竟然把街上的花痴女洲洲给奸了，惹下了杀身之祸，本来已经判了死刑，要不是他的一个舅舅在法院当院长，肯定就在1983年"严打"里被枪毙了。

花痴女洲洲和驼背老洪一样，也是我们那条街上的一个风景。洲洲有二十几岁，结过婚，后来她丈夫跑了，她就不大正常了。

她披着一头长发，喜欢看着男人发呆。如果你要她脱衣服，她就立即给你脱衣服，总之你要她干什么，她就会和你干什么，几乎是一个可以人见人奸的女人。反正因为受了刺激，她的脑子有一点毛病，要不然怎么能是一个花痴呢？

艾里有一天喝醉了，有人说你看你看，洲洲过来了。的确，洲洲从大街的另一面走了过来，看见大家注意她，就冲着我们吹口哨。艾里是一个英俊的家伙，平时他对女人相当傲慢，都是女人追他，而他几乎就没有动过心。

"洲洲喜欢你，她想让你干她呢。"有人对艾里说，这个时候艾里的脑子已经被酒精给烧晕了，他也一扫平时连看都不看一下的洲洲，冲她吹了一个口哨。这下把洲洲也逗起来了，洲洲就来到了他的身边，用手摸他的胸大肌。

这一摸，艾里来劲了，他把洲洲带到不远处的一个废旧的车床上，给奸了。在干洲洲的过程当中，我们远远地听着看着，洲洲一直在笑，我们才明白花痴的含义。花痴实际上是把性爱当饭吃的女人，一天不性交就难受得要死，所以洲洲在艾里干她的时候，显得比艾里还快活舒服，以至于让艾里发了狂。

我们听见远处那个废旧的车床上本来传过来的是快活的声音，但是忽然，传来了洲洲疼痛和恐怖的尖叫，我们都呆了，那种声音像是有人要死了。

我们都站了起来，发现洲洲的身体在剧烈地扭动着，而艾里在往洲洲的两腿之间塞着什么，于是有人跑了过去，把艾里给拉开了。

但是艾里已经把什么东西给塞进洲洲的下体里了。后来我们知道了那是一只灯泡，废弃的灯泡。不幸的是那只灯泡后来在洲洲的下体里碎了，洲洲被送到医院以后，大夫用了很长时间都弄不干净她体内的灯泡碎片，那些小小的碎片实在是太多，也太碎了，根本清理不完。

艾里因此就被抓起来了，我们后来谁也没有再见过他。

洲洲被艾里这么奸了一次以后，她的花痴病反而好了，成了一个正常的女人，再也没有在大街上看见她了。但是后来好像也没有人再娶她做老婆，因为谁都知道她的下体里还有玻璃的锋利残片，谁还敢把自己的家伙伸进去？

我们都多少有一些可怜驼背老洪，所以我们对他的偷窃行为都假装看不见。驼背老洪也有他的善良之处。在街上有时候可以看见一个走路浑身拧着的孩子，他的骨节有毛病，每当他走过我们所处的大街时，我们的目光都聚焦在他的身上，因为看着他走路的那个费劲，简直要把我们笑死，就好像他的身体到处都在乱动，特别可笑。

"有什么可笑的？谁再笑我就×他妈！×你妈你再笑！"这个时候驼背老洪忽然生气了，他对我们破口大骂。

我们都不笑了，因为谁再笑他就×了我们的妈，你想一想，让一个驼背把自己的妈给×了，这有多恶心人呀，我们就都不笑了。

然后我们看见他领着那个小孩过马路。你想想，一个驼背带着一个浑身走路乱扭的孩子过马路，这是什么样好笑的情景？可是我们都没有笑，我们的心里莫名其妙地还有一些感动，我们就这样看着驼背老洪带着那个小孩过马路。

忽然，一辆卡车风驰电掣地开了过来，司机显然看见了正走在马路中央的驼背老洪和他领着的那个小孩，他根本没有停车的意思，而是使劲地按着喇叭。

驼背老洪当然没有料到会有卡车过来，他惊呆了，根本就来不及躲开，反而站在马路的中央不动了。

卡车眼看着就要撞上驼背老洪了，但是这个时候卡车司机才气急败坏地紧急刹车，汽车猛地停在了驼背老洪的脚跟前，一阵气浪把老洪和那个骨节病小孩都给冲倒了。

司机是一个黑胖子，他怒气冲冲地下了车，对倒在地上的驼背老洪破口大骂。

我们看见了这整个的过程，我们都站了起来，有的人的眼睛简直是瞎了，不管他是不是真的又黑又胖，总之我们扑了过去，转眼之间，我们再散开的时候，那个黑胖子已经满脸是血，倒在地上一动不动了。

我们扶着他们两个——驼背老洪和那个浑身乱拧的小孩过马路。这条街当然是我们说了算，那个黑胖子在地上躺了一个小时都没有人管他。

我们对驼背老洪的一些好感，就是来源于他对那个得了骨节病的小男孩的帮助，这样即使他是一个小偷，我们对他也没有看不起。

但是很快，1983年的"严打"开始了，街上的人谈虎色变，一些人纷纷落网。几场声势浩大的公开宣判和处决之后，我们那条街上的闲人已经看不到几个了，没有人再在街上滋事了，因为你肯定会因为很小的罪行惹下杀身之祸。

这个时候，是警察最威风的时候了。

过去，街上的团伙热闹的时候，经常打群架，在砖头横飞的当口，警察是躲得最远的，现在，似乎满大街都是他们。

而嘴里镶着两颗金牙的城南派出所的所长，现在是最牛×的人物了。

街上的流氓团伙被肃清了，杀了一批、抓了一批、关了一批，然后所长大金牙就威风起来了。现在，他最先想到的是要整顿市容。他整顿市容的想法十分简单，就是街上不能再看见像疯子、兔唇、驼背、花痴、国际脸谱、小儿麻痹、白化病人的影子了。

"所有这些人的家长，你们要是把他们再放到街上，我就把他们都拘留！"大金牙在宣传车上用大喇叭这么嚷嚷。

大家以为他只是这么例行公事地随便嚷嚷，没有在意，但是有一天，他突然来了一次大抓捕，把在街上残余的小流氓和那些成为我们街区的风景的疯子、兔唇、驼背、花痴、国际脸谱、小儿麻痹、白化病人都给抓起来了，在派出所的院子里，用手铐铐了满满一院子人。

其中当然有我们这些无所事事的小流氓，还有驼背老洪。

大金牙的招数是谁家来交了罚款，谁就可以被放走。很多人家交了罚款，那些孩子和病人就被带走了。

但是大金牙是一个好奇心特别重的人，他对国际脸谱、白化病人、疯子都十分好奇，每一个被领走的人，他都要仔细观察研究一番。

他对一个白化病人的白色皮肤十分好奇，用手摸呀摸的，那个白化病人是一个十八岁的女孩，他摸的感觉让蹲在地上的我们十分恶心。

"怎么皮肤这么白呢？连一个黑痣都没有。她的全身，都是白的？"大金牙在一边自言自语的时候，我们听到了。

这次行动一下子抓住了五个国际脸谱，这使他十分开心。这五个国际脸谱男的女的、不同的民族都有，但是长得却是一模一样，这让大金牙所长非常想不通。对这五个国际脸谱的研究，持续了好长时间，他那猪脑子绝对想不通为什么这种脸型的智力落后的人在全地球各个角落都长得一样。

可是这次行动没有抓住花痴，这令大金牙十分失望，他向手下打听花痴女洲洲的情况。"走了，嫁到内地去了。"有人告诉他。

于是他的脸上流露出十分失望的神情。

这个时候他看见了驼背老洪。"咦，你这个兔崽子，还在街上搞小偷小摸，你妈怎么还不来领你走？是不是连十块钱都出不起？这些年你说，你被我抓住几次了？"

驼背老洪想了想："就一次，就是这一次，你抓住我了。"

我们都哄笑了起来，而且我们知道这的确是事实。

"臭驼背，你的嘴挺硬的啊？"大金牙一下子就给了驼背老洪一个耳光。

"我×你妈！"驼背老洪吐了一口带血的唾沫，骂了一句。

我们都把头抬起来了，以为自己听错了。而大金牙也以为自己听错了。"你刚才说什么？"

　　"我——×——你——妈！"驼背老洪又骂了一句。我们都哄笑了起来。

　　这下子把大金牙给惹火了，他拖着驼背老洪来到了院子的中央："你这个贼，你这个长着臭嘴的贼！"

　　"你才是贼呢！你是长着大金牙的贼！"

　　我们听见驼背老洪这么骂他，十分开心，又哄笑了起来。

　　大金牙愣住了，因为还没有人这么顶他。他想了想："驼背老洪，我知道你妈肯定不会花钱把你领走了，这样吧，你掀开衣服，把你的驼背让我看看，我就放你走。"

　　驼背老洪摇了摇头。

　　大金牙忽然自己动手，要掀开驼背老洪的上衣，因为驼背老洪的手上还戴着手铐，所以十分吃力地阻止着大金牙。这个时候我们都看见驼背老洪的脸色已经涨红了。"你放开！放开！"

　　他们两个人在院子里翻滚，大金牙就要看看驼背老洪身上长的东西是什么，然后我们看见驼背老洪一口把大金牙所长的裆部给咬住了。

　　男人都知道裆部的厉害，现在大金牙一定非常难受，老洪的嘴唇都咬出血来了。大金牙一拳打开了驼背老洪，疼得嗷嗷叫。

　　"我×你妈，你敢咬我！"大金牙一脚把驼背老洪踢倒，驼背老洪趴在了地上。

这个时候可怕的一幕出现了。"我非——要——把——你——的——驼——背——给——弄——平——了——不——可!"大金牙一下一下地狠狠地用脚踩着趴在地上的驼背老洪背上的驼背。

我们都看见驼背老洪背上的驼背不见了,但是在惨叫之中,老洪吐出了很多血,然后他死了,死于维护自己的自尊。

我们看见他的身体没有了驼背,变长了,趴在血泊中的身体和我们的一样长,但是令我们十分陌生。

我们从驼背老洪的身上明白了一个人可以为了自己的尊严去死,那天我们爆发了勇气,把大金牙打了个半死,要不是警察朝天鸣枪,我们就打死他了。

十年以后,我们看见一所医院的一个看门老头像是大金牙。他后来被清除出了警察队伍,但是没有追究他的刑事责任。后来他当上了门卫,脾气也十分和善了。他死于1998年的一次中风。

这样,就再也没有人记得驼背老洪和大金牙的事情了。

一个知识渊博的钉鞋匠

钉鞋匠白天光是一个回族人，他的钉鞋摊就在十字路口的街角，远远地就能看见。他是一个酒徒，非常爱喝酒，在我们街上的人都知道他爱喝酒，因为喝了很多年的酒，他长了一个红红的酒糟鼻子，就像是漫画中的人物一样。

有一段时间我们老是欺负他，我们只要是给他一点点白酒，就可以开他的玩笑，开得再过分，他也不生气，因为你给他酒喝了，他就笑眯眯的。我们甚至偷走他钉鞋用的鞋掌子，偷走他的钉子，而他的钉子的种类特别多。

他的酒量非常大，你要是给他一茶杯白酒，他一口气就能够喝下去，连一个嗝都不打。当然，在1982年的时候我们街上卖的都是劣质的白酒，但是即使是这样的酒，已经给白天光带来了无数的满足。

这个回族钉鞋匠有四个孩子，他一喝醉了，脾气就一下子变大了，就在他家的院子里追打孩子，但是他的脚步踉跄，有时候根本追不到他们，于是这种追打就变成了一种半真半假的游戏。

因为人们都说他这个人一喝酒就爱打孩子和老婆，并且六亲不认，所以城北清真寺里的阿訇就经常给他单独讲解经文，这个时候是钉鞋匠老白最安静的时候。我们都可以看见鼻子头儿发红的钉鞋匠老白乖乖地蹲在地上，而一个拖着很长的、好看的白胡子，头上缠着布的老阿訇和他聊天讲道的情景。

但是这样的好时候并不多见，每当他觉得自己要喝酒的时候，而这个时候又恰巧没有酒，他的脸色就渐渐地难看起来，如果这个时候你要是惹了他，他立即就会用砖头朝你砸来。因此，我们和钉鞋匠老白经常开战，有时候也用砖头回敬他。

如果我们想和他握手言和，我们就给他弄来一瓶白酒，这个时候，我们之间就什么恩怨也没有了。

白天光毕竟是一个钉鞋匠，又是一个大老粗，因此我们从心里并不是那么看得起他。我们更尊敬那些有知识的人，比如那个白胡子阿訇。

我们有时候偷偷溜进城北的清真寺，去听那个白胡子阿訇讲经说道，他讲的经文上的故事都特别有意思。这个时候我们可以看见钉鞋匠老白也坐在人群当中，一副半梦半醒的样子。

钉鞋匠白天光一喝酒就要大闹一回，这一次，他又喝醉了，不知道为了什么，竟然要拿着刀子杀他的老婆。

我们都看见了这滑稽的一幕。在十字路口的街角，他拿着菜刀，追着他那瘦瘦的黄脸老婆，他的黄脸老婆一边跑，一边尖叫着："杀人啦！杀人啦！"弄得很多人都出来观看，而警察小黄也在人群中看着，笑嘻嘻地不管不问，因为他也知道，这场闹剧很快就结束了，结尾注定是钉鞋匠醉倒在街上，谁也不去追了。

他酒醒以后，什么都忘了，刚才的丑态他自己一点都记不得。我们就帮助他回忆，这个时候是残酷的，他在我们的回忆和调笑当中头一点一点地低了下去，然后酒糟鼻子更红了。

"我刚才真的要杀我的老婆？"

"那还有假？你举着一把大菜刀在她的后面追，把她追得鸡飞狗跳的，你差一点就把老婆杀了。"

"有很多人都看见了？"

"当然，很多人都看见了，你的老脸算是丢尽了，在这条街上，你的名声算是完了。谁都看不起你了。"

"那，怎么样才能再有面子？"他用几乎是哀求的眼神看着我们。

"非常难，人们通常看得起的，都是那些有知识有教养的人，你已经一点希望都没有了。"

我们这么说彻底地打击了他，我们一边这么说一边还用鄙夷的目光看着他，让他明白我们真的看不起他。

人都是有羞耻心的，这个我们看不起的钉鞋匠也是这样的。我们对他醉酒后的丑态的描述让他十分丢脸。

这之后，有好长一段时间里，我们都看见他闷闷不乐，即使是酒瘾犯了，手都在抖动着，也闷闷地不说话。他不搭理我们，这使我们觉得蹊跷，因为过去隔着老远他就开始喊我们了。

但是他后来却赢得了我们对他的尊敬，是因为几个月以后，我们无意中发现，他有一天忽然变得知识渊博了，这个变化让我们十分吃惊。

对于我们这些好奇心和求知欲都特别强烈的小公鸡来说，他的这个变化让我们有了很大的乐趣，我们可以问他任何问题，他几乎都能够回答我们，就像是真主有一天忽然让他开了窍一样。

他也变成了一个文质彬彬的人，说话做事不再粗野了，并且对我们对他的提问对答如流，我们都惊呆了，我们没有办法不尊敬他。

后来我们一伙人不再去打群架就归功于他。我们经常围坐在他的身边，听他讲各种各样的故事，以及他对万事万物进行的解释，这个时候，真的，我们不骗你，就像是他变成了真主的使者一样，没有他不懂的事情。

"老白，白老师，你说为什么我们会放屁？"

我们后来天天向他提问题，但是几乎难不倒他，小胖忽然问了这么一个问题。这是一个粗俗的近乎刁难人的问题。

"人放屁是因为体内的蛋白质过多，在肠子里形成了气体。平时如果你们吃了含蛋白质过多的食物，就容易放屁。"

"大象都是死在一条山谷里，和祖先在一起的吗？"

"这不过是一个传说罢了。大象死了，同伴会为它默哀，但是死掉的大象的命运是就地腐烂，化作元素重归大地。"

“那，我们死了呢？”

“我们死了，也变成各种各样的元素，重新在大自然中间循环。你的肉烂了，变作植物的肥料，你实际上还活着，只是我们再也看不见你了。”

“为什么狗老是把舌头伸出来？”

“那是狗用来排掉体内的热量的，狗是不怎么流汗的，它全靠舌头散热了。”

“我昨天看见几个打把式卖艺的河南人，把手伸到滚烫的油锅里捞铁蛋，手也没有烫伤，这是怎么回事儿？”

“他们是在骗你呢。那个铁锅并不全是油，在油下面是醋，醋的沸点低，容易烧开，而这个时候其实上面翻滚的油并不热。你都可以伸手去把铁蛋捞出来。”

“跑得最快的动物是什么？”

“是猎豹，它跑得最快了。”

“女人怎么非得蹲下来撒尿呢？”

“其实女人也可以站着撒尿的。但是那样，就只能够顺着腿流下来了。”

“有没有鬼魂的存在？”

“没有，鬼魂其实都是我们想象力的产物，你仔细想想，画出来的鬼，都是我们根据已经有的东西拼凑起来的，对不对？”

“人做了坏事情，都有报应吗？”

“当然，你踩死一个蚂蚁，等你死了，你的肉肯定有十个蚂蚁来吃的。一定要多做善事。"

"为什么那些老哈萨克人说，'见山跑死马'？"

"这个很好解释，这是一个简单的视觉原理，你看见山的时候，其实离山很远，等你跑近了，才发现这么远，那是因为山的高度让你产生幻觉了。"

"为什么鱼可以长时间在水下面呼吸，我就不行呢？我一个猛子顶多在水下待上一分多钟。"

"鱼的鳃可以把水中的氧气直接呼吸到，而我们人是不行的。但是我们的老祖先其实就是有鳃的，可以在水下呼吸，只是后来进化了，我们不得不在陆地上生存了，也就没有鳃了。"

"为什么说，我是精子和卵子变的？"

"啊，你还没有长毛就知道这个了？已经长毛了？我给你讲吧，只要一茶杯男人的精子，就可以繁殖出五十亿地球人口。男人一次可以排出几百万个到上千万个精子呢。你这个年龄，马上就可以有精虫了。"

"那为什么世界上有这么多的动物和植物，都非常奇怪和奇妙？是谁让这个世界变成这个样子的？"

"这个问题，我想只有上帝或者真主可以回答你。因为世界之所以是这个样子，就是他造的。"

我们不得不佩服他了。他真的是什么都懂，没有他不知道的事情，个别的问题，他需要回家想一想，但是第二天，肯定会给你一个完美的答案。我们现在都非常喜欢和钉鞋匠老白，不，和白老师在一起聊天。

谁也不知道这个变化是从什么时候开始的，没有人看见他遭遇雷击，因为传说一个人如果突然遭遇雷击而不死的话，他就会开了窍，变得非常聪明，可是在我们的那座城市，已经有几个月没有打雷下雨了。

会不会他过去就是一个知识渊博的人？这也是不可能的，他就是一个初中毕业的家伙，这是我们都知道的。他只是认识一些字而已，但是现在他变得什么都懂，真的叫我们弄不明白。

不光我们弄不明白，他的四个孩子也不明白他们的爹的变化是从何时开始的，他们根本不清楚父亲是怎么像变了一个人似的，对他们也和颜悦色了。

但是仍旧有一些蛛丝马迹被人发现了，有人具体说是他的黄脸老婆，发现他曾经失踪了半天，因为一般在中午，都是她把做好的饭给他送去，可是在十字路口的街角，她拿着饭盒，找不着他了。钉鞋摊的东西还在，但是钉鞋匠白天光、她的丈夫却不见了。

到了天擦黑的时候，他的老婆才看见他。

问他到哪里去了，他也不说话，就像是一段时间自然地从他的生命当中消失了一样，连他也不知道自己去了哪里。

仅仅消失了半天，就能够让他，一个昔日的大老粗变成一个知识渊博的人？我们疑窦丛生。我们后来不去想这个无聊的问题了，我们只是接受他已经变化了的事实就可以了，毕竟我们那个时候真的是什么也不懂。

后来，不光是我们经常到钉鞋匠老白的钉鞋摊跟前向他求教，而且，很多的大人，包括一些女人，也经常来到钉鞋匠老白的钉鞋摊跟前，向他提各种问题，他全都做出了令他们满意的回答。他们会问比我们这些小毛头的问题要深刻和复杂得多的问题。

而女人们也有自己的问题要问。有的是我们男的不好听见的问题，涉及女人的生理问题，比如，有的女人会问："为什么我在快来月经之前，情绪特别不好？"连这样的问题他都能够回答正确，真的让我们对他刮目相看了。

这个时候，在我们有一些封闭的小城市里，钉鞋匠白天光的名声已经是响彻云霄了，很多慕名前来的人，都要和他会一会，向他提出各种古怪的问题，钉鞋匠老白，不，对我们这些小孩来说，的确是白老师，他真的是兵来将挡，水来土掩，把他们刁钻古怪的问题，全部都应付过去了。

"白老师，鱼晚上睡觉吗？"

"当然睡觉了，但是鱼是睁着眼睛睡觉的，它们没有眼皮，所以，你是看不见它在睡觉的。"

"月亮上到底有没有嫦娥？"

"你的这个问题太傻了，月球上没有活着的生物，可能只有一些细菌。在我们的太阳系里，现在还没有发现哪个星球，比如像火星这样的星球上有生命的存在。"

"为什么人不能倒着走路？"

"其实人可以倒着走路的，但是我们是四肢向前的，原来，我们都是爬着走路的，后来，我们变成了直立行走的人了。这就叫作进化。人类一直在进化，现在都没有停止。"

我们听到这里，对我们已经进化到现在的这个样子十分满意，有一些不愿意再进化了，就问："那，我们未来会进化成什么样子？"

"这个很难讲，科学家画出过一些人类未来的样子的图，人到时候就变成了脑袋特别大的样子。"

"哎呀，那个样子太难看了，我们不要变成这个样子，现在的样子刚刚好。"

"那是不可能的，因为人类必须变化，不进化的人是不存在的，你们知道为什么现在城里的男人，长胡子的越来越少了？原来男人都是一脸的毛胡子，现在，你们看，我们的胡子都越来越少了。"

总之，每一天，在钉鞋匠白天光的钉鞋摊跟前，都围着很多的小孩和大人，他们都有着强烈的好奇心和求知欲，以及各自的困惑。

毕竟在这个城市，见识和知识都非常多的人，没有多少。我们的中学校长也是一个知识渊博的人，但是他从来不屑与我们说话。他只是在我们闯祸的时候训我们时，才对我们说了话。

钉鞋匠白天光现在把酒也戒了，我们为了向他表达敬意，向他敬献了酒，但他不喝。因为他已经彻底地改变生活作风了。而且，他的钉鞋生意并没有耽误，相反，比过去要好多了，有的时候，为了向他讨教问题，有人的鞋子一点问题都没有，也要让他把鞋子再钉得结实一些。其实，只是为了多听听他说话。从南到北，从天文到地理，从人到动物，从历史到现在，人们有了问题，都会去问钉鞋匠老白。

当然，也有对钉鞋匠老白不以为然的，认为他知道的全是"大路货"。刚好，我们的城市在1983年"严打"以后，掀起了一个学知识的热潮，还搞了一个知识竞赛，几乎全城镇识字的人都参加了，这个竞赛出的题目特别多，答题至少要三个小时，我们这些小毛头都参加了，这个知识竞赛的第一名，当然是钉鞋匠白天光。

所以，后来那些对他不以为然的人，也没有话说了。毕竟，他们在那次知识竞赛当中，也是败给了钉鞋匠白天光。

我们还看见城北清真寺里和蔼的白胡子老阿訇，也曾经悄悄地向钉鞋匠老白讨教了，这是千真万确的。因此，老白，不，白老师是我们街上那几年最传奇也最令人称奇的人物。

那几年，我们也在飞速地成长着，到了1985年，钉鞋匠老白知识渊博的秘密终于真相大白了。

还是他的孩子揭开了这个谜底。有一天，其实是很长一段时间以来，他的几个孩子都发现他们的爹，在晚上喜欢一个人点着马灯在后院的羊圈里待着，有时候似乎是在和羊说话。孩子们以为他在一个人学习经文呢。后来，那一天当然是几年以后，他的一个儿子，从羊圈里发现了厚厚的两大本书，书是硬皮精装的，深褐色的布封面，书名是《百科全书缩印本》，于是，钉鞋匠白天光知识渊博的秘密曝光了。

他的儿子把那厚厚的、已经被翻烂了的《百科全书缩印本》拿给了我们，我们翻阅着这两本书，发现里面到处都是用钢笔和铅笔画的道道，显然，里面的各种记载，就是我们从钉鞋匠白天光的嘴里听到的。

我们愤怒了，因为我们认为钉鞋匠白天光欺骗了我们，我们当着他的面，突然地拿出了那两本书，然后高叫着把书给撕毁烧掉了。

这个时候，他的脸色渐渐地变了，然后他忽然当众在我们的哄笑中哭了起来。

后来，失去了我们尊敬的钉鞋匠白天光又重新变成了一个酒徒。在那个十字路口，他的表情重新变得黯淡，经常在我们的奚落当中默默地钉着鞋。

1985年的冬天，他喝醉了无力走回家门，冻死在街上了。人们是第二天早晨才发现他的。现在，这些年过去了，人们早已经不记得他了吧？

找不着自己脚印的人

疯子老常是街上的一个风景，这是因为他总在寻找自己的脚印。

疯子老常一般是一个人在街上走着，走着走着自己就糊涂了，然后站在那里发呆，开始看自己的脚下，寻找起自己刚才走过的脚印来。然后，他就会一步一个脚印地重新走回去。

他的脚印可能只有他自己看得见，我们是从来看不见的。光天化日之下，又没有下雨，我们谁都看不见自己的脚印的，而疯子老常却可以看见。这个时候我们会看见他开始沿着自己来的方向又一路走了回去，而他脚下踩着的，全是他凭借记忆找到的脚印，深一脚、浅一脚地走了回去。

有的时候，他走着走着就找不到自己的脚印了，然后开始原地转圈圈，脸上流露出痛苦的表情，但是他越痛苦就越找不到自己的脚印，这个时候他可能就会哭出声来，哭声特别像一种婴儿发出的。

我们问："疯子老常，你哭什么？"

他看我们一眼："我找不到回家的脚印了……"

我们就都哈哈大笑起来。

其实我们对疯子老常的世界十分感兴趣，因为我们觉得他十分有趣。在我们那条街上，有趣的人并不多。所以，很长一段时间，疯子老常就是我们喜欢追踪的对象，但是我们可能无法进入他的世界。因为他思维的逻辑完全是我们常人无法理解的，比如，他寻找自己刚刚走过的脚印这件事情，就是特别好玩，也特别让人无法理解的。

疯子老常对人没有威胁，我们有时候觉得他不是真疯，而是装疯，为的是不理会他现在的老婆。

他的老婆可是我们那条街上有名的悍妇，经常为了一个鸡蛋能够把整个农贸市场都骂个天翻地覆，所有的生意都做不成了。所以小贩看见她，给她约秤时都约得高高的，就这样还要挨骂。女人撒泼起来，可真是要人命。

原先疯子老常没有疯的时候，我们经常看见老常被他的老婆揪着打，那个场面是十分热闹的。当然，那也是男人最丢面子的时候。后来打着打着，他的老婆发现老常精神有一点不对头了，于是就不打了。

现在，疯子老常只是一个人整天待在养路段的门口，沉浸在他的世界中苦思冥想，谁都不知道他在想些什么。

他长着很长的头发，脸上总是带着一些笑意。但是他的这种笑容是只是针对他内心所想的事情而笑的。

你碰见他的时候，以为他在对你笑，实际上他是在和自己大脑中的事情在笑，和你一点关系都没有。

尽管如此，在我们看来疯子老常也是一个好玩的人，因为所有的成年人在老婆孩子和生活的重压下，都是愁眉苦脸的，唯独他已经成功地甩掉了老婆的注目，所以总是笑容满面。

看到他在街上开始往回走时，我们就会跟在他的后面，问他："老常，你又在寻找你的脚印了？"

老常向我们一笑："对，这一回，我一个脚印也丢不掉了。"

然后，他看着脚下，深一脚、浅一脚地又原路走回去了。他说，每一天他出门再远，他都要沿着自己的脚印，一步步走回去。"我一个脚印也丢不掉。"

那个时候，我们的兴致来了的时候，就都跟在他的身后，也模仿他走路。于是街上就出现了一个奇怪的队伍，这个队伍的领头人就是疯子老常，而他身后跟着的我们一帮屁孩子，深一脚、浅一脚地找着自己的脚印走路，那样子实在是可笑至极。

后来，有时候没有疯子老常在身边，出于好玩，我们也尝试了一下寻找自己的脚印。我们走了一段路之后，就开始寻找自己的脚印，再重新走回去。这是一种非常新鲜和艰难的游戏。

我们凭借记忆，按照已经走过的路再走回家去。一开始是十分困难的，因为你根本就记不住你刚才走过的脚印，但是后来，我们发现，我们似乎开了天眼，感觉的神经慢慢变得十分敏锐，我们也可以看见自己一路上过来的每一个脚印，然后我们就沿着自己的脚印又走了回去。

这是十分奇妙的感受，也是一种正常人体会不到的乐趣。人们都说疯子是奇怪的，但也有人说疯子的思维都是天才的思维，是俗人根本就不可能理解的。那么，疯子和常人的界限到底在哪里？

疯子老常到底是怎么疯的，谁也不知道。按照统一的说法，他的疯和他的老婆有关，是他的老婆把他给逼疯了。

那个时候是无所事事的年代，自从我们在街上开始闲逛，就经常可以见到他了，似乎世界一开始，他就已经在那里转来转去，在寻找脚印。上帝造人的时候就造就了像老常这样的疯子，让他给我们带来有趣的风景。

我们甚至猜想，疯子老常是一个智者，甚至是一个超常的人。他肯定认为我们这些所谓的正常人，其实都是丢失了自己脚印的可怜家伙，而人一旦丢失了自己的脚印，那么他肯定找不到回家的路了。

很多年以后，我们想起疯子老常来，更加觉得他是一个清醒的哲学家。但是那个时候我们还小，我们除了有时候欺负他、取笑他，借以给我们平庸麻木的生活寻找一些乐子，就没有再往深处想了。

但是当整个世界都因为发展过于迅猛，而找不到回家的路、回家的脚印的今天，想想疯子老常，难道他没有给我们暗示和提醒吗？也许，他就是上帝派来的，甚至我们还可以猜想他就是上帝本身。

疯子老常一定有一个独特的世界，这是他自己建立的。所有的造物者都有一个独特的世界。

而疯子，这些上帝和造物主派来监视和提醒我们的人，他们一定有一个世界，这个世界是我们这些被称作正常人从来没有进入过的。

除了要寻找自己的脚印，疯子老常一定还有别的一个独特的世界。我们是在用了很长的时间和他建立了密切的关系之后，才了解到这一点的。

实际上，疯子老常对现存的世界早就不满了，他认为今天的一切，很多东西都是不合理的。

于是疯子老常对所有的东西，都进行了重新命名。

我们和他熟悉以后，经常听到他说一些莫名其妙的话，很长一段时间以后，我们才明白，他给我们已经用语言和词汇命名的世界重新命名了。

这就是疯子老常的厉害之处。但是，他重新命名的一切，所用的语言仍旧是我们使用的语言，所使用的语法，也是沿用汉语的语法，没有像上帝那样，单独为每一个民族创造一种语言。他使用了我们已经使用的语言，只是用我们语言中的词汇，重新地把一切编制了一个只属于他的词典。

比如，"天空"被他改成了"桌子"；"蓝色"在他的词典里是"湖水"，变成了一个名词。

如果他说话，要表达天空是蓝色的，他的话就是"桌子是湖水"。

他把鸽子叫作毛巾，把房子叫作爬犁，把女人叫作牛痘，把镜子叫作筷子，把河流叫作板凳，把打鼾叫作秋收，把苜蓿叫作自行车，把柳树叫作电话，把拖拉机叫作鼻涕虫，把蜗牛叫作国画。

然后，他把这些重新确定的命名，用固定的语法，说成一句话，于是所有的东西就全都改变了。

我们是过了很久以后才知道他的词典的一部分用法的。

这种改变当然一开始叫你莫名其妙，而且你会很恼怒，但是这样就中了疯子老常的圈套了，他实际上就是想看到你对世界被他重新地命名之后变得陌生了，而生气起来，他就会非常得意地哈哈大笑。

比如我们说"女人照镜子，看见了房子上的鸽子"，用疯子老常的语言，就变成了"牛痘看筷子，看见了爬犁上的毛巾"。

这不是成心捣乱嘛！一开始我们都被他的在我们听来完全是胡言乱语的语言给激怒了，我们弄不明白他到底要干什么，当我们因此而骂他的时候，我们看到他的脸上反而流露出一种十分满足和骄傲的神态。我们于是就更加生气了，甚至在街上追打他，把他打回了他的家。

但是后来，我们发现，我们听不懂他的话的时候，他认为我们的智力根本不如他，于是他就更加坚定了重新命名世界上所有东西的决心。

等到疯子老常死了以后，我们才知道，他竟然想给已经有了一个语言秩序的世界上所有的万事万物重新编制一个词典，这个词典只有他自己能够掌握，别的人是谁也不可能掌握和明白的。他日积月累，把他重新起名字的乱七八糟的字词，用一个很大的硬皮本，按照拼音和汉语笔画，编制了词典，而不是一开始的词典了。词典是对每一个东西都有所解释的书。

　　这是一个相当有野心的想法，当然也许只有一个疯子才干得出来。区分一个人是不是一个疯子，可能最佳的办法就是他是不是要为难这个世界。

　　疯子老常每一天除了在街上寻找自己刚刚走过的脚印以外，他的全部的心思，都在重新给世界编制一个词典上。他这算不算是在为难已经创造了世界包括我们的语言的上帝本人了呢？

　　而编制词典，在我们这些未成年的人看来，完全是一件十分可怕的事情。没有比词典更叫人厌恶和畏惧的事情了。

　　词典的存在，就是要我们明白，世界早就已经被命名和规划好了，你们只是需要用记忆牢牢记住这一切就够了。我们平时最为厌倦的就是在学校读书，读那些在词典上已经存在的东西。

　　因此，当我们知道了疯子老常在干着再次命名世界的事情的时候，真的是吓坏了。没有比世界被重新命名更可怕的了。

　　如果世界被重新命名之后，我们还要去学习新的词句，我们英语都没有学好，要是叫我们再去学习疯子老常的词典，我们宁愿死了。

好在这只是疯子老常一个人的想法，没有教育机构会强行批准他的非法词典的内容的。明白了这个道理，我们真的是松了一口气。

但是，疯子老常重新对世界进行命名，他的动机是什么？是什么样的力量叫他干了这样一件事情？

我们猜想，疯子老常之所以对世界重新命名，是因为他对这个世界不满。我们可以设想，当大家对他在大街上寻找自己的脚印而嘲笑他的时候，他一定十分生气。终于有一天，他想："既然你们大家都嘲笑我，我就不再和你们交流了。"

怎么样才能够拒绝和所有的人交流呢？他对于这一点一定苦思冥想了好久，有一天，他忽然脑子开窍了。"我重新给所有的东西起名字，然后编制我的词典，这样就没有人知道我在想什么了。"

他想到这一点十分兴奋，就立即行动了起来，他拿出了纸和笔，开始对世界重新命名。我们在前面说了，他可能是从"天空"这个词开始的，他把天空叫作"桌子"，他对自己的这个创举十分满意。当想到"蓝色"的时候，他的脑海里荡漾着一弯幽蓝的湖水，于是，他就把蓝色改成"湖水"了。

进行了这个艰难但是类似于上帝创世的创举以后，后面的工作就好办了。他开始随心所欲地把各种各样的东西的名称进行调换，这样，所有的东西立即变得陌生了起来，同时也新鲜了起来。当然，所有的人都再也听不懂他在说些什么了。

我们在街上碰见他的时候，就会问："老常，你老婆还打你吗？"

他的回答是："牛痘是台灯，所以飞机已经把小偷给水库了。"

我们又问："你还能够找到你的脚印回家吗？"

他说："天山上是水井，但是哈巴狗叫玻璃拿到望远镜了。灰灰菜在喜鹊里，大头鞋上有卡车。"

我们说："你看见那边有两条狗在交配了吗？"

他说："红旗没有鸡蛋黄，水蛇的作业本外面有钢筋和玻璃球。"

我们说："你看，今天的天气多好哇！"

他说："是啊，桌子上都是湖水，而背包把筷子带来了，蝌蚪在炼钢炉里土豆，小麦听见了太极拳。"

我们听到这样的话真的是要疯了。我们同时也兴奋得快要癫狂了，因为我们可能在和世界上最正常的或者说是最疯的人对话。

于是我们就这样无休无止地对话下去。我们完全听不懂他在说些什么，但是疯子老常却知道我们在说些什么，他和我们对话简直是脱口而出、对答如流，我们完全摸不着头脑，但是我们却又都体会到了一种巨大的乐趣。

有的时候，在和他说话的瞬间，我们似乎听懂了他的词汇，但是当他的语句洪流般出现的时候，我们就完全不知道他在说些什么了。

但是和疯子老常后来的对话，对我们来说，完全是一个节日。我们对课本上的东西都十分讨厌，当疯子老常把世界改变的时候，我们都觉得有一种解放了的感觉。

疯子老常也对和我们用他的语言说话，感到特别有劲儿。当他有一天觉得我们非常可靠的时候，他就向我们出示了他自己编制的那个词典。现在，我们看见的已经有三个硬皮本，都被他编纂完毕了。

我们翻阅他的词典的时候真的是惊呆了。所有我们曾经熟悉的东西全都变了，甚至一些字词的属性，也被疯子老常改变了，总之世界向我们这些未谙世事的毛孩子呈现出完全陌生的一面，我们既感到有趣，也感到十分害怕。

这是我们当时真实的心情，我们仿佛看见了魔鬼的面容，而魔鬼是专和已经存在的世界对立的。疯子老常的词典让我们意识到世界本身就是茫然的，没有头也没有尾，有的只是幻觉和可以随便改变的名称，而这一点，过去只有上帝本人才能够做到。

我们后来完全被疯子老常的思维给抓住了，就像是被魔鬼本人抓住了一样。后来我们只要是有时间，就和疯子老常一起，帮助他编纂这个改变世界的词典。

这是一个极其隐秘的活动，我们就像是秘密组织的成员，围绕着疯子老常一起干着一件惊天动地的事情。在我们的帮助下，老常的这个词典进展很快，那种厚厚的硬皮本，已经有六本之多了，我们完全按照词典的方式，重新编制了一本属于疯子老常和处于狂乱青春期的我们的词典，在这一点上，我们的利益是相同的。

但是死亡，只有死亡会打断我们的工作。疯子老常有一天在没有任何的预兆的情况下，突然死了。

我们都看到了死了的他脸色铁青地躺在他家的灵床上，他的悍妇老婆在不知是真是假地哭泣着。老常一定对自己的死十分不满意，因此才铁青着脸。因为他的工作，不，我们共同的工作还没有完成。那个硬皮本要达到十本，我们的工作才会大功告成。

在我们惊心动魄的注目下，那六本已经编制好的词典草本，作为陪葬品，被他的老婆放进那红色的疯子老常的棺材里了。

很多年以后，我们都在怀念疯子老常，怀念我们隐秘的组织生活，我们猜想如果现在打开老常的棺材，那些和整个世界过不去的词典，都还在不在了？

防空洞

在我们的校园里有一个防空洞，那是毛泽东时代为了防止第三次世界大战，"深挖洞，广积粮"时修建的。

防空洞在教学楼背后的一片僻静的小树林里，这个防空洞的洞口像是一个菜窖的入口，十分潮湿，还往外吹着阴冷的风，向里面看你只能够看到无尽的黑暗，我们平时很少到那里去，因为过去那里死过人，死的是一个漂亮的初三年级的女生。后来，凶手抓到了，他竟然是她的数学老师。用不着说明他为什么要杀她了，当然他是一个性变态，这是谁都会猜到的。

那个数学老师也教过我们，那是一个让人讨厌的已经秃顶的男人，在讲课的时候总是笑眯眯的，还不停地踮起他的脚尖。这个老流氓竟然在我们的身边潜伏了这么久，这是谁也没有想到的，我们都大跌眼镜。

但是这一次不是关于这个数学老师的故事，是关于别的人，隐约和防空洞有一点关系。其实也没有什么关系，现在想起来，防空洞不过是我们记忆的一个标志，我们回忆的一个道具。凭借防空洞，那些年的事情才渐渐浮出了水面。

1983年的"严打"是我们记忆的一个分水岭，那以后，似乎城市的变化越来越大了，因为所有的城市里的工厂都在改革，大地上的气息与此前的"文化大革命"时代越来越远了。其实在七十年代末和八十年代初，在街上混来混去的人，感染的都是"文革"的后遗症。为什么当时会有那么多的人在街上喝酒、无事生非、打架斗殴？就是因为"文革"当中的帮派后遗症。

　　但是1985年以后，街上的闲人越来越少，是非常明显地减少了。我们中间不少人已经上了高中，准备考大学了。

　　记忆里在那些年，有两个人的命运使我们印象很深，这是因为他们全都是由于没有考上大学而精神错乱了。

　　其中一个人，是我们喜欢的一个女孩马兰的哥哥。他比我们大一级，而我们和马兰是同班同学，所以，关于马兰哥哥的回忆如此牢固，是和我们关于马兰的记忆十分牢固有密切联系的。

　　马兰的哥哥是一个大个子，长得十分英俊，而且有很多的女生暗恋他。就像我们实际上都在暗恋马兰一样。他是我们那所完全中学运动会篮球、跳高项目的纪录保持者，而且他的学习成绩一向不错，后来我们听说了他精神错乱的消息，真的十分震惊。

　　而另一个精神错乱的人是杨斌。杨斌是从湖南来的考生，他的样子就像是现代的孔乙己，穿着十分邋遢，似乎很少洗脸，更是很少刮他那一脸肮脏的胡子了。看不出他有多大的年龄，反正是比较老。

每一年我们都看见他在考大学，但是每一年他都没有考上，因为他总是坐在毕业班里。后来我们很多人离开了那座西北偏北的小城市的时候，听说他似乎还在考大学，后来终究再也没有听说他的下落了。

话说起来就长了，因为这些事情已经过去十几年了，但是我们很多人还记得他们，记得这件事情。

事情的起因是1985年以后，中学考大学的竞争突然激烈了起来，在我们的那座城市，那几年有很多内地的人来这里就读高中，因为新疆学校学生的高考录取分数比较低，所以竞争更加激烈的中部省份，像河南、湖南、四川、湖北的考生，就改了名字，改变户籍，跑到我们学校里来，直接插到高中二年级，或者是高中三年级就读，很快就参加高考了，由于他们的基础比较好，加上平时十分刻苦，大多数是农村的孩子，所以学习起来就像是拼命一样，因此大多数人都能够考上大学。

我们就经常看见平时熟悉的一些毕业班上突然冒出来了很多陌生的同学，他们一声不吭，只是发奋学习，然后一年以后我们就再也没有见过他们了。可能我们永远也不会再见到他们了。

对于我们的中学来说，这是提高升学率的一个方法，所以对内地来的考生弄虚作假更改姓名参加高考一事，是默许的，也装作不知道，因为万一由此引发的问题全部由考生自己承担。所以，学校很多当地的学生，对这些从内地农村里来的衣着邋遢的考生，内心里十分畏惧和厌烦，因为他们几乎就是学习的机器，整天除了看见他们学习，仍旧是学习，好像他们就再也没有别的爱好了。

杨斌就是这些从内地通过亲属的关系，来到新疆考大学的考生之一。我们这些过去的坏小子还没有到毕业班的时候，对杨斌并没有恶感。但是后来杨斌居然对马兰有了要追求的意思，这让我们十分恼火。

这个时候，防空洞作为道具出现了。

杨斌不知道为什么，竟然让马兰相信了他，由他带着她进入防空洞去采蘑菇。这是我们后来才听说的。可能是所有的女孩子都喜欢采蘑菇这样浪漫的事情，所以杨斌就把马兰给带到防空洞里了。

我们都可以猜想，在那样黑漆漆的防空洞里，女孩子自然会害怕，这个时候杨斌几乎就可以为所欲为了。我们都不知道杨斌对马兰干了什么，但是他们从防空洞里出来以后，马兰的神情一直十分忧郁。

但是他们的确从防空洞里采到了蘑菇，那种蘑菇巨大，根本不像是在太阳底下生长的东西，它具有某种梦幻色彩，让我们可以感受到附着于蘑菇身上的神秘气息。蘑菇是好几种颜色的，但是不是纯色，而是仿佛经过了上帝之手调制而成的颜色，蓝色、红色、黄色、白色都不是我们惯常见到的颜色，十分美丽。

杨斌和马兰在那个防空洞里待了整整一天，是有人看见他们进去了，报告了老师，我们才进洞去寻找他们的。

当时有人猜测，杨斌可能和那个流氓数学老师一样，已经对美丽的马兰干了同样的事情。要真的是那样的话，学校的校长就又会换了，上次我们学校的女校长就换了。

我们一些胆大包天的家伙被体育老师带着，还有马兰的哥哥马飞，人人都拿着手电筒，开始进洞了。防空洞原来的铁栅栏门上面有一个大铁锁，但是现在已经被撬开了。我们走进洞口的时候，可能都有一些害怕，因为黑暗立即就包围了我们。

但是有身强力壮的体育老师带着，加上我们六七个人，对付一个像孔乙己般的杨斌，应该说没有什么问题。重要的是我们要去解救我们都暗恋的对象马兰，这才是考验我们胆量和真诚的地方。

一走进防空洞，潮湿的气息就扑了过来，让我们窒息。但是我们临行前被校长动员了，所以士气十分高涨。我们大声呼喊着马兰的名字，然后一直向防空洞的深处进发。但是越往里面走，似乎就越宽阔，里面简直容纳全校的师生都绰绰有余。

我们一路喊去，忽然，见到前面有亮光，我们都十分紧张，这个时候体育老师大吼一声："是谁？"

"是我，杨斌，还有马兰。"

在我们的前面，那手电的光影当中，出现了两个人的影子，就是杨斌和马兰。情况并不像我们大多数人想象的那样，他们都是完好无损。其实当时我们在黑暗的防空洞里看到他们的时候，内心之中多少有一些失望，因为我们都不能够看到我们隐秘的期待：杨斌变成了一个强奸犯，而我们将成为抓获他的功臣。

那天我们又回到了地面上，防空洞里的黑暗和潮湿久久地萦绕着我们，似乎我们都获得了一种前所未有的体验，那种体验是防空洞给我们带来的。

但是后来不管我们怎么问，杨斌都没有描述他们，他和马兰在防空洞里到底干了什么，杨斌说他什么也没有干，只是领着马兰在防空洞里走。

"里面非常黑，但是越往里面走，就越凉爽，而且，里面还有很多的房间似的隔断，可以待很多人。马兰是一个胆子很大的女孩，我都没有想到过，她的胆子那么大，竟然一点都不害怕。"

马飞对杨斌所说的对他的妹妹没干什么，是有一些怀疑的。他曾经问过她，问过他的妹妹马兰，但是马兰一听到这样的问话就十分生气地走开了，根本不回答她的哥哥，因此马飞后来又去威胁杨斌，但是杨斌完全沉浸在对防空洞的探险感受当中。

在杨斌后来的描述当中，防空洞里的神秘和美好，已经变成了一个美梦。听他描述防空洞，我们都十分向往，毕竟，上次我们进去没有多远，就碰到他们了。"里面实际上还很深，而且我还听到了有人在里面弹钢琴的声音，但是我们，我和马兰准备继续往里面走的时候，又听到了你们的呼喊，我们只好就又返回了，但是，到底是谁在防空洞里弹钢琴，这个谜还没有解开。"

杨斌说完，看着我们的目光充满了期待。我们听他这么说，都有一些害怕了。毕竟，这可不是闹着玩的。"假如里面真的有人呢？或者，里面实际上是一个人的鬼魂？"我们当中有人发问了。

"我想再进去看看，在里面一直走到头，看看到底有没有人在里面弹钢琴。你们谁愿意陪我下去？"一直和我们在一起的马兰神情有一些不屑地看着我们，冷不丁地向我们所有的人发问道。

"我，我愿意再陪你下去。"杨斌抢先表态了。

"马兰，这小子带你下去就没安好心，你要防着他一点！"马飞大声说。

马兰又是不屑地一笑："可笑，你们自己没有胆量，却骂别人不好，也太不像个男人了吧！"

我们被马兰这么数落，都有一些颓丧和没面子，因此我们立即争着说都愿意陪着马兰下去。

我们在准备充分以后，就决定再次进入到防空洞里了。其实我们每一个人都有一些害怕，但是马兰都不害怕，我们又有什么害怕的？那样，我们就都是胆小鬼了。

这一次，体育老师没有跟着我们下去。我们把进入防空洞里当作是一次探险，因为杨斌和马兰听见里面有人弹钢琴了，这个谜底我们要去揭开。

"你们真的听见里面有人弹琴？杨斌你见过钢琴没有？"有人问。

"怎么没有见过，学校音乐教室里不是有一架？我的宿舍就在音乐房旁边。"

"如果里面有人，那我们该怎么办？他会不会杀人？"

"不用担心，我们这么多人，不会有问题的。"

我们开始往防空洞的深处走。进入防空洞的路是一个斜坡，慢慢地下降深入的。潮湿温暖的地道气息扑面而来，紧张的心情再次笼罩了我们。

间或，从十分遥远的说不清是防空洞的哪个地方，会传来一阵阵滴水的声音，十分清脆。或者，一些蝙蝠被我们的脚步声惊扰了，呼啦啦突然从我们的耳畔掠过，它的黑色的影子像是幽灵一样闪过我们手电筒的光影，十分吓人。

但是我们谁都没有表现出害怕的样子，因为有马兰在，而且，再次进入防空洞还是她的提议。我们进入防空洞，是一个缓慢下降的过程。慢慢地我们已经看不到任何的东西了，除了摸黑前进。

我们越走越深，似乎已经进入很深了。这个防空洞没有尽头似的，让我们的心情一点点紧张了起来。防空洞真的是空间巨大，里面有各种岔道，还有各种各样像是教室大小的单独空间。这些都是为了打仗时容纳不同单位的人修建的。我们又发现了上次马兰采到的好看的蘑菇，长在一片棉絮一样的东西上。这个蘑菇似乎是人种的一样。

我们往里面走了半个小时，也没有听到弹钢琴的声音。我们有一些怀疑了，开始质问杨斌："你的耳朵是不是听错了？真的有人在里面弹钢琴？"

"嘘——"有人似乎听见了什么。

现在，我们都静静地站立着，然后，我们听到了一些奇怪的声音。过了好久，我们才意识到听到的声音是人的呼吸声！

我们一齐把手电筒往声音传来的地方照去，结果把我们吓坏了：一个白头发的长毛怪物，正睁着大眼睛在一个角落里看着我们。有人尖叫了一声，我们看见那个怪物狂奔了起来。"抓住他！"

这是惊心动魄的时刻，我们在防空洞里发现了一个人形的怪物！我们在瞬间的恐怖过后，变得勇敢了，开始抓他了。我们听见他号叫着，发出了惊恐的声音。他向洞口的方向跑去。有一会儿他消失了，但是我们很快从岔道上发现了他。看来他对这里面的地形十分熟悉，所以我们在追捕他的时候十分吃力。

但是最终，我们在一个像教室那么大的空间里抓住了他。我们靠近他的时候，闻到了他的身上浓烈的臭味。这当然是一个人，一个衰老的人，他看起来在这个防空洞里生活很久了。我们押着他走出防空洞的时候发现他的视力十分微弱，我们也看不出他的年龄，他十分害怕的样子使我们确信我们抓住了一个可能潜伏多年的逃犯。

我们从防空洞里抓到了一个白发野人的消息传遍了整个小城市，我们也成了英雄和谣言传播的中心。我们个个分头添油加醋地描绘了发现那个白发野人的经过，我们的讲述给很多人带来了巨大的满足，因为长久以来，都没有人进入那个防空洞里。

很快，那个被我们抓到的白发野人的身份查明了。这个人过去是我们这所中学的音乐老师，叫谢勉力，在1966年一次武斗之后，他就消失了，原来，他一直在这个防空洞里生活了二十年！

很长时间我们都在谈论他，谈论谢勉力如何能够在防空洞里生活了这么多年。他吃什么呢？光吃那些蘑菇吗？我们进行了各种各样的猜测，有人猜测他吃老鼠，吃蝙蝠，吃各种小昆虫，但是他真的从来没有到过防空洞外面吗？外面这些年已经有了很大的变化，已经和1966年完全不同了，至少，他害怕的人和事都已经消失了。

谢勉力被学校交给了公安局，谢勉力被认定为精神失常。调查完毕以后，很快他又被送回学校。他没有什么事情，在1966年，他是受迫害分子。学校一时不知道拿他怎么办，因为他也没有任何的亲人在这里。在准备先送他到敬老院的时候，谢勉力，这个已经被外面的世界的变化震惊得目瞪口呆的可怜的人，很快地染上了疾病，不久就死在医院里了。

我们听到了这个消息都有一些难过，觉得要是我们不把他从防空洞里弄出来的话，他可能还不会死，因此十分内疚。

但是很快，我们的学习变得紧张了起来，进入高二我们要准备高考了。谢勉力的事情已经被我们抛在了脑后。我们对马兰的觊觎和关心，也在高考的压力下消散了，所以，我们那个时候就明白，感情是一个如同流动的云彩一样喜欢变化的东西。

高我们一届的马飞和杨斌很快在高考当中败下阵来，他们在秋天和我们一起再次就读高三。又过了几个月，在第二年的夏天，我们都参加了高考，包括"孔乙己"杨斌、马兰的哥哥马飞、马兰以及我们。马飞报考了北京体育学院，他的体育成绩相当不错，通过了考核，就看他的文化课了。杨斌也在摸底考试中取得了第一名的成绩，令我们嫉妒。

七月的三天大考之后，我们又下到了防空洞里，实际上是为了给我们的中学生活做一个告别。我们找到了谢勉力留下的棉絮和一点生活用品，内心之中十分愧疚。

似乎是我们一从防空洞里出来，高考就揭晓了。我们都考上了大大小小的学校，而马飞和杨斌则再次落榜了。

这对他们两个人的打击很大。后来，杨斌决定继续考大学，而马飞有一天从学校失踪了，他是去北京上访，到北京告状去了。

一个月以后，警察把他从北京送回来的时候，马飞已经精神失常了。而且，在求告无门的情况下，他在北京火车站的卫生间里杀了一个老头。他杀那个老头的时候，他就已经精神失常了。

我们离开学校以后，听说"孔乙己"杨斌仍旧在参加高考。第二年他仍旧没有考上，而且越考越差。后来，传说他已经比同班的同学大十岁了，还在我们那里参加高考，因为精神多少有一些失常，每考必败。

又过了几年，他有一天突然消失了，从此没有人再看见过他。我们后来猜想，他是不是会躲藏到那个防空洞里了呢？

大额尔齐斯河

　　嘎子和他的父亲以前生活在乌图布拉克小镇，约莫他八岁的时候他们一家人跟随父亲搬到了布尔津城。布尔津小城位于布尔津河和额尔齐斯河交汇的河口，一些红砖房子和红松木房子就这样散乱地沿着河边分散开来。他的父亲搬家的理由是他可以由此接近阿尔泰山去打熊了。

　　他的父亲是一个好猎手，在布尔津他总领着嘎子去城外的水洼地区去打野鸭。他的嘴里能发出一种很奇异的叫声，这种叫声促使那些野鸭从水洼草丛中探出头而不离开，等到他已经离它们很近的时候，他再刺耳地叫一声，这时候那些鸭子便会慌乱地飞起来，但就在它们腾空而起的一刹那，他父亲手中的霰弹枪便响了。嘎子总是亲眼看见它们，像电影中的慢镜头一样斜斜地落下来，然后他踩着水洼边沿着青草地，把它们一只只捡起来。有时候嘎子用木棍把垂死的野鸭从水洼中捞上来，它的悲哀的眼神促使嘎子扭过头去不看它。父亲总是很满意地看着嘎子拎着两只手的野鸭，脸膛泛红，他高兴地抹一抹枪口，虽然那里什么也没有，然后他咧开嘴笑了："好样的，儿子，咱们可以回家了。"

他像一头老熊一样拍拍嘎子的头说。

他们沿着布尔津河走回家时，可以看见许多穿黑色条绒衣服的山地哈萨克人，骑着枣红色或是黑色走马从山上下来，头上歪戴着皮帽子，怀里插着一个酒瓶子。他的父亲会说维吾尔语、哈萨克话和俄语，这个时候他总是用大嗓门问那些哈萨克人打着熊了没有。

"没有，它们都躲到树洞里睡觉了，你先去叫醒它们吧。"有一个大红脸膛的山地哈萨克人在马上哈哈笑着对他的父亲说。

"等着瞧吧，我一定去用手拍醒一只熊，然后再把它一刀宰了。"嘎子的父亲用手中的枪向他们扬一扬，"我连枪都不用开。"

嘎子非常喜欢他的父亲，因为嘎子也长了像他一样的红脸膛。父亲喜欢喝酒，有时候甚至就用一大碗酒直接泡干饼吃，让嘎子吃惊得都快傻了。等到他上了大学，他才隐约知道，父亲的祖先是清代末期从内地发配来新疆的囚犯，也就是说嘎子是囚犯的子孙。可问起他的爷爷以及他的爷爷的父亲，父亲总是用不耐烦的口气说："我很小的时候，他们就死了。"

在布尔津城，嘎子特别迷恋黄昏时，太阳渐渐从阿尔泰山脉淹没的情景。那种时候，橘红色的阳光铺在布尔津河上，四周泛起了清凉的雾气，大地是那样的神秘和苍茫，一些更为遥远的召唤，促使嘎子用手支住头顶，去想象远方的事物。嘎子在乌图布拉克上的小学，学校是那种黄土块垒成的房子，到了布尔津可以在红砖房里上课了。嘎子实际上一直很内向，这使得嘎子父亲在他很小的时候就对他的未来产生了深深的忧虑，不过他并没有怎么表现出来。

嘎子迷恋的季节是布尔津的夏天，每年的七八月，阿尔泰山的雪水融化，便汇聚成山地季节河，沿阿尔泰山的一些山谷流泻下来，最后汇聚成布尔津河和额尔齐斯河，水质清亮冰冷。

因此嘎子十分喜欢夏天额尔齐斯河的凉爽气息。多年以后嘎子离开布尔津城，在乌鲁木齐读高中，嘎子进一步确认了额尔齐斯河是唯一注入北冰洋的中国内陆河。额尔齐斯河非常宽阔，但水不急，也不深，有些地段清亮到你可以照见自己的脸。他觉得额尔齐斯河是亲切的，因此嘎子叫它大额尔齐斯河。

在这样的夏天来临，父亲便领着嘎子去河里打鱼。他打鱼的方式十分奇特，因为他实际上是个陆地上打猎的人。他不像其他人那样坐一种桦木和松木做的木船，而是坐在一个大木桶里。

这个大木桶足足装得下三个人，而嘎子则抱着木桨，他向后撒下一面小拖网，然后就从嘎子手中拿过桨，向河的上游奋力划去。就这样他把木桶划向上游几百米的一处岸边停下，有时候嘎子也帮他划划桨，但嘎子力气太小，使水流很快向下游冲去。他们就是以这样的方式打鱼的，而且总是能打上来不少的鱼。因为嘎子母亲爱吃鱼，所以他们必须去打鱼。

嘎子知道父亲很爱自己的母亲，虽然他很粗鲁，但他总是以不停地打到鱼的方式来向嘎子母亲表达他的感情。在嘎子母亲一次偶然地抱怨说淡水鱼不好吃之后,约莫在八月的一天,嘎子父亲便带上嘎子,去离布尔津城四十公里的乌伦古湖去捕捉一种叫作"五道黑"的咸水鱼。

这种鱼据说只有新疆的几个内陆咸水湖才出产,个小刺少,味道微咸然而非常鲜美,身上总有五条黑道。有一天他们是下午骑着马出发的,到达乌伦古湖天已经擦黑了,他的父亲叹了口气,便在鱼贩子手里买了十公斤"五道黑",他默想了一会儿,面带羞色地对嘎子说:"儿子,别告诉你妈说这是我们买的。"

嘎子想自己当时是答应了他。可约莫在1982年,嘎子十四岁的那个傍晚,他将这事告诉了自己的母亲。嘎子从来没有撒过谎,可在这件事情上他撒了谎,一直到他十四岁那年那个夏天的那个傍晚,他将这件事告诉母亲之后,长久地负重于他的少年的隐秘的羞惭才没有了。

可就是那个夏天改变了他们一家人的生活,从此他们家便走上了另一条道路。

嘎子一直弄不清他父亲为什么那样急切地梦想要打一只熊。很久以后,在一次酒后,他叹着气对嘎子说:"我父亲有一张熊皮,那是他自己打的。这张熊皮后来铺在他的棺材里和他一同下葬了。所以,我也要打一只熊。"父亲曾经告诉嘎子,在他很小的时候,他的父亲曾领着他,在巴里坤草原,沿着天山在木垒、奇台、吉木萨尔和阜康一带生活过,后来他领着嘎子父亲刚到乌图布拉克一个露天盐场不久，就死了。

那一年嘎子的父亲也才二十岁。他的父亲在1966年，他二十八岁的时候遇见了嘎子后来的母亲，就这样他和二十一岁的她结婚了。

嘎子出生于1968年。实际上嘎子有些不太喜欢他的母亲，他的身上继承了更多的是父亲的粗鲁性格，这在多年以后才在嘎子的生活中显现出来，成为嘎子生活悲剧的一个重要原因。

他母亲的皮肤和脸非常白，那种颜色像月亮的颜色，非常美丽，然而也显得阴冷。他们一家人的生活自从由乌图布拉克搬到布尔津之后略有改观，母亲在一家皮革厂做工，但她每天回来，都要在那个大木桶里，用嘎子父亲烧好的水，一种用苦艾、薰衣草和一种叫依斯迈尔的带着奇香的草熬成的水洗澡，这样她身上那种皮毛的气息便被一种苦涩的清香所代替，屋子里也到处都弥漫着这样的香气。

他母亲喜欢哼一种声调很软的歌曲，她告诉嘎子这是她母亲教的。多年以后嘎子到达内地的江浙一带，才在那里听到过类似他母亲当年唱的歌。在这种时候他父亲总是一遍又一遍地擦他的三支猎枪——一支霰弹枪、一支双筒大号子弹猎熊枪，以及一支单筒连发的小口径枪，脸上有一种沉浸在幸福里的微笑。他们一家三口人的生活就是在这样的气氛中度过的。

等到了1982年，嘎子的性格似乎越来越内向，他不太爱说话，只是说"是"或者"不是"，这使得他的父亲很着急。这年夏天，他发誓说一定要打一只熊了，但他对嘎子的成长似乎忧心忡忡。他也许一直担心嘎子不会处理自己将迎来的复杂的生活。那一段时间嘎子进入了青春期，身体的一些部位在日新月异地起着变化，这使他有些慌乱。嘎子知道父亲很关心自己的成长，嘎子还猜测也许他对自己今后的性困惑都有所担心。在嘎子十四岁那年的夏天，父亲说："我们一直沿着额尔齐斯河向上流去吧，我们要打能吃一冬天的鱼。"

在夏天，蚊子和蜻蜓都飞舞在额尔齐斯河的两岸，河面上总是浮着一层雾气。一种清凉的气息让他们直想打喷嚏。

那一段时间嘎子开始了青春期的梦遗。他很想将这件事告诉父亲，但是又不敢。父亲似乎看出了嘎子想对他说点儿什么，他只是拍着嘎子的头："孩子，我真不知道你怎么这么内向。变得爱说话点儿不行吗？"

他们划着很大的木筏，向额尔齐斯河上游而去了。嘎子知道如果他们一直朝上游走就可以到达萨尔布拉克，甚至还可以到达可可托海。嘎子一直梦想能够到可可托海去看看，嘎子听哈萨克人讲那里的额尔齐斯河地段的水清得吓人，而且河面又宽又平，你甚至可以挽起裤腿一直蹚过去。

那里到处都是淘金人，他们光着脊背，有的人穿着特制的皮裤，有的人甚至就赤条条站在河边洗那些含有金子的矿砂。那里年年都有淘金人的死尸顺流一直漂下来。有时候黄昏时分，嘎子嚼着青草和父亲沉默无言地坐在布尔津城的河边，就可以看见那些尸体。然后嘎子父亲就给他讲起了传说中嘎子爷爷和曾祖父淘金的故事。嘎子爷爷曾经挖过一块狗头山金，像人的拳头那么大的天然金块，但却被人抢走了。"至于我，我就梦想能亲手打一只熊，阿尔泰山的哈熊比天山里的熊要多得多。到今年秋天，我要亲自去打一头熊了。"他们的木筏在额尔齐斯河上向上游划去时，父亲这么说。

父亲想为母亲置过一冬的腌鱼，可嘎子在想母亲为什么那么爱吃鱼？嘎子的父亲和母亲之间似乎有一种奇特的契约。

嘎子的母亲肯定是个读书人。但父亲则不认识几个字。嘎子母亲的那只木箱中装满了竖排的繁体字书，她总是一个人看，当嘎子好奇地靠近她时，她总是把他轰到一边："去找你爸去吧，你也是个只想打熊的料。"

然而到了他十四岁的那年夏天，他想他一定可以认得那些竖排书上的一些字了，可嘎子母亲为什么仍然不叫他摸一下？难道那是她父亲、嘎子未曾见过的外祖父留给她的，嘎子就不可以看吗？嘎子意识到他的母亲并不喜欢嘎子。她从来不拍嘎子的头，而嘎子的父亲最爱拍他的头了。有一次他病了她摸了一下他的额头，他当时幸福得几乎都要哭了。她说："好啦，你什么病也没有，快去玩儿吧。"

额尔齐斯河的水非常凉，是那种刺骨的凉。这是因为河水全是阿尔泰山脉上的冰雪融水汇聚而成的。嘎子坐在木筏上，看着对岸上哈萨克人骑马奔驰而过的影子，非常忧郁。父亲到了鱼多的地段，他就会下拖网去打一次。网上来的鱼他总是挑一些大个儿的留下，把小鱼又放回了水中。

"这叫网开一面。"他乐呵呵地说。嘎子一边帮他干活，一边十分想问他和自己的母亲是怎么认识的，但嘎子一直没有开口的机会。嘎子知道父亲非常爱自己的母亲，甚至还超过爱嘎子。每一次打上鱼来他的眼睛就会发亮。"这下你母亲会高兴了。"他叫嘎子稳住木筏，一边用力起网一边说。

他们逆流而上，用了约莫两天时间，打了整整一大木桶鱼，就是嘎子母亲经常用来洗澡的那个大木桶。她从来不让嘎子进去洗澡。她也许并不担心嘎子会被淹死，实际上嘎子也不会被淹死。

他们把木筏停在塘巴湖水库的水与萨尔布拉克方向的水汇合的额尔齐斯河交叉口处，在那里歇了一夜，然后就顺流而下了。他们是在下午往回赶的。到了布尔津城时，天上已到处是星光了。

在嘎子的记忆中，星光总是那么灿烂，密集而又忧伤。他们租借了一辆马车，拉着装满了鱼的木桶，向家的方向而去了。离开布尔津三天了，这是嘎子头一次离家这么长时间。嘎子猜想他母亲一定会为满满一木桶鱼而感到高兴的。

他们来到家门口的时候，看到家的院子里亮着灯。红松木的房间里，似乎家里所有的马灯都点亮了。嘎子想也许他的母亲想到他们会回来，在深夜仍旧亮着灯等着他们？嘎子看到他的父亲心情非常愉快，他甩了几下马鞭，卸下木桶，从木桶中拎出两条大鱼，抠住它的鳃，向家门大步而去。

嘎子像一条温顺的狗一样紧紧地跟在他身后。但他们旋即发现门口还停着一辆带篷的马车，四匹黑色和枣红色的马在喷着粗气。是谁来到了他们家？

父亲刚要去开门，门自己开了。灯光之下，嘎子母亲和一个男人站在一起，他们手中拎着两个大箱子，看上去正打算离开屋子。显然所有的人都愣住了。嘎子父亲把鱼递给了嘎子，冷冷地说："他是谁？你们要干什么？"

嘎子这才看清楚那个男人的脸。他看上去十分年轻，二十六七岁，两道眉毛又黑又密，眼睛也很大，露出了羞怯和焦躁的神情，嘴唇很厚，他穿一件蓝色的牛仔服，腰间别着一把长柄镶了玛瑙的匕首。母亲的脸比平时更白了，她将额前一缕头发拨开："我要走了，跟他一起走。我不想在这里生活了，就是这样。"

她那么冷静而又坚定的样子真让嘎子和他的父亲吃惊。也许她一直就期待着这么一天，嘎子注意到他父亲的手在轻微地抖动。他像一块冰冷的石头一样又说："我想单独和你谈一谈，十分钟。"

嘎子的母亲想了想："好吧。咱们在屋子里谈。"然后她叫那个小伙子出来，父亲走了进去。他们把门关上了。嘎子和那个小伙子都愣在门外，嘎子琢磨嘎子父亲万一拿起那支打野鸭的枪冲母亲开枪怎么办？嘎子的眼前浮现被父亲击中的那些野鸭的悲哀的神情。十四岁的嘎子心情很乱，他甚至都不明白发生了什么。嘎子向院外走去。空气十分潮湿、寒冷，似乎有狼在很远的地方嗥叫。他走在院子外头，一拳砸在红松木桩上也不感到疼。他没有注意到那个小伙子也跟了出来。"嗨，小孩，我要把你母亲带走了。她要和我一起生活了。"

嘎子冷冷地问："你们要去哪里？"

"乌鲁木齐。你知道乌鲁木齐吗？一个到处都是楼群与汽车的地方。你母亲可不愿待在这个鬼地方。"他的嗓音平静，仿佛一切顺理成章。

"但你为什么要带走我妈妈？我爸爸怎么办？"

"哈，你母亲并不喜欢你父亲，知道吗？你母亲的父亲最近死在东边几千公里外的一个大城市里。她要去看看，也许我们直接去那里，连乌鲁木齐都不待。你母亲的父亲是个大官儿，这她从来没对你讲过？"

夜空传来了额尔齐斯河特有的凉爽、凄清的气息。嘎子感到胸口也很凉，他说不出话来。嘎子想也许他并不懂这一切到底是如何发生的。他知道他母亲就要离开这里了。就是这样，可他该怎么办？他应该跟父亲走还是跟母亲走？他很想哭，可他不能哭给这个家伙看，因为他要带走自己的母亲，嘎子想也许他应该恨他。一些夜鸟从额尔齐斯河方向飞来，它们的翅膀扇动空气的声音十分空洞。他家屋子里灯光十分明亮，嘎子一直担心的枪声并没有响起。

约莫过了二十分钟，门开了。嘎子眯起眼睛，看见他父亲手里提着枪，他的母亲跟在后头，他们向嘎子走来。嘎子发现他父亲一下子变疲惫了，他一下子变得像沮丧的老狗。嘎子明白他被彻底击垮了。父亲走到那个小伙子跟前，突然用枪管抵住他的下巴，沙哑着说："你叫什么？"

那个年轻人顿时恐惧了起来，但他没有反抗，把两手摊开，神情很漠然，也很羞怯。"叫马明，马明。"他轻轻喘着气。嘎子和母亲都十分紧张，因为他父亲随时会开枪打死他的。他的父亲看着小伙子约莫有一分钟，才颓然放下枪。"我本来想打死你的。可这没有用。我宁可去打一头熊，我也不会把子弹浪费到你这种杂种身上。"父亲喘起了粗气，把目光放在嘎子母亲身上，"那么你跟孩子谈吧。"

母亲走过来，拉住嘎子的手，疲惫地笑了一下："孩子，你可以跟我走，也可以留下来。我们听你的。"

那恐怕是他一生中最难的一次选择了。这对一个十四岁的孩子来说的确有点儿困难。嘎子父亲背过身子，手里拎着枪在发愣。嘎子想他真的很坚强。嘎子望着星星，足足想了十五分钟，嘎子想到也许他同样不喜欢布尔津小城封闭的生活。但嘎子爱他的父亲，痛恨他的母亲。可他想离开这里。他想离开所有给他带来痛苦生活的人。最后他说："我跟你们走。"

父亲转过身，目光中带着浓重的忧郁。他走过来，用力拍了拍他的头："好吧，儿子，等你长大了再来找我吧。我给你留一张熊皮，你得成个有出息的人才行。"嘎子从他的目光中感到了他的悲凉。也许他觉得儿子也背叛他了。直到今天嘎子仍在想他的父亲多么坚强，在一个晚上同时失去了老婆和儿子都不流泪。可嘎子已打定主意远走高飞，离开所有的童年与记忆了。

嘎子和母亲坐上马车。嘎子不停地在漆黑的夜里回望，看见父亲高大的身影移动着回到屋子，然后所有的灯都灭了。他的母亲试图向他解释，可他什么也不想听。他的母亲说："可惜了那一大木桶鱼。那可够我吃三个月的了。"嘎子在马车上找了个角落就沉沉入睡了。在睡梦中，额尔齐斯河的水声一直伴着马车走了一夜。他也默默地流了一夜泪水。他就这样永远地离开了额尔齐斯河，他的大额尔齐斯河，离开了他的父亲，那个坚强的粗鲁男人。他们把他一个人留在了布尔津小城。

他的父亲到底没能打着熊。他死于嘎子走后的第二年，那一年嘎子在乌鲁木齐上高中一年级，因为从那时起他按月寄来的钱中断了。后来嘎子才听说那年秋天他曾进了一趟山去打熊，但在大雪封山之前他找了两个月也没见到一只熊。第二年春天，他就离开布尔津，开始向上游而去。他到达富蕴，在那里成了一个淘金人。到了这年秋天，由于天天泡在水里，他得了一种奇怪的病，骨头开始变得脆弱，并且收缩了起来。又过了一个冬天，他就死了。死的时候已萎缩得不成样子了。他到底没有打着一头熊。

嘎子一到乌鲁木齐就离开了他的母亲，后来就再也没有见过她。对于伤害自己父亲的人他永远不会原谅。他找到了父亲的一个叔伯弟弟，在他家住了下来开始顽强读书。父亲的死讯到达乌鲁木齐，是他死后一个月了。两年以后，他考上了广州一所老牌大学，这一年他十八岁。

在刚考完的七月，嘎子曾在一张布告上见到了自己的母亲，那是四年来他第一次听说她。她杀死了马明，被判刑十年，从那年七月开始服刑。同年八月二十日，他乘坐火车离开了乌鲁木齐，开始了自己真正的孤独的成长之旅。一晃又是六年，他从大学毕业又到南方的广州工作，这期间遭遇到了更多的事情，但一直没有他十四岁那年夏天那个巨变之夜带给他的多。

直到现在他都不敢确定，是否生活中的确有一种沉闷乏味的东西在毁坏着我们，抑或是人本身就充满了问题。生活本身也许就是一头野兽，它平时是那么驯服，但会在某一天就突然爆发起来，彻底地改变了我们的生活。他一直没有弄明白他的母亲怎么会认识比她小十岁的马明并跟他走了，他的父亲为什么没有在那天晚上杀了马明。以及父亲后来为什么没能打中一头熊？还有那桶鱼最后是如何处置的？他的母亲后来为什么会杀了马明？自己的离开与背叛给他的父亲造成了多大的影响？生活中是什么样的逻辑在支配着人的命运？这一切他已无从知道了。至于他，在梦境中有时候还能听到十一年前大额尔齐斯河忧伤地流动，在那一年他开始了遗精与成长，并且让一个事件彻底地改变了他的生活，他开始真正独自面对生活了。

大石头城

大石头城就是充满了大石头的地方，到处都是很大的石头。我们这座在西北偏北的城市也叫作大石头城。

现在要讲的事儿是成杰的，那同样是十几年前的事儿了。那一年成杰十四岁。他有一个新婚不久的哥哥，他的父亲是一个筑路工人，平时总是不在家。在那一年，他的生活好像突然发生了某种变化，一种新格局形成了，成杰也从此开始有了真正的生活。

在我们这座大石头城，干烈的阳光跳跃在那些又圆又大又白的石头上，这样的石头布满了全城。成杰就天天在这些石头边生活和思索。他一直奇怪为什么只有这座他出生的城里充满了大石头，而别的地方却没有。

大石头城除了大石头多，还有就是醉汉多。每到夜晚，十字大街上就晃动着醉汉的身影，他们手中晃着空酒瓶子去追姑娘，有的或者用石头砸过路人，然后就坐在大石头上号啕大哭。

成杰的哥哥是个警察，他那会儿刚二十二岁，英俊得就像一棵白杨树。他每天的工作就是天一黑，就提上警棍在街上巡逻。当时的大石头城似乎到处都是流氓、地痞和用石头砸过路人的醉汉，他的哥哥每天晚上都得同这帮人打交道。他装备有一根很短的、一按电钮就进射出蓝色火花的绿色电棒，有一次成杰亲眼看见他把它顶在一个向他扑过来的壮汉的胸脯上，那个壮汉就像弹簧弹出去一样跌出去老远，然后像死狗一样躺在地上。成杰哥哥的手枪从来都没有子弹，有一次成杰从他的枪套中取出那支黑色的手枪，企图射杀自己家里那只令他讨厌的公鸡，结果并未得逞。枪膛中只是响了一下，发出了一种十分空寂的声音。成杰崇拜他的哥哥，因为在大石头城，几乎每一个男人都爱喝酒。他哥哥说："喝酒会误事，会丑态百生，一喝酒就什么也干不了。"所以哥哥是一个好警察，因为他从不喝酒。

那一年他哥哥刚结婚半年。他的嫂子是纺织厂的女工。她长着一对杏眼，眉毛又细又长，嘴唇小巧但显得有些刻薄，胸部丰满得如同有两堆棉花。她的脾气有一点古怪，特别喜欢在手里抓一把黑亮的蓖麻。成杰不知道她为什么这么喜欢蓖麻。他们一家五口人都住在一套三间连在一起的平房里，成杰爸妈住一间，他的哥哥和嫂子住一间，他一个人住一间小屋子。

每天晚上，躺在床上，成杰都能听到遥远的天山上冰川在滑动的巨大声响，那种声音看来就只有他一个人能听见，那种声音沉闷、遥远，仿佛巨大的石头从空中坠入深渊之时发出的一样。那一年他的身体也在发生着奇异的变化，他几乎是带着恐惧心理观察自己两腿之间日益细密的毛发。有时候，成杰被一些可怕的梦所纠缠着，在梦中，总有一些光裸的少妇在拉扯他，使他心惊肉跳。在半夜醒来，听见冰川滑动的声音和大石头互相的低语，心脏的负荷很重。他家有家传心脏病史，他的父亲有心动过速的毛病，但他却又偏爱激动，一谈起什么就唾沫星飞舞，下巴上的胡子也乱翘个不停。父亲几乎每天都一口气喝掉一茶杯白酒，他知道他哥哥看不起父亲，因为他是最讨厌酒鬼的。

那年夏天，父亲因为喝酒误事，将两台推土机都撞坏了，被筑路队送回大石头城休养，因此他每天都拎着个酒瓶子在街上晃，瞪着喝得发红的眼睛，在那些大石头边上流连，嘴里说着胡话。成杰妈是个性格懦弱的人，她很会操持，但在他的父亲面前连大气都不敢出。成杰妈在十字路口边开了一家杂货店，每天都有过路的司机带着种种的鼻息进去买东西。成杰就生活在这样一座大石头城里，天天望着远处的天山山脉那庞伟的躯体发愣。

他很喜欢他哥哥，他们俩就像是两棵并排生长的白杨树，不同的是他还没长大成人。他多少有些忧郁，从那一年开始，他就有一种强烈的愿望想离开石头城，去别处转一转。人不能老是待在一个地方，更何况老是待在一个到处都是大石头的地方。其实他们那个地方倒不坏，每到夏初，空气中到处都是嗡嗡飞舞的蜻蜓，那时候他哥哥就会领着他去离城十里远的地方打野鸭，他枪法不错，一般往往只射杀两只，他就不愿再打那些褐色的机灵鬼了。他开枪只是叫它们飞走，然后他们好去捡鸭蛋。

他们是骑自行车去的那里，就把自行车靠在沼泽边的榆树上，捡鸭蛋时必须小心，因为如果陷入沼泽你就没命了。把那些野鸭轰走后，他哥哥就在前面带路，他紧跟在他后面，像两只敏捷的袋鼠那样，从一块草皮跳到另一块草皮上。因此他很喜欢他哥哥，和他在一起，他干什么都不会慌张。

到了冬天，大雪就会把大石头城里所有的大石头都给掩盖了。在冬天他们要去季节河打兔子。那些兔子就把窝建在枯河岸边的坡上。大雪覆盖了河床，到处都是白茫茫的一片。因此，只要他和哥哥沿着河岸一赶，就会有灰褐色的野兔惊惶地从洞中窜出来，在白雪地上没命地跑。由于颜色的关系，它们在雪地上显得很扎眼，他哥哥就会稳稳地瞄准、开枪。他这时就站在他身边，枪响过后，他就冲过去捡兔子。有一次他们沿着河岸走，老远就看见河床的雪白地上有一个灰影子。

他哥哥说："那是一只兔子。"他们重重地朝它走去，希望它能跑起来，可它就是不动。一直到他们走到它边上，才发现它是被冻在雪地上了。那家伙的机灵脑袋仍在转动，眼珠很亮。他哥哥说："把它从冰上取下来。"它很乖，他小心地用枪管砸开冻住它脚的冰，然后把它捧起来。走到岸上，他哥哥说："放了它吧。"他松开手，它一纵一纵地逃远了。他哥哥眯起眼睛说："它会死的。因为它冻坏了。"他问："难道它不会回到它的窝去吗？""那样也不行，它已经冻坏了。"他哥哥又说："它受了伤，伤了内脏了。人和兔子一样，伤在外面不要紧。我有一次抓一个逃犯，他一头撞在我的胃上，结果把我的胃给撞坏了。"他们朝回走，他的手上拎着一串兔子，他感到和哥哥十分亲密。

他哥哥和嫂子结婚没多久，嫂子就开始和他哥哥吵架。他弄不清楚，他们为什么要吵架。最后总是他哥哥涨着发红的脸，把他那大拳头捏紧，又张开，向他嫂子认输。他嫂子刚开始看上去很柔和，可一结婚脾气就非常大。他父亲每到这个时候，就会在一边，拎着酒瓶子，看着成杰的哥哥向他老婆认输而得意地笑，他管不了成杰的哥哥，因为他自己是一个大酒鬼。嫂子的胸脯像风箱一样鼓动着，她把杏眼瞪圆了骂他哥哥，他在屋里躲着不出来。因为他不想看到哥哥的窘样儿，他喜欢他，所以，十四岁的他认为女人一定是一种十分古怪而又让人讨厌的东西。

那年的夏天好像特别长，因为蜻蜓总是在空中飞动，久久没有离去。有一天他拐过街角，碰见拿着酒瓶子喝酒的东城最有名的二流子韩冬，他怪笑着一把揪住他，酒气也喷了一脸，他说："快去告诉你哥，你嫂子和你爸勾上了，我昨天下午看见他们一块儿钻玉米地了。"他立刻火了，说："去你妈的！"他飞快地跑回家，家里只有哥哥一个人在睡觉，因为他每天凌晨才回来。他躲到他的小屋子里又害怕又伤心。他想这也许是真的。因为他讨厌他嫂子，也讨厌他父亲，他整天都泡在酒精里。他悄悄地流泪了。

那是七月的一个晚上，空气闷热，入夜也并未见凉爽，在他父亲的屋子里，他父亲、他妈、他嫂子，以及一个长有一只酒糟鼻子的人，他们说笑着围着一张方桌在打麻将。他父亲和酒糟鼻子不时地抿一口酒，他嫂子睡眼惺忪，一副慵懒的样子。她好像刚刚洗过澡，浑身有一种母猫般的香气。这样的气息叫他的小腹突突直跳。他钻入他的屋子，躺在床上发愣。

停了一会儿，门突然被撞开了。然后他听见他母亲在惊呼："天哪！你怎么了？"他冲出屋子，却发现进来的是他哥哥，不同的是他的脸上都是血，血像花瓣一样落满了他的白衬衣，他的电警棍像个玉米棒子一样在他的屁股后面晃。他喝醉了，连站都站不直。

他不明白发生了什么。一定有什么事情发生了，他想否则他哥哥不会喝酒的。他呼哧呼哧喘着粗气，坐在一张方凳上，他父亲嘲笑他说："嗬，醉鬼又多了一个。你也终于喝上了。"其余人仍在惊愕之中，来不及反应。

他嫂子却明白一定发生了什么事，她赶紧去端来一盆水，他发现他哥哥的胡子又乱又密，他显得非常沮丧。停了一下，他说："刚才，我亲眼看见他们把那个人杀死了。那个人我认识，是电线厂的技术员，一个毕业不久的大学生。可是我喝醉了，我连脚都挪不动。我是个警察，可我亲眼看见他们把他杀死，而无能为力。"

所有的人都惊呆了。停了好久，他父亲忽然冷笑起来："谁叫你喝酒的？这下好了，你也该进监狱了。"

成杰赶紧找出衬衣，拿给他哥哥，他用醉鬼才有的混浊目光扫了他一眼，麻木又迟钝。这在他看来简直是从未有过的事情。他一边摸衣服，一边说："就在转盘朝西的那条路上，旁边有一大片玉米地。他们把正在那里坐着的那个大学生和他的女朋友给抓住了，他们还剥掉了那女孩的衣服，把她抱到玉米地去了。可是我的脚却挪不动，我只能抱着树对他们喊，叫他们停下来。可他们没有停下来。他们还把那个技术员捆起来，用脚踢他。"

屋子里有一种冰凉的气氛。他嫂子突然静得像一只猫，他妈也傻了。那个酒糟鼻子一动不动。父亲抿了一口酒："你这浑蛋，为什么不用电棍电他们？你这懦夫，酒鬼！谁让你喝酒的？大石头城人人都可以当酒鬼！可就你不能是酒鬼，这话不是你说的吗？你这浑蛋！"他不明白父亲为何在这时也激动起来。他难道有权利骂他哥哥吗？他不明白。

哥哥似乎并未听清他父亲的话，他用毛巾擦了擦脸，把一些血块抹掉，血有一种甜丝丝的腥气叫他很恐惧。他哥哥又说："我就抱着一棵杨树，听见玉米地里那个女的在挣扎、号哭，好像他们正在轮奸她。那个技术员疯了，用脑袋猛撞一个家伙的头，把那家伙撞晕了，他的手脚被捆住了，他却飞快地向玉米地里钻，这时另外几个人抓住了他，就用石头朝他的头上砸去。他听得很清楚，一共砸了四下，那个大学生就再也不动了。我知道他肯定死了，因为我很熟悉那种声音。我摸索出电警棍，向前走去，却一脚踩进了一条水沟。我喝了好几口水，才爬上来。我站不起来。那些人大声地嘲笑我。"

他父亲猛地拍了一下桌子，他站了起来："你这浑蛋，真丢脸，你为什么要喝酒？你应该用电警棍电那帮子杀人犯，你这浑蛋！"父亲的胸部发出了巨大的类似风箱拉动的声音，他生气了。可他弄不明白他有什么资格生气？他又喝了一口酒，坐了下来。

"可我挪不动步，我什么也说不出来，但我的大脑还清楚，我爬了一会儿，抱着一棵榆树又站了起来。不远处就躺着那个年轻人的尸体，到处都是那种又圆又白又大的石头。我头晕得厉害，听了一会儿，那个姑娘自己从玉米地里出来了，她呆呆地站在那里，看了看死去的男友，绝望地哭着。我说，姑娘，你快……去报警，我是警察，可我却喝醉了，你快去。她漠然地看了我一眼，就走了，停了一会儿，警车来了。我不知道我的头怎么也流血了，那一定是我自己摔的。可刑侦队长把我拉到了家门口，叫我先回家休息。他一定闻到了我的酒味，但他叫我先回家休息。"他哥哥的脸白得可怕，目光呆滞得像死鱼。

"你个浑蛋！你根本不配当我的儿子！"父亲咆哮起来，"你应该用电警棍电他们，你这个浑蛋！"

"可是我没有力气站稳，我没办法。"他哥哥说。

"你就是一个浑蛋！"他父亲下巴上的胡子翘了起来，他的眼睛很红，他又喝了一大口酒，"你就是应该用电警棍打他们！"

他哥哥抬起头，斜视了一会儿他父亲，又看了看他嫂子，他似乎想说什么，但又没讲出来，后来他说："可是我根本站不起来，我喝醉了。"

"你这个浑蛋，你滚出去！"父亲吼道。他站了起来。哥哥也突然站了起来，他走到父亲身边："我不是浑蛋。"他似乎用尽了全部力量，一掌将他父亲击到了墙边，父亲的身体震了一下，父亲睁大眼睛，突然弓起身子，身体抖动得厉害，然后，他栽倒在地，心脏病发作了。

　　成杰的嫂子尖叫了起来。这的确是一个恐慌的夜晚，麻将桌也倒了，酒糟鼻子不知什么时候已经消失了，他妈走过去，抱起了他父亲，他哥哥两眼无神，重重地坐在了椅子上。停了一会儿，他妈尖叫了起来："你爸他死了，已经死了。"

　　他也惊呆了，他嫂子一边尖叫，一边不知所措地在屋子里外乱跑。总之那个夜晚是十分纷乱的。后来，他记得来了一辆警车和救护车，他父亲的尸体被拉走，他哥哥也被带走了，那会儿他刚刚能自己走路。那个夜晚，成杰一夜未眠，他睁大眼睛躺在黑暗中，他听不到冰川巨大的滑动声了。他的心跳得很缓慢。那一天他妈特别镇静，她不乱分寸地应付着各种事情，包括刑侦警员的盘问。她把他父亲的死归为心脏病发作，而尽力为他哥哥开脱。看来她是想保住她的儿子。他嫂子却像一只被烫着了的母猫，只会哭泣，她身上有一种奇特的气息。他忘不了的是他哥哥在决定击父亲那一掌之前，看了他父亲和她那一眼的奇怪神情。他猜想韩冬那家伙也一定给他哥哥说了什么，要不他为什么会喝酒？他是爱他嫂子的。可这一切都已无从查证了。

　　他哥哥因失手杀人和渎职，被判刑八年。他嫂子在宣判之后和他哥哥解除了婚姻关系。那一年夏天他背着包，第一次一个人离开了大石头城。他知道这一切都与大石头城那种封闭、晦暗的生活有关。生活中一定有很多悲剧性因素是他们在平时不易察觉的，它只是到某一刻才突然爆发。几年后，他考上大学离开了那里。

他哥哥于两年前才从监狱中出来。他不太适应已经迅速改变了节奏的新时代。他真的成了一个酒依赖者。他不愿意再见他。去年，他在一次贩运货物到中亚的哈萨克斯坦，因酗酒死于阿拉木图街头。据说在他的口袋里发现一把蓖麻籽，又黑又亮。他随身带着这东西干吗？

大约是不久以前，在上海香格里拉大饭店，成杰打完了两局保龄球，又到快餐厅吃了意大利细面条以及比萨饼。对于马可·波罗从中国带到欧洲，又从欧洲返销大陆的这种馅饼，他并不太感兴趣，因为它们的馅儿包不好。他一个人慢吞吞地吃完了饭，后来又在大厅边上的一排盆栽植物边坐着。旁边几个美国佬在谈生意，有个金发女郎胸部很丰满，他多朝她看了几眼。但她显得有些老了。

后来他突然看见，有一个穿橘红色裙子的女人很熟悉。旁边还有一个穿黑色西服套装，扎一条红绸印花领带的男人，他的胡子刮得发青。他认出来了，那个女人是他过去的嫂子，她只是变得更美艳、更丰满。还是那一双杏眼，长而弯的眉毛，口红也很鲜艳。十年前她二十一岁，现在，她三十一岁，像一枚成熟的桃子。他知道她后来也离开大石头城，去南方飘零。他在想她如果没看见他，他应该再打招呼吗？但她看见了他，一瞬间脸上出现了惊奇——这样的相遇的确令人惊奇。

他站了起来："你是我嫂子，过去的嫂子，对吧？"

她脸上的表情很复杂，很丰富。她挽着那位先生的手，朝他走来："老天爷，这不是小杰吗？你怎么来到了这里？"

"大学毕业，我就来到了这里，当记者。"

"这几年回过大石头城吗？"

"回过，我母亲还活着。"

她叹了一口气，看得出不断流转的生活改变了她很多东西。"哦，我先生金朴昌，这是我的……前夫的弟弟。"她迟疑一下，有些想哭，却又笑了，"你哥哥……"

"他已经死了。去年死的，死在阿拉木图，听说是酗酒。"他在想是否该把他哥哥口袋里装的那包蓖麻籽的事儿告诉她，但他想算了。

她的脸骤然出现一瞬间的悲伤。停了一下，她说："我马上要离开中国了，跟先生一起去哥伦比亚。他是韩国人，那里有他的公司。你已经长大了，变英俊了，小杰，看见你我很……"她无法说下去。"我们要去赶飞机，我们走了。"她冲他淡然一笑，"其实我过去一直挺喜欢你，可在家里你从来不跟我说话。"然后，他与那位很礼貌的韩国人握了手，和他过去的嫂子握了手，他们就朝门口走去。

他有些发呆，思绪有点儿乱。停了一会儿，他也向门口走去。他看见他嫂子在钻进一辆黑色的丰田轿车时，朝他摆了摆手，但后来却又朝他走了过来。

"有个问题我想问你，"她说，"你是不是一直以为我和你父亲好？"

"没有。只是猜想过。不过他是一个酒鬼。"

"我没有和你父亲好过，我很爱你哥哥，但我也不知道为什么老和他吵架。直到今天我都弄不明白他那天为什么喝酒。但我是爱过他的，你相信吗？"

"相信。"他说。

"这就好，能亲我一下吗？"她说。

"可以。"然后，他亲了她一下。

"你多保重，一个人在上海也不容易。"她拍了拍他肩膀，手在那里停了一会儿，然后，她毅然地转身，向汽车走去。汽车开走了，她仍在车里向他挥手。

他站在那里眯起眼看天。大石头城过去的生活蜂拥而来，让他应接不暇。他的眼前浮现出那些可以砸死人的又圆又大又白的石头，那只冻在雪地上的兔子，以及冰川滑动的声音。那些都是十几年前的记忆了。有一架飞机从空中滑过，他想生活中一定有些什么东西是始料不及的。就像十几年前那个夜晚。停了一会儿，他向一辆出租车招了一下手，那辆车迅速地向他开来。

风车之乡

在南边的河滩上，后来立起了一片巨大的风车。风车是银色的金属制成的，在太阳下翻转，发出的声音十分好听。

人们说，有风车的地方就有漂亮姑娘，有一首歌叫作《漂亮的姑娘》，唱的是在风车每天转动的地方，到处都是美丽的姑娘。

然而谢刚知道，那里除了有风车和一些被风吹得越来越丑的姑娘，再也没有一个漂亮姑娘了。当巨大的风车开始在城外开阔的荒野上转动的时候，就注定了最后一个漂亮的姑娘要从这里消失。

什么时候风车开始站在风城之外的荒野上？谢刚十七岁那一年风车已经在那里站立许久了。那些风车的底座是钢筋混凝土制成，巨大的金属叶片在风中转动，发出了切割空气与风的奇妙声响。风车仍像一排排亲密的兄弟那样站在那里，只要有风，它们就永远不停止转动。

站在风车下面，你可以看见即使在夏季也仍是白皑皑的天山山脉，它的身体黑黝黝的，像起伏的一条大鱼的身体，忧郁地向西方延伸而去。不远处，穿过天山隧道的铁路，每天都有将近二十辆火车来往经过，它们经过这里时发出同样忧郁的汽笛声能让你心中的小草颤抖。谢刚、罗巴和关梅就是这样扶着那些沉默不语的风车，怀揣着对未来的期盼与想象，含着手指凝望火车远去的。火车带走的不仅仅是风，还带走了谢刚他们三个十七岁少年的全部惆怅和梦想。

"今年的风越来越大了。我担心我的皮肤会粗糙起来了。"有一天关梅对罗巴和谢刚说。

他们就站在风车下，一列火车刚刚过去，在天山脚下形成的黄色的旋风，像一条浊龙一样向这里卷来。

在谢刚和罗巴的眼里，关梅的美丽如同夏日里最后一朵玫瑰。她总爱穿红色的衣服，在走动时总像是一团火苗在跃动，她的眼睛是淡褐色的，总是笼罩着一层梦幻和询问的神情。她的脸，比月亮还要洁白，连一颗雀斑也没有。那个时候她的胸部早已隆起，而从腰到臀的曲线像一道圆弧一样美丽舒畅。

谢刚和罗巴都悄悄地爱上了她。而谢刚他们，又都从小就生活在这座城市，一座黄土和红砖构筑的西北偏北的小城，一个被称作大石头城和风车之乡的地方。

罗巴是一个有些迟钝的家伙。从小学开始数学成绩每况愈下，他长了一颗像南瓜一样的脑袋，嘴唇很厚眉毛很黑，五官倒显示出一些粗豪男子的英气。"那么，你回家围上一面纱巾吧。

你看那黄色旋风，过一会儿就要刮过来了。"罗巴说。

他像一棵榆树一样站在风中，十六排巨大风车互相间距三十米，在他们身后的开阔地上排列开来。自从《漂亮的姑娘》被谢刚和罗巴学会了后，这好几年他们都知道，这里最后一个漂亮姑娘，非关梅莫属了。可是，这里的确像关梅所说的，风已经越来越大。哪一朵玫瑰能经得起黄风天天吹刮？

你要是再去那座西北偏北的小城，你就会看见那里的丑姑娘，脸上像苹果一样分布着两片深深的红晕，几乎覆盖了全部脸蛋儿，似乎永远都在剧烈地害羞着一样。而且，风沙使得她们的眼睛也越来越小，总是眯起来，眼角溢出了混浊的泪水，连目光也变得像黄风一样含糊不清。

"总有一天，我要到水多的地方生活，并在那里生儿育女。"十七岁的关梅如此坚定的话语对谢刚和罗巴来说实在是有些胆战心惊。他们都非常向往外面的世界，可是世界什么时候才向他们展开？罗巴在两年前，因为没考上高中，就已经开始学开汽车了。谢刚和关梅在一个班。他们总是很努力地学习，然而在小城，人的记忆像风一样不管用，他们都很难记住课本上所有的内容。

他们三个人青梅竹马一样并肩长大。有一段时间关梅突然开始回避谢刚和罗巴，那一年她十三岁，她白净的脸也变得殷红，仿佛是拥有了什么不可告人的秘密，那就是从那时候她开始来例假了。女人是一种多么神秘的物体，她们身体中间的小孔每个月都会流出一些血来，明白了这一点后真叫谢刚和罗巴大惊失色。直到有一天谢刚和罗巴的胯下也开始出现一些细密的黄毛，并且不定期地在梦中排出一些鱼卵一样半透明的黏液的时候，谢刚和罗巴才明白了生命成长的诸多奇妙。

没多久，他们三个人顺利地渡过了青春敏感而危险的河流，又开始几乎天天在一起玩儿了。

城市外面竖立起风车，就意味着这座城市已经变成了一座风城。在街上，几乎每个人走路都有些倾斜，人人都像快要被刮倒的树但谁也没倒下去，大家就这么在街上走着。

谢刚十七岁那年，街上游手好闲的人非常多，他们大都三五成群，用流里流气的话互相攻击，留长发，手里玩着一种铝制的手镯，这种东西能把一个人的鼻梁骨给打碎了。谢刚曾经见过一个警察的鼻子彻底塌了，因为他曾在白天追捕过那些游手好闲的人，但他们在一天晚上袭击了他，把他的鼻子用手镯彻底打塌了，可他却不知道是谁下的手。满城的无所事事的青年人人都戴着铝制的手镯在风中行走，谁是夜晚打塌他鼻子的凶手？每个白昼他都带着电棍皱着眉头在街上走着，凶狠地盯着每一个戴手镯的家伙，但他却一个也没有抓住。

有什么办法呢，在一个小地方，一个除了风车日夜不停转动的地方，事情总是显得背离常情。

而谢刚和罗巴都知道有不少坏小子都盯着关梅这朵花，从她十五岁时就想采摘她。在风车之乡，几乎每一个女孩都爱玩纸扎的风车，那种有折叠旋轮的彩色风车，用大头钉固定在竹筷上，你要是迎着风跑，风车就会飞快地旋转，每一个姑娘都在风中举着风车边跑边笑。而关梅，是她们中间笑得最美的一个。

在城南有一戴手箍的流氓小头目摩萨，他长着一头焦黄的头发，眼睛是淡灰色的。他有些波斯人的特征。摩萨比谢刚他们大两岁，他手下聚结着十几个汉族、回族、维吾尔族和哈萨克族的坏少年。

他们一直猜测那个塌鼻子警察被袭击就是他领人干的。据说公安局的人为此拘留过他，却无法证明就是他下的手。他的脸上总是带着一种下流的笑容，对每一个独自在街上走的姑娘发出怪叫。他有一个叫很多人慑服的绝技：可以一边说话，一边将燃着的烟头不停地在嘴里用舌头转圈儿，取出来照样可以抽，那烟头儿根本烫不着他的嘴。他就以这样的手段和两把非常精致的生铝制手箍赢得一帮坏小子的拥戴。

罗巴没有考上高中之后就开始学开汽车，他父亲就是一个开车的，整天开着车在新疆天山南北广阔的野地里飞奔。谢刚和关梅则在学校里读书，并对未来充满了向往。到了放学之后，罗巴总是到她家或者谢刚家来，兴致勃勃地给谢刚他们讲他学开车的故事。他的南瓜大脑袋总是谢刚嘲笑他的话题，可这会儿关梅却一点都不笑，莫非她更倾心于他？在一天天长大之中谢刚变得忧心忡忡。谢刚既不知道在几年后会迎来什么样的生活，也不知道关梅会到哪里去。她总说她想像一只鸟儿那样自由地飞动，而飞鸟却总是要去水草丰沛的地方，可这里却只有风，没有一点儿草。

在谢刚上高二那年的暑假，谢刚发现摩萨开始盯上关梅了。有一天关梅还惊慌地告诉谢刚，当她晚上一个人坐在她的屋子里写作业的时候，有时候一抬头，就会被窗外一张狞笑的下流的脸吓一大跳。

"你要拉上窗帘。"卡车司机、南瓜脑袋罗巴说。他父亲这时已死于一场翻过天山冰大坂的交通事故。从这年秋天起，他就要接父亲的班，正式成为风车队的一名驾驶员了。他才十七岁，就可以开始挣工资了，这一点不能不令谢刚感到吃惊。

"谢刚拉上了，可他仍在窗外怪笑。"关梅说。

"那么，晚上我们带上铁棍，在窗外为你巡逻一会儿，叫他知道最好别惹你。"谢刚说。

于是谢刚和罗巴就带上铁棍，在晚上出现在关梅家的窗户边。摩萨没有再来。然而在白天他看见谢刚他们的时候，眼睛里流露出的仇恨已经非常强烈了，就像一桶汽油一样，只要一点儿火星就会爆炸。谢刚有点儿恐惧，谢刚甚至在想自己的生命与关梅之间，哪一个更为重要？在需要谢刚从中选择之一时，谢刚会选哪一个？这是一个非常令人痛苦的问题，谢刚小小的年纪无法不为此而遭受折磨。

作为风城最后一个漂亮的女孩，关梅的确是无可挑剔的。这不仅在于她长得美丽，而且她温存、随和和善解人意的聪慧，叫很多男孩为之倾心。在风城的风越来越大的时候，很多人都把目光聚在了她的身上也在所难免。她已无法回避一些东西了。谢刚和罗巴都希望她从他们俩之间尽早确定一个男友，这样大家也许更好相处一些。然而，青春的多变和梦幻特征使得谢刚他们都无法把握将来。

在八月的一天，谢刚和关梅放学回家，来到了城外的风车林中。他们靠着风车，听着远方又一列火车带着轰隆隆的巨响向远方驶去。关梅的睫毛轻抖："我什么时候才能离开这个风越来越大的鬼地方啊。"

"为什么你要离开这里？我就看不出风城有什么不好。至少这里有这么多风车。"谢刚说。

她嘲笑了一声："风车？风车能为我们带来什么？只会叫这里的姑娘变丑。人只有离开故乡，才能更好地生活。世界多么大啊。"

"可风车，可风车给风城带来了电。昨天晚上在电视上，市长还说，他打算再建六十座风车用来发电，让风车在四周包围城市，也让光明笼罩这里。风车转动起来多美啊。"谢刚深情地抬头凝望风车在风中急速旋转。风车那样高大、挺拔、孤傲地站在谢刚他们边上，一排排、一列列，在天空之下永不停息地转动，它会知晓谢刚他们多少十七岁的秘密和惆怅？谢刚突然下定决心向关梅摊牌了。

"我和罗巴，你将来会嫁哪一个？"

她愣了一下。"我……不知道。我不知道我会迎来什么样的生活。然而，快十年了，我们三个人就这样一起长大。我都不知道看不见你们该如何生活。"

"可，这，总得选一个吧。"谢刚涨红了脸，说话也结巴了。谢刚一下子握住了她的手，并且——并且将嘴唇凑过去，她躲闪不及，被他吻到嘴唇。一种冰糖滋味在谢刚嘴里漫开，她脸红红地推开谢刚："不不，……"

这时谢刚突然看见有一团黑压压的人群，面向他们围了过来。谢刚看清他们是摩萨那一伙人。他们一共有二十几个人，他们像乌鸦一样怪笑着，像兀鹫一样一跳一跳地向谢刚他们走过来。风车在转动，关梅红色的衣裙和纱巾在风中飘扬，摩萨他们手中的铁链子、红砖头和银亮的手镯那么显眼。然后，谢刚想他的勇气还没有丧失，他们在包围圈中打算突围了。

所有的风车可以做证，谢刚打算以命来换关梅对他的钟情。十七岁的铁血少年没有谁能比谢刚更疯狂了，然而谢刚终于被他们击倒，并且他的脸上、肚子上被密集的重物击中，谢刚在天昏地暗中看见摩萨和几个流氓把关梅按在一架风车柱子上，一点一点地剥着她的衣服。

然后，她被剥光了。她的哭声根本无法让风车停止转动，摩萨把她按倒在地上，就要侮辱她了。可是谢刚已经瘫软，谢刚连风车转动的声音都听不见。

谢刚听到一声巨响是后来的事，一辆卡车撞倒了一架风车，那又高又大的风车带着呼啸向摩萨他们的头上砸去。他们吓呆了。卡车在狂风中愤怒地追逐着他们一群人，险些压死他们中的大部分人。他们跑了。谢刚靠在风车柱上坐起来。

谢刚知道罗巴来了。他的脸比石头还铁青一片。他压断了摩萨的双腿，让强奸未遂的他付出了高昂的代价。谢刚的脸肿得像茄子一样，他听见风声和摩萨的呻吟混合，几十架风车齐刷刷转动，关梅美丽的裸体在风中像莲花一样打开，而罗巴距离她八米之远，手里拿起关梅红色的衣裙，手一松，让风把裙子送到了几十米外的关梅身上。风车下面的战斗结束了。

后来摩萨因强奸未遂被判七年，但因为伤势过重在监外执行，谢刚的伤养了一个月才好。这场事件的结果使关梅受了刺激，她变得冷漠了。尽管罗巴后来寸步不离地和她在一起，她脸上的纯真、温和的笑容也很少再出现了。

她也许永远都弄不明白，为什么世界上总有要摧毁美丽事物的人。谢刚也不明白。就像他不明白风车之城为什么一年比一年大了一样。罗巴被判赔偿撞坏的那架风车一半的钱，他开始更辛苦的司机生涯了。

谢刚伤好了以后，知道的第一个消息就是，关梅答应等她高中一毕业就嫁给罗巴。她在他们中间已经选定一个了。毁掉一架风车就能得到一个好姑娘吗？

谢刚说不上当时他是悲伤还是失落，他想罗巴要得到她也许是天意。谁让他长了一个南瓜脑袋并且用卡车撞倒风车？后来的两个月中他们天天在一起，而谢刚，则不再和他们在一起了。

然而就在这年秋天结束的时候，一直没有露出过笑容的关梅突然变得笑容满面。在一次旅游饭店管理人员招聘考试中，她考上了。两天以后，她就可以离开风城，去北京接受培训并永远地离开这里了。在临行前她又把他们叫到了一起，他们一同来到了城外的风车群中，关梅喜上眉梢地向他们告别。

"我就要去北京工作了。我终于可以离开这个鬼地方了。为我祝福吧！我的……永远的朋友。"她幸福地流出了泪水。

罗巴的脸色青黄。他们都没有说话。

风车之乡最后一个漂亮姑娘将不再存在了。那种感伤与绝望是无与伦比的。后来罗巴说："明天你走，我送你一个礼物。你会在乘坐火车经过这里时，看见一架风车为你送行而停止转动。那是我在和你告别。"他坚定地说。

关梅说："太好啦！可你怎么样才会让风车停下不动呢？天天都有风呀！这该死的风城！"

谢刚永远忘不了那个晴朗的早晨，当他来到站满风车的荒野的风车边上时，听到远处关梅乘坐的火车经过时，谢刚所看见的场景。

那一群风车中，的确在最前一排，有一架风车停止了转动，有一个人，高高地吊在上面。谢刚看清楚了那是罗巴，他用生命和躯体来让风车停止了转动，并为他心爱的姑娘送行。他送给她的竟是这样一件残酷的礼物吗？他和这座风城一样，永远也得不到风车之乡最后一个漂亮姑娘的爱了。

谢刚惊呆了，然后他哭了。他不知道在火车经过这里的一霎时，在列车里是否也会有一个人，她哇的一声哭出来，并为震惊与悔恨所击倒？

这一切，已无法知晓了。那列火车带着一去不返的坚定节奏，向前疾驰并且消失在天山的阴影里了。在风中，罗巴的尸体在轻轻摆动。所有风车转动的声音是那么密集，那么美丽，那么忧伤与寂静。

在第二年夏天，谢刚也考上了内地一所大学，离开了风车之乡。有一年暑假谢刚又回去，发现风车仍在，只是风城已变成了一座空城。那里连一个丑姑娘都没有了，由于风越来越大，风城的人都迁走了。剩下的那些风车，在茫然地转动，它们还能发出电来吗？

又过了几年，谢刚也来到了像工业齿轮一样转个不停的北京。这座庞大的城市像绞肉机一样吸纳了他，他在这里也经受了更多的磨难，包括日益显得破碎并抓不住的情感。他总是在深夜带着一脸惊惧奔逃到大街上，在这座城市中飞奔。

他的手里拿着两只彩色的风车。他在狂奔的时候风车就会转动，他似乎在寻找什么。他在寻找关梅吗？他在寻找他自己丢失在风车下的影子吗？他在寻找失落的大风车吗？

走在京城的大街上，没有一个人告诉他关梅消失的方向，彩色风车的声音多么空洞而且忧伤。

归　宿

　　加里受伤了，而且很重。左翅膀上的好几根粗大的、最强有力的羽毛已被扯掉。这是昨天加里同一只野兔搏斗时留下的。右翅膀的根部也疼得要命，这是前天与另一只银雕争夺一只紫貂时受的伤。

　　这是东北大森林的冬季。加里已经整整一天没吃东西了。莽莽森林处在一片白雪覆盖之中，供加里食用的猎物已在接连一星期的狂风暴雨中死的死、逃的逃了。至少，在加里的活动范围内，已经基本上没有什么猎物能供给它了。七天来，加里只吃了三只疲惫不堪但仍十分强悍的野兔。而现在，由于饥饿而引起的阵阵肠绞痛，使得它不得不在空中连续地做着滚翻动作。少了几根最强有力的羽毛的左翅膀，也越来越沉重，竭力地把加里往下拽、往下拽……

　　加里是一只只有北国奇寒之地才有的银雕，双翅在空中展开有一米长，头如金钟，眼似牛铃，一弯尖利至极的嘴能把虎、豹、狼、熊的皮生生啄烂！它还能把一只肥大的羊叼到高高的半空中。由于恶劣环境的影响和它生存条件的造就，才使得加里具有一个这样强健的值得它骄傲的体魄。为了生存！而渴望生存却是每一个来到这个世界的生物最基本的要求。

它奋力地扇动着翅膀，竭力地使自己的身体平衡。终于，当它几乎是耗尽了全部力量的时候，这个目的达到了，它又开始平稳地在森林上空滑翔，用它那锐利而冷酷的双眼在疾飞之际扫视着森林的空隙，希望能发现可以供给它热量并促使它继续活下去的东西。

它飞快地掠着巨大的红松、白桦的顶端飞翔，在林间搜寻着……在掠过一大片红松林之后，前面出现一个小小的山谷。这个山谷的坡度很平缓，不知是由于大自然还是人为的造就，竟然没生一棵树，一层又白又厚又虚的雪将这一片倾家荡产地覆盖，在斜阳的照耀下发出令加里头晕目眩的白光。

然而就在它发现这个山谷的同时，一只黑影也同时跃入了它的眼帘！于是一阵狂烈的心跳和激动使它眼前的影子模糊起来。然而片刻之后，由于饥饿而引起的更加激烈的肠绞痛已替代了发现猎物时激动的感觉，它的双眼立即冷漠、清楚起来，这时它看清了，眼前正瘸着腿走路的东西是一只狼！

这是一只地道的东北雪原狼！一双直耸的长而尖的大耳朵机灵地左转右转，倾听着周围发出的有利于它的肠胃活动的声音，一条血红血红的舌头耷拉出三寸多长，呼呼地喷着白泡，露出了经过无数次血与肉的洗礼而变得白里透紫的牙齿，在满地银雪的映射下显得更加阴森和惨白，一双绿莹莹闪着阴险、狡诈的贼光的眼，随着头的左右转动而左右窥视，生怕哪棵大树后面冷不丁窜出一只大黑熊或是一只健全但饥饿的同类来要了它的命。一条瘸了的左后腿，耷拉着被另外三只腿拖着前进，已成为它今后猎取食物的最大障碍。不仅如此，而且还是它能否延长自己性命的真正障碍！这是三天前与一只大黑熊搏斗时留下的"光荣"标记。然而它并不以为这是很光荣的，相反，它倒为有着这样的标记而感到害怕和羞耻。假如世上真有后悔药的话，它一定会毫不犹豫地、不打折扣地吃下去！连它自己都不明白是不是吃错了东西，竟去触犯一只大得要命的黑熊！就是现在，伴着它狼狈心情出现的正是这种无限的懊恼与悔恨！

这时，它那只经历了无数次劫难而仍旧幸存的耳朵突然捕捉到一种奇妙的信息！这信息促使它的内心激烈地慌张起来并转过头去，然而真正要命的是，确实正有一种巨大的灾难向它袭来——一只巨大的银雕——加里正以迅雷不及掩耳之势扑了过来！

在这一刹那，这只东北雪原狼本能地一个滚翻，已然躺倒在地，在加里掠过的一瞬间，用它那三只幸存的锐利的爪子猛地向上一抓，只听得一声银雕的长唳，片片灰色的羽毛从天上飘飘然地落了下来。当瘸腿狼正要为自己第一个回合的胜利而暗暗自喜的时候，突然一阵激烈的疼痛使它不禁哆嗦起来，它这才发现，自己幸存的三条好腿上均被加里用它那尖利的双爪抓出了几条血淋淋的印痕，鲜血正汩汩地冒出来，并且在朔风的刺激下引起了它全身的抽搐，于是胜利的呜呜声立即被诅咒所代替。它恶狠狠地向天空中望去，只见加里正盘旋着飞翔，绕着它伺机进击。当瘸腿狼发现那只银雕的胸部已出现了一片殷红时，那恶毒的心里多多少少地有了一丝欣慰。

加里在空中盘旋着，方才在扑击那只瘸腿狼时，那只狼的爪子猛烈地击在了它的前胸，并把它的胸膛抓得血肉模糊，使它那发现猎物的激动与狂喜消减得所剩无几。它非常清楚，今天不是它成了瘸腿狼的美餐，就是瘸腿狼成了它的猎物。这可是一场生死攸关的战斗！为了生存！而所有的动物为了生存的准则是：吃掉对方！

可面对加里的猎物是那样的强悍凶猛。看来得智取了。加里盘旋着，心中谋算着如何才能捕住对方。突然，它的眼睛一亮：只有在瘸腿翻身逃跑的时候，才能叼住它的脊背，继而捕住它！加里心中顿时踏实了，它继续滑翔、盘旋，等待着那个机会的到来……

瘸腿狼正躺在雪地上一动不动地盯着巨大的盘旋着的加里，双方就这样僵持着……十分钟以后，瘸腿狼忍受不住了。它觉得自己身体中的血液正在凝结，体内的热量也快要散失殆尽了。就这样冻死在这儿？笑话！得想法子逃脱！生的渴望促使它为如何摆脱这个困境而绞尽脑汁，但它仍旧想不出一个妥善的办法。它的双眼骨碌碌地翻转着，既盯着天上的对手，又注视着周围的环境。

这时它发现，离它不到三十米处就是一片白桦树林，假如它能逃进去的话，那么便可以安然无恙地脱险了，因为雕无论如何是不能在林子里飞的。哈哈！就这样！

它又等了片刻，看着银雕在盘旋时的一个转身的一刹那，瘸腿狼猛地翻身起来就向那片桦树林奔去，不料由于用力过猛，伤口一阵剧痛，使它双腿一软，在奔跑之际猛地跌了一跤。而正在这时，银雕加里已闪电般地冲下来，探出金钩一般的利爪。瘸腿狼见状又是一个滚翻，还想施展方才的伎俩，不料这次加里迅猛无比地、没来得及等对手翻过身来，已然将瘸腿狼的后背擒住，便要起飞。眼见瘸腿狼是活不了了。不料那瘸腿狼头一摆，一口便咬住加里的腿，加里一声长喉，覆坠到地上，这时瘸腿狼立即翻身用两只前爪将银雕按在了地上，任加里两只有力的翅膀扑扇而无动于衷。这一下应变神速，加里怎么也不会想到自己反倒落入了对手口中，于是它平静地、冷漠而且蔑视地望着沾沾自喜的对手。这清冷的、蔑视的目光瞅得瘸腿狼心里直发毛，它不再犹豫，张口便咬向银雕的喉咙。

　　就在这千钧一发的时候，离它们四十米处传来一声清脆的响声，加里看到瘸腿狼的脑浆迸裂，头一歪，重重压在了自己身上，颤动了几下，便不动了。加里立即明白过来：它的对手死了。当它挣扎着摆脱对手的重压，在雪地上立定的时候，迎面矗立着一个黑影，一个高大而挺直的黑影！

　　这是人！加里似乎明白了，眼前这个最友好而又最不怀好意的黑影正是人！

　　于是它想起自己的爸爸、妈妈的话了：要绝对防止在人面前露相，一定要离开人这个东西，因为他们才是最危险而又最可怕的敌人！

加里也清楚地记得自己的爸爸、爷爷都是丧生在人的手中的。可今天？人——他——那个黑影，怎么却救了我呢？人真是厉害，距离那么远，手中的长管响一下，瘸腿狼便死了。我该怎么办？

　　这时那个人的脚步越来越近。它想起飞，但却飞不起来，于是便静静地等着那"砰"的一声响起来结束自己的生命。加里对死向来是不怕的，像刚才在狼爪下表现的一样，它闭上了眼睛。

　　然而一直到脚步"嘎吱嘎吱"停止，那一声响仍然未响起。加里惶恐了，睁开眼，却见眼前挺立着那个黑影，那个黑影——人没有动，一直望着自己，嘴里嘟哝着"二百五！二百五！"之类的字眼，并且加里还发现眼前这人的眼睛里露出了极其和蔼的光，但这目光和一张布满坑坑洼洼的脸、一撇小胡子以及一双三角眼却不相称。

　　加里起初很害怕，但见那三角眼渐渐蹲下来，毫无伤害它的意思，嘴里便发出了微小的表示亲昵的声音，显然，这人也懂得了它的举动。只见三角眼从怀中掏出来一个白色的塑料小瓶，倒出来一些白色的粉末，敷在加里的伤口上，它立刻觉得伤口麻痒舒适，疼痛登时减了大半，于是对面前这人的戒备更加放松了。接着三角眼便把加里提起来抱到怀里，一面用极温和的口气说着什么，一面用亲切但不免做作的目光看着它。

　　后来，三角眼便把加里带到一个木板房中，木板房内生着火，很温暖。加里环视着四周墙壁，见挂着许多熊皮、狼皮等曾是它的对手的皮毛。这兽皮又使它的内心蒙上了一层阴云，三角眼对它很好，给它吃喝，帮它整饬凌乱的羽毛，还给它治伤。

就这样，安稳地过了三天。

第四天，三角眼带着加里走出了木板房。走呀走，走呀走，一直走出了大森林，走出了冰雪世界，来到一个有更多的人的地方。后来他们又到了一个有很多兽皮的地方，三角眼找着了一个戴大毡帽的人，并且同那人脸红脖子粗地争论了好一阵，最后，加里看见大毡帽给了三角眼一大沓纸片，花花绿绿的不知是什么东西。再后来，三角眼便把加里递到大毡帽手中，大毡帽瞧了加里好一会儿，便绑住了它的双腿和嘴，提着它的翅膀就走了。

加里非常着急，哀求似的望着曾经救过它的命的三角眼，但它发现三角眼正埋头数着那一厚叠花纸片，连头都没抬一下。加里这时才明白，它真正落入了虎口。于是它便悔恨地自责自己为什么要轻信人呢，但这已经是毫无办法的了。

后来，大毡帽带着它走上了一条像大蟒蛇一样的东西，里面有着许许多多的各种各样的人。加里把眼紧紧地闭上了，它发誓再也不想看到人的嘴脸。

这大蟒蛇轰轰隆隆地走了整整一天，大毡帽才带着它下了"长蟒"。这时加里看到，眼前的一切都是那么新鲜：许许多多来往飞快地奔跑着的小方块，处处矗立着比它见过的任何桦木和红松都要高的大方块，还有到处走动的人，他们凡是见了加里，都投过来奇异的敬畏和羡慕的目光。加里使用恶狠狠的目光与之对视，然而加里却不知道，人们目前是非常希望自己能成为一只鹰或雕的。

后来，大毡帽又带着加里来到了一个有着许多动物的地方。那些动物都被关在笼子里，笼外围着许许多多的人在观看。

后来，大毡帽便和一个穿一身白的人说了些什么，照样是静了半天，那白大褂便掏出了比大毡帽给三角眼更多更厚的一沓绿花纸片。待大毡帽一走，白大褂便把加里关到一个空旷的大笼子中了。

以后的日子便是许许多多的人围着笼子观赏它，议论着什么，并且扔进一些加里曾经梦里追求过的东西。然而加里都不加理会，无限的悲哀与惆怅笼罩着它那颗已经冰冷了的心。好几次，它怒不可遏地冲向顶端，但总被那一层铁丝网挡下来。而每当它像这样折腾到感到饥饿了的时候，那个白大褂便提一个木桶，扔进来一些鲜肉。

就这样半年过去了。

就这样一年多过去了。

加里的羽毛丰满了，长得更英武更强壮。然而生活的平静和单调以及牢笼关押使它越来越强烈地思念大森林，越来越渴望着自己能重新飞到天空中，与狼虎斗与狸兔赛跑……然而这只是梦而已。

加里每天都盯着苍穹，涌现出许多渴望和梦想。它开始寻找着逃走的机会。半个月后，终于有一天，一个白大褂在修理铁丝网的时候，揭开了一大块网。加里于是毫不犹豫地冲出了网笼，冲向了蓝天，把那个由于惊愕而呆立在网笼上的白大褂远远地甩在了下面。

但是由于一年多的笼中飞行，已经使它飞翔的能力大大减弱，它在升高了以后，却再不能直线飞行，一直盘旋着，在空中划着弧圈飞……它的心是那样焦急，是那样渴望大森林，终于在奋飞了许久之后，由于坚贞的信念的驱使，它飞得又平又稳了，箭一般飞向大森林，飞向了它日夜思念的地方。

飞呀飞……飞呀飞……

终于，加里的眼睛里出现了大森林宏伟的身躯；那平静而又喧闹的世界；那浸渍着它祖辈们鲜血的土地……它的双眼湿润了……模糊了……它终于又回到了自己的家乡！

当加里飞临大森林的顶空时，它忽然发现地下有一个黑影儿在蠕动，一种强烈的捕击欲望重新涌上了它的心头，它毫不犹豫地扑了下去……这是一条蛇！一条三角头毒蛇！但加里一年多没有体味到捕击猎物时的欢乐了，它一个俯冲，已抓起了蛇身，带着这条猎物，带着巨大的欢愉冲上了天宇……啊，胜利了！我并没有失去生活的勇气和力量！加里欢呼着。

然而就在这个时候，它的腿猛烈地一震，这才发现，那条毒蛇正恶毒地咬着它！

加里愤怒了，它一下子便将这条蛇拽为两段，继而张口使劲地吃着，它要品味又一次战后的欢欣。

但它却觉得麻木的疼痛逐渐蔓延到整个身体，它明白：中毒了。于是它竭力地飞呀，飞呀，又飞到了那个曾经和瘸腿狼搏斗的地方的上空时，再也支持不住了，一头栽了下去，落在了那个山谷中，落在了正在萌发春意的它曾热烈生活的土地上，在吐出最后一口气后，它含着微笑，带着欣慰，头枕着自己的信念和追求，死去了。

这就是它的归宿！这归宿是那么美好！

血染的永恒之爱

布拉提追赶那只火狐狸，已经整整一天了。

那是一只有着一身漂亮的火红色皮毛的母狐狸。而布拉提追赶它正是为了获得那一张珍贵的火狐皮。

两年前，布拉提举行"银奶洗手宴"的时候曾经宣布，他再也不操起那杆跟了他三十年的猎枪，而且还发了誓："只要再操起那杆枪，就把它砸了！"布拉提可是一个能把猎物打个眼对穿的优秀猎人！并且还是一名养牛羊多到数不过来的牧人。可他为什么要违背自己的誓言，冒着毁枪的危险（毁掉了枪也就意味着他大半辈子狩猎英名的毁灭），而去捕获那么一张火狐的皮呢？

他的儿子拉吉因为被人走了后门挤掉了名额，而没能进入高中，但那所中学的校长洛依私下表示，假若布拉提能给他弄一张火狐皮的话，那么拉吉上高中的问题就好办了。

布拉提是多么爱他的儿子啊。他就知道养马养羊，钱从来都数不清。每次内地的或是本地大城市的一些生意人拿一些小玩意，如玻璃弹儿、项链啦，就可以换走他的牛羊。但他却并没有感到吃亏，相反倒挺高兴。而且布拉提买卖牲畜时都是看一沓钱的厚度大小来决定生意的合算与不合算的——他只认钱多。

自从儿子上学以来，布拉提才知道了自己的愚昧和无知。为了对得起塔林娜娅——拉吉死去的母亲、自己心爱的妻子，他也要让儿子继续去上学，从而摆脱无论是物质上还是精神上的贫困。

这时，他正趴在一丛红柳之后，紧紧地盯着左侧那只漂亮火狐的一举一动。火狐正在掏挖着一丛骆驼刺下的沙鼠洞。只见它飞快地用前爪往外扒着沙土，期待着能捕到它渴望得到的东西。然而这个被称为很狡猾很聪明的狐狸没有料到，有一个它认为最危险的敌人，正暗中监视着它，以求得它那张只有它停止了心跳才能被人夺到的美丽皮毛……

他为什么不开枪呢？他在寻找机会。因为火狐狸是罕见的，因而也就格外珍贵。只有把火狐打个眼对穿——子弹从一只眼进从另一只眼出，狐皮才是真正有价值的。

然而这个机会是多么难寻啊！布拉提就这样等待着令他无比快乐的时刻的到来……

火狐也丽做了妈妈啦！这是它平生感到最快慰和有意义的事儿啦。然而值得一提的是：它的丈夫毛瑟在孩子降生十天后，便被一个人开枪打死了，从此也丽便担起了丈夫的责任——去寻找食物。它既要像父亲一样地严厉管教孩子们，又要以温柔的母爱来温暖孩子们，使之尽快地成长。

值得高兴的是，几个孩子长得都很结实，一个个食欲很旺盛，使得也丽不得不跑远路到沙鼠多的地方寻觅食物，因而它也就不自觉地进入了它们狐类划定的危险区。

这时也丽已经刨开了沙鼠窝。好家伙！有十几只硕大肥圆的沙鼠！也丽欢叫起来，用闪电般的速度，把它们一一击毙。然后叼起它们的尾巴，轻快地炫耀般地抖动着火红的美丽毛皮，准备登上归程。

就在此时，它那双机灵的耳朵忽然捕捉到了异常的响动，它立刻意识到了身旁巨大危险的存在。它本能地倏然往下一趴，而同时，一粒子弹带着呼啸，擦着它的头顶而过。也丽蓦地打了个滚，撒开腿便奔逃而去……

刚才布拉提好不容易等到了一个绝妙的机会，然而，这只火狐没有他想象中的那么愚笨，它非常聪明机智地躲过了那致命一击，这使布拉提非常懊恼。他捋了捋络腮胡子，提起那杆老枪循着沙地上非常清晰的脚印追去……

这个时候已经是半上午了。太阳残暴地折磨和蹂躏着大漠，似乎大漠欠了他无数的债务。新月形的沙丘一座接一座，连成一望无际的莽莽沙海。偶尔有一阵干枯的风吹过，才把那些要死不活、蔫溜溜的铃铛草、沙棘什么的推得摇几摇。远处的热风流溢着，颤动着，继而扩展，扩展，扩展成苍茫的死一般的寂寥……

几个小时的追踪，使布拉提心焦气躁。他已经不知不觉地进入了被人们称为死亡地带的沙漠腹地。这是他没料到的。猛然间他感到肚子一阵剧痛，立刻明白了这是饥饿造成的。于是他赶紧趴在一片枯草上，从背袋中掏出一块干粮，用力地嚼了起来，嚼得很响。几分钟后，他的肠胃首先感到了充实，一股股活力也登时从肠胃中涌向每一条汗孔，涌进每一条血管。

那只火狐又能跑到哪里了呢？他望着也丽留下的一直延伸到远处的脚印发呆着。

又休息了一会儿，他突然感到了焦渴难当，慌忙中摸遍全身，才发觉水袋早已空了。猛然他又醒悟：自己已经陷入了绝境。他已不知不觉地走向死亡，而这却是他自找的。

如果趁现在循着踪迹返程的话，一定可以解脱大漠无情的宣判。但假若突然起了沙暴的话，那么这一切又仅仅只是幻想。

是追还是归？他问自己。这对于自己来说可是个生死存亡的关键啊！他想踏上返程。然而儿子拉吉那张焦虑的哀求似的面容立即浮现在眼前。终于，他决定：追下去！一定要得到那张能改变他们家的命运的毛皮！

也丽跑得累极了。它纳闷，怎么自己无论跑多远，身后不久就会响起敌人匆匆而来的充满着恐怖与敌意的脚步声呢？它感到了死神正向它狰狞地笑。其实死倒没什么，它想，可那四个可爱的小宝宝，谁来照顾它们呢？它心焦如火，真想立刻"飞"到孩子们身旁，看看半上午它们是不是都饿坏了。可是它又不敢那样做。因为不停地追赶着它的敌人的脚步声告诉它，如果那样做了，将会导致不堪想象的后果！它不敢再想下去。

这会儿它才感到了饥渴难忍。当它翻过一个小沙包时，沙包下赫然生长着一大丛沙棘，缀满了红色的浆果，然而也丽感兴趣的不是浆果，而是沙棘下的洞穴内的沙鼠。

　　它悄悄到了洞口，立刻用爪子刨了起来。突然一个活物窜了出来，它飞快地捕获对方，才发觉猎物不过是一只它平常最讨厌的血蜥蜴。然而求生的本能促使它必须吃掉那东西。于是它竭力忍着那血腥味的冲击吃了一些蜥蜴的肉，这才感到了体内能量的复苏。因而它也就有信心来摆脱敌人要命的追踪了。它是多么热爱这片土地，多么爱它的孩子们啊！

　　当它休息了片刻，那令它恐惧的脚步声又追踪而至。于是也丽起身继续向远方——苍茫的大漠腹地奔去……

　　布拉提气喘吁吁地追了上来。他觉得渴极了，似乎自己的生命正一丝一丝地被太阳那焦灼的光芒抽走。

　　突然，他的视线触到了那丛沙棘上缀着的亮闪闪的浆果，高兴坏了，一个蹦子跳到跟前，抓起大口吃起来。红色的浓浓的果汁沾满了他的胡子，溅上了他那张古铜色的脸膛。少时，他感到沁人心脾的凉意正从每一个毛孔释放出来，追赶中的焦虑和饥渴立刻被惬意代替了。吃饱了浆果，他倚着棘丛，准备小憩一会儿，但一眼瞥见了那只翻着血色烂肉、散发着腥臭的蜥蜴，猛然感到了恶心，"哇"的一声，大口大口地吐了起来……吐过之后，他埋住死蜥蜴，又吃起浆果来。为了生存！

　　还得追下去吗？得追多久？能追上吗？他一时又怀疑起自己来。但对未来的希望太大了，他又一次打消了返程的想法。之后，他又追了下去……

　　也丽这时感到了非常焦虑和不安。离开了自己的孩子，对任何一个母亲来说都是放心不下的。也丽的右眼皮老是跳，是不是自己的孩子出了什么事？是不是？！它害怕起来，感到自己的心仿佛要从风箱似的胸脯中跳出来似的。得回家看看！得回家看看！

由于有了这个信念的驱使，也丽箭一般地奔向了自己的家。而它却忘记了此行对它来说意味着什么。它心中只是在呼唤：孩子！我的孩子！

终于望见那一大片红柳了！也丽非常激动。它快速地跑到了近前，忽然，一群黑鸟从红柳丛中惊惶地飞走。猛然间也丽察觉：不好！

它飞快地跳进柳丛。眼前的景象使它呆住了：四个孩子直挺挺地死去了。它们的脸上带着笑意，似乎在期待和憧憬着美味和母亲温柔的爱。而它们的眼睛都被鸟儿啄去了！

泪水！泪水！泪水立刻挂满了它的脸，浸透了它的心。这个打击，是任何一个做母亲的都难以承受的。

该恨谁呢？谁是凶手？是那个敌人——布拉提？不，不。他只是要我，而不是去杀我的孩子们。是我自己！是我为了自己的安危而舍弃了它们的！我苦命的孩子们啊……

然而，那脚步声又响了起来。也丽猛然愤怒地转过脸，用仇恨的目光盯着那个从沙丘后一点一点探出身子的黑影，一面想着：我要报仇！来吧！我什么都不怕！

但随着布拉提的靠近，也丽这种想法也立刻萎缩了。求生的欲望又在它心头油然而生。而求生，则是地球上所有动物的本能!

它依恋地望了一眼死去的孩子们,才隐入旁边的密丛中。它要看看对它的逼迫将会到什么程度!

布拉提又追了上来。他瞧见了这片红柳丛。一阵狂喜涌上心头,他拉开大步,快速跳进红柳丛。

然而呈现在他面前的景象并不像想象中那么美好,他也呆住了——片刻之后,他掉下了泪。人也是动物。他有爱自己后代的天性。何况布拉提是为了自己的后代而扼杀了别的生物的后代生存的权利!他感到了一种深深的罪责!

当他凝立于苍茫之中独自忏悔的时候,他忽然听到了一种异样的响动。他慌忙转过身来——这才发现火狐也丽——自己追捕已久的猎物,正饱噙着泪水,用极怨毒的目光盯着他,并且一步一步地无畏地向他逼来!

布拉提一下子便将枪取了下来,瞄准了也丽。枪上的准星告诉了他这会是一个怎样的奇迹。他惊喜地想:这难道是天赐的吗?

但是当他正要扣动扳机的一刹那,一种怜悯,或者说是一种由慈爱、宽容以及人类许多最美好的天性混合的感情涌上了他的心头。他一瞬间觉得,难道自己间接地杀死了火狐的四个孩子,还要去杀死孤苦伶仃的小火狐的母亲吗?

他有些迟疑了,猎枪的枪口渐渐在低垂……双方以包含着无比复杂的感情的目光互相凝视着。

然而这个时候,突然远方大漠之中,一个大大的棒槌似的沙柱立了起来——那是龙卷风沙暴！眼见那龙卷风沙暴带着摧毁一切的架势，向这儿扑来，并且，它们的先锋队——一些小风儿已经开始掀动这儿的沙土了！

人兽依然对视着！这两个生灵啊！

布拉提发现了那龙卷风沙暴，不禁猛地一跺脚，大吼了一声："快走！"随即便俯下身子，把四只小火狐一只只摆好，又颤抖着从四周的红柳丛中折了一些缀着淡粉色小花的枝条，轻轻地将它们的尸身覆盖，然后用力推动沙土，把它们掩埋了。于是这个世界上又多出了一座小小的饱浸着泪水的坟茔，一个归宿，一个象征生命完结的句号。

而当他再次转过身时，见也丽已经不在了。布拉提急忙向安全的地方奔去……

风以迅疾的速度扑倒。幸亏，沙暴的中心并不经过此地带，否则，一切不堪设想。眼见浊浪排空，那势头，似乎要把一切吞灭！布拉提眯着眼睛，背向风沙之来势，艰难地向安全处奔走……风沙好几次都推倒了他，把他埋起来……但他又站起来，继续与风沙搏斗……

为了生存！布拉提心中喊着：我不能死！我还有儿子！我还有儿子！

……

夜。一切归于寂静。沙暴又一次精心策划的暴动彻底地宣告破产。就像邪恶永远都不能战胜正义与真理一样。现在它们现了原形：一个个没有脊梁地软软地趴在了那儿。也许，它们仍死心塌地地等待着狂风——那个暴虐的灵魂附体而继续向生命宣战吗？虽然等待着它们的依然是失败。

月亮阴冷地拉下了面纱，发泄着莫名的愤懑。在整个苍白、寂寞的夜中，世界被涂上了一层阴暗的色彩。

死寂，冷漠。也许这就是宇宙的原样吗？

也丽逃脱了这一场灾难。它从一片胡杨林中走了出来。它迷路了。

当它环视了一圈之后，清楚地发现，离它四十米处的高坡上，有一个黑影伏在那里。经过判断，它明白，那是它的敌人——布拉提。他死了吗？为什么他不动弹呢？

也丽想走过去看看。但它又害怕敌人是在装相。终于，许是一切生物所共同具有的好奇心的驱使，也丽走到了布拉提的身旁。

布拉提没有死，他只是暂时的昏迷。肯定是缺少水！也丽想。那个小湖离这儿至少也有一百多米。救不救他？也丽犹豫着……它想起了刚才那渐渐低垂的枪口，想起了他掩埋小火狐尸体的情景。它终于决定搭救布拉提了。

也丽这才发觉它们正处于一个大沙丘之顶，而沙丘的底下，就是那个小湖，因此也丽不会费多少力气就可以将布拉提沿斜坡拖下去。

于是也丽迅速地行动起来……终于，也丽几乎是费尽了全身力气，把布拉提拖到了湖边，并且将布拉提的半张脸浸在水里，来让他吸取必要的水分。而后，才躲进了旁边的一大片胡杨林中，期待着黎明的到来……

布拉提渐渐醒了。他的嘴唇动了几下，触到了一阵甜润。他把眼睛睁开一条缝时，猛然发现自己躺在水边。于是他大口大口地喝了起来。一顿牛饮之后，他翻过身来，而呈现在他面前的景象又一次使他呆住了！

这时候早晨的太阳刚刚升起。四周是一片血红的苍茫和寂寥。也丽——那只母火狐正对着刚升起的太阳，像朝圣似的，亢奋并且愤怒地带着无限怨艾长嗥着。拖长的声调在半空中嗡然轰鸣和回响。那声音似乎是在发泄着什么郁积已久的愤懑，又像是在倾诉着狐类多少世纪以来所受到的种种磨难和坎坷的忧伤……太阳也仿佛听懂了它的话语，用血一样的光芒，把这个沉寂的大漠抹上了一层血淋淋的恐怖……

顿时，一种恐惧和寂寞在布拉提心中蔓延开来。他感到了惶恐、焦虑和不安，一种原始的沉重而积淀下来的痛苦重新在他心头涌出……这时，他又想起了儿子那种企望的眼神，猛地，他从身上取下枪，这时正是一个最好的机会！

"砰"的一声，对面的一个美丽的影子倒下去了。顿时惶恐和不安也消失了。布拉提无比兴奋地跳了起来，但又跌倒了。突然他想起了什么：我怎么到了这个地方？我记得清清楚楚，倒下去时是在一片沙地中啊？

当他的视线扫到了从对面那个大沙丘上拖下来的痕迹，呆了半晌，终于明白了——是火狐也丽救了他的命！是也丽把他从死亡的臂弯里拽了出来！

他发疯似的吼了一声，慌乱地跌撞着跑到了也丽倒下去的地方，一把抱起了也丽。但那个漂亮的眼对穿却告诉了他这个悲惨的结局。他大声地诅咒着自己的枪法！然而一切都晚了！

茫然？惆怅？痛苦？他不知心中是什么滋味……之后，他把也丽的尸体连同那支猎枪放在一起，用胡杨枯枝燃起了一堆火……

忽然，随着烟柱的升腾，一大群阿库洛鸟飞了起来，围绕着这被太阳涂上了血色的孤烟，长久地哀鸣着，声调凄厉而苍茫，古朴而悠远……袅袅上升的垂直的烟柱似乎是在默哀，又似乎是一个浸满了鲜血的巨大的感叹号，宣示着一个循环的中断。

太阳的目光依然惨淡、血红。光束把布拉提凝固的身影一点点地缩短，缩短，成了一个点……

奔向那一轮红艳艳的太阳

一

　　那匹枣红色的汗血野马已经是第七次晃过君玛德力的眼帘了。

　　从他第一眼见到那匹野马时，他那颗已日趋平静的心就再也不能够安安稳稳地待在他的胸腔里了。祖先遗传下来的桀骜不驯的血质又重新在他的体内复苏和高涨起来。他终于想起了父亲的遗训。父亲由于终于捕住了这匹野马的父母亲——它们也是一对枣红色的汗血野马，而劳累过度，咯血而死。而它们的儿子却逃进了那一片原始的胡杨林里。临死时，他向年纪尚幼的君玛德力讲述了那匹野马的故事。

　　据说它的祖先的祖先的祖先……曾是威震世界驰骋亚洲东西南北的成吉思汗胯下的坐骑。后来成吉思汗在一次同阿勒泰西部的哈萨克乃蛮部落的作战中负了伤，才与坐骑分开。但那匹有灵性的马为了不受掳俘之辱，毅然在寻找主子七天七夜之后，闯进了古尔班通古特大沙漠边缘的原始胡杨林。那是从来没有人敢进去的地方。

多少年了，它的家族与君玛德力的家族结下深深的仇怨。谁不知道，君玛德力的爷爷和爸爸是整个卡多斯大草原上最优秀的牧人：挥动套马杆，任何一匹暴烈的马终将乖乖就范于他们的胯下。

五十年前，君玛德力的祖父就是用这根浸了熊油的红松木套马杆捕住了它的祖父。当君玛德力的祖父踌躇满志地用一只烧得通红的烙铁，在它的祖父身上烙下了一个象征征服的黑焦焦的蹄形烙印之后，它的祖父整整三天不吃不喝，一直面对着那片胡杨林的方向，悲声长嘶力竭而死。

而君玛德力的父亲在二十年前还是用这根套马杆捕住了它的父亲。但也就是在这厄运般的套马杆套上它的父亲的一刹那，它的父亲狂跳起一丈多高，悲嘶一声，肺裂而死。临死时还踹了君玛德力父亲一蹄，这愤怒的最后一击也使他的父亲从此再也未曾醒来。但它却在那片浩浩荡荡、莽莽苍苍深不可测的胡杨林里，孤独但却顽强地长大了。

而君玛德力也在大草原冬不拉的乐曲声中和奶茶的浇灌下，倔强地长大了。

但是如今，它又再次挑战般地出现在卡多斯大草原上的时候，所有的人包括君玛德力都再次热血沸腾。连着一周内，已经有五个卡多斯大草原上最好的骑手因为追捕这匹汗血野马而受伤了。只有君玛德力面带微笑地对所有的人说：你去捉吧，你肯定是捉不住的，它是我的！

果不其然，如今所有的牧人都不再想去追捕那个要命的家伙了，眼巴巴地指望着他去捕住那家伙，长长整个大草原上男人们有点萎缩了的志气。他也因此大言不惭地对人宣称：我不用套马杆，就能揪住那家伙的长鬃。

　　为了捉住它，君玛德力已经在阴冷的月下蹲了大半夜了。它总是在后半夜踩着哗啦啦掉着露珠子的合头草，悄悄地独自到这眼咸水泉来饮水。而只有趁着这个机会，君玛德力才能靠近它。因为凭着他那匹黑走马的脚力，是无论如何也不能够在广阔无际的草原上赶上它的——它总是旋风般地把他和他的黑走马远远地落下，然后消失在远处飘起的黄色烟尘里。

　　它的出现怎么也不能使君玛德力心平气和。他想：自己得对得起祖先们啊！他们的英名，绝对不能被自己玷污！

　　忽然凉风送过来一阵细碎的清冽的响动。君玛德力立刻竖起了耳朵，仔细地捕捉着那个声音的每一个细节。显然，那声响是冲着这眼泉水来的。正是它！君玛德力的心狂跳起来。他赶紧拍了拍伏在他脚旁的那匹忠实的黑走马，借着月光，他发现黑走马的目光里闪着几丝怯懦。浑蛋！君玛德力在心里骂道。他用力顶了一下黑走马，终于使黑走马在那声响越来越近之际壮起了胆子。

　　那细碎的清冽的响声越来越近……

　　一丛浓密的白梭梭林后，君玛德力的眼睛一眨不眨地越睁越大……

　　终于，君玛德力的眼前一个活物一闪，从苍黑的夜幕中跃入了这个只有十步见方的咸水泉边。君玛德力感到他那颗心仿佛马上就要从风箱似的鼓动着的胸腔里跳出来了。他那只拍着黑走马的手也感到了马的身体在颤抖。

它欢快地走到泉边，伸动潇洒的长颈，痛快地饮了起来。咂咂的饮水声使得夜空里显出一种生命的波动。多少天以来，它都是痛苦地在摆脱了众人的千般追捕之后，来这里饮用能够使之在第二天重新以挑战者的姿态，出现在大草原上的咸水。

真是一匹好马！君玛德力那双藏在灌木丛后的大眼睛放着羡慕和贪婪的光：它全身枣红色，唯有四条小腿关节处围有一圈雪白的毛，胸廓宽阔，腰背有力，马鬃高长，腿关节精壮结实。这绝对是一匹剽悍的战马的后裔！就连它饮水时微微颤动身体的时候，都好像有无穷的力量，傲慢和潇洒在它体内咯咯爆响。君玛德力的双眼喷着热切的占有之光！

它忽然感觉到气氛有些异常。猛然抬头，见那一丛梭梭林后有一双炯炯放光的眼睛，正在恐怖而热烈地盯着它！它刹那间明白敌意已经有预谋地浸漫在它的周围了。倏忽间它转身扬开四蹄便跑。不料没跑上七八步远，脚下一软，便扎到了一个大陷阱里——这正是君玛德力的杰作之一。但就在狂喜的君玛德力赶到坑边的时候，它却出人意料地腾云驾雾般飞旋而起，跳出了这个在君玛德力看来是任何马都逃脱不了的大陷坑。在它跳起的一刹那，机敏的君玛德力已然从黑走马身上跃起，直扑向刚刚跃出险坑的它，稳稳地落在了它的身上。

它暴怒了！它简直不能够忍受这样的欺侮和征服。它四蹄翻飞，扬声大嘶，嘶啸声如古铜钟般回响于冷寂凄凉的夜的空间里，任凭它如何驱动浑身的力量，君玛德力就像是牢牢地焊在了它的背上了。

它开始在大戈壁上狂奔起来。它那雨点般的蹄声激烈而愤怒地叩响了沉睡的大地。一定要摆脱掉这个危险的征服者！

它以最快的速度奔跑着。在它背上如小船晃动着的君玛德力的心头掠过一阵阵狂喜：自己终于骑在日夜梦想的对手的脊背上啦！嘿！这一次得抓住它，等明天一早叫整个大草原上的男人们女人们都羡慕得死去活来！他感到脚下那一丛丛红柳、一蓬蓬沙棘像箭一样射向身后。太快了！它的脚力真是无与伦比！一定得征服它！

猛然间它驻足。在它背上的君玛德力便如出膛的炮弹飞向它的前头——他被它甩下来啦。

等到他揉揉钻进沙子的眼睛之后，茫茫大戈壁就再也没有了它的身影。只有那如释重负般地撼动大地的远逝的蹄声，在寂寞空旷的空间里回荡。但是值得庆幸的是，他的一双手上，沾满了那匹汗血马血红血红的汗水——这就足够在明天让那些男人瞧个够了。他微微笑了起来。

在离他们不远的山崖上，一只独眼岩羊冷漠地盯着刚才发生的一幕。阴风吹动它腮下的长须，月光下，更显得阴森可怖……它心中那个泯灭的信念正在一点一点地复苏……

二

第二天一大早，整个草原上的牧人们都知道君玛德力曾经骑在了那匹野"神灵"的背上——以君玛德力双手上的血一样颜色的汗为证——为了这，君玛德力硬是一整天没有洗手，为的是叫方圆千百里的牧人都能瞧个清清楚楚明明白白心服口服。

当月上中天，朔风轻吹，草原上为他破例举行了一次阿肯弹唱会的时候，在那个老女阿肯现编的对他的家族的赞歌声中，他骄傲地向牧人们宣布：他要独自一人，用家传数代的套马杆，生擒那匹汗血马。草原人热血沸腾了。没有哪一个汉子不为他的豪言所折服的。为此他的妻子努尔古丽特地宰了七头羊来庆贺和祝福。

但接下来的几天实在令他绝望——它再也没有出现在大草原上了。而值得他感到忧虑和心惊的是，他最疼爱的一匹纯白漂亮的小母马，于两天前突然失踪了。很难说不是它——那匹神奇的野家伙干的好事。如果是这样的话，那么它是要传宗接代了。后来种种迹象表明，那匹小白母马确实是进入了那片胡杨林里了。嘿！反正都逃不出我的手心的。更何况我儿子小海萨尔也已经两岁了，他想。

他开始组织人，准备进入那片死亡一般神秘的胡杨林，预想如果缚住了那匹小母马的话，那么就很容易缚住那匹野"神灵"了。当他好不容易拉起了进入那片林地的队伍时，突变的气候使他不得不改变了这个冒险的主意。整个部族开始迁向越冬草场了。这场大迁移也就使得他改变了计划，也就是说，最早半年内他几乎没有时间去追捕那个能给他带来巨大声誉的神奇的家伙了。临行前，他大口地喝着马奶子酒，恨恨地对着老林子，心里说：等着瞧，半年后，我再收拾你们！我祖宗的英名是绝不能在我的手上断送的！

……

卡多斯大草原上长达半年的漫长而寒冷的冬季，终于如噩梦一般地过去了。君玛德力一行人再次驱赶牛羊马群，重返故地。那个骚扰了他许久的念头像再次燃烧起来的火苗，熊熊地烧着他的理智。

于是在牧场、毡房刚安置好四天之后，他就拉着一队人马，进入了那片古怪的胡杨林。

这片胡杨林无边无垠、莽莽苍苍，人走进去简直像进入了迷宫一般，到处都是林木和横七竖八散发着腐朽气味的朽木。人群所至之处，成群的筷子般粗的蚊子群嗡然而起，向着这群盲目的不速之客狠命叮咬。到处都散落着动物的白色枯骨，令人触目惊心。古怪的盐蓬、白刺、红柳，摇动手臂，磕碰着这群心惊胆战的人，又引起了他们一阵阵心惊肉跳。忽而有灰旱獭、子午砂土鼠的眼睛于密密丛林后盯着他们，又有长尾黄狼倏然消逝的影子引起了他们一阵阵的战栗。

然而他们总算是如愿以偿了——在他们几乎弹尽粮绝之际，于一丛浓密的红柳林中，他们终于惊喜地包围了这一家三口——它们又多了一匹小马驹。在紧张的围捕中，那匹野"神灵"叼着那匹生下来没多久的小马驹风一样地逃走了。而他们则捕住了那匹已做母亲的漂亮的白色顿河马,并把它带回了牧场,关进了大栅栏内,以期得那个野家伙前来相救。

但是连着许多天都没有动静。

它这一段时间可气坏了!本来,由于人的杀戮,而使它的祖辈们临死被烙上了受征服的烙印!随着自己儿子的问世,它那种对人的仇恨也因为享受着天伦之乐而日渐淡薄了。它几乎想在这片胡杨林里了此一生,与世无争。但是,那可恶的永远该诅咒的人,又一次找上门来,逮走了自己心爱的妻子。这不能不使它放弃妥协的打算。要抗争!没有抗争就没有活下去的力量和理由!

这一天,暮色如火,它又一次出现在大草原。它要去救自己心爱的妻子!随着自己离那座大栅栏越来越近,它的眼帘上出现了那个纯白的娇美的身影……它的眼睛有些湿润了……它飞快地不顾一切地向大门冲去……

大栅栏的门开启着。周围静悄悄的没有一个人。进不进去呢?难道这不是一个陷阱和圈套吗?终于,它一横心,冲了进去。

当它焦急地气喘吁吁地到达忧虑的妻子身边时,回首一望,那扇木栅门已经关上。一个它熟悉的人影——君玛德力正得意地望着它们。它的眼睛火一样地烧了起来。这时它的妻子一声不响地偎在了它的身边,那凉凉的夜色也立刻淹没了草原的一切。

等到明天天亮，你就会知道我的威力了！它想。

这一夜，它安安稳稳睡得很香。那便是在睡觉的时候，它的血管里也流着不安分的血液。

三

"咴——！"随着一声野性的长嘶，它在整整等待了一夜之后，在太阳悄然从一望无际的大草原那边猛地跳出来的时候，高高地扬起了四蹄和头颅，毅然而果断地向高高的栅栏冲去！

它要冲断那栏杆，踩断那曾囚禁了它一夜的、切断了它与自由世界相连的羁绊！

又是一声高傲而潇洒的长啸声摇曳而起，飘荡在充溢着生机的整个大草原。与此同时，它箭一般地奔跃而出，前蹄高高一纵，后蹄猛然一松，漂亮地在空中划过了一条蔑视一切的弧线，跃出了高高的栏杆。也就是在它将跃出栏杆的一刹那，后蹄用力向下一磕！那粗壮结实的栏杆轰然断裂——它，这骄傲的不羁的精灵，欢乐地奔向那刚刚升起的仿佛还带着倦意的太阳！

而它的小白马和一群其他的马则在惊愕了足足三分钟之后，才争先恐后地从那个缺口冲了出去！

君玛德力慌慌张张地从毡房中跑了出来。他手搭凉棚看去，那一片弥漫的烟尘里，那匹击溃了他自尊心的神灵正以最潇洒的步态，带领着他的那群马，飞快地奔向远方……

他赶紧跨上黑走马，喊了几个人，拿起猎枪追了上去……

离那匹小白马越来越近了。君玛德力大叫一声："开枪！"数声枪响过后，那匹哀鸣着的小白马，在最后看了一眼这个世界之后，慢镜头般倒了下去。

与此同时，它悲声长啸一声，戛然刹住飞步，毅然转身，飞身旋到了自己受难的妻子身旁。它的心中只有愤怒和悲凄！

但当它凄然凝立于妻子身边的时候，那套马杆已经紧紧地套住了它的脖颈。而持杆人正是在黑走马背上微笑着的君玛德力。

而那只瞎了一只眼的岩羊王，依旧站立于突兀的山石之上，漠然地看着这一幕……朔风吹动着它长长的胡须……

四

接着五天，它都被君玛德力关押在那个磨坊里。他用暴怒的皮鞭抽打它，呵斥它。它被蒙上了眼睛，被逼迫着拉着磨，一圈儿又一圈地磨着时光。它的肩头渗出了鲜血，它的四蹄由于在石磨上磕碰而鲜血迸溅。但那块黑布蒙不上它那颗永远不屈的心。它拉呀拉呀，就是不停下来，它怕一停下脚步，那强烈的反叛意识也将会萎缩。

这一天，它终于累得趴了下来，呼哧呼哧地喷着气，舔着身上的鲜血。忽然，它感觉到有一个人走近了它。它迟疑了一下，没有用正眼去看那人，仍旧舔着自己的伤口。

有一双手伸了过来。那双手是那样纤软温柔，解开了蒙住它眼睛的黑布。它只觉眼前豁然一亮，等适应了久已不见的光明之后，才看清——那个让它重见光明的、用含着同情和温柔的眼光注视着它的，正是君玛德力美丽的妻子努尔古丽！

它漠然地看了她一眼，打了一个响鼻，用蹄子示威般地刨了几下沙地，将头扭开。良久，它感觉有些异样，转过头来才看清，努尔古丽抽出了一把长柄砍刀，一步步走近了它。它一下子警觉起来，毛发耸立，怒眼圆睁，挺直了脖颈，望着渐近的手持雪亮砍刀的努尔古丽，用目光告诉她：来吧！我才不怕你那柄刀呢！

努尔古丽走到了它的身旁，迟疑了片刻，猛然举刀向下砍去！

它的眼睛猛地一闭，但立刻觉得自己身上的绳索突然失去了约束力——啊！原来她砍断了那捆绑着它的绳索！它霍地站了起来，立刻向门外冲去，跨出门槛之际，它欢快地转身向努尔古丽打了一个感谢的响鼻。

君玛德力正和几个大汉喝酒猜拳，忽然眼前一个红色的影子一闪，他立即惊恐地站了起来，只见那匹野马箭一般地冲向了茫茫大草原……

他一下子甩开手中的酒瓶子，冲进了磨坊，却见呆立着的努尔古丽，手里握着一柄砍刀。

他一切都明白了，大吼一声，用力扇了她几个耳光。但妻子毫不畏惧的目光使他的心里有些发毛。他二话没说，立刻牵出那匹黑走马，拿起那只套马杆就追了上去……

啊！前面终于出现了那家伙的影子了，君玛德力一阵阵狂喜。看得出，它的腿有点儿瘸——这一定是石磨的功劳。嘿！我一定要抓住你！我的英名，我父亲、爷爷的英名不能就这样毁了！他策动马鞭，飞快地追了上去……

它已经听见对手那紧迫的声音了。怎么办？难道自己永远也逃不脱人的追杀和被烙上屈辱的印记吗？它毅然转身向喀斯那亚山而去——它不能回到那片胡杨林里，因为那里面还藏着它的儿子……

见它冲出了山林，他更加迅速地策动马鞭，催动着追了上去……

两个生灵遇川过川，碰涧跨涧。峰回路转不知历经多少周折。终于，他离它越来越近了。一阵阵狂喜涌上心头，他又抽了几鞭子，黑走马猛提精神，向它疾速靠了过去。

就在他离它相距三步之际，他倏然腾身一跃，从黑走马身上飞起，猛地向前一扑，轻轻地落在了它的身上。

而他们的前面二十米处，则是一个千丈大断崖！

它绝望而又略带希望地长啸了一声，疾步向前，面对浩浩的蔚蓝之天空，跃进了这满山的苍翠里……奔向那一轮自由的红艳艳的太阳！

而一大群野鸽，惊慌地飞了起来，在他和它粉身碎骨的山林上空滑翔……时不时为他和它的命运而鸣叫不止……

太阳沉重地跌入了地平线……

五

黄昏。

那头独眼岩羊王领着君玛德力的几百只羊，向远方暮色火烧处行进。岩羊王终于实现了它的梦想：使那些早已被人驯化了的可悲的同类，做一次大自然的回归……

努尔古丽怀抱着儿子海萨尔，任野风吹散长发。她目送着那群她根本不可能阻挡住的远去的羊群，低声喃喃地对怀里的儿子说："快快长大吧……儿子……"

而在那片寂寞、恐怖的胡杨林里，那匹野马的后代——这小野马长得跟父亲一模一样，也正在孤独但却顽强地长大着。

骑手海萨尔

　　九月的山地异常灿烂，塔松比往常更绿，山谷里的老鹰盘旋得更稳当，阳光明亮得叮当作响，草地像绿色的火苗子一样在山坡上随风摇摆，空气里弥漫着一股子秋天的香气。十三岁的简力别克骑着马迅疾地掠过草地，向他家的毡房驰去。他知道，过不了多久，等到所有的草都变黄了的时候，他和爷爷就该转场了，从山上的夏季牧场搬到山下的冬季牧场去，因为大雪很快就会封山的。简力别克是个喜欢听故事的孩子，他老是缠着爷爷海萨尔讲故事。爷爷海萨尔的故事多得数不清：什么爷爷的爷爷的爷爷……与蒙古人成吉思汗在阿尔泰山的血战啦，七个勇士寻找金牧场的故事啦，还有爷爷自己如何用一根蒙古套马杆杀死一头大哈熊啦，等等。每天晚上，毡房里点亮油灯，屋子里就剩下爷爷和他时，爷爷就开始讲故事了。在简力别克眼里，爷爷比过去明显老多了，走起路来一歪一歪的，打马跑过三个山梁就累得真喘气。而且，一顿饭吃不掉一条羊腿啦。每天晚上听完故事，简力别克就会枕着爷爷的腿沉沉入睡。

　　有一天，听完了故事，他睡不着，问道："爷爷，爷爷，告诉我，为什么你的腿瘸了呢？"爷爷刚才还满面红光的样子，听他这么一问，脸立刻阴沉了，阴沉得好吓人哪。他再也不敢吱声了。不过他猜想，爷爷的瘸腿里一定有一个惊险的故事。

这面山坡如今只住着他和爷爷两个人，半夜的时候常有狼和哈熊的吼叫震荡着山林。但有爷爷在，他什么也不怕的。他的爸爸妈妈去土耳其两年了，可他不想去，那年夏天他们要带他走的时候，他躲到四个山梁外的另一个牧场了，躲了七天，直到他们坐飞机走了，他才回来。他要陪着爷爷。爷爷太孤单，爷爷有许多故事还要讲给他听，他也离不开爷爷。

现在，他把马拴住，走进毡房，没见爷爷的影子，但房内一角放着的那把大钐镰不见了。他知道爷爷去打草了，就找出来一把小镰刀，出了毡房，跃上马背，向南面的山坡驰去。

不一会儿，他就在马上看见穿着一身黑条绒衣服的爷爷了。爷爷正弓着腰，嘴里呼哧呼哧喘着气，使劲地挥动着手里的大钐镰，镰刀所到之处，半人高的青草应声倒了下来，像一层波浪一样，而且还发出了好听的声响。简力别克大喊了一声："爷爷！爷爷！我来帮你啦！"他的马飞快地跃上了山坡，跃到了爷爷近前。

阳光非常密集和明亮，暖洋洋的，并不晒人。爷爷和他伫立在天山山坡上，放眼望去，见有一大片草地都空了，割倒的草躺满了整个山坡。四周非常安静，空气里弥漫着草香。

"多好的天啊。"爷爷抚摸着自己的腿，简力别克坐下，"不过，冬天马上就要来了，咱们得多割些草啊。"简力别克

"嗯"了一声，望着远处戴着白帽子的冰峰和萦绕着它们的白云出神。

晌午的时候，他们打马下山，每匹马的后面都拖着像半个房子那么高的草捆儿。简力别克可高兴了，他的马跑在爷爷的前面，喷着鼻儿，撒着欢。

等到他们的草垛堆得像一座小山高的时候，冬天伴随着一场突如其来的大雪，降临了。那一天，他和爷爷赶着拉满了两人高的草捆的四辆牛车和他们的羊群沿着天山大峡谷下山了。雪花像棉絮一样飘飘洒洒，不一会儿，就在他和爷爷身上积了厚厚的一层。雪并不冷，很暖和的，因为北风不大，整个天山都被一片苍茫的落雪景象给淹没了，灰蒙蒙的。简力别克觉得很好看。他最喜欢下雪啦，雪是世界上最美的东西，那么洁白，比最白的羊毛还白，还美丽。他看见山梁上笔直地站立着的深绿色的塔松都披上了白衣裳。他高兴极了，跑过一棵大红松底下的时候，他一甩马鞭，那马鞭闪电般在空中一个脆响，缠住了一根树枝，他在跃马向前之时用力一拉，那树上的雪"哗"地抖落了，刚好落了随后赶来的爷爷一身。

简力别克笑了。他那张十三岁的脸红扑扑的，被雪光映照得非常明亮。他大声喊："爷爷，你老啦！"

海萨尔拍掉了身上厚厚的雪，慈祥地看着自己可爱的孙子，也笑了。他在马上像狂风中的大树一样摇摆着，马在崎岖狭窄的山路上左冲右突，绕过山石，跨过溪涧。海萨尔吸着冰凉的空气，猛地一阵咳嗽。我老啦，就是冬天把我变老的。他抬头看天，天上灰蒙蒙一片，有一只苍老的秃鹰在空中盘旋。你也老啦，他想，叼不动一只羊了，一到冬天你的日子也不好过了。那只秃鹰盘旋着，直到他再也看不见它。他感觉到自己的腿有些发痒。他知道，老毛病又要犯了。两条腿的膝关节仿佛灌进了风，凉得沁入肌骨。他腾出一只手，轻轻地揉着，揉着。眼前的雪花凌乱地飞舞着。牛车的声音嘎吱嘎吱响个不停。

下午的时候，他们下到了山谷口。这个时候，雪小了，风却增大了，天空中充满了它那尖厉的呼啸声。他们在一个供过路人使用的木棚子里生了火，煮了奶茶和羊腿肉，饱吃了一顿。简力别克猛地发现爷爷的腿瘸得更厉害了，眼神也聚不到一起，老是呆呆地看着什么不动。"爷爷，你怎么啦？"海萨尔的目光一抖，他转过脸来拍了拍孙子："小简力别克，走吧，上马吧，天黑的时候我们就会到第一个驿站牧场的，走吧。"

两人再次上马，在大雪纷飞中赶着牛车和羊群。在马背上，海萨尔对简力别克说："小简力别克，我给你讲一个关于骑手的故事吧。"简力别克很高兴地甩了甩马鞭，从他的马上跳到爷爷马上，坐在爷爷的前面。然后，海萨尔就开始讲了。

"有一年冬天，那还是在很久很久以前了，离现在有三十多年了吧。那年冬天很冷。一直到第二年快接近春天的时候，突然地来了一场暴风雪。那时候，伊犁大草原的所有牧场都没有防备，因为雪暴来得太突然了。那个时候牧场贮存一冬的草都吃光了，牧人们把马群都拉到一些河谷或是低地的长出草芽的地方放牧，也就是在这个时候，那场雪暴十分突然地降临了。

"那场雪暴非常猛烈，是晚上来的，一开始还夹杂着鸡蛋大的冰雹，那天晚上整个大草原上所有的马群都惊了。它们不听牧人的使唤，像疯子一样在大雪中四处狂奔。我要给你讲的这个骑手，当时他的两百匹马都给雪暴吓惊了，炸了群……

　　"这个骑手身体非常强壮，他是当时整个大草原上的叼羊比赛冠军，骑术非常好。当他弄明白这是怎么回事了之后，取出怀中的一瓶烈酒，喝了半瓶，裹紧衣服，用力鞭打坐骑，开始追了。雪非常大，像小刀片一样'嗖嗖'冲撞着他的脸。他的马像箭一样冲进了雪野。不时地有鸡蛋大的冰雹砸在了他的头上和身上，钻心地疼。他根本就不理会，沿着那马群惊走的方向追去。

　　"马一旦受惊是很可怕的，尤其是在这样的天气里，马群又在一览无余的草原上，因此它们奔逃的速度非常快。骑手的坐骑是一匹黑马，外号'黑箭'。他的'黑箭'像箭一样在风雪中跃足追赶。骑手知道，首先他得追上他的马群，然后得制服惊马中的头马，这样才能制服惊马群。要知道，两百多匹受惊的马在雪原上狂奔，是很难制服的。

　　"那个骑手不断地鞭打胯下的坐骑。这个时候，天已经完全黑了，伸手不见五指。骑手和他的马在茫茫黑夜中追赶着。他已经听到了马群的嘶叫和啼声。他感到自己身上出汗了，汗很快就浸湿了他的内衣。他在马上像狂风中的树枝一样摇摆着，他的马一刻也不停地奔跑着……渐渐地，他的马接近了马群。这个时候，天亮了，他在大风雪中整整追赶了一夜，现在，他终于看见了他那群惊慌失措、跃足狂奔的马。

"风雪依旧没有停，风像刀子一样切割着他的脸。他脸上的汗水和雪水哗哗地流淌着，浑身上下有热气腾腾而起。他的'黑箭'累坏了，然而他已经追上他的受惊马群了。

"他瞅准机会，将腿抽出马镫，站在了'黑箭'背上，猛力一跃，就跳上了马群中一匹花斑马的背上。与此同时，他那匹坐骑哎哎叫了一声，一头栽倒在雪地上了。它是累坏了！这个时候，他已制服了花斑马，拉转身，看见自己那匹黑坐骑口吐白沫，躺在雪地上快死了。受惊马群依旧向东北方疾驰而去，马蹄擂击大地的声音渐渐远去了。

"他下了马，悲哀地看着自己心爱的坐骑，然后，他卸下马鞍，放在了花斑马的背上，再次跃上马，回头又看了一眼那匹躺倒的马，挥动马鞭，又追了上去。

"在他的脑海里，只有一个想法，那就是，追上马群制服它们，把它们带回来。现在，他猜想他和马群是不是已经跑了近一千里地了。如果这样跑下去，他猜想马群肯定会跑到蒙古或是俄罗斯。这个时候，他发现草原已经在脚下消失，他和马群开始在小坡地和戈壁状的地上疾驰。傍晚时分，他又一次追上了他的马群。他选择了一个机会，从累得够呛的花斑马身上跳到了一匹矫健的枣红马上。那匹花斑马慢慢停下来，而他和胯下的枣红马则被马群裹挟着向前狂奔。雪大了一些，没有冰雹了。马蹄声震响了大地，夜晚再次降临了。他感到浑身又热又湿十分难受，他的身子也在没有马鞍的枣红马背上滑来滑去。他知道，自己一旦落地，旋即就会被马群踩死。他用手抱住枣红马的脖颈，沉沉地睡去了。

　　"他伏在马背上，睡了一夜。第三天清晨一醒来，趁着雪光，他又看见了那匹黄骠头马。两百匹马在它身后疯狂地奔跑着。马蹄踏过大地发出了震耳欲聋的声响。他的马离那匹黄骠头马越来越近，他的眼睛也越睁越大，最后，他鼓足全部的力气，跃起身子，向那匹头马扑去。

　　"现在，他终于坐在头马的身上了。那匹黄骠马异常暴虐地高高扬起了前蹄，几次都险些将他从马上甩下来。我一定要制服你！他想，你会把马群都带到死亡那里去的。他在马背上上下翻飞，像风中的旗一样。头马激烈地嘶叫着，抖动着浑身的肌肉，使劲地甩动着背上的他，一会儿高高地跃起前蹄，一会儿又使劲甩动臀部，但他就是不松手，抓紧了马鬃和马脖子。与这匹暴烈的黄骠马搏斗了三个小时，最后，头马终于停下来了。这个时候他才发现，他们离边界只有一百米了。

　　"接下来的两天里风雪不断，他胜利地赶着他的马群向回走去。在第五天的黄昏，伊犁一个牧场的毡房里的人听到一阵阵马嘶，他们从毡房里冲出来的时候，看见有一匹黄骠像闪电一样带着几百匹马，向这里狂奔而来。他们都看见那个骑手在马上巍然而立，浑身热气腾腾。当马群旋到了毡房门口，他一头从马背上栽了下来。"

　　"他后来怎么样了？"一直紧张地听着故事的简力别克这个时候顾不得抖掉身上厚厚的积雪，转过脸问爷爷，"他……死了吗？"

"不，他没有死，只是他的腿后来就瘸啦。而且，再也没有过去强壮了。那场暴风雪彻底地毁了他。"爷爷海萨尔说到这里，简力别克看见他的眼角溢出来一些晶亮的泪水。简力别克猛然明白了，他大叫："爷爷，爷爷，我明白了，那个骑手就是你，就是你呀！"

　　海萨尔没有说话。他那饱经沧桑的脸在风雪中显得非常坚定，目光深邃无比。这个时候，夜晚已经来临了，他说："小简力别克，你看，我们已经到了牧场啦。"

杀　戮

最初的灾难是从春季大围猎开始的。那时候黄羊布克一家正随着大部落向洛那河谷水草丰腴的地方迁移。

然而灾难就是从那时起，开始笼罩在布克一家的头顶了。

一阵枪声响过之后，所有的黄羊都抬起了头，惊异万分地发现自己的类属忽然倒下了十几个。在紧接着的一刹那可怕的寂静之中，布克的妻子母黄羊琳西娜已经预感到事态的严重了，她发出紧急的奔跑令，她的大儿子斯塔、二儿子米加、小女儿古丽立刻围拢到布克和她的身边来。而这时，所有的黄羊才猛然从惊愕中醒来，开始跃足狂奔。

然而，他们却越来越深地陷入了人类给他们布置的陷阱里。他们一共有八百多只，在部落首领阿斯尼卡的率领下，疯狂地惊恐地向东南方向逃去。他们那几千只重蹄在奔跑中擂响了平静的大地，黄烟立刻弥漫而起。他们互相已经看不清紧挨着自己的同伴，他们只顾向前猛力狂奔，以期摆脱那黑云般的厄运。布克和琳西娜在迅疾的奔跑之中，忽而一前一后，忽而一左一右，紧紧地围护住三个孩子，以至于不让他们在忙乱中失散。因为在这一时刻，谁只要失散，哪怕稍一迟疑，就会被自己的同类踩得稀烂。

在他们身后，几辆汽车像巨牛一样尾随其后，枪声凌乱而又紧密，他们的大队伍中不断有被击中的、被同类们踩死的倒了下去。而在闪烁着晶莹的阳光的湛蓝天空之中，一大群黑色的兀鹫在卑鄙地盘旋着，这更加剧了整个黄羊大部落的惊惧。他们跑得更快、更忙乱了。

而等待着他们的陷阱已经离得很近了。

在他们的前方，是一条狭窄的山谷，通过这条山谷，就可以穿越肯基特山脉，到达无人敢乱闯的古尔班荒漠。首领阿斯尼卡判断只要穿过这个山谷，就可以到达安全地带了。

他的判断本来可以说是毫无瑕疵的。然而恶毒而又极端聪明的人类却恰恰埋伏在这条山谷的两边，这样就形成了一个口袋。

阿斯尼卡正要庆幸带着部属们已到达平安之地时，他们的头顶处一下子响起了杂乱密集而又幸灾乐祸的枪声，于是一排黄羊立刻中弹倒了下去。此时对于他们来说，选择只有一个，那就是：向前冲！冲出这个口袋般的山谷。

布克明显疲惫极了。几天来，他们一家刚刚经过了漫长的跋涉，就要到达目的地时，却又开始了新的逃亡。他坚毅的脸上水淋淋的，一撮胡子上沾满了黑色的尘土。他跑在几个孩子的后面，而琳西娜跑在前面。突然之间，一颗坚硬的子弹带着尖叫声刺入了他的肚腹。他悲鸣一声，倒了下去，立刻淹没在尘土和同类的蹄下。

琳西娜和孩子们是在听到那一声惨叫之后才明白布克完了。孩子们正要驻足停脚，琳西娜一侧身子，代替了布克的位置，强忍着悲痛用力拱了孩子们一下，他们就又随着大部队向前狂奔了。

十分钟后，他们终于冲出了这个险恶的山谷，而他们却丧失了两百多个兄弟姐妹。善良的布克也在其列。午夜，黄羊们举行了悲壮的祭礼：每只活着的黄羊依次向一棵巨树撞击，表示着对残酷命运的誓死抵抗。生存是多么艰难啊。

琳西娜是前年春天嫁给布克的。布克的前妻和两个儿子在那之前不久被人杀死了。而琳西娜则还是一个天真活泼的姑娘，那时她还没有体会到生活的千滋百味。他们成家之后，彼此恩恩爱爱，一连生下了斯塔、米加和古丽。而在这艰难奔波的两年中，琳西娜的哥哥和老父亲也都在人的枪口下丧生了。

于是她从那时起渐渐领悟到了生存是艰巨的。现在，她又担负着妻子和母亲的双重责任，整日担惊受怕而又劳累。可喜的是，孩子们都很快长大了。

此时琳西娜高踞于一处悬岩之上，任夜风吹拂着她悲痛的眼睛。孩子们还在部落宿营地休息。在飒飒冷风中站立良久，她突然决定到丈夫布克倒下的地方去看个究竟。

半小时后，她又出现在肯特基山脉的西北面，一路上她不断地闻着同类的血腥，可是她只有悲愤，已经流不出眼泪了。夜浓黑一片，显得十分阴郁，仿佛有一张巨大的嘴巴，吞噬着整个世界。琳西娜穿行在这苍茫的黑夜里，忽然，她发现前面小树林里闪烁着灯光，并且，有人的喧哗声从那里传出。她悄悄潜行过去。

这是一个白色的大帐篷，灯光从帐篷缝隙中刺射而出。几辆汽车停在帐篷的四周，而人都聚在帐篷内休息。她悄悄地靠近帐篷，从一处破洞向内窥视。只见帐篷之内烟雾腾腾，木架下燃着熊熊的炭火，木架上烤着"滋滋"冒油的她的同类。她心中的火一下子烧了起来。猛然她发现，一个满脸大胡子、脸上长着一条长刀疤的人，正在剥着一只死黄羊的皮，而那只黄羊正是她的丈夫布克！她浑身的血液骤然喧响起来，她想冲过去，与敌手杀个你死我活！

然而最终理智战胜了情感。她知道靠硬拼是不行的。在最后看了一眼丈夫布克的遗容之后，她强忍着巨大的悲怆，任泪水在脸上四溢，悄然踏上了回程。

首领阿斯尼卡又面临着新的选择，那就是：继续向荒漠戈壁深处进军呢，还是向南转移，进入胡拜因山地寻找草场呢？直到太阳移到了头顶，部属们仍旧争吵个不休。这时候，汽车发动机声音又响了起来。他们这才回过神来，那些追踪他们的人已经穿越了大山谷，继续尾随而来。只不过他们的汽车少了三辆：他们内部也发生了争吵，最终分裂了。那个脸上带着刀疤的大胡子叫马太，他主张乘胜追击，直到把这群已剩四五百只黄羊的残部一举歼灭。而队长吐尔逊则是一个见好就收的人，经过了一番激烈的争吵之后，吐尔逊就带着三辆卡车满载而归了，而马太则带着两辆汽车，拿着所有剩下的枪支弹药，穿越大山谷，尾随黄羊残部而来。

紧急之中阿斯尼卡下了向胡拜因山地转移的命令，黄羊们又开始了紧张的逃亡，大片的烟尘腾空而起。所幸的是这一带流沙和岩石使地面高低不平，使得黄羊很快摆脱了汽车的追踪。在这一天傍晚，他们吃到了丰美的三叶草。胡拜因山地对他们来说的确是个落脚的好地方，就这样，又一个黑沉沉的夜降临了。

琳西娜是最怕黑夜的，每当黑夜降临，她就感到死神在黑夜的上空深处朝她狞笑。但是在今天，由于连日的奔逃和一顿难得的饱食，她安详地睡着了。

午夜，一阵嘈杂混乱的声音把她从梦中惊醒。儿子斯塔、米加，女儿古丽惊惶地站起来，惊恐地看着她。她在黑暗中观察着，发现有辆汽车瞪着两只"巨眼"，"巨眼"放出两道强烈的光柱照向忙乱的羊群。黄羊立刻炸了窝，开始向四面八方奔逃。枪声响起，不时有黄羊倒地。

琳西娜带着孩子们向山地跑去，就在他们要进入一条山路之时，汽车的灯柱唰地射了过来，把他们定格于强烈的光柱之中。琳西娜急中生智，用力将呆立于光柱之中手足无措的大儿子斯塔、小女儿古丽引出光柱，但二儿子米加却在慌乱之中沿着光柱向前疾驰。

在车上，马太的助手乔里正用枪瞄准灯光中的米加，准备开枪，马太把乔里的枪按下来，狞笑着说：等着看好戏吧！待会儿你就可以看见汽车是怎样碾碎一个活物了！汽车的速度越来越快了，而米加仍旧沿着光柱奋力向前疾驰，琳西娜在黑暗之中紧随其后，大声呼唤着米加，叫他跑出光柱。可是米加在惊惶之中什么也听不到，只顾在光柱之中向前疾奔。

汽车风驰电掣般向前冲去，在汽车撞及黄羊米加的一刹那，整个世界都静了下来，倾听米加最后的惨叫悠长地回荡在空中……琳西娜毅然转身，她悲愤交加，向汽车冲去，在离汽车两米远处，她腾空而起，一头撞在了车窗玻璃上，羊角死死地撞击在马太的脖子上。碎玻璃四面溅了开来。惊慌之中马太惨叫一声，一拳把琳西娜打出车外，捂住脖子倒在车内。

琳西娜整整一夜都没有睡，汽车仓皇而去，她蹲在米加的尸体边痛哭不已。一直到太阳的金光辉映着整个世界，她才含泪再次踏上征程。对于她来说，死亡已不是第一次在眼前发生了。就像现在，她知道马上就会有兀鹫来啄食米加的尸体。很快米加的生命又以另一种形式融入大自然的生命之流中。可她还有两个孩子：斯塔和古丽。他们如今已是她活着的全部理由和代价了。

她终于在一片松林里找到了惊慌不安的可怜的小女儿古丽。可是大儿子斯塔到哪里去了呢？在短短三天里，丈夫和小儿子相继被人杀死，大儿子又神秘地失踪，这一连串的打击使得琳西娜欲哭无泪、欲喊无声了。活下去！她在内心之中呼唤自己，她的目光显得阴郁而又坚定。

马太此时已包扎好了琳西娜给他造成的创伤，在驾驶室里坐着，回忆像烟雾一样包围了他。他的脸上洋溢着杀戮之后的满足。

他已经记不清自己是从什么时候开始投入邪恶的怀抱的。也许就是从他五岁偷邻居家苹果开始的吧。后来他就偷起了钱，偷起了各种能换来钱的东西。六年前他终于入狱了。五年的监狱生活叫他多少老实了一些，然而，去年他一出狱，一下子感到这世界变化太快了，改革使得一切都变了模样。他先是开了一家饭馆，偶尔一次听老哥儿们说打黄羊就跟打仗一样有趣，于是他租了好几辆车，冒着触犯法律的危险，开始猎捕黄羊了。其实如今对于马太来说，猎取黄羊的价值不在于其皮、其肉的价值，而在于这种杀戮本身给他带来的快感。杀人是不行的，而杀黄羊则可以让他体验到杀戮和流血的痛快。这个时候昨天他开车撞死黄羊的那一幕又浮现在眼前。他忘不了那血的喷溅、那黄羊悲哀的眼神和抽动的四肢。他的脸上浮上了一层阴阴的笑容。

猛然，透过车窗，他发现有一只黄羊在前方愣愣地站着。立刻，那种杀戮欲又重新在心头升起，他叫醒了同伴，启动车子，向那只黄羊冲去，把枪架在车窗口，伺机捕杀。

那只黄羊正是琳西娜的大儿子斯塔。他此时心潮澎湃紧张异常，因为他打算把敌人的汽车引到一处悬崖上去。他的腿已经受了伤，走起来一瘸一拐的。但他奋力向前奔跑，就这样七拐八弯，眼看就要到悬崖边上了，马太预感到情况不妙，忙向左一打方向盘，踩了急刹车，车子"吭"的一声撞在了一棵树上，随后马太扣动扳机，斯塔被击中了。

马太气呼呼地跑下汽车，走到斯塔跟前，斯塔卧在那里喘着粗气，仇恨地盯着他。马太取出匕首，一刀扎进了斯塔的脖子，又左右搅动了一下，斯塔也被他杀死了。

琳西娜这个时候正带着小古丽焦急地在古尔班荒漠之上奔驰，寻找着斯塔。在荒漠之上到处可以看见驼、马及牛羊的遗骨，在强烈的阳光中反射着死亡的冰冷，她们在荒漠上奔走了两天，在穿越大山谷时，又与敌手相遇了。

而这个时候，马太也发现了琳西娜和古丽。他敏感地察觉到那头长着一身褐色皮毛的、身手矫健的母黄羊，就是在他的脖颈上留下了永恒印记的黄羊，不由得心中燃起了仇恨的火苗。

一场新的角逐又开始了。对于琳西娜来说，选择只有一个，那就是把对手引入荒漠深处，她迅疾地奔跑着，腾越着，在她的脑海里依次闪现了她所有的同伴和亲属死亡的情景，内心充满了对人的憎恶与仇恨。一定要置对手于死地！她坚定地想，一边飞驰着。小古丽紧紧地跟在她的身后。

这个时候，驾驶室里发生了争吵，马太的助手乔里说："油快没啦，再往里走我们出不来就完了！"

马太说："笨蛋懦夫！简直是饭桶！难道我出钱雇你来是叫你教我怎么怕死吗？我非杀了那两只羊不可！不高兴我也可以杀了你！反正这无人荒野没人知道是谁干的。赶快给我举枪瞄准，给我打！"

乔里不吭声了，将猎枪伸出车窗，瞄准，开枪。子弹"嗖嗖"地擦着琳西娜的身体"吱吱"叫着钻入了沙地。她们依旧跑啊，跑啊，只为一个目的，那就是把对手引入无人的荒漠。

然而最终有一颗子弹击中了小古丽。她惨叫一声倒了下去。琳西娜的最后一个孩子也死了。她稍迟疑了一下，毅然向前奔去，这时候不知从哪里来了一股力量，这股力量促使她奔跑如飞，她越跑越快，就仿佛是为了离开这充满杀戮与血腥的世界似的，向遥远的太阳的光晕里奔去……

三天后，琳西娜再次深入到古尔班荒漠——在那里，那辆曾经像厄运般紧追过他们的汽车像一摊牛屎一样瘫在了沙堆里。从驾驶室的窗口伸出两具尸体，头发脱落，两只眼睛也被兀鹫啄去了——马太和乔里终于没逃脱惩罚。

琳西娜仰天对着太阳，默默地念着布克、斯塔、米加、古丽这一个个名字，流下了真挚的眼泪。

黑　洞

　　我听说林雪死了的时候是在七月份的某一天的黄昏。当时我心情不佳，正独自一人到一个我常去散心的地方去同太阳进行对话。每当我的情感世界有波动的时候，我都要到这里来同太阳进行对话——这是一种纯粹的心灵间的交流，我和太阳之间有一种不带任何功利性的契约。

　　记得当时太阳在天边运行得很快。我用我的眼睛盯着它，嘴里默念着什么。它发出的声音在我的心灵空间里激荡和回响。我有些兴奋，慢慢地感到了一种充实和精神抖擞。我在一块石头上面向它坐了好久，突然我惊诧地发现：太阳在这个时候变成了黑色——蓦地我感到了一种恐怖——在我的视网膜上那颗黑黑的太阳就像是一滴凝重的巨大的黑色血珠，正阴沉沉地向西天坠去……这一瞬间在我的意识深处腾起了像沼泽里溢出的腾腾气泡。

　　就在这个时候，夏莹有点儿急促地来告诉我说林雪死了。她的脸色有些苍白，声音有点儿艰涩和哽咽。

　　然而我在她讲了足足有五分钟之后才明白是谁死了。在那顿悟的一瞬间，我感到一种极端的平静。我平和地笑了笑：是吗？我知道了。你可以回去了。我还有点儿事。就这些吗？

又呆坐了许久，我站起身，向回家的路上走去。吃晚饭的时候我才又想起林雪死了这件事。我的喉咙猛地一紧，忽然有一股湿润的东西，从我的眼眶里溢出来。我用手抹去它，接着支扶起我广袤的、曾生长出大片青春痘的前额。这个时候正好夕阳昏黑的光像舌头一般，舔在我的脸上。就在那一刹那，我陷入了一种极端的困惑（一种对生命和死亡的困惑）里，像能吸取宇宙间一切物质的黑洞般的迷茫。

两年前的一天，一个模样十分清秀的女孩子来找我。她就是林雪。我们九中和她的十二中紧挨着坐落在这座棋盘般的中型城市里。她来找我是因为我是本校的学生会主席。那会儿大兴安岭着火了，她准备联合我共同发起一个募捐活动。我撇了撇嘴，说：不干！沽名钓誉！这大概仅仅有利于贵小姐的名声呈放射状增值吧！

她没有答话，闪了闪她幽深而明净的眼睛。她用这双眼睛盯着我。这双很奇特很富有感召力的眼睛，在随后的一分钟内融化了我，感化了我。我不能拒绝了。我说：试试看。

于是当然结果很好。我们两所中学共捐得一千多块钱，在一个太阳很好的日子里，我们收到了大兴安岭管理局的感谢信。毫无疑问我的功利性很强的心，受到了某种微妙的震撼。

在那个月夜我才得知她的父母都死了。唐山大地震。那时候她六岁。如今她和在新疆工作的爷爷、奶奶一起生活。

生命是从哪里来的？她问。

生命的来源有两种说法：一种是地球自生说；另一种是天降论，即宇宙胚种论。当然，还有人认为生命是神创造的。

那会儿我们走在月光下的小路上，两旁的大叶杨在风中呼啦啦摇动手臂，夜的空间里到处都在奏响着一种音乐。它是柔美的、恬静的、温和的、惬意的。

生命是大自然赋予人类雕琢的宝石，我们都要爱护它。她静静地说。

自从我们认识以后，我们俩就常进行学习、工作、生活乃至心灵的交流。很快我们就发觉我们之间有一种默契，因为有些不能用言辞表达的东西，我和她彼此都能心领神会。

她太清纯、太明洁。她的心仿佛是一块洁白的海绵。而我就不同了。最起码我很世故，按同学的说法，我"老奸巨猾"。

同她经常的来往中，我变得快活多了。

有一次我们谈到理想问题，她说她想从事一种能获得别人的信任，能帮助人的工作，想摆脱这物欲横流的世界。虽然这是多么的不大可能，但她会像一位出色的设计师，把她的一生设计得灿烂夺目。

不知谁说过，人在向前大步行走的时候往往不顾自己的鞋子是否坚实。我就是这样的人。我的强烈的想主宰什么的意念，使我显得很阴郁。

你会遗失掉你那顶白色草帽的。她有一次这样对我说。

那顶草帽代表着什么？我问她。

她笑而不答：当你彻悟的时候，你自然会明白的。当然，四十岁以前你是不会进入那种豁达境界的。

我知道她那双幽深的大眼，一直看到了我的灵魂深处。从那以后我就有一种忏悔意识——每当我和她在一起的时候。

时间有时很吝啬，尽管你使出吃奶的劲，可你仍旧得不到命运的微笑。值得庆幸的是，出于我们的努力，她和我的学习成绩都还不错。她说她梦见大学之门向她敞开了：那扇庄严的深红色的大门，在她的面前缓缓打开。眼前展现出的是一个更广阔、更新鲜、更清亮的世界。那里有白云、山冈、大地、草原、小鸟、游鱼、奔马、雄鹰，还有五色鹿和新鲜的太阳。我知道学校已表示要保送她——鉴于她的工作、学习和品德。

生命是一株灵芝草，这是她给我的赠言。

我曾多次于独自一人静坐之际，假想着林雪临死时的瞬间图景……

路灯灯光十分柔和。天色昏暗，群星闪烁。林雪一个人正缓步走着。正值盛夏季节，满世界荡溢着熏人的暖风。她感到特别畅快，轻声地哼着歌。我知道那首歌的名字。

但是，就在随后的这一刻，她没有注意到，路灯灯光霎时间一暗。

她倏然一惊，猛回首——一辆凶狠的北京吉普亮着两只贼汪汪的大眼，向她急速冲来！这一瞬间她的心头升起一股暗红色的恐惧，一只巨蟹举着双钳从她的心间爬过，接着她意识到要跳开去——可是已经晚了，那车已冲到近前。

紧接的这一刻林雪一定觉得全身，尤其是腹部受到重重一击，千万朵白色的碎花在她的眼前猝然散落……我想她一定想要喊一声什么，但却什么也喊不出来了——她的那双眼睛小鹿般惶恐地看清了驾驶室里那个因喝醉了酒而变得难看的脸，接着，由于那巨大的冲击力，她飞了起来。这个时候一定有许多白色的鸽子，在她的脑际腾然飞起……接着又重重地跌在了沥青路面。这个时候她发现有一朵红色的暗花，在她的腹部、胸部的白色裙布上灿烂地越开越大……已经没有力气说什么了，风吹拂着她的长发，她苦笑了一下：上帝啊，你为何这样不公，为什么叫一朵花没有开就凋落，叫一颗星没有闪烁就陨灭，叫一颗明珠没有发光就碎裂……眼前的一切慢慢扩散开去，离她越来越远，最后圈成了一个冰冷的定格……

啊！这太残酷了！不，不，我不能容忍我这样的只有小说家才具有的如此丰富的想象力。大自然把宝石般的生命给我们来雕琢，可它怎么老是强行夺走我们手中的雕刀呢？

去年秋天树叶开始泛黄的一天，她来找我了。我是不太喜欢秋天的，原因是秋天总给我一种凄凉的、阴郁的感觉——也许是因为我还太年轻，太热血沸腾吧。

她是约我到医院去看望一个患癌症的男孩子，他才十二岁。两个月前她陪爷爷到医院看病时认识的。一个月前林雪不无遗憾和惋惜地对我说起过他。

他太可惜了。他还不知道他得的是癌症。他是那么明快和纯净。他对所有认识他的人宣称他要当一个世界著名的大画家。

住进医院一个月，他就画了四十几幅画，他的作品参加过国际儿童画展，获过好几次奖呢。唉，人活着本来就怪不容易的，可上天为什么对孩子那么吝啬呢？他要能活下去该多好。生活总没有死亡的阴影笼罩该多好。

她说这些话的时候，眼睛和脸庞上罩上了一层淡蓝色的忧伤。我有些感动，就决定和她一同去了。同去的还有她的同学夏莹。

在一间散发着消毒液味儿的大病房里，我们找到了那个小男孩。是的，林雪很有眼力。初次见面我就觉出这个小男孩是个好料子：明亮而大的眼睛，坚毅的额头。在他的身上，流动着一种勃勃向上的活力。

我们放下带来的各类食品。我还赠送给他一本吴昌硕的国画集。他爽快地收下了，接着就同我们谈了起来。他那清亮的好听的童音在我的脑际滑过，留下一道道痕迹。我知道我今生不会忘记他了——一个给我带来了鲜活的记忆和新的启示的小男孩，一个将像流星一样飞快地逝去的小男孩。

他太清纯，太明净，同我们谈了许多。他说他要当最伟大的画家。他说他要像顾城所说的那样，在大地上画满窗子，让所有习惯黑暗的眼睛都能看到光明。他还给我们表演了哑剧，逗得我们和同病室的病友们大笑不止。

在畅快地笑过之后，我们的心都强烈地感到了失落和遗憾。上苍竟这样无情，居然忍心把一个年轻而又美丽的生命淡然而不动声色地轻轻抹去吗？

半月后，那个男孩就被死神夺走了生命。我和她闻讯后赶到了医院。

护士正推着床车，上面躺着已变得冰凉了的男孩的尸体，缓缓向太平间走去。他的母亲——她看起来是那么憔悴和悲伤，跌跌撞撞，号啕大哭，一步一个趔趄地跟在车后，哭声震动四野。在那时，我看见枯青的树叶哗哗落了许多，像是在撒祭奠和哀悼的纸钱。太阳倏然隐去，空气此时也仿佛全都凝固了。

林雪哭了。她那瘦弱的双肩一下一下地抽动，我的内心翻腾着纷乱的思绪，久久难以平静。

一个生命，那么清爽，那么明快，那么纯净，又那么悠然而去了。

人死了以后会变成什么？人到底有没有灵魂？人可以获得永恒吗？在一个阳光明媚的早晨，我问她。

人死了以后，躯体会腐烂，会变成微生物、无机物，然后还原到大自然中去——人类本来就是从大自然中来的，而后又被新的生物吸取，在其体内变为养分，从而又转化成有机物——人就是这样获得永生的。

她这样回答我的时候表情忧郁。看得出她也同我一样，对早逝有着一种难言的困惑。

你害怕不害怕碰到这种情况？我问。

在那倏然间她的脸上闪着一丝淡黄色的不安：我不害怕。可是，在人的全部生命还没有实现其价值的时候就凋落，太叫人惋惜了。但愿上苍不薄待我。

是啊，那样该多好！

于是我对林雪有了更深层的理解了。她作为学生中的干部，经常参加各种社会活动，搞捐款，进行社会实践，还每天花去一个小时的时间，帮助学习差的同学补习功课。然而她并不是出于功利性的目的。

我确实感到了羞愧和不安。属于我们的季节多明快，多爽亮，多清丽！难道我们不该在这样一个美丽的季节中，变得更好吗？

今年冬天，她随同中国青年友好代表团出访日本。三月份天暖草绿的时候，她才回来。

晚上月亮很好，她约我去她家玩。她送给了我好几件礼物：一把日本花扇和一套武士服，还有一些书。

那一天我静静地沐浴在她温和的小房间的灯光下，听她说着她自己，说她在日本的感受，说她对中国前途命运的思考和担忧。

她说这些话的时候脸上笼罩着一层蓝蓝的忧郁。

在随后的飘着淅沥的小雨的日子里，我们走在树叶泛青的路上。她和我一样，都不喜欢阴天——在阴天里我们会感到太压抑、太沉闷、太阴郁，也太忧伤。我们都是青嫩的小树，我们更需要明亮的太阳和暖洋洋的风。

什么是黑洞呢？她问。

黑洞是宇宙间存在的一种物质。这种物质是恒星放射完能量后"坏死"所变成的。它没有光也不发热，但因它本身具有很大的质量，所以它能吸收宇宙中的一切物质，包括光线、行星、流星、声音，甚至时间。

那太可怕啦，她说。人间的死亡不也是一个黑洞吗？不管你是好人还是坏人，不管你是庸人还是伟人，不管你是青年还是老年，只要你靠近它，就要被它吸走。这太可怕了。

在雨中散步无论如何可以说是一种享受。两旁的遮叶杨发出一种略带苦涩的好闻的气味，我贪婪地闻着。

你看！我顺着她的手所指的方向看去，只见有一个五十余岁、身穿破烂衣服的老人，斜躺在一棵树下，他面色苍黄，神情委顿，目光痴呆，茫然地看着雨幕中的世界。这是一个乞人。

他多可怜呀。走远了，她回头去张望。世上还有多少像这样的人呢？他们都像浮萍一样在这个物欲横流的世界里漂泊，说不上哪一天就被雨打风吹去。生命，对于我们来说真是个谜。我真希望我能帮他做点什么。

她轻轻叹着气说。

……她缓缓地倒了下去，在这一瞬间感到迷惑不解：怎么死神这么快就降临到我头上了？她的瞳孔闪过黑色的大鸟的羽翼，耳朵里有机器的嗡然杂响，路灯灯光此时幻化为一连串的光圈，直通向天穹的深处，在召唤她的灵魂超升。

她感到自己像一片羽毛似的浮在空中，有四个带翅膀的小天使微笑着托起一面素帛的四角，在素帛之中，她轻轻仰面躺着，天使们轻灵翔动，慢慢浮起，浮起，风在身下鼓起，光线越来越暗，越来越暗，蓦地她感到有一种巨大的吸引力在吸引她上升，上升……

她睁开眼睛，然而什么也看不见。有一个声音在响：超升吧——超升吧——她感到自己轻盈如一团云雾，被那股神秘的引力所吸，速度越来越快，越来越快，最终，她的脑际突然现出了两个字：黑洞。她明白了，她这是在走向黑洞，她正在被黑洞所吸食，她的脸上在一霎间展露出一朵灿然的顿悟的微笑……

雾气尚未退却，太阳刚刚升起。1988年8月14日早晨的天空呈现出一种奇特的纯度很高的蓝色。墓园内很静，很静。

我独自一人，踟蹰在这座刚刚苏醒的墓碑林立的墓园，仿佛在检阅死者的大军。我一座座地辨识着，心中涌起了无尽的感叹。

找到林雪的墓了：一座很平常的新坟——坟上已探出几枝青绿的草了。

我蹲下身，读着墓碑。骤然间我心潮起伏难以平静。如烟往事风一样卷来，淹没了我的记忆。我取出一张报纸，在坟前焚化了。上面刊登了一篇我写她的文章。……她的恬静的笑，她的淡蓝色的忧伤，她的纤弱的身影，她的沉郁的眼睛，她的轻扬的流瀑般的黑发……远处有鸟叫，叫得那样欢畅，那样热烈，仿佛在赞颂着什么。

林雪，林雪，你听见了吗？你能听见我的呢喃吗？你听，那鸟儿叫得多么热烈，多么欢乐。如果你能听见，你一定会露出你那恬静的微笑的。

坟上的几株新草，在微风中摇动。林雪，林雪，是你有话对我说吗？你是想告诉我要珍惜生命，热爱生命，努力地超越生命吗？

是的，林雪，我还活着。我会努力地继续活着。

林雪，听，那小鸟又鸣叫起来了，依旧是那样欢快，那样热烈。远处，幽蓝得如同你的心境我的梦境的天空中，有一架飞机嗡然地划过。林雪，你能听见这一切吗？

我一定，好好地活着，活着。

走出冰雪大森林

一

　　他慢慢地醒过来了，麦芒般的冬日阳光刺得他的眼睛跟掺了沙子一样疼。他发觉自己躺在一根大木头下面，那根木头死死地压着他的左腿，左腿跟灌了铅一样沉重，他感到全身的血似乎都冻结了。慢慢坐起来，他挣扎着挪开那根木头，用尽力气爬起来，这才弄明白：窝棚在昨天夜里被大雪给压塌了。这时他忽然感觉到后脑部抽筋一样疼了几下，用手摸去，抓下来的是一块冰血混成的血痂，紫黑紫黑的，他仿佛嗅到一股很浓重的腥气。他把痂凑近嘴边，舔了舔。他依稀记得昨晚上他倚着窝棚的门边睡，半夜里"轰隆"一声，他的后脑上遭到重重的一击，然后就什么也不知道了。

　　他茫然地看着眼前的窝棚废墟，猛然想起一同来淘金的朱大头、二子、黑皮，他们还在倒塌的窝棚底下呢。他大吼一声，支撑着站起来，用力地扒着倒塌的木头架子……现在，朱大头、二子和黑皮的尸体都给挖出来了，他们还是永远睡得像死猪一样沉了。他把他们拖到窝棚废墟的木头架子上，心中蓦地涌上来一阵恶心，一阵悲痛，一种凄凉。朱大头硕大的头颅再也不会在他的皮大衣里面机警地转动，向他们几个发出注意哈熊的警告了——他四十八岁的大脑袋血肉模糊一片。还有十七岁的二子、二十四岁的黑皮，现在安静得跟从来没活过似的。你们再也不会为抓小鸟而吵架，为谁先进矿洞而打架了，再也不会了。他的眼睛变模糊了，他用力抹去那些晶亮晶亮的泪水，把剩下的不多的煤油均匀地泼洒到木架子上，用火点燃。升天吧，他想。你们升天吧！他想，灵魂升天吧。他脸上纵横的皱纹里堆满了生活的劳顿和艰辛，烟熏得他大声地咳嗽着。他眯着眼睛，看着三具伙伴的再也不会活转的尸体在火中扭曲、变形，缓缓地化作一缕缕青黑的浓烟上升到无比灿烂的天空之中。

干完了这一切，他站起身，转过脸来，立刻，白花花的冰凉的雪花扑面而来，他知道，大雪封山了，而活着的他将面临能否走出冰雪大森林的生死考验。强烈的阳光照射下，他像一截黑木头一样站了好久，从怀中取出一个羊皮缝制的小口袋，用力地掂量了一下，沉甸甸的金子。他苦笑了一下，然后，他又抬起头看看天，辨清了东南西北，裹了裹短皮大衣，把棉帽的护耳扯下来，就大步地向一片深不可测的顶梢覆盖着厚厚的大雪的红松林走去，身影孤单而又倔强。

二

谁也弄不清楚这条长达一千多公里的阿尔泰山脉底下到底埋藏着多少条金脉和多少个血泪的秘密。总之,自从金子成为人们流通和交换的货币开始,这条绵亘于中亚大陆之上阿尔泰山脉的沟沟壑壑里就一直晃动着人们顽强的身影。为了金子,闪闪发光的能给人们带来富贵和幸福的金子,所有敢于冒险的人都在春天刚从融雪的土地上萌发时开进阿尔泰山的怀抱中了,而又在深秋大雪封山之前下山,七八个月的艰辛劳动,使他们大都能获得或多或少的金子。这些冒险者是盲流来的内地农民、逃犯、二流子、弃职企求发财者、夏天放牧冬天淘金的两栖人等等,形形色色做着如同金子一样闪闪烁烁的"黄金梦"的人们。他们在这儿一千多公里的山脉中挖掘、殴斗、生存,演出了许多壮烈的戏剧。"阿尔泰"一词源于突厥语,意即为"金子",阿尔泰山就是金山的意思。——然而现在,十月底的天气,寒流就开始从西伯利亚大举入侵,在昨天,一场意外浩大的雪将整个大山给封死了。活着的人都面临着考验。

三

现在他从一丛浓密的灌木后探出头来。他感到饿极了。他已经出山两天了,现在只觉得眼前白花花一片,他想,狗日的大雪，千万别得了雪盲，否则可真是走不出去了，那可真他妈的一辈子和这鬼山相伴了。他哆嗦着打开背着的一个简易蓝布碎花包袱，那还是老婆临走时为他准备的。里面仅存一袋炒面了，他把它取了出来。接连两天都是吃这玩意儿，就着雪吃炒面吃得他响屁连天。炒面就快没了，他一边吃一边琢磨着，还能对付一天吧。而我走出去需要十天左右，怎么办？他的嘴里嘎吱嘎吱地嚼着炒面，不时从地下抄起一把雪塞进嘴里咀嚼。日头沉沉地向西偏去，现在已是下午了。昨天夜里他在一棵老胡杨树的树洞里睡了一夜，早晨起来时手脚都冻僵了，现在他感到脚上又疼又痒，还有脸上和手上，到处是肿块，又红又痒痒的，忍不住挠一下，一会儿又痛得钻心。到处都生了冻疮，他想，可我还要走一星期的路。他又抬头看天，天空中阴郁的云朵在缓慢地走着，暧昧不明的阳光灰白迷蒙，整个大森林一片死寂。

从周围一些大树的树梢望开去，可以看见他前天待的那座山脚的顶峰，那座山峰戴着一顶白雪王冠，冷漠地向天空辐射着傲然。他想，我从那边翻山走到这里用了整整两天时间，娘的。他又想起了朱大头，朱大头过去是个司机，1984年辞职不干搞起了买卖，三年后又像疯子一样去淘金了，先是在玛纳斯河、屯子河淘金，而后与他相遇了，刚好又碰上内地盲流来的二子和黑皮，四个人就成了一帮进阿尔泰山淘金了。想到这里，他下意识地摸了摸怀里那沉甸甸的山金，这可是咱大伙儿的命根子啊。回去把它们兑换成钞票，给朱大头老婆三分之一吧，朱大头有四个孩子，日子过得艰难得很。二子和黑皮的地址我也记下来了，我把钱给他们内地的亲人寄去，想到这儿，他眼前又浮现出二子和黑皮两个年轻人活生生的面孔。老天爷不长眼！他恨恨地想，一边收拾好包裹，重新背到身上——干吗叫年轻人死在我们这帮老骨头前头？！让白发人为黑发人送丧，不公平啊！他摇晃着向前迈出了脚步。他的脚踩在厚实的积雪上面，摩擦着发出"吱吱"的响声。周围的被大雪覆盖的林子好静啊，白桦、红松、杉树、胡杨……所有的树木簇拥在一起，像生死与共的兄弟，浓密的树干向天空中争取着生存的领地。比人强！他想，人跟人像狗和狗抢肉一样凶狠。他朝雪地上"呸"了一口。周围慢慢地升起了一些雾霭，像轻纱一样。他继续在松林里穿行，头上不断地落下大块被他撞动树干而抖落的雪团子，雪团子在他的头上和身上砸开了花，溅到脸上、脖子上，一阵阵战栗掠过全身。我一定得走出去，他想，四个人总得活着出去一个，要不太他妈窝囊了，不能全军覆没，他想。

脸撞在了一根横伸过来的枝杈上，撞得生疼，他愤怒地挥手打断那根枝杈，用手摸去，血汩汩地渗了出来。他在密密的松林间穿行，在他的脑子里回旋的只有一个声音：走出山林！活着出去！——他的脑海里又跳出自己十九岁儿子小东的面孔，这个不争气的家伙，学习不用心，连大学都考不上，整天就跟那帮子小混子在一块儿混，"人叫不听，鬼喊飞跑"，娘的，这次回去，非拿钱给他买个大学上，让他学学正道，要不我李家的根子算是断了，毁了……眼前出现一片开阔地，哗哗的水响蓦地扑进他的耳鼓。他走出了这片林子，发觉面前是一条流着冰块子的河，河看上去不算深，有一些大块的石头从河水中耸起身，上面覆盖着一层厚厚的雪。我得过河，他想，我得一直朝东南方向走。他想着，脚已经迈出，他像敏捷的羚羊一样灵活地在河中石头之间跳跃着，连跳了七八下，自己觉得仿佛也找到了些活力。眼看只剩下最后一块了，他正松心的时候，脚下一滑，一个趔趄跪在了冰冷刺骨的水里。水很浅，才到膝盖。他大声咒骂着，站起来，赶忙跳到岸上，水已经渗入了他的棉裤和大头鞋，又湿又冷难受极了。他跺了跺脚，让身上的水花子掉在地上，就又一头扎进了林子。

四

一步一步地跋涉着，他感觉自己每跨出一步就离坟墓远了一点。但是，人越来越乏了。

在下一个雪坡的时候，他不小心被一根埋在地下的野藤给绊住了，一头栽在地上，向坡下滚去。他的身体借着惯性向下滚着，终于，他慢慢地爬了起来，这时他已从几十米长的山坡上滚到了沟底。等他确确实实站定之后，他惊呆了！

——在他面前，有一只精瘦的哈熊，正冷漠地盯着他！他和它相距四五米远，哈熊阴冷的目光有些诧异地盯着这个不速之客，他立刻被一种恐惧给抓住了。他和它足足对视了十秒钟，然后，他才明白了什么，而这时，哈熊已经走到他跟前，摇晃着立起前爪向他扑击过来。慌乱之中，他伸出左臂阻挡，熊爪"哧啦"撕开了他厚厚的皮大衣，抓破了他的血肉。他疼得大叫一声，一头撞在哈熊肚子上，熊仰面倒了，他开始疯狂地奔跑起来，巨大而又细密的汗珠子从他的额头上渗出来，流进他的眼睛，蜇得生疼，他呼哧呼哧跑着，而他也可以听到那只哈熊在他身后追他的声音。他跑得累极了，猛地撞在了一棵大树上，脑袋里嗡然一片声音，眼前金光飞舞，啊，我怎么了，他想，我死了吗？不不我不能死，我怎么了……他又听到哈熊逼近的腾腾的步子了，他紧紧地抱着树干，突然，不知从哪里来了一股子勇气，他开始奋力地向这棵树上爬去。爬到三米高时，哈熊已经扑到树下，那只熊显然是发怒了，它不断地发出低沉的吼声，用力地撞着这棵大腿粗的松树。他奋力地向上爬，有次在熊的猛烈撞击下他两腿蹬空，在空中摇荡起来，但最终，他又抓住了树干，慢慢地爬到离地七八米高的半空，坐在一个树杈密集的地方，舒了口气，向下望去。

那只显然是饿得精瘦的哈熊张开黝黑的大嘴，伸长了下巴望着树上的他怒吼着，猛烈地摇撼着树干。他微微笑了笑，接着，那只哈熊开始爬树，但是，往往爬到两三米处便掉了下去。他不再理会它，转而抬头向周围望去。四面山林一片浩莽，太阳已经向西天沉下去一半了，那些白雪冰峰如今都戴上了红帽子，夕阳光深沉肃杀而又忧郁地涂抹着天空中灰黑的云朵和雪峰。又一天结束了，他想，看来今夜我得在树上过夜了。等到太阳彻底沉入天边的沼泽时，又累又饿的他蓦地被睡意拖入了梦乡。

再次醒来的时候天已经大亮了，他睁开惺忪的眼睛，环视了一下周围浩莽、死寂的大森林，心情沉重而又冰凉。妈的！他想痛痛快快地大骂一场，可面对此时此景他又实在"淋漓尽致"不起来。要是朱大头、二子、黑皮还在多好。调侃、乱扯一气的时光再也回不来了。——想着，他向树下望去。那只精瘦精瘦的哈熊还没有走，趴在树下睡着了。他犹豫了一下，决定溜下树，总不能一直坐在这枝丫上啊。他轻缓地向下爬着，尽量不发出声音。离地面两米的时候，一些雪团子被腿蹭着滚落了下去，砸醒了那只哈熊。哈熊猛地跳了起来，看见了正在向下爬的他，吼了一声就向树上爬来。他见势飞快地向上爬去。不料，在离地四米高的地方他踩断了一根树枝，一下子从树上跌落在厚实的地面上。那只已爬到两米处的哈熊跟着跳下来，这时，他和它——再次面对面了。——都想活下去，他和它。熊吼了一声就把他扑倒在地了，他使尽全身力气把熊蹬开，拔腿向前跑去，但熊再次扑倒了他，他身上的羊皮大衣在熊爪的拍击下像纸片一样飞在了空中。眼见熊就要张开大嘴向他的喉咙咬来，他好不容易从绑腿中拔出那把从他一进新疆就跟着他的匕首，狠狠地捅进了熊的肚子。他死命地捅着哈熊，在熊爪的猛烈抓击下毫不畏惧，他那把匕首"哧哧"地不断插入哈熊的肚子，喷溅出来的鲜血缀了他一脸一手一身。他最后用尽所有的力气，把刀子捅进去，向下猛地一拽，熊的肚子哗然而开，血更密集地堆在了他的脸上和身上。他突然感到在浑身掠过一阵疼痛之后，身子像羽毛一样慢慢地浮起来，飘向了空中……

他和那只熊同时缓缓地仰面向后倒了下去。

五

……他再次醒来的时候，感到周围的一切都在向后移动着：天空，阳光，树木和白云，这一切那么熟悉而又亲切。我真死了吗？不不，我不能死我也不想死，我怎么了？为什么天在转，云和树木在飞跑？他动了一下，浑身上下一点力气也没有了。后来，他用尽力气，才使自己的脖子微微抬起，这时他看清了，他是躺在一只狗拉的爬犁上。他隐约还感到有一个人在驾着这只爬犁，心中掠过一阵宽慰，就又睡了过去。

现在他躺在一间木屋的火炕上，身上盖着厚厚的大红印花棉被，屋子里暖烘烘的，有一股人的气息。他感觉浑身又痒又痛，像是有无数个蚂蚁在咬噬着他的皮肉。他从被子中抽出手，摸了一下，脸上肿得好疼。这时他才顾得上去看周围的屋子里的一切。屋子的墙壁上挂满了别致的装饰品，全是狐狸、狍子、狼还有羚羊、山兔等的皮，另外还悬着一只牛头骨，在对面的墙壁上，两只黑洞洞的眼睛露出死亡的光芒。这么说这是一个护林人的家了，他想，我能活了，哈，我又活过来了。

门"吱呀"一响，进来一个穿花布棉衣的媳妇。她三十岁的模样，生得两个大红脸蛋子，一双大眼睛伶俐至极，身材丰满，手里端着一碗热气腾腾的东西，一飘一摇地向他走来。

"哟，醒了呀。你可睡了整整一天啦。你伤得不轻啊，来，吃碗熊肉吧，这只熊还是你杀死的呢。"小媳妇含笑走到炕前，把碗递给他。

"大妹子，谢谢你了。我这是在……"

"噢，我家。我老头子是这一带的护林员，昨天上午去看套夹的时候发现了你，就用爬犁把你拉回来了。你伤得不轻啊。大雪把整个山都给封得严严实实，你咋一个人就敢乱闯？熊瞎子可多呢。这年月它们也没得吃，饿得皮包骨头，当然要吃你了。哪知道碰上你这个主子，倒把它给穿了。"她说话间，已把那碗熊肉递到了他手上。他感激地笑了笑，接过来，一阵香气扑鼻而来，顿时，他食欲大发，狼吞虎咽地吃了起来，那大块熊肉温暖地顺着他的嗓子溜进肚里，畅快极了。不一会儿，那碗熊肉就全给消灭了。

小媳妇一直在边上看着。她说："哟，他叔这么能吃，一定饿坏了吧。几天没吃饭了？"

"三天。"他说。

"干啥的？淘金子的？挖药的？"她问。

"淘金的。三天前大雪封山，半夜房给雪压塌了，我那三个合伙儿全送了命，只剩下我了。我够幸运了，就冲那三兄弟，我死也得死在山外头。"他说，脸上掠过一道坚毅的光芒。

小媳妇俏丽的眼珠一转："他叔，金子这年月怕不好淘吧？"

"难哪，弟妹。我们挖的是山金，挖不着的话那大半年的工夫都全白费。话说回来，要挖着了那可都是大块儿的，几辈子都够了。"

"那你们这次进山，收成咋的？"小媳妇挺关切的样子。

"还成。"他答得很含糊，马上把话题给转了，"多亏你们相救，否则我这条命算是扔在阿尔泰山里了，连骨头都找不回了。真谢谢你们了。"

"他叔，别说生分了，咱山里人，都是靠山吃饭，自家人，什么谢不谢的。谁没个不测风云三长两短？没啥，凑巧让我老头子碰上，也算你命大。"小媳妇这么说着。他掂量着，想着怀里揣的那袋金子，他打定主意了，救命之恩一定要重谢，临走得给他们留一块金子作报答。

这时，门又响了，进来一个穿皮衣戴皮帽一身皮毛装束的壮小伙子，三十开外的岁数。"哟，你瞧，我老头子来了。他叫乔大壮。大壮，你来看，他醒了，淘金的，真是辛苦啊。"

乔大壮脸上的肉堆挤着，眼睛都快挤没了。他乐呵呵地走过来。"要不是我去下套夹，你可就真完了。雪封山，咋能活着走出去？我还没听说过哩。也罢，在这里多住几天，把伤养好了我送你出去。"大壮说着话点起了一杆子烟，又对他示意说，"抽不？"他摇摇头，说："不成，谢你们好意，我打算明后天就走，打扰久了挺过意不去。"

大壮一咧嘴："那哪成？最少也得待七天，你嫌我们供不起，没粮食？"

"不不，绝不是那个意思，兄弟，太麻烦你们了，太麻烦了。"他说着，心里涌上来无限感激。我可真遇上大好人了，他想。

"好了，别多说了，你早些歇息吧。春早，咱们也过去睡吧。"他拉起媳妇，一起到另一个房间了。

这一夜他睡得十分香甜。第二天无话，一切太平。

六

由于这小两口的热心挽留，他打算在这里多住几天。他感到自己的肌肉恢复得很快，下地走路已不成事儿了，就是身体还有点虚。

入夜了，他又渐渐沉入梦乡。半夜，他听到窸窸窣窣的声响，他一惊，腾地一下坐起来，只见一个白花花的人正在他床上钻。他心一缩，浑身出了一层的汗，低声吼道："谁？！"

"是我呀，他叔。我……我想把我给你，你……你敢要吗？"是小媳妇娇媚的声音。他心中立刻警觉起来，两天来放松的警惕猛地全拾了起来。他一下子联想到金子，对，小媳妇是冲金子来的。他说："不成，你快出去！不然我喊你老头子了。"

房间唰地亮了。乔大壮脸上的肉哆嗦着，举着一支双筒猎枪从门外走进来，嘿嘿地笑了笑。"好哇，来没一天就和我老婆勾搭上了。下来，快，给我滚下床！"他大声地吼着，他的小媳妇乘机穿上了衣服，立刻站到了她丈夫身边，"快，快，给我靠墙别动！快！"

他冷冷地扫了乔大壮一眼，看出了他心虚。他走到墙边，靠着墙，目光犀利地盯着乔大壮："兄弟，不就为了几块金子吗？我全给你。全在这儿了。放我一条命就成。大家都活得不容易。深山野谷的，前不着村后不着店，你何苦还来这么一招呢？其实明说不就得了？"他语气平淡，从怀里掏出那袋沉甸甸的金子，扔到了乔大壮脚下。

乔大壮拾了起来，眼珠一转，笑了："你他妈把我当傻瓜？告诉你，我叫你人财两空！快，转过身！转过身，快！"他的两眼射出来凶狠的光，脸上杀气腾腾的，一边把那袋金子交给了媳妇，乌黑的枪管对准了他的脑袋。

他顺从地转过身，感到乔大壮的枪管子贴近了他的后脑。正在这时，他身子向下一伏，一个扫堂腿向乔大壮扫去，乔大壮应声跌倒，他像豹子一样愤怒地叫了一声，一把揪起乔大壮，猛烈地一顿膝撞，直打得乔大壮大口大口地吐出来了鲜血。他手一松，乔大壮登时像一堆软肉一样窝了下去，他的媳妇尖叫起来："别杀我！别杀我！！全是他干的，别杀我！他叔！别杀我！"

"我不会杀你们两个狗男女。其实，早有今日，何苦当初救我？！"他说，"快，给我装四天的干粮，准备好火柴、子弹、衣服和药品，快！"他用枪对准小媳妇。刚才还分外妖冶、媚态百生的小媳妇此刻惊慌失措，尖叫着去房间准备东西了，不到五分钟，他要的东西都齐了。他看着在地上呻吟不止的乔大壮，冷笑了一声，从皮袋里掏出一疙瘩金子："对你们谢还是要谢的。这枪借我用几天。"说罢，背好东西，推开门。忽地，又像记起什么似的，转身推门，把乔大壮和他媳妇吓得一颤，他说："大家活得都不容易。"然后，狠狠地带上门，立刻就陷入漆一样的黑夜不见了。

七

望着黑暗之中飘摇的篝火，他陷入了沉思。娘的，人不如畜生！娘的。他想着昨天乔大壮为了他的金子而要杀他的情景。知人知面不知心啊，他想。火苗子在他的瞳孔上跳着舞，火苗子辐射开的热量把脸朝向火的这一面烤得温热而又舒坦。他下意识地从干粮袋里抓出一块干牛肉，放进嘴里慢慢地咀嚼起来。周围的林地漆黑一片，有小风在吹着，阵阵的林涛在喧响。我一定要走出去，我还有儿子，他太不争气，我一定要活着出去，我有家，他想着。下次，就是有再多的金子等着，我也不来这他妈鬼地方了，这完全不是他妈人过的日子。

忽然，就在附近响起了一声低沉的狼嚎。他凛然一惊：怎么，有狼？！这是他出山第六天的夜晚了，出山至少还要走两三天的路程，这时他警觉地看到，许多耸动着的身影向他围拢过来，时而发出低沉的在撕碎世界之前的嚎叫。他立刻举起了那杆猎枪，站了起来。四周一时间全响起了狼的嚎叫，他恐惧极了："你们过来，狗日的，过来，我杀了你们！"他大声地吼着，手臂激烈地挥舞着，狼群丝毫没有退缩的意思，它们一双双幽蓝的眼睛在黑夜之中像火苗子一样在跳动。他举起枪，扣动扳机，立刻，有一束蓝火苗子暗灭了，狼群发出了悲哀而又愤怒的低嚎。

"我杀了你们！狗日的，我杀了你们！"他暴跳如雷，"来吧，你们都来！"枪声一下接一下地响了，在夜空中震荡到好远好远。……他的篝火还在熊熊地燃烧着。最后，当他打掉最后一颗子弹——子弹共有三十颗，天边现出了鱼肚白色。剩下的狼也悄然退却了。

未燃尽的篝火青烟袅袅。疲倦至极的他提着空枪在周围空地上巡视着：一共有十八条狼被他打死了，十八条。他的嘴角浮起一丝冷笑：那也是十八条好汉。

他继续行进在空无一人的冰雪大森林中，四周浩浩莽莽，死寂无声，不时有被风吹落的雪团子砸向他的脑袋。他顽强地在密林中穿梭着，天空中，白花花的日子仿佛凝滞不动。然而，他发觉他迷路了。

这时他又听到身后有脚步声在响。他一回头，两条狼的身影立刻隐入了厚厚的灌木丛。又来啦，他娘的，他想，看咱们谁死在谁手里。他抬头看天，辨了辨方向，他想自己应该没有错，然后又往前走。

走到了一处断壁上，他站在高高的断壁上，极目眺望：啊，不远了，最多再走一天，就可以逃出了这活棺材。他兴奋地想，但首要问题是下这个断崖。绕过去吧，他想，于是他转过身，刚一转身，他这才发现有三条凶恶的、精瘦的狼一步步向他逼来，这三条狼就是一直尾随着他的。他浑身掠过一阵战栗，不由得向后退去——而背后，就是断崖！他抽空向后瞅了一眼，看见了断崖下高大蓬松的树顶，这时，狼们发出了一声低吼，扑了上来。他手中的空枪猛地挥了出去，在他清醒地听见了枪托击碎了一只狼的头颅的同时，他已经反身跃出，向断崖下的那几棵大树的树冠扑去；天空中掠过一声绝望的深沉的悠远的惨叫。

八

……他又醒来了，他发现自己已经落在了树下。他抬头向上望去，这棵大树的整个一面的枝杈都被他挂断了。他感到浑身疼极了，周身好像长满了蛆一样，耳朵里有一千只蜜蜂在嗡嗡地飞。他浑身上下都给挂烂了，尤其是脸部和腿部。

日头又向西偏去，他挣扎着燃起一堆火，在火光的映照下他睡着了。这一夜就这么过去了。

他继续朝东南方向走着，饿了就吃所剩不多的一些炒面，就着雪粒啃噬着。他一直向东南方向走着。他还发现，有两条狼——也许就是在断崖上追他的饿狼——天知道那又是怎么跟上他的——一直在跟着他。来吧，狗日的，他想，我会把你们全杀了，来吧！他一边想着，一边用力地拖着受伤的腿，沉重而又缓慢地在冰雪大森林之中穿行。他心中只有一个念头：走出去，我要走出去！

在一个中午，实在饿得受不了的狼向他发起了又一次进攻。在这一场殊死搏斗中，他用匕首又杀死了一条。剩下的那条狼退开去，退到离他十米远、他鞭长莫及的地方看着他，他和这条跟他一样瘦又一样顽强的狼久久地对视着，他突然对这条狼产生了由衷的敬佩。都是为了活着，娘的，你比我还顽强，好样的，狼。狼瘦瘦的身体在雪地上摇晃着，幽蓝的眼睛悲哀地注视着它的猎物——他，许久没吃东西的它大概已经饿得头眼发晕。它的身上、腿上许多地方渗出了鲜血，这是他留给它的印记。他们就这样对峙着，休整着。

　　后来，他又出发了，朝着永远的东南方，他的头渐渐晕眩起来，他感到自己的身体也正在一点点垮下来。可我要活着出去，他想，我一定要活着出去。——那只狼也以同样疲惫的步子跟在他身后，他们就这样又在雪林中穿行了两天。

　　他没有干粮了。抬头望天，白花花的太阳依旧。他下一个坡子的时候，那狼扑了上来。但一场搏斗过去，他和狼都没有足够的力量置对方于死地。他又继续向前了。

　　他越来越觉得自己不行了，快支撑不住。这时他恍惚闻到了他所熟悉的人的味道。一阵惊喜掠过头顶，他想，我快要出去了，我要出去了！他大步向前，但又一次跌倒。那只狼也又饿又伤又冷，离他五米左右，不时地两条生命要搏斗一番，但谁也没有力气杀死谁了。

　　他迈出一大步，一下子跨出了一棵大树的阴影，啊，我终于来到了路上，他惊喜得老泪纵横。眼前，一条公路笔直地伸进雪林。他高兴极了，我终于出来了，出来了，我活着，啊，我还活着。他摇晃着走到路中间，眼前天旋地转。

而在这时，那条狼也向他发起了进攻。他和狼在进行着搏斗，狼那尖利的牙齿在他的胸脯和脖子处使劲地咬着，冲撞着，他竭力格挡，血在他们的身上溅开来。他死死地掐住狼的喉咙，死死地掐住，有一辆汽车从远处开来，是人来啦，他想，我不会死在你手里，便使劲地掐着狼。最后他手一松，倒在了地上。

车在他们眼前停下了，下来了一大群年轻人。有几个小伙子飞快地扶起了极度虚弱的他，高声喊着大叔，把他向车上抬去。

在车上，他朦朦胧胧地醒了，问那些年轻人："狼，它，死了？"年轻人都点了点头。他欣慰地又昏死过去了。车子载着他向人群居住的地方快速驶去。

意象：芬芳的墓地

　　你还是一个人站在那儿，形单影只，一袭淡黄色衣裙在阴风吹拂下漫漫飞卷。你背衬着一面狰狞而博大深邃的傍晚的暗灰色天幕，面容高贵而安详。在你的视线尽头——离你一百米外有一堵墙，墙上开了一处豁口，走过去，就是你十分熟悉的墓地了，那里躺着你的爷爷。你的爷爷每天用水中的面孔和你对话，那时你才十岁，你残缺不全的爷爷的躯体就被埋在那里了。你总是喜欢这样站着像一位美丽的女巫，用冥语向天空表达愿望，其实你本身就是一朵花苞一样的愿望，这个时候我和江涛悄悄地从你的右侧绕开你向墓地走去。他说你瞧那儿站着一个女孩，嘿！你瞧你瞧！我嗯了一声，假装漫不经心大步向前，一种带刺的野草那干燥成熟的果实像子弹一样激射而起，在我们的脚哗然地附倒它们的母体的同时，毅然决然地粘在我们的裤腿上，牢不可取。

　　此时低暗阴沉的天幕开始向下压来，压来。我们终于绕开你走到你视线尽头的那个缺口了，我猛然回头，遥遥地与你的视线相碰。由于光线灰蒙，我猜想你一定看不清我们是谁——况且你并不认识江涛，他也不知道我认识你，在我没告诉他之前。在我们和你相距的这一百米距离之间是一条宽四米的小道，废弃多年，长满了齐腰的青草。路两旁是笔直的两人高的青年白蜡树。

我说咱们别走啦江涛，我就这样面对着你站定了。我默默地注视着你，就像过去两年中的每一个月夜。那时候我几近疯狂，每天在天刚擦黑的时候就像幽灵一样，悄然地翻越这堵围墙，站在离你家二十米开外的杨树林中，默然地注视着小楼你那面亮着淡黄色温暖的灯的小窗，在我心中，情感激荡，就好像海水和冰块在猛烈相撞。啊！此时你我仅相距一百米你仍认不出我来，犹如相隔千年。这难道仅仅是一种结局吗？岁月，岁月，琥珀一样的岁月把你和我分别囚禁在它的淡然明亮的光晕中，就像分别在二维和四维空间，你和我再也不可能沟通了。

此时突然起风了，风是透明的，就像爱情本身一样，谁也不可能企及，它悬在岁月之上，悬在我的目光所及之上。你站在那儿仍然像一尊雕塑屹立不动。在你我相对的视野中，白蜡树怒发冲冠！白蜡树神采飞扬！白蜡树情感激昂！白蜡树后合前仰！我的心中骤然泛起一团团暗红色的液体，刹那间就把你我相距的这段淡黄色记忆和琥珀里的岁月漶漫为一片迷茫的空白的沙滩！你和我之间有一片遗失的浸滤了的沙滩，而时间的湖水退去，你和我像搁浅在沙滩上的鱼一样，不是吗？不是吗？呵，不，不，我把灼热的目光移开去，从你的迷茫的身影上移开去，猛然射在墙的豁口外的那一片墓碑上，我的心骤然一凉，眼睛上的温度骤然降温，降到了冰点。只听见耳朵里噼里啪啦一阵爆响，我知道我的瞳仁上凝结了一大片霜花，冬日窗玻璃上一样的窗花！我赶紧用力擦去它们，接着，我的面前又重现了那阴灰低暗的天空下安详的墓地了。

我低低地呜咽了一声，犹如月光下荒野上的狗无望地低嚎。

江涛说走走，到墓地看看去，说到就到啦，我带你来的这个地方不错吧？一有空或是一下小雨哪怕我没空也到这里来，我追求一种情调你懂吗？情调！我嚅动着嘴唇说不懂我不懂，其实我早就来过这里啦。天空越压越低，在我的眼前一字儿排开的墓碑笔直地刺向天空，向天空辐射着思想和死亡的时间。

远处有鸟叫。是的，远处有鸟叫，每一次我来到这里的时候总有鸟叫。鸟叫声在远处一片橘黄的坟墓之间的草丛中像水波一样漫漫荡荡漾开来，是的，我看见了，淡黄色的鸟叫声像水波一样荡漾开来，碰在林立的墓碑上，纷纷破碎成淡色的鳞片，而后悠然飘落于地。江涛说：那个女孩挺怪的啊？你说话呀，那个女孩挺鬼气森森的，是吗？喂！你知道不知道我跟我女朋友吹啦。她说我哪儿都可爱，就是爱打嗝！真他妈的我也不知为什么一见她就打嗝，每分钟不多不少二十八下。喂，你听说过了吗？外国有个人打了七十年的嗝，每秒钟都不停。我女朋友你见过了吧？就是脸上一擦粉跟霜打的茄子一样的那个。她老爱挖鼻孔，每次跟我约会在开口说话之前总是先挖鼻孔，一挖一团黑东西黏糊糊，她手一弹就没啦。有时还能打在墙上灭掉两只苍蝇。就是搂着我跳舞时，忽然在我张嘴同她说话时，就挖出一块射向头顶的壁灯，灭掉一只苍蝇，而且准确无误。

喂！你小子愣什么，除了这一点你知道别的她哪一点我都不爱。你发什么呆听见了吗？那个女孩挺鬼气森森的是吧？江涛说到这儿，口水像透明的蜂蜜一样从他的嘴角溢出来，渗入了泥土。我这才突然从一团乱麻般的思绪中脱身而出，说：是啊！你说得对，对极啦。接着我们就蹲在墙的豁口内，谁也没再说话。我觉得此时我们突然被置于一个非常尴尬的境地——在我的左边是墓地，即死人的冥世；在我们右边，是你在那儿站着，是活人的世界，我们俩刚好处在两个世界能够互相窥视的窗台上。我忽然又想到了你，这才扭转身，将头伸出豁墙，心头一紧：灰色的风中，一袭淡黄色衣裙的你依然伫立于一片暗绿的树、草之中，伫立于一片暗绿的岁月之中。

两天后的早晨，我刷牙的时候，江涛忽然跑来说：喂，那个女孩她死啦，我是听她家邻居的一个小子说的。那小子是我女朋友的同学的男朋友。我突然陷入了一片迷茫，喉咙里滑进去一大口牙膏沫，我怒气冲冲地吐了一口满嘴的泡沫，说：去你妈的！到底谁死啦？江涛说：就是两天前你我蹲在墙口谈论鬼时，离我们一百米外站立着的那个女孩。我听明白了。完了。一切都了结了，我颓然倾倒了手中的水杯，神情恍惚。

又过了三天，江涛对我说了她是怎么死的：她在她家阳台上站着，站了整整一个下午，像这样望着远方的群山，口中喃喃低语，神情凄苦而恍惚。后来就爬上阳台栏杆高声急叫着说：抓住我呀你，抓住我的手！伸出手向前抓着什么，抓了几把就跃入了天空……还说她仍穿着那一袭淡黄色衣裙上布满了暗红色的血花，而且披散的长发掩住了她的脸，露出了粉红色内裤，鲜明耀眼，夺目非常。听到这些话的时候，我的眼睛里一片辉煌的淡黄色光带哗然倾泻。只听见一个人在云端之上，在我纷乱的心境之上，身裹黄葛麻衣朗声高颂：

死亡封住了我们的嘴

紧接着这一刻是钟声漫过夏季的树木
是蓝天里鸟儿拍翅的声响
以及鸟儿在云层里微弱的心跳
风已离开这座城市，犹如起锚的船
你，一个打开草莓罐头的女孩
离开窗口；从此你用影子走路
用梦说话，用水中的姓名和我做伴
……
我永远不会知道是出于偶然还是愿望
你自高楼坠落到我们中间
……
在你双眼失神的天幕上，我看见
一个巨大的问号一把镰刀收割生命
现在你要把我们拉入你
麻木的脑海，没有月光的深渊

……

不存在了，你淡黄色①衫裙上的温热

我将用毕生的光阴走向你，不是吗？

声音悲壮高昂，来自一年前的距我五千里以外有个叫西川的诗人所写的《挽歌》，这一切全应验了，就像早已预谋好的。我不能不感到震惊。两年前一个像水一样洁净的日子，你和我相遇在彩虹的底下。那时你才十六岁，你那十六圈年轮的光晕从你的淡黄色衣裙中轻轻漾开，叫我陶醉。那时你喜欢用水在天空中写你的名字（写我的名字是以后的事儿），你还记得这一切吗？你总说你是一个光做残梦的可怜的女孩，你说你的一切明亮的梦都没有实现过。而我则刚好和你相反，我一切辉煌的梦全都实现了，包括去亲吻夏天的冰雪。你的心头落满鸽子，受不起惊吓。我知道那时我一靠近你，你心头的鸽子们就惶惑不定，欲展翅而走，这一切都从你琥珀般的眼睛里映现出来，后来你终于信任我啦，终于喜欢在我宽厚的背上，用纤指写字，然后笑眯眯地问我：你猜我写的是什么呀？你的流瀑一样的发丝上总悬着一团团淡蓝色的忧郁之气，我用我手心中的暖风也赶不走它。你总对我说起你的爷爷，你刚生下来就同爷爷在一起，因此你爷爷死后你总是不理你的爸爸妈妈。你的健壮的爷爷总是喜欢骑着黑马在那

---

① 原作为紫色，此处为改写。

片河谷中疾驰，马蹄疾飞，溅起激越的浪花，手中猎枪响过之后，远方天空的大鸟悠然跌落。

后来，你不听你爷爷的话在南山桦树林采蘑菇的时候，一头黑熊扑向了你！你的爷爷闻声而来，在你用惊恐的目光从捂住脸的手掌缝间看清周围的一切时，你爷爷和黑熊都躺在地上啦。后来，你爷爷就埋在离你站着的地方一百米的墓园里，用水中的声音和你交谈。你曾经问我说，用阳光锻成一朵永远的花可以吗？后来你的面孔就从我眼前青草上悬着的一颗露珠中消失了。江涛沉闷呼出一口气，指着豁口左边那一群水泥坟墓说，你瞧，那个墓碑最高的是一个烈士，活活烧死啦！还有黑色大理石墓碑的那个，是去下水救人，结果被救的和救人的全都死了！他就这样莫名其妙地当上了烈士。你说，这是不是有些像刘再复所说的崇高和滑稽的二重组合？喂！喂！我女朋友挖鼻孔真是一门艺术，这事儿想起来就像是达利的超现实主义，她挖鼻孔如今犹如探囊取物，而且招招不漏一挖就准，而且一弹，类似子弹上天打死了一只苍蝇还清洁卫生！我的打嗝不也是一门艺术吗？每隔2.142871秒我就打一个嗝。真他妈绝啦！瑞士伯尔尼钟楼上的电子钟都没我的准。喂，你又愣什么，神不守舍，是不是一见坟墓，你就吓晕了？如果是这样我们还是走吧，一溜之乎也！更何况天空阴暗，我们在此是有点……闷得慌。走走，咱们走吧，翻过这堵墙就是我女朋友他哥的丈母娘家。

我们慢慢腾腾挪动步子，穿过豁口，从死人的冥世跃入了活人的世界，我又和你面对面目光相遇，那目光像激光一样在这一百米空地中频频相撞，撞出耀眼的满天火花。我的头嗡然一响，分明从你的目光中听到了你有些愤怒的声音：你是谁？为什么你这样一个陌生的粗野的男人要闯入我的停泊地？滚开！滚开！我旋即惶恐地又看了你一眼，最后的一眼，毅然像猴子一样爬上墙，穿过铁丝网，就从你的视线中消失了。

半年前，同样阴沉的一个下午，你和我并肩坐在洪水泛涛的大干渠旁。听水声隆隆装饰着我们的心绪。在我们脚下两米或者说在水平之上两米处的渠石缝里，伸出一朵蒲公英。你说那朵花有多美呀，我说我给你采来好吗？你恬然一笑，于是我就立即进军，在你面前一逞英豪。但是，就在我已然将花采在手里之际，突然，脚下一滑我就向下跌去。而与此同时，你急惶地在堤岸之上，倾斜身子伸出手递给我抓住！抓住我的手！你抓住啊——你的手在半空中抓了两抓，终于没有挨上我的手，我没入水中不见了。后来我是被一张拦网挡住的。我活了过来。就这样后来你就疯了，你谁也不认识了，包括我。后来我抓住你的肩膀竭力地摇撼着你说：我活着活着我没死，你认出我来了吗？紧接着的这一刻一切突然静得可怕。你目光迷离茫然，在盯了我足一分钟之后猛地扇了我一耳光，说：你滚！你是什么人？你不是他！他死啦！是我杀死了他！他到芳草地去啦。你们都是骗子！都是骗子！我轰然一片晕眩。

呵，五天前你在阳台上，一定又回想起我落水的一瞬间，呵，你伸出手来，你站在阳台栏杆上一定焦急地呼唤着我的名字。你伸出手来，在半空中抓着什么，你终于握住了那一缕阳光，把它当作我的手，我知道那一瞬间你的脸上溢满荣光，接着你就跃入了天空……是的，你终于拉住了我，你终于拯救了我，噢！噢！这一时刻天空十分明净，净得就如同你的一生。空气和阳光们，把你带走吧，把荆棘花戴在你的头上吧，你不再飞起，回忆伤害过你的人，回忆我们晴朗的城市，你不再需要梦境，你已成为你自己的守护神。这个时候我站在你的墓前，站在你的黑色大理石墓碑之前，心中洪水汹涌澎湃。你最终还是一个人独自在这里了，形单影只，犹如一株洁白的灯芯草，立在我的记忆深处。在我周围和头顶之上，你的墓溢出一种奇异的芬芳。你开花的季节虽然已经错过，但天空会明示于你！

呵，我被裹在这一团芬芳之中，心中的大鹰高飞，高飞，飞在人类之上，飞在你的身影之上。我知道在大鹰的眼睛里，我和你的碑石已成了永远不倒的形象。一片芬芳中的淡黄色的忧郁。但是，谁能够，包括死亡的时间和存活的我，可以告慰你陨落的芬芳呢？谁能够？回答我！

我在那年夏天的事

　　在我的记忆中，1983年夏天，蜻蜓突然从沼泽地大片飞起，在那个黄昏里，我骚动不安地穿过一片麦田，麦子金黄而饱满，在风中摇曳。大片的蜻蜓在金黄的阳光中扇动空气，发出了巨大的嗡嗡声响。我像一条小狗一样踩在歪歪扭扭的田埂上向前走，黄昏巨大而深沉的手抚摸着我的头，我看见我的生命像鲜血，殷红地在西天边流淌。这时，我突然陷入了黄昏的某种悠远的沉重中；岁月之河在我的耳边哗哗地流淌，往事的花瓣依次从我的眼睛里飘落。我像一条激动而又仓皇的小狗，急急忙忙地穿行在金黄得耀眼的麦田和黄昏里。

　　白杨树，那些像兄弟一样亲密地站立着的白杨树的挺立的身影分割着夕阳。大片的蜻蜓在我的记忆中飞舞，它们的复眼和我的眼睛迅疾地相碰，一阵阵战栗从脚底传向头皮。十三岁的我仓皇而又迷乱，惶恐不安地穿越着那片一望无际的金黄的麦田。大片大片的蜻蜓像神勇敢死队，嗡嗡响着，向我记忆中十三岁的我的眼睛里撞击，在我惊恐的瞳仁和蜻蜓巨大的复眼由对峙到撞击的全过程之中，天昏地暗天崩地裂，我头晕目眩……时间蓦然地把我定格在那年夏天的黄昏里了，噢，黄昏，1983年夏天的黄昏。

那年夏天我十三岁，上初中三年级。记忆中我穿一件脏兮兮的有些褪色的黄军装，表情痴迷而又惶惑，茫然无定地凝视前方，不知道该把目光投向哪里。我背着一只飘扬着丝丝缕缕的线条的旧帆布书包，脚步稳当而又惶惑，踏着衍生出青草的田埂，向前穿行。喧哗的风掠过麦子们的头颅和我的头颅，所有金色的麦穗都发出了沉重而饱满的沙沙声。我头戴一顶油腻的假军帽——这还是那一年夏天我从通往沼泽地的小路上捡到的，记得我捡军帽的时候身子在倏然间弯成一张弓，就在我的手抓住军帽的一刹那，心中电闪雷鸣洪水奔涌，同时我的鼻子还闻到了一股强烈的死尸臭气，但是当时我顾不了这么多了，抓起帽子扣到我头上就隐没在岁月的风景里了。

就在我捡到军帽之后两天，有人在相同地点的玉米地里发现了许多只狗的死尸，这些尸体全都腐烂了，程度不一，显然是死于时间不一但相隔不久的一段时间里。多少年以后，尸体的制造者君玛德力一边呼噜噜地喝着奶茶，嘴里一边嘎吱嘎吱嚼着干馕对我说——那时他已像一条虾一样弓起了腰，像弓箭一样随时准备把自己衰弱的生命射进被黑夜浸湿的泥土——他说：我把狗当作马汉太的兄弟，是我杀了它们。马汉太夺走了我的萨依娜，强奸了又把她杀死了！我杀狗是因为它们都是马汉太的兄弟！说到这里他老泪纵横泣不成声。我知道这里面一定有许多故事就这样被他淡然地抹去了。后来我才知道作为一个杀戮故事的主要配角，我永远被定格于那一年夏天痛苦、沉痛、悠远而又仓皇的黄昏里了。

我穿过饱满的摇曳着的麦地，目光恍惚而又迷离地向前走去。五月的黄昏深沉无比、凝重无比，我感到有一种寒意从地底传入我的体内。现在，我的鼻子已经闻到沼泽地发出的陈腐气息，我的心激动而又平静，不，应该说是惶惑而又不安。离沼泽地还有两百多米，而离那堵废弃的旧城墙则只有二十米远。我的脚步不由得加快了，因为张二萍家就要到了——这要在穿越那片发出陈腐味的大沼泽之后才能到达。离那半圆形环围的旧城墙还有五米远的时候，我似乎听到了某种令我刚刚进入青春期的血骚动起来的声音。我突然像猫听到老鼠的走动一样站住了，从我的心中泛起一股莫名其妙的愤怒。我蹑手蹑脚地靠近那堵城墙，那种令我骚动又迷乱的声音越发清晰了，我蹑手蹑脚贼头贼脑地爬过城墙的豁口，心像青蛙一样呱呱叫着向我的喉咙外跳着。当我拨开一丛灌木时，我的目光落在了一双殷红色的高跟鞋上面。就在我的内心迷乱而又骚动的同时，那种类似深夜凄厉的猫叫的声音亢奋了起来，我的内心顿时变得阴暗而又潮湿。我像条狗一样匍匐前进，爬到那丛灌木之后，伸出我硕大而木讷的头颅。于是我看到了我所惊悸的场景：一个红衣女子和一个粗壮汉子互相叠加，都发出了亢奋而怪异的叫声，在一片青草地上滚动，在他们的身体碾过之处，青草们倔强地纷纷站立起来。我的眼睛立刻变得潮湿了，我的内心充满了愤怒和不安。我在心中骂着：这世界！污浊！肮脏！那时，我乱如棉絮的心上立刻被滴上了几滴黑色墨汁，墨水洒了开来，我心中充满了愤怒和不安。我把头颅悄悄地缩了下来，我像蠕动的蛔虫一样爬回去！我将那美丽异常的殷红的高跟鞋塞入书包，悄悄爬下城墙的豁口，内心充满了迷惑和愤怒。快要走开的时候，他们的声音又一次钻入了我敏感无比的耳朵。我的目光此时正和一块厚重质朴的砖头相遇。于是我叫这块砖头躺在我手上，我把臂张成弓，那块砖头翻转如美丽的弧线一样滑入了城墙内。接下来我听到一声钝钝的闷响和一声低低的惨叫。这惨叫声使我的头发猛然像草一样企图向天空接近，紧接着我仓皇又不安地沿着那条通往家门的路溜去，像觅食的狗一样消失在一片青翠的颜色里。

此时，黄昏的手温暖而又慈祥，抚摸着我硕大木讷的头颅。我阴沉的眼睛里燃烧起一种金黄的火苗子——张二萍家已经出现在我的眼前了。我三步并作两步地向前冲去。张二萍家坐落在一条河的边上，在她家的南面是他们一家承包的土地，地里生长着大片的呈现出不同层次的绿色的小麦、玉米、豆角、辣椒、黄瓜。此时我的心骚乱而又不安宁。张二萍是一个肤色白皙的大脸盘的姑娘，她就坐在我的前面。上课的时候，我的目光突然被她的脖子和耳朵所吸引，我于是就长久地端详着她的这两个部分，心中充满了迷醉和忧伤，耳朵中一片轰隆隆，老师叫我三次起来回答问题，我都不知道是在叫我。有一天上午阳光从窗外流泻进来，投射在她那泛着健康光泽的手臂上，她的黄色皮肤上茸茸的小毛毕现分明，我的心就像是被什么蜇了一样，充满了恼人的痒痒感。

早晨一觉醒来我突然发觉有些地方不对劲了。我解开裤子，那里湿漉漉一片弥漫着一股湿麦子的味道。我用手指小心地拈起了一点，放到金色阳光中察看，那黏液像鼻涕，半透明，充满着哀伤的情调。这就是我的第一次遗精。面对这一突然的变化我手足无措，只是羞得面红耳赤。我这才想起来我刚才做梦了，梦见的是草丛中那双殷红的高跟鞋，那双叠加在一起的人影，张二萍生长着大片金色茸毛的手臂和圆润的脖颈……这些东西在我的梦中被剪辑得乱七八糟，连同一大片飞起的蜻蜓在我脑海中上下翻飞，最后，一个女人拥抱着我，她好像赤身裸体，接着我又梦见我骑着一匹矫健无比的白色快马，向通往大沼泽地那边的张二萍家狂奔而去。

　　现在我想起来那年夏天的我拥坐在床上，心中平静而又充满忧伤。我不知道这个变化会给我带来什么，一大群纯白的鸽子从我颤抖不已的心房上腾空而起，隐入那年夏天忧伤的黄昏里。

　　我的眼睛像铁一样被吸向磁铁般的张二萍家的院门。她家喂有一条粗壮的黑狗，这条狗的特点是闷声不响地悄悄走到你眼前，张口就咬而且一咬就准。此时我心中的青蛙又叫了起来，我有些害怕，害怕那条狗和张二萍的瘸腿爸爸。其实统共算起来，我只去过她家一次：去年夏天快期末考试时我有些发慌，我在一个晚上翻进学校办公室偷出一张数学考卷，可我几乎都不会，急得简直就像猴子掉进了水里。后来我决定去找优秀学生张二萍，虽说被那条黑狗咬了一口可还是如愿了，她考试成绩全班第一，我做贼心虚，故意没做两道题，得了八十分了事。

我的眼睛紧张地盯着张二萍家的院门，内心激动而又懊丧。我学着咕咕鸡叫了两声——我常在班上学咕咕鸡叫，不一会儿，穿着橘红色衣裳的张二萍出来了，她袅袅地向我走来，袖子高挽，上面沾了不少白色的面粉。她有些害羞并且嗔怒地看着我，向我走来了，她像一幅饱满的油画一样向我靠近，胸部隆起之处令我向往、敬畏与恐惧。我躲在一棵老榆树之后，紧张地看她走近我，我一把将她拉到树后，伸头看着她家院子，见没有人，才说：快走！就猫着腰拉着她向西边溜去。

　　两边青翠的芦苇在夕阳光中温柔地舞蹈，充满了哀伤。太阳像一只煮熟的鸡蛋，在西天边将落未落，照得我和张二萍通体辉煌灿烂。这时，我侧目发觉她的红衣衫在夕阳光中简直像一团燃烧的火，这火灼人，把我拉她的手烫了一下，我赶紧放开了那只手。她声音低低地问我到哪里去，找她干什么？我心中五彩缤纷，声音颤抖着说：到河边。在我的目光和她的脸庞相遇时，我瞥见了她那修长而夸张的眉毛，黑而大的眼睛，幽深而又清凉。我的心中泛起一阵阵暖意，眼前银花乱闪，头晕目眩。几只灰褐的野鸭从我们面前飞了起来，我们的脚步并不重，可它们还是听到了。它们美好的身影在夕阳中滑行的姿态令我们十分羡慕。就这样我们来到了河边。

　　这条河并不宽，水也不急，稳得叫你看不出它在流动，河水很深，有十几米。两岸丛生着芦苇，在黄昏之中窃窃私语，纷纷议论着我和张二萍的到来。我指着一片草丛说：坐吧，你坐下。张二萍侧身坐下，又问到这里干吗？我毫无理由，目光和夕阳最后射过来的一束阳光相遇，猛然一惊出了一身冷汗。我突然想起书包里那双殷红的高跟鞋。我把它从书包中取出来说：送给你的，喜欢吗？张二萍的眼睛亮了一下，她的声音细小，说：喜欢。我则要把鞋子递给她，心中突然涌起了一个念头。我说：我想抱你一下，然后就把它送给你。她的脸登时红了。她坐在那里任凭被夕阳光涂抹而不作声，从她的侧面看，她羞怯而不做作，脸庞之上有一小层茸毛在阳光中微微发亮，异常美好。我十分生气，感到无计可施。后来，我又找了一个下台的机会，说：那我把鞋扔进河里，你敢去捞就是你的了，不然……她笑了，说：你扔吧，我敢下水。我一赌气就将那双殷红色的高跟鞋扔进河里。扑通一声之后，殷红色的高跟鞋在水面上浮着，开始宁静地顺水漂流。张二萍脱掉外衣，向前一纵，像条鱼一样钻进了水中。我心中暗叫不好，因为张二萍水性挺好，她一拿到鞋那我的想法不就破产了？有些急了。

我坐在岸上等了一会儿，怎么不见上来。又等了足足十五分钟，也没见她的人影。我心中的鼓咚咚地擂响了，我的额头上登时渗出一层巨大的汗珠。于是我像条仓皇的狗一样仓皇地消失在芦苇丛的海里去了。

第二天，一个打鱼人捞起了张二萍的尸体，说她的身子被水草捆了个结结实实，嘿嘿嘿，她的眼睛被小鱼啄去了，只剩下两个空洞，嘿嘿嘿，她的两只奶子真大真白，嘿嘿嘿。那个打鱼人边说边傻笑，我的心中如电闪雷鸣、五雷轰顶，我发觉我永远也摆脱不了张二萍失去双眼的，被蛇一样的水草纠缠不休的形象了。

许多天之后的一个灼热无比的下午，我们那个城市在这一天开始上演几乎一年一度的表现杀戮和血的剧目，这个时候季节的车轮已走进盛夏，蝉的叫声格外热烈，像水波一样在人们的耳朵里荡漾开来。生性懒惰的人们纷纷兴奋地议论着，从被传得面目全非的故事中寻求着强烈的快感和欢乐。刑场设在城镇东南处的一个山丘上。那一天，几乎城里所有的孩子都像过节一样高兴地跟着刑车，我也不例外。

刑车之上，站着一个五花大绑的粗壮汉子，他就是闻名全城的强奸杀人犯马汉太，外号"马铁皮"。警察吆喝开脸上荡漾着喜庆气息的人们，围出三个圈，把马汉太推架着押到由一小圈警察围着的山丘的最顶端。几千人都伸长着脖子等待听那杀戮的声音，每个人的心中都惶恐、焦躁而又激动不安。

在行刑之前的一刹那，突然之间，所有的声音都静了下来，就像沉入了水底一样了无声息，静得奇怪，静得可怕。我的心咚咚地跳着，我闭上眼睛，默数了几下，然后呼出一口气望着天空。天空中云朵在整齐地移动，宁静无声，仿佛什么都没有发生。就在我的目光捕获住西天边一块染着黄昏的颜色的云彩时，人们期待已久的枪声终于响了，接着几千观众开始像沸腾的开水一样涌动、喧哗，行刑就这样结束了。

事后很久，我听到案情是这样的：马汉太在旧城围子那片草丛中强奸了美丽的女食品店店员萨依娜，又用一块青砖砸死了她。还说人们发现凶手马汉太时他正一边哭着一边给死去的萨依娜往身上穿衣服。几乎在所有他能开口的时候他都辩解说萨依娜不是他杀的，但谁也不相信他。

多少年后的今天我才幡然有一种犯罪感，我记起了那年夏天黄昏中发生的每一个细节。而这时，作为真正凶手的我，却依然在历史的河流中穿行。我知道我已经由这个残酷的杀戮故事的配角，开始上升为主角了。我永远不可摆脱那个夏季的黄昏啊。

现在，黄昏开始一点一点地黯灭，我终于穿过了激情饱满的麦地，走到了一处高坡。在那里向四下望去，可以看见深沉的田野、忧伤的炊烟、发出奇异陈腐味的大沼泽，以及成群的在屋舍与屋舍之间穿行的狗。遥遥的城市中间的高楼影影绰绰，向天空辐射着冷漠。在这里，多少次我看见君玛德力在这里高声歌唱。我记不清他是在萨依娜死之前还是死之后出现在这里的，几乎整座小城的人都知道卖烤肉的君玛德力疯狂地爱着食品店漂亮的女店员萨依娜。可萨依娜却对像君玛德力这样的痴情汉保持着冷傲的距离。我记忆之中好多次都响起了君玛德力弹着冬不拉，在萨依娜居住的拐子街整夜地弹唱，向心爱的姑娘表白自己的痴情。我还听人说过，有一次君玛德力为了表白自己的坚贞信念，忍住无限疼痛在自己脚上生生钉进一只铁打鞋掌，当时就疼得昏了过去。可萨依娜对君玛德力仍然一副冷冰冰的样子，因此几乎所有的人都为君玛德力鸣不平。

我大步地跃上一个土堤，在这里，十三岁的我可以看见夕阳一点一点地黯灭的壮丽情景，萨依娜死后的许多个日子里，我都可以看见君玛德力悲怆的身影在这里飘浮，歌声像月光一样阴冷而凄凉，从他的破锣嗓子里飘了出来。而那一群好斗的狗，则像影子一样跟着他，他俨然如狗们的君王，我记忆中他的身体一天天衰弱下去了。

我慌慌张张地穿过舞蹈着的黄昏里的麦田，那狗们的死尸臭味还弥漫在我的鼻孔里，我面目紧张而又迷惘，像荒野上觅食的狗一样找着我的家门，黄昏的金黄而又温暖的舌头舔着我。我一连打了五个喷嚏，匆匆向我的家走去。

我的家像一堆牛屎一样瘫在这座城镇的最南端，从外面看破败而灰暗，岁月的灰尘已使之不再有丝毫的温暖，只有院子里我妈妈种的几行青翠的蔬菜倒显示了某种生机。

当我推开屋门的时候，我再次被恐惧抓住了：披头散发、身穿一身黑衣的我妈妈被一条绳子高悬着吊在房梁之上，怒发披散掩住了她的脸——她自杀了。在屋子中间，是一大堆纸币和粮票的灰烬。我妈妈的身影就这样被蛛网牢牢地捕获在我痛苦记忆的画框之中了。而那个时候，黄昏黄金般的光芒流泻进屋子，把我永远地定格在了匆匆流逝的那个夏天的黄昏里。

随着时间的脚步，十三岁的我渐渐地开始明白生活的真谛了。我对生活和社会这几个字眼充满了敬畏和无可奈何。在那年夏天我像一道光一样穿透了这么多死亡的故事，而后又被永远地定格在那年夏天的黄昏之中！这该是一种怎样的深沉和怎样的悲凉？

我母亲的死与我父亲有关。记忆中的父亲当时是个驾驶员，他生着一个巨大的酒糟鼻子，眼睛像鹰一样凶恶。他老是提一个酒瓶子，喝得醉醺醺的在我的记忆中隐入黄昏的风景里，就在我妈妈被死亡的蛛网捕住那天他就神奇地消失了。关于他的传说像雨后的蘑菇一样纷然繁杂，令他的亲生儿子我也莫辨是非。最可靠的说法是他同一个相好——这个女人有十二万块钱——她是银行职员，偷窃了国库的金块，然后和我父亲偷偷远走高飞了。可在我的记忆之中却找不出这样一个女人的形象。但是我宁愿把他想象成一个这样的人，我压根就没爱过他。

什么是生活？什么是生存与死亡？什么是爱情？我们应该为什么而死去？在那年夏天的黄昏我像更小的时候想人为什么长两条腿一样想着这些问题。记忆中十三岁的我满面沧桑，在那年夏天幽深的黄昏里隐现着，为这些问题所困而泪流满面。

三年之后的一个下午，不知是哪里给我发来了一个死亡通知单——当时我已被孤儿所收养，亲身充分地体验了社会主义制度的优越性——死亡通知单上赫然写的是我父亲的名字。他已于我接到这封信的三十三天以前死于成都到昆明的列车上。他是被人杀死的，身中十三刀。凶手从他身上抢走了一块手表和一百四十三块钱。凶手杀死我父亲那年我才十九岁。噢，我知道我永远也走不出那年夏天的黄昏了。那年夏天，我满面少年老成之色，穿行在黄昏之中的麦田和麦田之间，绿色的蚂蚱纷纷跃起，粘在我的脚背上，然后又像子弹一样激射开去。我把目光向前方拉去，前方的夕阳辉煌而又沉重，向沼泽地方沉坠。麦子们饱满而又安逸，向我招手示意。我不停地向前走啊，走啊，在黄昏黯灭之前我终于走到了一座二层楼前。

我的鼻子闻到了往事的烟味儿。我静静地站在这幢二层楼门外，莫名其妙地有些感动，鼻子有些酸涩。我终于孤身一人穿过了黄昏之中的麦田，到达这里了，除了推门进去之外我没有其他选择。

屋内陈设简单而质朴。两把藤椅其中一只坐着一个人，背向我，有青烟在他的手背间袅袅升起。我走近他，刚要开口说话，他转过身来，我惊呆了：他分明就是几年之后的我！

我的声音像回声一样慌乱地问他：你是谁？

他弹了弹烟灰：我就是你。从1983年到现在，我等你六年了。我就是六年之后的你。

你干吗要等我？难道你明白了我在那年夏天的故事之中其实扮演的是真正的主角？我惊恐地问，声音像回声一样重叠，颤抖着。

他笑了，说：不，真正的凶手是时间。时间要把我们每一个人都杀死。因此，谁都是无辜的。

那你干吗要等我？

因为你走进那年夏天黄昏的迷宫里了。你记忆中所有的故事都和黄昏重叠了，像一堆涂在一起的颜料。我帮你从那个黄昏走出来难道不好吗？他笑了。

我如释重负，呼出一口浊气。

他说：现在你去照照镜子吧。

我走到墙边，仔细地看着镜中的我。这使我大吃一惊：现在的我西装革履，满目沧桑而且忧伤。显然我所处的时间坐标已不是1983年了。我转过身，却发现他连同一把藤椅，一齐消失了。

　　我走过去，坐在剩下的那张椅子中，燃了一根烟。这时有一个声音在我耳边说：多年之后的今天，将有一个和你有着相同的时间体验和记忆的人，来这里找你。请你为他准备好一张藤椅。他要给你讲述某年夏天的黄昏里发生的故事，然后接下来你将在一篇小说里把记忆中的人全部杀死。

　　我在袅袅青烟之中，开始沉浸在往事的水里了，这个时候，黄昏温暖而又忧伤的手，正在抚摸着我和这个房间中的一切。我等待着时间，这个杀死一切的凶手，在一个谜一样的黄昏里来敲响我孤独又冷漠的房门。

稀里哗啦

一

没劲。真他妈的没劲。

我像个"大"字一样铺在床上，眼睛迷迷糊糊的。我揉了揉，歪头吐一口唾沫，蹬开被子，用手摸索了一阵，从鼻孔中挖出一团黑物，手指一弹不偏不倚正中一只苍蝇。

嘻嘻，真有意思。

我又打了一个哈欠，开始坐起来折腾着穿衣服。

忘了告诉你我完了。昨天下午我就完了。彻底完了。原因在于今年高考又完了。提醒一句我今年是第四年考，都二十一岁了可还他妈的像个处男似的坐在孩子群中，就跟寡妇立牌坊似的莫名其妙。我考了四年，年年不上四百分，连个走后门的中专都上不了。没别的原因，除了我的脑子不正常，就是出考卷的人不正常，反正这是一码子事儿。

我想钱想得发疯。我打算干点儿什么。

洗脸，刷牙，整理内务，发呆，推出自行车，骑上去，我溜进了大街。

我很喜欢早晨。连着一个星期了，每天我都骑着自行车，像个夕阳电影公司的星探那样探头探脑地瞅漂亮姑娘——你如果是个书呆子，你绝对不会理解和体会到我这种行为的好处的。俗话说，爱美之心人皆有之嘛，所以说，一个二十一岁的男人什么都干不了还可以爱美。

这不，由于我视力绝好——每只眼都是二点零的，所以我很快就发现目标了。

一个留着披肩长发，穿一身牛仔服，从背影看很不错的女孩子在我前方三十米处轻灵地走着。她还挎着一个乳白色的皮包，走起来一弹一弹的，像报上说的那样：特有青春活力。

我脑子里立刻转开了，如何以最快的速度同她搭上话。你知道我在这方面是老手，譬如说吧，碰上一个有点姿色的姑娘，你可以拦住她，说："喂，王小芳，你好！你到哪里去？"如果对方莫名其妙地说她不是王小芳叫张晓风，你就得假装很愕然，然后恍然大悟说你认错人了，说她和那个王小芳怎样像，她们都是怎样地漂亮吸引人，接着你就可以随便问她干吗去，干什么活等等。当然这种办法很拙劣，为我这种高层的精于此道的人所不齿。

我飞快地骑着自行车跟了上去，离她五米了，三米了。走到她身边了，我捏了捏手闸。

我说："嗨！姑娘！"

那女孩应声转过脸来。这张脸粉里透紫，紫里透红，这张脸上睫毛粗得和眼睛小得同样地吓死人，可缀在这张脸上的嘴唇倒蛮性感。她也就二十出头。她假装妩媚地一笑："有什么事儿吗？"

我恶毒地摸了这姑娘的胸脯——顿时一阵恶心扑上了我的胸口——那里基本上没有起伏。我笑了。我一看这女孩子就知道她层次太低，肯定比我还无聊。我恶毒地笑了。

"你的胸脯太平坦了！"我说完，心头儿一阵儿高兴，快活得要晕了。我哈哈大笑着骑着自行车就溜了。背后传来那姑娘泼妇般的大叫声——"臭流氓！痞子！流氓……"

二

我把车子停在"中国环球贸易大厦"的门口。我根本就不下车，只是用脚往高一处的台阶上一点，那样撑着站着骑着车。把头发甩了甩，脖颈往后一缩，像一只狼或一只鹰一样观察着我活着的这个世界。

这个时候太阳像一只熟鸡蛋悬在东边天空中。早晨上班的人流车流的高潮刚刚过去，一切显得又慵懒又松懈。一句话，这种早晨让我立刻联想起一个胖子睡眼惺忪提着裤子去小解的情景来。

我目光阴冷地看着这世界以及这世界中忙忙碌碌浑浑噩噩各式各样活法的人们。我觉得此时我的目光很仇恨，可我知道都是无辜的。世界是无辜的，它因为我们而存在，所以我们没有理由去恨它。人们是无辜的，因为他们的存在不取决于他们的意志。你不想来这世上可你爹妈却是硬要把你生产出来有什么办法？所以说每个人都是无辜的，我不能去恨他们。但我又不能恨自己，因为我也是无辜的，因此我不得不去仇恨别人——想到这一点我简直气得发疯。你说这世界是不是存心不叫我们活得像他妈的人样儿！

可我总得干点儿什么。你知道我连着闲逛了一个星期了可什么也没干。昨天我妈（她是一个好得不能再好的女人了）说啦，你呀，没考好就没考好啦。给你五十块钱，去散散心吧，啊！娘说着说着就流泪了。你知道那会儿我有多感动又有多绝望。

早晨的雾气在城市上空渐渐散去。那些高高低低的楼厦，在明媚的阳光下发着呆。马路上的车流不断，就像这世界的流动本身。一切跟昨天一样的暗杂一样的纷乱。

可我总得干点儿什么。我感到我这样观察世界有些俗气，于是我就放好自行车，准备找点儿事儿干。

三

我放好车子，感到肚子里和脑子里很空，这世界也很空。我坐在中国贸易大厦的台阶上，冷眼瞧着这热闹的世界。在我背后是三十七层楼高的大厦。

这时候从左边又走过来一位漂亮姑娘。我又灵机一动，打算跟她开个玩笑。我知道一般情况下漂亮女孩经过小伙子的面前都会"精神焕发""意气昂扬"，但我受不了这种恶心劲儿。

她渐渐地走到我跟前了。

我把视线定在了她的脚上。随着她朝前走，我的脑袋也跟着转。她本来以为我在看她的脸，等她用余光发现了我在看她的脚后，于是乎，本来她走得一步一挺十分美丽、百分漂亮、千分轻盈、万分飘逸、亿分潇洒，可被我这么一看，顿时好像手呀脚呀全身都不对劲了，她这时的尴尬劲我简直没法子对你说——她在我面前连路都不会走啦，以至于她从我面前走过去好长时间还低头看着自己的鞋，疑心出了什么问题。

我开心得哈哈大笑。乐得我小腿肚朝前，肚脐眼朝后——这是我从一篇小说上学来的方法。

四

这时我看见一个人——我这个时候很激动，这人是个老太太，她那满头银丝在阳光中浮动得令我触目惊心。最要紧的是这个老太太是个瞎子。她颤颤巍巍地拄着拐杖，准备过马路。

老实招认，我活了这二十来年基本上没干多少助人为乐的好人好事。因为从上小学时我就特别烦学先进典型——我讨厌那种形式，今天大家都上街，不随地吐痰，上车排队，扶老携幼，明天一切都还了原，他妈的心底里就有那个劣根性，我不信你那几个口号能扭转整个儿的全局。那会儿我就觉得学典型做得不能太假啦。可这时候我突然有些冲动——我打算帮一下那个老太太过马路啦。

你可能会嘲笑我的这种冲动。对于你的嗤之以鼻，我已来不及领教了。我已经追了上去。我竭力使我嗓子甜一点："老大娘，来，我带着你过马路。"

那老太太的眼窝深陷，眼皮耷拉着，脸上堆满的皱纹上叙述着每一丝沧桑。蓦然之间，我的心头涌上一阵悲凉，总有一天我也变得和她一样老，我的眼睛也可能会瞎掉，没准我还会少一条胳膊缺一只腿，那时候我的身边没有一个亲人，我也会像她那样可怜巴巴地提心吊胆地在这个什么都看不见的世界上摸索、飘荡，也许会像一只死狗一样最终蜷缩在某幢摩天大厦的阴影里，等待着。

老太太嚅动着嘴唇说："年轻人啦……谢谢您啦，谢谢您啦。哎呀……唉！"她长吁短叹地被我牵引着，顺着斑马线向对面走去。

老人的手像枯柴一样干瘦，冰凉冰凉的，握着它没有一种生命的感觉。这时候阳光灿烂得要死，光线在空气中哗然作响，路两边的楼厦鳞次栉比，人们走起来都是行色匆匆——没有谁会关注你。我拉着老太太，慢慢地向马路对面走去。我突然感到这时候一切声音都消失了，都静了下来，这个世界万籁俱寂。而所有的眼睛都在盯着我，像瞅着一个外星人，包括天上流动的白云。穿梭的缤纷的世界禁止了运转，只有我握着一个瞎眼老太太的手走在楼厦与楼厦之间的峡谷里。我特别激动，也特别紧张，迎着我感觉中的老鼠般的猎奇的目光，我的手中捏出了汗。就这样，我完成了送老太太过马路的历史使命——而此时，我的耳膜深处"晃"地响了一声，而后世界中的各种嗓音又纷繁杂沓地喧嚣起来——一切又全都复原了。

"小伙子，太谢谢您了，谢谢您了，谢——"老太太忙不迭地嚅着瘪瘪的嘴艰难地说着感激的话。

我快活得像个孩子，我笑了，说："老太太瞧您说的，您走好，这是我该做的。"最后想起什么似的，又补上了一句，"学雷锋嘛！"

老太太又一颤一悠地摇着晃着在人群中消失了。

五

我的心又空了。

我的心又空了。刚才的纯得不能再纯的笑容僵在了我的脸上。那会儿谁见了我的笑都会肯定地说，全世界都九岁半呢！我冲我自己恶狠狠起来：你他妈的真虚伪！你他妈的绝对是个大浑蛋！

我充分利用着这种恶狠狠的心绪站在人行道中扫视着这城

市中的一切。刚才那瞬间的升华现在烟消云散了。人行道上川流不息，个个都表情麻木，仿佛是赶着赴刑场观看处决罪犯的队伍，只有我例外了，只有我恶毒地透视着这世界中的一切。

"嘎"的一声，一辆漂亮的taxi"桑塔纳"停在我的旁边，我下意识地往里躲了躲。

"嗨，老狼，待在这儿傻头傻脑的干吗呢？"一个女性的调侃的声音在我耳边响起了。我知道这是我们班上班主任的女儿娜娜。她爹是个靠倒卖黄金发财的百万富翁，因此她家中的一切当然也包括她都气派得不能再气派了，同时也庸俗得不能再庸俗了。这女孩今年二十一岁同我一样，不过她是只考三年比我少考一回，但也同样什么也没考上。不同的是她说她就是喜欢一年又一年地考，但是每年都考不上的这种现象本身。她认为如果考上大学以后那么一切都虚空了，都失去了意义。这狗屁逻辑不知道阁下您要是遇上了该作何感想？

我转过脸仔细看着她。她打扮得花里胡哨，俗得不能再俗了。我冷冷地问："你去哪里？"

她调皮地一甩头发："我……哪里也不去。你想去哪？快上车吧，你说到哪里我就去哪儿。"她推开车门。

我没有犹豫，钻了进去。我知道她喜欢我喜欢得发疯。老狼这个外号就是她喜欢的见证，她的"真心"的馈赠。她说我身上有一种狼的气度、狼的本质、狼的一切，她说她就喜欢我像狼一样，像狼一样地盯着她看。她说那会儿她都快融化了。问题的关键就在这里，无论她怎样喜欢我，我就是看不上她。因为我连我自己都不喜欢，你说我会去喜欢谁？

车子开动了。

车窗外的一切开始飞速地向后流动。我重重地靠在车座上，沉默地直视着窗外的世界。娜娜此时激动得不得了，她在我的侧面悄悄地端详着我。见鬼，我满脸的青春美丽疙瘩痘，连我自己都觉得恶心。

过了一会儿，她亲热地把脸凑过来，说："说吧，你到哪里呢我就去哪里，你说吧，快说吧。"一股呛人的香水味涌进我的鼻孔。我说："上后山吧，反正你有钱能掏得起车费。"她笑着："好，我连第三只手都要表示同意。后山上百花齐放，树木青翠欲滴，正是游玩的好时机，特棒。"她顺应形势就把卷得乱哄哄的脑袋搁在我肩膀上了。

六

车子飞快地跑着，不一会儿就跑出了这座中型城市，开始向十几里外的大山驶去。山的名字也不知为什么取得那样怪怪的——舵落山，让人总想不是舵落而是堕落。听说名字的由来有很美的传说，我他妈连个大学都考不上肯定是孤陋寡闻了，孤陋寡闻就肯定不懂那个舵手怎么浪漫地迷上了一个姑娘，而后丧心病狂地给扔啦。反正都一样。

我叫驾驶员把速度放得很快。我喜欢速度和力量。在这种高速运动中我觉得我才能获得再次的平静。

车子保持高速度行驶了半个小时，到了这座城市的后山。这里树木苍苍郁郁，一片墨绿，我们下了车。娜娜付了高昂的车费。好像司机也有存心敲她一笔的意思。我颇觉腻味地被她拉着手，向山上跑去。

山风涤荡，沁人心脾。我好久没有呼吸到这么清新的空气了！我闭上了眼睛，贪婪地吮吸着。

"嗨，走，上山玩儿去。"娜娜挽着我的胳臂，拥着我沿着一条小径向上走。

极目远眺，我生活了二十一年的肮脏的城市像一堆牛屎似的摊在我的眼前。在城市的上空浮着一层灰黑色的烟尘。人类多么愚蠢啊，我愤愤地想，从大自然中获取又残害着大自然。那些高楼大厦，像笼子一样塞满了庸常的人，彼此不能进行沟通，太可悲了。

娜娜今天特别高兴，我们在山上穷转悠了一个多小时。我吸够了新鲜空气，看够了这绿色的美景，也厌倦了。于是我提议找一片绿得醉人的青草地坐下来。

娜娜的眼睛放着奇异的光芒。她铺开早已预备好的塑料布，紧紧地靠在我身边，用她的大眼睛盯着我看。

我无表情地看着她。我们两个人的脸挨得很近，她含情脉脉，看得我心里直发毛。后来她扑哧一笑，挑逗地刮着我的鼻子。

"你呀，还一本正经的。老狼啊，你的狼性呢？真正的猎物上门了，你又故作圣人状了。"

我的体内突然有一种骚动。我感觉我体内有些沉睡了好多年的东西又复醒了，而且一点点地在滋长，在澎湃，在薄发。我想起了我们补习班的那些跟我同样是"大龄青年"的家伙大吹他们的性经验的事儿来。我这时冲动得要命，我一把抓住她的双肩，直盯着她的双眼，她缓缓地把嘴唇迎上来，我狠狠地朝她那张涂得像吃了人一般的殷红的嘴唇吻过去。

她愉快地哼哼着，舌头在我的口腔伸吐。我感到呼吸急促起来。我们慢慢地……

这时候在我的意识深处仿佛沼泽地般逸出了许多气泡，一些气泡叭叭作响，有很多蝴蝶在我的眼前飞舞、旋转，我听到了泉水咕嘟嘟咕嘟嘟向外冒气泡的声音。

——我们俩狂热地抱在了一起。

就这当儿，我感到喉头一哽，"呃"地打了一个饱嗝。真他妈的丧气，我正这样想着，嘴离开了她的嘴唇，又"呃"地打了一个饱嗝。紧接着我就像只青蛙那样一个接一个地"呃"起来，我拼命地抑制自己却无济于事。娜娜迷醉地紧抱住我的腰，呻吟着叫着："别，别离开我！别离……开！"

我又觉得厌恶了。

我强忍着从胃底翻上来的一股恶心，用力挣开了她，站了起来。我一边打着嗝，一边把衣服整理好，准备下山。我全身心溢满了恶心的感觉。我感到我很可恶，比世界本身还可恶。

"你……回来！"娜娜悲痛欲绝地号叫道。

我转过脸来："去你妈的吧！"然后头也不回地向山下跑去。到了公路上，我站在路边缘，拦住了一辆装满奶瓶的卡车，没理会司机的大声嘟囔，爬上车子，蹲在奶瓶的路隙中间。车子向城里飞速地开去。

七

现在我又坐在中国贸易大厦辉煌的台阶上了。

这时候已近中午，太阳像一枚发亮的银币，高悬在我的头顶。我默声不语地坐了半个多小时，看着在雾气中浮动的街景和忙忙碌碌的人们。人像蚂蚁一样，我想，像蚂蚁一样忙忙碌碌，为一个小得不能再小的目标而奔走，最后在一阵凄风或一场惨雨中悄然了其一生。想到这儿，我感到悲凉得都不行了，被迫打了几个响亮的喷嚏。

我忽然感到饿了。也难怪，早上就没吃饭，我听到了肠胃蠕动着的奇异的声响。后来实在受不住了，就站了起来，打了一个长长的哈欠，伴一个乏力的懒腰伸出去——我打算去吃饭。

找到一家门面小点儿的饭馆，我走了进去。这是一家国有餐馆。我大大咧咧地往一张空椅上一坐，等服务员来了点了几个菜。服务员去端菜的时候，瞅着她瘦削的背影我又恶毒地笑了——我又心生一计。

饭菜端上来我就狼吞虎咽地大吃起来。我边吃边想，人活着真他妈的麻烦，吃完了还得吃，一天三顿，顿顿不能少。什么时候要能有这样一个发明多好，干脆把食品溶解在空气中，人只要靠呼吸就能吸取各种养分，人就不用吃饭了，多好！中国有那么多人申请各种专利，连坐式马桶垫都考虑上了，怎么就没人想到自己的嘴呢？真他妈的见鬼！

眼看着米饭快完了，我从口袋中掏出一粒中药丸，揪了一下，揉成老鼠屎的不规则形状，往碗里一扔，大叫："喂，喂，服务员！服务员！"

那个长得小模小样的服务员应声而来。

"你们这饭是怎么做的，啊？！你瞧，你瞧瞧看，少爷我都吃出老鼠屎来了！你看怎么办吧？！"我装得比真的还真那样怒气冲冲。

服务员小心翼翼地从碗里把那颗老鼠屎拈出来举起瞅了又瞅，看样子疑心这不是老鼠拉的——"怎么啦，慧眼连老鼠屎也不认识啊？我这顿饭算是他妈的吃坏了，退钱退钱，我——不——吃——了！我还要向晚报投诉！"我一本正经地凛然昂头挺胸地说，还把那个缺了一个小口的米饭碗往桌上一扔，以振雄威！

许多顾客已经听见我的嚷嚷了，纷纷打听怎么了。明白了"原委"之后，有几个手短嘴长的就开始为我帮腔了，指手画脚，唾沫星子横飞一气，好不热闹，最后，把他们经理折腾出来了。那个很胖的大块头明知故问地问明情况然后向我道歉，并且给我重换饭菜不说，还私下里恳求我千万别给晚报写"读者来信"，说我这一顿饭他一个子儿不收。我知道他要他的饭碗，我的目的也达到了，也就装作极不情愿的首肯状，也罢也罢——心里自然是成千上万的鲜花朵朵怒放了。

我心满意足地吃完饭，一边擦着嘴一边意气昂扬地走了出去。站在门口，我踌躇满志地望着这世界，仿佛自己是一位功勋赫赫的大将军一般。

八

门口就是公共汽车站。刚好来了一辆车。等得肠子都直了的人们像无头苍蝇一样炸了窝地往上挤，跃跃欲试。一个"越南（越栏）"门口一个"古巴（顾扒）"一再拼命地蹭呀，随人群冲挤，一下子就全身出满了"阿富汗"。在这种相互倾轧的过程中，在淋漓的臭汗中我体验着搏击的快感。我突然觉得唯有搭公共汽车才能表现中国特色：你不抢你什么都得不到。我拼着力气，终于挤了上去，可忽地意识又操纵我决定下车去。我就是这样受着意念的支配，所以您也应该很理所当然地理解我为什么要考四年而年年落第吧？就拿英语来说，标准化的卷子只要乱圈ABCD，认准了前面那个获得市英语竞赛三等奖的填D准没错，可交卷那会儿又猛然想起谁没个闪失呢？这个英语尖子没准就砸在这题上了，于是又慷慨激昂地改成了"A"。也没弄清到底该填什么，因为我原本什么都不懂也就无心弄懂洋鬼子叽里呱啦的奥妙。同样的道理，这个时候我本来哪儿都不想去，就算当个拼命三郎挤了进来我也不感激我自己。我大叫着："别挤！他妈的让开！我要下车！"最后车开动了我也没有挤下去。我恨恨地扫视着这芸芸众生。人活着就是有意思，整天争啊抢啊的，连上厕所乘汽车吃饭都要抢，可他妈的抢来抢去得了个什么呢？抢得自己皱纹满脸、一身疾病、心力交瘁然后伸腿玩完儿了。人这一辈子真可悲。我就这样被广大人民群众簇拥着，围绕着，连转个身都没法子——我越来越腻味这一切了。

这时候我感觉这公共汽车里有戏儿。在我前面隔一个人有一个坏小子（他肯定比我还坏）正在使坏。在他对面站一个大姑娘，背对着我。那小子一脸贼笑故意贴紧了那姑娘，而且随着车身的颠簸一上一下地蹭着那个姑娘。

我心中怒火燃烧——我绝对不允许一个同性在我面前占异性的便宜。我使了半天的劲儿，挨到他们近旁。我说："喂，小子，你他妈的使什么坏？"

这小子好像正沉浸在快感之中，听我一吼，瞟了我一眼，轻蔑地叫道："你胡说什么？听着小子，随便诬陷可是他妈要蹲大牢的！"

"你当我他妈瞎了眼？你自己做的事自己心里明白，不要我抖出来叫男人们笑话！你少装他妈的洋蒜！"

"咦——这不邪乎了！"

"你听着，你想他妈占大姑娘的便宜也别到大庭广众之下丢人现眼！"我吼了起来。同时，结结实实的一拳头不偏不倚地砸在他脑门儿上了。那小子差点倒地，像猫叫春一样嗥了起来。

乘客们拉的拉，嚷的嚷，在众人哄哄之下，车停了，我和那小子被赶下了车。我觉得他妈的狼狈极了。那些乘客都是些什么东西，整天一本正经装正人君子样，真正遇上了事儿，谁他妈都怕沾火星。

车风尘滚滚地开走了。我和他像两条狗一样对视着，谁都没先前那么激动。这小子倒先抛来一笑："喂，哥们，何必那么认真呢？得了得了，今天也就算了吧！再会了您哪！"——可好，他走人了！

我又被搁在大街上了。我站在人行道上，听着阳光叮当作响。已是下午了，街上的人依旧多如牛毛。突然想起了我的自行车，于是我赶紧往回走。

九

回到贸易大厦门口，在停车棚里找到了车。自行车的铃铛被人下了一个。妈的，我又一阵愤慨。在这样辉煌富丽华贵的建筑的阴暗下也是猥琐和卑微！我毫不犹豫地把身旁的一辆七成新的"飞鸽"的铃铛拎了下来。

这时我想起来我需要去看看市场行情。因为我不打算再考什么鬼大学了。那独木桥我拼不上，那窄门儿我钻不进去，四年了，我认输了。我都这么一把年纪了，考上也丢人。更何况如今上大学也没什么了不起，混四年照样只揣几十块钱喝西北风去。知识贬值到这份儿上，打死我我也没心思再去做大学梦了！

我慢慢地逛着，到处走走瞧瞧，寻思自己现在该捧起个什么行当最恰当。我信天游地逛到了贸易市场。贸易市场有三里长，据说这是全省知名的商业一条街，在高高的棚架下面，中间走人，两边铺盖的全是嚼着三寸不烂之舌的推销员们——只有我不是。

这会儿我打定主意做个个体户了。如今的个体户们个个财大气粗，打呼噜都打得理直气壮，有句顺口溜说漂亮姑娘是"五十年代嫁高知，六十年代嫁工农，七十年代嫁大兵，八十年代嫁老板"，这很自然地就体现了如今这年头哪门子的主儿最吃香了。

我在人流中走着，在嘈杂在尖叫声中寻思着。原先我特别烦这些家伙，如今再不了，而且甚至对那种怪叫般的呐喊还有几分欣赏，《红高粱》《一无所有》这些歌儿不也就是基于这一基调加工而成的吗？我下定决心了，明天就问我妈要钱摆摊儿。——我还蛮得意我这副专为美声唱法而设的"咏叹嗓子"，包管吆喝起来，姑娘们都爱听……

可是卖什么好呢？我又犹豫了。我的目光一溜儿烟地览过了食品摊、杂货摊、农产品摊、工业产品摊，后来走到了服装铺，我停了下来。这眼前的服装摊上，裙带飞舞，花花哨哨，牛仔装、T恤衫、琼瑶服、琳琅满目，真是好耀眼。我就听说卖衣服特赚，所以我自然地要注意这儿了。

"嗨，是你小子！"我对面服装摊上的一个人冲我嚷起来。我扭头一看，见竟是在巴士上跟我干架的那贼小子。

　　我很洒脱地原地不动，表情冷漠。他走出来拍拍我的肩："哥们，不打不成交，大家也算熟人了。朋友嘛，走，走，到我摊上坐坐！"说着，他又指指对面那个服装摊。

　　"你小子做这买卖？！"我眼睛一亮。他点了点头，我顺着他翘着肩膀的方向，走进了他那几尺方的领地。他叫孙毅，外号"黑皮"，干了三年个体户，什么都干过了，钱也赚足了，就觉得活得难受。

　　我向他询问了服装市面的行情，说我也打算干这一行。按他的说法，我算计了一下，还行，稳稳当当地做点小买卖，一个月五六百的赚头。这活不干白不干！我打定主意了。

　　我在他摊上待了整整一个下午。这一个下午我就听他津津乐道、绘声绘色、夸夸其谈地吹嘘他的奇特经历。他说他有一次跑到动物园虎笼里，还有一次被人从五楼推下去，另外一次，一个小时喝了两斤老白干，好像有一天白泡了五个女人，反正胡说八道信不信由我，我就一个劲地点头哼哈称是。

　　眼看着黄昏降临了。我坐了一下午，屁股蛋子压迫得又酸又累。他说："嘿哥们儿，喝点酒去，既然认识了，今后你搞这一行我帮忙就是了。用得着哥们儿的地方打个招呼就成。我手头还有个几万。"我一听可真傻了。黑皮这小子对几万说得就那么轻松。我爸妈拼死拼活死干一辈子在机关也没几个子儿。我就越发打定主意干这买卖了，不为自己，为了让爹妈过几年舒坦日子也不能再在学校里蹉跎青春了。

妈的，就这么干了！我恨恨地想。

十

在酒馆里我大口地喝着酒。我恨我自己。二十一岁了，还没本事混口饭吃。

黑皮又开腔了。他这人一喝酒脸就涨得通红，活脱一猴子屁股。据他说从上到下，从耳朵根到脚指头都通红的。他吹得天花乱坠，我听得头晕眼花。

喝得杯盘空净之际，他点燃了最后一支烟。他那德行从哪个角度来审视都恶心至极，他把那张眼睛鼻子嘴巴眉毛全揪在一块儿的死脸凑过来神秘地问：“咱哥们一样的空虚吧？”

这句话触着了我的痛处，我无奈地拍了拍他的肩，无奈地摇摇头。

“你要是觉得空虚，我带你去个好地方。”

我头晕沉沉的，心想你他妈把我带哪儿去都行。他领着我穿过了几条大街，七弯八拐，到了一幢建筑年月久远的楼房前。他转过脸朝我诡秘地笑笑：“到了。”而后推开吱呀作响的大门，领我进去了。

刚一进门，我他娘的就感到骤然一凉。刚才的醉意醒了一半。我倒吸了一口冷气，仔细观察这要命的古怪的房子，青苔泛绿，杂草丛生。黑皮领着我又推开一扇门。

不知怎么搞的，我就觉得像电影里深入虎穴一般，我陡然英伟了不少，心里却是更虚。我跟着黑皮顺着楼梯一直往地下室而去，足足下了三层，黑皮才停住步子。他打开壁灯，这里又映出一扇门，黑皮敲了敲，许久，那门在烟雾缭绕中缓缓地开了。

黑皮摆了一下头，示意我进去。

我照办了。里面开着绿色的壁灯。灯光昏暗。房间很大，有一百多平方米吧。里面零散地布置了许多沙发，沙发床。有十几个男男女女，坐的坐，躺的躺，有的在吞云吐雾，有的在蒙头大睡，跟死了一样。我立刻明白我身处何地了——他们在吸毒！

黑皮进了一个小房间，取出了那些我过去只在电影里见过的那些玩意儿，说："兄弟，干吧。你空虚就因为你厌恶一切——你会得到一种安宁的。"

我接过这些家什，心中骤然掀起轩然大波。那仿佛还未泯灭的良知咆哮起来：老狼，你妈的要堕落了，堕落啦！

我转脸茫然地看着这些男男女女。

他们个个打扮得华贵入时，看来口袋里都是有几个子儿的，那年轻劲儿大概还没为人父为人母，在绿色（我最讨厌这种颜色）幽暗的壁灯的照耀下，一张绿脸在云烟之中浮动、旋转，我猛然感到我被包围了，我四面楚歌！被一股看不见的烟雾所包围，被绿色的幽灵般的形象所桎梏，我害怕起来，我紧张起来，我的眼睛越睁越大，我终于号叫一声，转身就跑。

十 一

我气喘吁吁地跑上了马路。我更像一条被追打的狗，而追打我的正是无形无状无所不在的生活本身。我大口地喘着气，为着我，为着今天的我羞愧万分。

路灯睁着一只只冷酷的眼睛，嘲笑般地看着我。已经是深夜了，大街干净得跟抽水马桶似的，大街安静得跟全世界都完了一样。我裹了裹衣服，惊魂未定地向家走去。

爸爸妈妈都睡了。我蹑手蹑脚地钻进房间，扭开台灯，摇着发晕发木的脑袋，站在镜子前端详着我那张令自己讨厌万分的脸。在镜子的真实反馈下，我看见我的眉心中间出其不意地生长了一个很大的青春痘。

突然，镜子中出现了另一个人——妈妈！她披一件外套，在我背后目光忧郁地看着我。我没有转身。许久，我看见母亲拾起衣襟在脸上抹了几下。

我低低地吼了一声。一顿拳脚，把镜子砸得粉碎，把我自己连同那颗青春痘的脸砸得粉碎，把镜中的空洞和空洞背后的所有砸得粉碎！然后，在我耳朵里的一片稀里哗啦中，我像一摊泥一样倒了下去。

我想，我的确是醉了。

热　风

　　就在这年七月盛夏的一天，中午的时候，突然从北冰洋方向弥漫而来一股强劲的热风，这个蜿蜒分布在天山山脉的山脚下的城市全部被这股带着腥气的热风所笼罩了。人们就像搁浅在沙滩上的鱼一样在大街上滞重地喘气，眼睛里放射着死鱼的光芒，浑身在太阳光下反射着黏稠的光。所有的人几乎都无处逃遁，到处都弥漫、冲荡着腥热的风，人们感到自己的眼睛里快被榨干了水分，盐碱地迅速像传染病一样在人们的眼睛里蔓延开来。某种绝望开始在每一个人的头顶盘旋，所有的人忽而像逃亡的兔子一样仓皇地潜入家中，忽而又像雨前的蚂蚁一样爬满了所有的街道。

　　下午吃过晚饭，人们像洪水一样涌向这座城市中心的大广场。四方的广场之上二十万黑压压的人头攒聚着，涌动着，像巨大茅坑里蠕动着蛆虫，每一个人的嘴巴都在一开一合，但谁都听不见对方的声音，有一种仿佛发自地心深处的嗡嗡声淹没了一切声音。

　　人们就这样惶恐不安地度过了一个下午。黄昏的时候，风跟中午一样热，一点也没有减退的趋向。所有的人心中都忐忑不安地跳动着，每个人的眼睛里都弥漫着茫然无定的光芒。

就在这一天黄昏，画家程不动声色地打开了他那关闭已久的窗户。立刻，腥热黏稠的风扑进屋内，和屋里弥漫的热风会合了。会合之后的热风形成一条巨浪，一下子就将程击倒在地板上了。

他慢慢地站起来，目光平静如水。在这一天中午开始的热风已无处不在地包围着他，与他的皮肤、毛孔、汗腺作战。画家程住在这里已经多年，这是一幢二层楼的伊斯兰风格的建筑，从他祖父的手里传下来已有五十多年了。五十年来在这幢二层小楼里发生的故事像谜一样多，如今都变成了灰尘和蛛网，被时间的叹息掩埋。画家程独身一人，在过去他常常开着窗子，坐在他的老式藤椅当中，目光穿过院里青绿翠蔓的葡萄架，投射在人流如涌的大街上，目光无定而茫然。街上的人匆匆地走过，几乎都不朝他的房间看上一眼，人们已习惯生活的镇定与麻木了，不再对具有古典意味的东西感到好奇与神秘。

他想不起来是从什么时候开始关闭这一面窗子的。这大概与多年以前的一天，一个女人在路过他的房门时，意味深长地向屋内看了一眼，正好与他漠然凝视大街的目光猛然相遇，两个人都感到内心深处钝钝地响了一声的时刻有关。他记得很清楚那时候他比现在年轻得多，腮下无胡子，脸上泛着青嫩的红光，的的确确是一颗八九点钟的太阳。接下来的事情是顺其自然的，初谙世事的他开始了对那个女人无望而又疯狂地单相思。那一年他年仅十七岁。

现在想来他感到那是一种怎样的疯狂啊。他先是目光炯炯（不再茫然无定）地注视大街，而后开始陷入无穷无尽的幻想之中。这样过了七天，那个女人再次出现在他的窗口，等她意味深长地把目光投射进来的时候，他站起身，眼睛里燃烧着一种蓝色的愿望。他任凭自己的腿把他带出院门，用石竹花一样疯狂的眼睛看着她：我可以知道你住在哪里吗？

那个看起来比他大（而且的确如此）的女子脸上掠过一阵水波般的笑。她的眼睛、睫毛、鼻梁、面颊、嘴唇，无一处不散发着成熟的女性天然而又宁静的美。这个时候他的母亲已死去多年，因此几乎每天他都坐在这幢古典的房子里，进行无边的幻想和对画笔与颜色的操作。那个女子的嘴唇轻启，他的心像石子投入大海一样安宁而又平静，她说：太阳街十四号。欢迎你，梦见水鸟和古柏的人来我这里做客。她说完这句话之后，身影就像风筝一样很快在他的视线中消失了。他的嘴唇翕动着，说不出话来。从此几乎每一天晚上，他都像猫一样悄悄潜行到太阳街十四号——在那里，也是一幢二层的小楼，他目光惶惑地盯着窗闪映出橘红色光辉，竖耳聆听屋内的声响，心中想象着她在每一时刻的所作所为，这给他带来了持久的激动和眩晕，直到她的窗户突然黯灭之后，他才像荒野上的狗一样沿着月光铺地的石板路走回家。于是无论白天还是夜晚，他都陷入了无边际的幻想。

有一天他目光茫然无定地投射在大街上，身陷藤椅，她的身影再次浮现在他的幻想之中，他的手在两腿之间。一个饱经沧桑的声音：孩子，你不该这样啊。

他听到这句话不啻是一声炸雷。他像惊惶的鸟儿一样站起，面向了那个沧桑的声音。这是他的父亲。父亲的目光深沉而又忧郁。许久之后他说：孩子，你休息吧。就像一条苍老的狗一样缓缓地上楼，走进了他的房间。

第二天中午他听到一声闷响。下午他踱出房门，走到院子里才发现，父亲从二楼窗户中摔了下来，脑浆和血喷上爬满了无穷无尽的蚂蚁——他已经死去好几个小时了。关于父亲的死许多年来一直是一个谜，他一直搞不清父亲是自杀还是他杀。自杀没有任何理由，他杀又没见什么凶手。后来他认定父亲的死其实是一个梦，一个幻象，因为自从母亲死后父亲也跟着出走了再也没见回来。

父亲的身影缓缓地消失在楼梯上时，他心中一定充满了羞愧和不安。在这个古典氛围的家庭里已经多年没有女人的声音游走了。就在那天下午他终于鼓起勇气走进了他渴念的女人的房间：太阳街十四号。

一进房门，他立刻被一种水一样透明的质感抓住了。屋内的一切都是那么明媚而又敞亮，她声音像水一样在屋内荡漾开来：随便坐吧。接下来她给他倒了饮料，坐在他对面的沙发上，再接下来，就是他茫然的、充满幽蓝色光芒的幻想的倾诉。时间迅速地流走，他们都没有察觉这一点，而后，夜晚悄然降临了。

现在在他的记忆里封存了那一天的最后一个场景，他们俩都站着，而他的头深陷于她的胸部，泪水像雨滴一样从他的眼睛里滚落，他的头像孩子一样在她峡谷般的胸部蠕动着，有一会儿，他甚至解开她的衬衣扣子与乳罩，就像婴儿吃奶那样。后来她平静而慈和地推开他：好啦孩子。她重新整理好衣服，这时他的目光陷入了某种幽深的空茫，他的脸上荡漾着孩童般的微笑。她说：我梦见一个梦见过水鸟和古柏的少年会来找我。他说：不，我从来没有梦见过水鸟和古柏。这时他突然发现，她幽幽放光的眼睛实际上是两只巨大的蜘蛛眼睛，他恐怖地尖叫了一声，慢慢向后退去，退到门边，打开门像惊慌的鱼一样游走到了黑暗里。

第三天，全城的人都在议论着太阳大街十四号的煤气中毒案。死者叫宛，没有任何迹象证明她是死于自杀还是他杀，就像前一天程的父亲神秘地从楼上摔下来一样。只有很少的人知道她独身一人住在这里已有五年，她死的那一年二十六岁。关于她，他不可能知道得更多，在她作为无人认领的尸体火化以后，他的心也渐渐趋于平静，静如止水。在他十八岁那年，有一天，有一对衣着深沉而高贵的老夫妻，像一束光来到了西部这个凌乱不堪的小城，领走了宛的骨灰盒。人们纷纷传说他们是从美国回来的。以后这一切就像水一样在他的记忆之中渗入了沙地。他不再回忆关于她的一切了。于是他关闭了这面唯一的他联系外部世界的窗户，陷入了纯粹的玄思和无边的幻想。

刚才在那两股热风的夹击下跌倒的时候，他的脑海里清晰地出现过一个疑问：多年以前关于他和宛的故事是否是他的一个幻觉，一个梦，它从来没有发生过。对于这一点耽于做梦和幻想的他已经无法确认了。他甚至认为刚才跌了一跤都是梦幻中发生的，因为现在他身陷于藤椅之中，又沉浸在了无边无际幻想的深渊里。

这个时候几声惶恐而清澈的敲门声传入他的耳鼓，他蓦然睁开眼睛，透过窗户，他看见院门被人打开了，显然有一个人站在他的院门口，敲响了挂满青苔的他的房门。

他缓缓站起来，步态迟缓而又滞重，他因此怀疑自己到底是二十七岁还是七十二岁。他下意识地去寻找镜子，这才明白多年以来他已经没有照镜子的习惯了。二十七岁的画家程在某年夏季热风突然来临的时候打开了他往事横陈的门。现在，他面对着的是一个穿裙子的女孩。女孩纯净如水，会说话的大眼睛无声地询问他：我可以进来吗？他平静的内心稍稍有些触动，就侧身让她进来，轻轻地关上了房门，他注意到她的身影像鸟儿一样轻捷，滑入了他的客厅里。

现在，他多少感受到了一些尴尬和紧张，等到他们坐定，他才开始注意起她的面容来。阳光大块地涌进屋子，屋子里一片明媚。他觉得自己无法用语言概括她的面容，只能从这张脸上估计她在十八岁至二十岁之间。风还是跟中午以后一样黏稠闷热。这时他又注意到她的胸前戴有一枚毛主席像章，他不知道这意味着什么。在给她倒饮料的时候，一只透明的杯子被他碰落在地上了，晶莹的玻璃片飞溅开来，引起了她的一声惊叫。他歉意地笑着，议论当今物品的不耐用性。这时他觉得她的来访的确是一个谜。

他转过身来的时候看到她从随身带的包里取出一只红色鸟儿。鸟的眼睛迷茫而又幽深，不叫不跳，立在她掌里，他感到十分惊奇。

你就是画家程吧？她说。说这话的时候她用纤细的手指逗动红鸟儿的嘴，脸上掠过一层透明的笑。他惊奇地问她：你怎么知道？我已经有多年没有发表和展览自己的作品了，我的作品全都被二楼储藏室的蛛网缚住了。她说：啊哈，那可是一件美妙的事——我可以率先一饱眼福了。他感到故事就要在他和她之间发生了，他问：你来找我做什么？已经有多年，没有年轻的女人来找过我了。至少有三年我没有画出任何作品。我已经被幻想中的幻象捕住了。也许你的到来在今天你走后就成为我明天梦醒后的一个幻象。仅此而已。

有一种苦味儿在屋内弥漫开来，他们都感到了热风的黏稠，她说：真热啊。我真想把所有的衣服都脱去。她伸了一个小猫一样的懒腰，我来找你是想当你的模特儿。

这句话深深地震动了他。他不知说什么才好，耸了耸肩，饮下一口橘汁。许久之后，他说：好极了，我正打算画模特儿呢。你原先当过模特吗？

这时他发现她的眼睛里掠过一阵白色鸟群，她说：不。我还从来没有在别人的面前展示过我的身体。你不知道我今年十八岁。我从很远的地方来，偶然经过这里。我和我的父母就住在你们这座城最高级的宾馆里，具体说五年前我见到一组你发表在

《青年美术家》杂志的作品系列《十七岁看到的幻象》，深深地为你所表现的一切所激动了。我想把我十八岁的形象留下来。好了，现在就可以开始了。

这时他才注意到她已经脱掉了衣裙，现在她站起来，只穿戴着乳罩和粉红色的三角裤。这仓促的变化把他从水草一样幽深的幻想中惊醒。他默默地支好画架，调开颜色。这一切工作准备完毕之后，他抬起头，在离他四米远的为模特准备的奇特的椅子上，她摆开了娴熟的、令他深深地震惊了的姿态。

现在，她的十八岁的谜一样的躯体完全地呈现在他面前了。他细细地眯起眼睛，用职业的目光分割着她的身体。她的身体并不饱满，但青嫩而且纯净。她的皮肤发出一种莹莹的蓝光，脖颈雪白而细长，头发似水飘洒下来，她的乳房小巧而圣洁，显然至今还没有一个男人粗野地抚弄过它们。她的腹部到臀部弧线圆润，使他联想起宋代古典的瓷瓶。她的小腹结实，一层淡淡的绒毛密布于其上。腿修长而又充满弹性，自然地伸展着。她的身体的全部组合自然、纯净，宛如一个真实的梦幻一样展现在他的眼前。有一种宁静而古典的美倏然从宋代而来，宁静地在屋子里开放。

他手中的笔牵着他的手快速地在画布上游走，带有某种不确定性和盲目性。他的脑海里依次闪现过多种的幻觉，他现在又难以判断他到底居于时间的哪个坐标点上。渐渐地她的姿态像水中的葫芦一样浮在画布之上。现在他才惊觉她摆的姿态的某种暗示与象征，他知道在他和她尚没有深层对话之前，有一种色彩是不能强调的。

他终于扔下了笔，黑色的疲倦从脚底徐徐传入头颅，他有些颓然。多年以来他都习惯于在精疲力竭地做完几幅画之后大睡一场，这时，一些暗红色的记忆在他的脑海里迅速地席卷而来。他站起身，走到仍然摆着姿态的她身边，伸出一只手：完了，我拉你起来。

她睁开眼睛，目光忽然变得混沌一片。她伸出她的手，他们两个人的手拉在一起，但是结局是她并没有站起来，而是他深深地跪下了，他们拥吻在一起。

后来，从他们的身下取出的那块画布上汗气弥漫，一些汗渍自然地分布成某种结局。他给她盖上一条毯子，然后回到画布旁，开始疯狂地画了起来。画布之上渐渐地出现了一个女子仰躺在一片黑暗的静穆之中。这幅画的名字就叫《童贞女》，在画完这幅画之后，某种预感抓住了他，但他知道他已无法抗拒了。

他又回到她的身边，掀开毯子，在他的眼睛里，她的躯体就是一架完美的钢琴，他的手细腻地轻轻弹奏着她身体的每一个部位，像艺师在雕刻他心中的圣像。再次从雾气腾腾的幻觉中走出以后，他在她的耳边低语：我的梦幻女郎，你属于我的时间到什么时候为止？她说：明天下午八点我要回到我父母的身边，然后，乘一辆车离去。我们要去一个神秘谷地寻找一座檀木雕像。

等到他们醒来的时候阳光已在耳边低语，热风仍旧剧烈地舔食着一切，他们的身上结满了一层细密的汗珠，他们穿衣起床，她动用他的似乎多年未用的炊具，为他俩做了一顿恶劣的早餐。在饭桌之上，由于那只红色鸟儿鸣叫的提醒，他们决定立刻动身去天池游玩了。

热风经久不息地在整个天山以北吹荡着，企图把一切水分舔食尽。他们的车子飞速地驶向天山深处，热风和车体摩擦，发出金属的刮擦声。后来，车子沿一条蜿蜒的盘山道攀缘而上。不久以后，他们就来到了天池。天池的水碧绿得像一池梦，幽深，清澈，冰冷刺骨。两边高山大谷，塔松林立岩石突兀，鹰和阳光一起在天空中飞翔。他们感到自己的心立刻敞亮起来。他们忽而骑马驰过一片山间草坡，惊起绿色的蚂蚱，像子弹一样激射而出，沾满了他们的衣服，忽而乘坐汽艇在天池里乘风破浪。他们彻底地放松了。

太阳几乎沉没到大山背后之时，他们游兴未尽但只好下山了。他们乘坐的出租车轻灵地开动了，这时，她要求司机，说：把车给我开一会儿好吗？我可是个老手，才从美国回来，叫你见识见识美国技术。司机和她互换了位置。车子再次发动了。

在下山路的第二个拐弯处，厄运的猫头鹰终于降临了。他们的车拐弯不及，经过了一系列和岩石的碰撞之后，车子漂亮地凌空跃起，跌入了美丽而又幽深的天池水中，迅速地沉没了。司机在慌乱中浮出水面，而程和她连同那辆小汽车，构成了富有诗意的死亡的琥珀，向安详宁静的湖底降落而去。而这个时候，时间的手正牢牢地指着八点钟。

与此同时，离这里八十公里以外的画家程的那幢饱经沧桑的小楼，由于一群无知小孩的闯入，偶然失火了，火吞噬了一切，画家程二十七年来的杰作在火苗的不断舐吻之中慢慢地卷了起来，变成了从来就没有存在过的一撮灰。

现在，十七岁的程站在这座边远城市于七月盛夏举行的一个画展的展厅里。他弄不清他在一幅叫《热风》系列的画前站了多久。《热风》系列共包括五幅画，分别是《热风·城市末日》《热风·古宅》《热风·初夜的真实》《热风·沉没》《热风·大火》。在这一系列作品中，时间和人内部的永恒的冲突与骚动构成了它们凌乱的线条，表达了一种癫狂的困惑与死亡预示。十七岁的程这时候做了一个抬臂动作，他的手臂轻轻折成直角，他看清时间是下午八点。他弄不清楚的是，从早上八点到现在他干了些什么。整整十二个小时他迷失了。也许又重新陷入了他从小就有的幻想狂热症和遗忘症之中了。现在，一阵旷世的迷茫展现在他的脸上。十七岁的程找不到通往过去和未来的门，因此他一脸绝望，一脸迷惘。要说所有这一切全部都是幻象，真实的只是时间，那么有关二十七岁的毁灭的程和十七岁读懂热风的程之间就真的没有一种因果和逻辑关系了？

现在他痛苦地皱了皱谙知世事的少年眉头，一脸静如止水的迷茫，他转身向空无一人的大厅门口走去，在那里，黄昏的舌头正一点一点地伸探进来。

奔流的生命

天刚亮的时候，他就上路了。风儿吹得他头发一扬一扬的。他感到自己的内心深处充满了渴望，一种想要拥抱住什么的渴望。远远地他就看见那里——在戈壁深处有一条银带在闪。好耀眼哪，把他的心一揪一揪的。可到啦，他想，我从一万多里外的城市出发可到了这里啦！我满脸尘灰病体恹恹可找到的啦！他异常兴奋地扔开早已骑得不成样子的自行车，可到啦，我可到啦。他一边磕磕碰碰地向那条银带摸去，一边喃喃自语。可到啦，我可找到你了——我的塔里木河！

他扑到了哗哗作响、清亮得仿佛不存在的塔里木河边，一下子呆住了。他把披散到脸前的头发猛地拨开，深情地傻呆呆地凝望着眼前的河水，轻轻地呻吟了一声，慢慢地坐了下来。这就是我要寻找的那条河吗？他的内心深处充满了感激。继而他把视线投向伫立在远方昆仑山那庞伟的身躯上。他站起来甩掉了破烂的羊皮袄：喂喂昆仑山，你能看见吗？你的小兄弟来啦！他从一万多里外的城市里来啦！他不爱城市他要找他的母亲河。我来啦！

周围的一切静得出奇。云朵像运棉花的马车悠然地驶过空旷的天空，空气异常清冽。轻灵的阳光在空中脆响，淡奶色的风把遥远的一切都幻化成浮动的圣境。多美呀，他想，我终于来啦。他觉得自己幸福得发疯。他解下自行车上那一大包东西，取出充气橡皮艇，开始做下水的准备工作了。他一下一下地打着气，感到自己生命的一部分随着这打气动作注入了这心爱的橡皮艇中。他把所带来的衣物、食品、药品统统放到橡皮艇上，他快活得像三岁的小孩子玩泥巴那样干着这一切。

他用力把橡皮艇推向河岸。橡皮艇与水接触的一刹那发出了清脆的、不绝如缕的声响，接着那清亮的水稳稳地托住了橡皮艇，像母亲的手臂托住从高处跌下的儿子一般。他突然想起了小时候妈妈把他放在阳台上，然后拍着手叫他向下跳，他吓得战战兢兢地闭着眼睛身子慢慢前倾——这一瞬间他感到万分恐惧，但接着母亲那温和的大手稳稳地托住了他——同橡皮艇下水的感觉一模一样。他取出了木桨，稳稳地把桨伸入水中，闭着眼睛默数了几下，轻轻地一划，那"哗"的一声起锚的声响叫他激动不已。橡皮艇稳稳地向前去了。

这一刻他的内心深处充满了欢乐。他匀称地一下又一下地划动着木桨，橡皮艇稳稳地向前走去。清亮的水花簇拥着他仿佛簇拥着一个王子。他的血脉里澎湃着血的喧响，他和他的橡皮艇缓缓地向前走去，他感到两岸的远山在向后游动，它们仿佛在接受他的青春的检阅。

这次我终于躺在我母亲河的怀里啦，他想。塔里木河，他一遍又一遍地念着这几个字。三年前他就梦想着要在这条河上漂流，那时他还是大学四年级的学生。

他知道他的家乡在这条河的上游，这座城的名字，在西域历史上放射着幽蓝的光。喀什，我的故乡喀什。六年前他从喀什一下子考到了万里之外的北京的一所著名大学。那时候他离开喀什快乐得跟一头小马驹一样，快活得跟现在一模一样。可三年前塔里木河就开始在他的脑海里和血管里澎湃，那时候他一做梦，就梦见了那条幽蓝幽蓝的河。他从那个时候心中就揣了一只不安分的兔子，这只兔子叫他干什么事都魂不守舍。

大学毕业后他被留在了那座东方之都的一幢二十七层大楼的一间宽敞明亮的办公室里。他的办公室恐怕是全国最好的了，在他的同学们、亲人们的眼里他是多么辉煌啊。他理所当然娶了一位漂亮得不能再漂亮的妻子。他的妻子懂得如何保养身体，如何应酬客人，如何把每一分钱都用在该用的地方。可一年以后他突然厌倦了，他感觉他厌倦这一切了，他活得很累。那条闪着幽蓝的光的大河一下子从他的脑海里闪现出来，他一下子觉得他非常厌倦他的办公室、他脸上的笑以及他的志得意满的妻子。他想起了那条河。他终于想起来了，好几年他失落的原来是一条河。这条河的名字就叫塔里木河。

他依旧均匀地划着木桨，塔里木河上游的河面不宽，水清且浅。我的塔里木河，他想，你是那昆仑山上的蓝色冰川在阳光的亲吻下一点一点地融化，后汇成清冽的小股水流的。这一股股的水流又汇成了大股喧哗的小溪，这小溪又汇成了小河悄然潜入了戈壁上，而后又在塔里木盆地深处出其不意地出现了。这河水像乳汁喂养了几乎整个塔里木盆地的生命。

到下午的时候，他已经整整漂流了八个小时，漂流了一百多公里的水程。这一段水清得惊人，平稳得惊人。他饿了的时候，取出了压缩干粮，就着冰凉的河水香甜地吃着。慢慢地黄昏降临了，玫瑰一般绚丽的颜色均匀地涂在了河面上。两岸的大戈壁也被这美丽的颜色给浸泡了。远远地，那颗太阳像一只熟透了的果儿，红得耀眼，红得深沉，红得醉人，它正一点一点地跌落下去。他久久地凝望这黄昏中浸泡的太阳，感到一种他从来未曾体验过的神圣。那阳光也把他染得一片金黄。

橡皮艇依然稳稳地向前走，整个天和地之间浮起了一层厚厚的雾霭。一切都变得朦胧，变得深沉起来。他躺在橡皮艇里，默默地闭上了眼睛，他感受到了一种旷世的孤独。他慢慢地咀嚼着这孤独，感到了活着的沉重。他默然地流泪了。他想到了这条河上游那座城市里的老哥荣。突然，一阵暴乱的声音擂响了这沉寂的暮色。那声响急切、潇洒，而且放浪不羁，那是马蹄的声响。这声响像一阵急如爆豆的雷雨一样擂击着他的耳膜。他惶恐地坐起来，他惊异地放眼望去，他欣喜地张开了嘴巴——有一匹漆黑的马，若一股黑色的旋风，在薄暮之中的大戈壁滩上疾驰。那从未梳洗和修剪过的马鬃骄傲地在野风中飘扬，像一面黑色的旗帜。在它身后，随着它激烈的蹄响，一股股黄烟弥漫而起。

而在更为遥远的大背景下——那里生长着一大片原始的胡杨林。在这片林子的上空，一大群乌黑的老鹰迅速地盘旋飞起，在空中划着圈儿，以悠然洒脱的姿势在天空中书写着自由。他感到心被风鼓了起来，他的双眼放着奇异的光。那匹黑色的野马正在向他这里飞奔。他惊喜地睁大眼睛，那马像一阵黑旋风急卷而来；他欣喜地张大嘴巴，那越来越近，爆豆般的蹄声在空中炸开，迸射出五颜六色的火花。那马在离河岸两三米远的地方猛然驻足，扬声高嘶，前蹄猛然跃起，马头在空中一进一出，那么高傲，那么潇洒——他感到震惊；那马的前蹄轻轻地落了下来，那马的长鬃"哗"地像水一样飘落下来，那马用亲切的目光看着八米以外的他。

他立刻用桨把船停住，他把目光投射过去。那马询问的目光与他的目光相碰了，互相都感到了温暖与柔和。这马高大健壮，仿佛从来都不曾备过驯服的鞍具，强健的臀部坚挺，修长有力的腿不安分地在弹动，浑身黑得深沉、黑得潇洒、黑得庄严。这马好奇地望着他，这一时刻他感到浑身的疲惫尽然消去，两个生命在同一时空中久久地互相对视着。

许久，他微微地笑了，像个孩子。那马轻轻地嘶鸣了几声，扬了扬长鬃，接着前蹄一跃，而后转身，那爆豆般的马蹄声又复响起——它又走啦。

他痴呆呆地凝望着这匹种马的背影，这背影是那样地令他惊羡。这时大地忽然开始颤抖了，一大片轰隆隆的巨响驶过大地，他这才看清了：那匹黑色闪电的身后，紧跟着一大群同样桀骜不驯的野马。它们一同在天和地之间奔走，生命自由地奔驰在这神秘而又神圣的黄昏中。他感到这一瞬间美丽得令他晕眩。

当星光在夜空叮当作响地弹奏的时候，当风儿凉得像冰块一样刮过无人的旷野时，他静静地睡着了。他躺在平稳地向前走着的橡皮艇里像个熟睡在摇篮里的孩子。

　　他从小就是一个不安分的家伙，他喜欢骑着马在绿得醉人的草原上疾驰。在学校念书的日子里他从来也没有老实过，他在他的所有的课本上都画满战斗着的小人——为此他挨了不少老师的责骂。他爱国爱得要命，去年在北京的时候，他听见两个外国人在轻声用母语交谈着"愚蠢的中国人"，他就把他们叫到一个小胡同。他用重拳几下子就放翻了他们，他别提心里有多痛快。在博物馆里工作的他一看见有些洋鬼子指手画脚他就不舒服，因为他们用他们廉价的赞扬又捞了不少油水。而有些中国人的脸更叫他感到恶心。

　　他突然感到眼睛有些灼痛，他费力地睁开眼睛：早晨阳光的金针调皮地拨弄着他的眼睫毛。他感到很累。他坐了起来，橡皮艇在他的熟睡中不知不觉又走了一夜。这个时候，橡皮艇已经进入河面宽阔的叶尔羌河地带了。河水被阳光涂上了一层梦样的色彩，两岸的沙石、黏土，被风、水侵蚀得奇形怪状。他伸展了臂，用力地划着桨。橡皮艇向前稳稳地驰去，两岸的沙土苍黄、深红。一大群鸟在瓦蓝瓦蓝的天空中绕着圈子，他怔怔地看着那些鸟，感到快活极了。桨击打而起的水花，湿漉漉地溅在他赤裸着的胳膊上。多美呀，他想，大自然、清晨、太阳、野马，还有我孤独的长途。多美呀，他感到了血管中一阵骚动。他三下五除二地脱掉了外衣，扒去厚实的防寒服，脱下内裤，他慢慢地赤条条站了起来——他以生命的本来面目面对着太阳。这一时刻他的心中大潮骤起，这一时刻鸟儿们在空中静静地划着优美的曲线，橡皮艇悄没声息地前进——他高高一纵，跳入了水里。

他穿好了衣服，感到自己的肌体内充盈着力量。他开始用力地划桨了。他均匀地摆动着双臂，双桨一下一下有规律地拨动着河水，哗、哗、哗、哗，他听着这美丽的音节，仿佛听母亲在轻声低语。上学的时候他就喜欢"旅游"，那时候他是一个孩子王，他是他那群兄弟的头儿。他领着他们到离家三公里外的一条沙河上捞鱼，摘一种叫沙枣的食物吃。初三开始他就骑自行车一个人在塔里木盆地周围走了三十八座村镇，上高中的时候他和朋友穿越八百里将军大戈壁到达了阿尔泰山区。

上初二的时候，他班上有一位瘸腿的维吾尔族姑娘叫阿依古丽。她的脸美丽而又苍白，性格沉静、内向，像一座雕塑。她就坐在他的左前方，她的雕塑般的身影老是挡住他的视线。有好几个晚上他睡不着觉，因为他眼前老是出现她那雕像般的身影，他的心激动得突突直跳。后来他终于明白，他是爱上这个姑娘啦。他既害怕又害羞，此后每次上课他的视线总是悄悄地落在她身上，他看见了她的头发在阳光里舞蹈，看见她的耳朵垂在阳光里变得美丽又透亮。

有一天她又拄着拐杖走出教室——他总是最后一个走出教室，为的是用目光去搀扶靠拐杖一下一下走得很困难的阿依古丽。她快要走出教室的时候，手里提着的一大沓书和本子全掉在地上了。这时候他的心突突直跳，头"嗡"地响了一下，他大步走了上去，把那些书本拾起来，递给了阿依古丽。阿依古丽那天使般圣洁的脸第一次真实地和他离得那样近，他感觉他的心快要停止跳动了。这时她灿灿地一笑，说声谢谢！就又转身走了。那一瞬间他幸福得都要晕倒了。

从此天一擦黑，他就悄悄地潜到一幢五层楼下，望着四楼的一面射出橘黄色灯光的小窗——阿依古丽的家就在那儿，他的心中一遍又一遍地念着她的名字，眼睛里燃烧着橘红色的渴望。一直到那灯熄灭了，他才悄然地回家。没多久，她就因白血病死了。这巨大的打击使得他好长时间都没有缓过气来。

黄昏降临了。那奇丽的玫瑰色涂满了整个世界。静静地流淌着的塔里木河好像在燃烧，波光一荡就好像有鲜活的火苗子一蹿一蹿，美丽极了。

远远的太阳像一只巨大的眼睛，静静地看着他，并把一种金黄涂满了他的全身。金黄色，我的生命的本色；金黄色，我遗失的金黄色。呵，金黄色……他奋力地划动双桨，木桨有力地拍打着熊熊燃烧着的火苗子。

此时他的耳朵捕捉到了一阵轰轰隆隆的响声。循那声音望去，他看见了，在他的正前方，一大群黄羊在奔驰着，一团团黄烟腾起。那羊群奔跑得那么狂热，那么焦急，一定出了什么事儿，他想。观察着周围的景观，他明白了：一场大沙暴就要来啦！

渐渐地，一团巨云，向这边移来，而且挟带着一种声音。不一会儿，那风暴就卷到了他的眼前。风儿猛烈地卷过一阵暴乱的沙石，在天和地之间猛砸下来，天地骤然变得昏暗起来。他裹紧了衣服，戴好了防风镜，身子平稳地躺在橡皮艇里。可来啦，大沙暴。他想，大沙暴，他是来为我举行青春的加冕来啦。他愉快地想着，仔细地捕捉着大沙暴的每一种细微的声响。他仍然可以感受到船在静静地走，就像我的生命本身，他想，即使是彼岸再遥远，我仍会平静地一往无前地向前漂流。

渐渐地，沙暴的声音弱了下来。天地也重新变清晰了，玫瑰色的塔里木河在经过了沙暴的亲吻之后变得更加瑰丽，显示出一种沉静之美。太阳已经完全沉落下去了，天边仍是一抹浓色。数不清的野鸽子又开始在薄暮中飘浮了。那群神奇的马群昂声高嘶着从那片原始胡杨林中冲了出来，在越过他和他的橡皮艇之后，轰轰隆隆向前奔去，在他迷蒙的视线中变远了……他被感动了。在这天地之间，自由的浩浩长风吹拂着他的脸，他慢慢吸了口气，运足了劲，又用力地划起来。

他一下又一下地划着桨，他额头上的汗水在闪闪发光，他仍用力地向前划着，眼睛盯着那群野马美丽的身影。渐渐地，他感到自己的血管里澎湃着血的大潮。太壮丽了，人生永远像这样奔流该多好，他觉得奔流和燃烧着的塔里木河就是他生命的本身。他用力地划着、划着，在暮色深沉中，他和这奔流的大河融为一体了。

倾诉：圣山之歌

　　他又一次用力拍打马臀，那匹黑走马咳咳地叫着，摆动着桀骜不驯的头颅，任那黑色长鬃在风中飘荡。马蹄声又急了起来，他在马背上像狂风中的树枝一样剧烈地摇晃。他死死地盯着那座覆盖着白雪的呼伦特斯山峰，目光坚定而又炽热。呼伦特斯峰还是那么冷峻和孤傲，头戴着那顶永恒的白色王冠，冷漠、肃穆而又庄严。我要和你交谈，他想，你一定和我一样孤独，呼伦特斯老人。他轻轻地呼吸着天山之中冰凉的空气，心想，我们都想企及某种高度，我们都想达到一种纯祥和超拔，呼伦特斯老人，我要和你交谈，我一定要走近你。想到这里，他轻轻地微笑了，像孩子那样可爱和天真。他胯下的黑走马轻轻地颤抖着，不知是因为兴奋还是疑惧。他和他的马飞快地掠过一小片青翠的塔松林，驰过一片绿得流水的嫩嫩的草坡，向那条上山的小径奔去。

　　周围的空气清凉得像泉水，细细地滋润着他的汗毛和肌肤，他感到有一种说不出的舒心和快活。几只秃鹫默然地在淡蓝色的天空中滑过，孤单而又潇洒。两边红褐色的山岩峭壁上，一些白色的山羊在蠕动着，在生命的绝壁之上穿插上升。喑咽的乌鸦叫声惊飞了一大群灰褐的野鸽，它们自由地旋转着，背景是高山大谷和苍莽深绿的松林，后来又慢慢哗然在阳光之海里。他眯起的眼睛看不到它们了，只感受到麦芒般的阳光刺痛了他的眼睛。他把目光移开，投射在幽蓝的天空之中。西部的天空是那么旷达而又高远，深邃无比，广阔无比，恢宏无比。天空中棉絮一样的云团整齐地移动，一切都宁静而又安详。他的内心里顿时响起了一些欢快活泼的音符，和着他的脉搏激越地跳跃着。他的黑走马浑身肌肉抖动着，马蹄叩击岩石，银亮的火花倏然一闪，他的马就已经跃了过去。有时候，马在密密的塔松林中穿行，他用手护住脸部，弓起身子，他听到松针亲热地摩擦他的衣服发出的沙沙声，马儿毫不迟疑，驮着他飞快地向山上的路径驰去。

　　傍晚的时候，他到了一座山的脚下。当他在马上看见一座白色毡房冒出的淡蓝色炊烟的时候，心中安宁而又踏实。毡房的门口有两个肤色黝黑的哈萨克族男孩在草地上打滚，他们望着他走近、下马、拴马，好奇地迎上来，用黑珍珠一样纯亮的眼睛看着他，一边把一条闷声不响逼向他的黑色牧羊犬轰走。他友好地拍了拍两个小家伙的脑袋，这时，他看见一个哈萨克族大娘搓着双手走出毡房，并示意他进去坐。他点点头跟着大娘进了毡房。他脱掉鞋子，盘腿坐在地毯上，立刻，一个丰满、挺拔的哈萨克族少女给他斟上了奶茶，并且加了些黄油。少女的脸上挂着水珠一样明亮健康的笑容。他低头看着那黄油慢慢地洇开，朝她友好地点了点头，心中倏然掠过一阵温暖。这个哈萨克族少女肤色很白，很细腻。他的目光和她那像水晶一样清纯剔透的眼睛相遇，他的心"咯噔"响了一下。他忙把目光转移开去，心中想：多么美的姑娘！我还从来没有见过这么健康、自然的女子，她没有受一点现代文明的污染。想到这里，一些伤感涌动上来。他勒住了乱颠一气的思维的野马，抓起那碗奶茶，呼呼地喝着，又抓起大娘端上来的干馍，大口吞咽着。

他确实是饿了，太饿了。那在一块布单上堆起的小山般的干粮，不一会儿就被他消灭了一个角，那壶奶茶也被他呼噜呼噜喝光了。他觉得肚子里稳当多了，对一直在旁边提着壶给他倒茶的那个少女摆了摆手，用手盖了一下茶碗，意思是再不要了。少女温柔地笑了笑，放下茶壶，掀帘走了出去。

等到她的背影消失在门帘外面，他才来得及察看周围的一切。当他把目光从挂着的冬不拉、图案纷繁的挂毯以及几只硕大的自制皮箱上移开时，他才发现他对面躺着一个人。这个人身上盖了件厚实的皮大衣，侧影看起来很安恬。她翻了个身转过脸来，他才看清她是一个汉族姑娘。这使他稍稍有些不太自在，他感到浑身上下有些热了。

那个姑娘翻了个身坐起来，发现了他。他依稀看到她有张很漂亮的脸，有一股子文化气息，眉目上还有那么一股子不经意的乖戾之气。

"你是谁？哪个地方的？怎么跑到这里了？"她打了个哈欠，用手捂捂嘴，很有进攻性地问。

"你又是谁？这里是天山，可不是女孩子们玩过家家游戏的地方。"他对她那城市小姐特有的腔调和姿态有些反感。这种人他见多了。

"我嘛，我是个……大学生。北大的，搞语言研究的。来这里考察民族语言。喂，你听说过厄鲁特人吗？我就是来调查他们的语言的。"

他不动声色地看了她一眼，心中泛起一层轻视。天山是我的，这种广阔和恢宏是我的。他想，小姑娘，你永远都不会拥有它们。天山只能是我的，我做梦都在天山的草坡上翻跟头，我在这里生活了整整二十六年，小姐，你懂什么叫土地的精神吗？他冷冷地想。

"我猜你一定是一个水文地质队员喽？"她边问边递过来一支"万宝路"。他友好地挡开。他没有回答，他觉得自己无须回答。说什么都没有必要，一切的一切都无益于他去接近他心中的神，他的天山。他冲她点了点头，就没再理她，把目光投向了门口。

太阳已经辉煌地沉没了。透过毡房门，他可以看见对面那高大山峰的顶端被阳光染得通红，深沉而又美丽。房门外，那个明媚健康的哈萨克族少女在那里挽起袖子挤牛奶，动作质朴而老练。他的心中又泛起了一阵暖意。

天色渐渐暗了下来。

他卷了根粗长的莫合烟。她的打火机燃着火苗伸到了他眼前。她的大眼睛俏皮地盯着他。他凑过去把烟点着了。

"你看上去挺有内容。你们西北汉子都很有内容。"
她说。

"是吗？"他不置可否地开了口。

"你像块石头，你的内心生活一定很丰富，这我看得出来。现在男人们的冷峻和深沉是最极致的风度体现。"她说，"喂，你们新疆的确不错，这里的山水人地一切都那么旷达、高远、宁静而又质朴。我讨厌正儿八经的内地城市，在那里人人都在参加假面舞会。"她的眼睛在油灯下一闪一闪的。他笑了笑，拉过一条毯子，说："睡吧。我明天一早还要赶路呢。"

等到清晨，出圈的羊群咩咩叫着唤醒了沉睡着的他的时候，他匆匆起身梳洗一番，整理好行囊。出门时，他从包中取出一盒砖茶和几包方块糖，送给大妈做礼物，就翻身上了马，有些恋恋不舍地拍了拍在马前看着他的两个小家伙，看了一眼倚着马架子微笑着注视着他的那个少女，然后双腿一夹，人随着马忽地跑开了。他的马踏着哗哗挂着露珠子的青草向前慢跑而去，这个时候，哈萨克族大娘用哈语喊他停下来，他勒转马头，马嗒嗒小跑着走到她近前。这时，毡房门帘一挑，一身慷慨之气的北大女学生背着背包走了出来。大娘告诉他叫他把她捎上，一起走一段路，女孩要去另一个深山谷处厄鲁特人居住区。他有些不情愿地点点头。那个哈萨克族女孩又给他装了一小皮口袋奶疙瘩，女大学生慢吞吞翻身上了另一匹马。

他冷冷地看她一眼："走吧，小姐，要翻过那座山得走大半天呢。"

阳光的金针扎得他眼睛有点疼。空气异常新鲜，他向大娘一家招了招手，两人催马出发了。山谷开阔幽深，正是盛夏，但由于早上和中午温差很大，他感到有点冷，裹了裹衣服，取出黑色墨镜戴上，对她说："穿好衣服。"她加了一件外套，骑的是一匹灰白色骏马，腿长而有力。他想，这马让你骑真是糟蹋了。

"喂，你叫什么名字？"她问。

他头都没有侧，说："力士。"

"Lux？力士？哈，香皂的牌号，还是外国的。不过你倒真像个力士。喂，你的侧影看起来棒极了，刚劲中掺杂着冷傲。"她的声音明显变得随和了。

"是吗？"他还是一副漫不经心的样子。他并不关心什么香皂牛仔，他只想接近他心中的神，他是为一次精神的朝圣而来。马还在山岩之间腾越，在塔松之间穿梭，在草坡之上疾驰。他真觉得，驰骋在这片亚洲最广阔的土地上的时候，整个身心都如同在浩渺的时空之海里隐现。他深深地凝望着眼前的高大山峰，说："你不会懂得天山的。它是整个亚洲的崇拜和图腾，它只能属于我。"

"你以为你懂吗？你上过大学吗？知道什么叫中亚文化……"她有些生气了。他没理她，继续催马向前。

"喂，力士，你以为就你懂天山？"她不依不饶地气呼呼地催马赶上来，斜睨着好看的眼睛瞅着他。他突然觉得她有点儿可爱，看她这个样子，他真有点儿原谅她了。他扬起马鞭，指了指呼伦特斯峰："那是我的神，我的圣山。只有我才能和它对话。你们听不懂它的语言。"

她"哼"了一声，沉默了。许久，她张开了口，换了个话题："喂，我越看你越不像地质队员，你究竟是干什么的？"

"我在进行一次朝拜。"他的声音深沉而且庄严，几乎把她给镇住了。她不知道自己该说些什么。二十几年的城市生活，她习惯了喧嚣，习惯了吵吵闹闹，习惯了生活的重复与琐碎，很久以来，她觉得自己的生活中总缺少那么一些澎湃的东西。此时她猛然感到有种壮美在心中升起，在这样广阔的山地里飞来，好像一切都变得洋洋洒洒起来。

她说："喂，力士，你真像一个诗人。现在整个内地都在物欲之中沦陷了，你也许是最后一个幸存者啦。"她从侧面看他，觉得他的脸果敢而又刚毅。她忽地觉得自己简直要爱上这个西部汉子了。

太阳已渐渐移向头顶，空气变得有些燥热了。他们的马并肩前行，用一种中等速度向高山进发。他们的前方，拉库次克大坂已遥遥在目，但要到达那里，还需好几个小时。她说："休息一下吧。"于是，他们翻身下马，坐在一块岩石上，就着水壶吃起了干粮。

"你原来就是新疆人？普通话讲得倒挺不错。"她说。

他点了点头，一边嘎吱嘎吱咬着干粮，脑海里如烟往事像电影画面一样倏然闪过。这片他生活了二十六年的土地，这个给了他血液和精髓的母亲，他忘不了，他挥不去。抬眼远眺，几乎整个山群都展现在他们眼前了，那么浩荡、苍茫。白云悠然地在天空中滑过，在山体的巨毯上投下暗色的大花，远处雾霭浮动，无比地旷达深远。他感到自己的心立刻飞起来了。太美好了，他从心里再找不出什么别的词来抒发这种激荡的情怀，他轻轻地唤了唤自己的名字。

再次上马之后走了不多时，一条岔道口就出现在他们眼前。一条路上山，一条路下山。他用马鞭向下一挥："大学生，你从这里下山，走两公里就到了厄鲁特人住的地方了。我要从这里上山，好啦，再见吧，大学生，祝你好运！"他终于慷慨地朝她笑了一下，他的墨镜在阳光照射下熠熠闪光。

然而她已经决定不去那儿了。她狡黠地笑了笑："不，先不找厄鲁特人，我跟你一起去朝圣。"

"笑话！别开玩笑了。"他说完，立刻掉转马头向山上驰去。她撇了下嘴，打马随后又追了上来。现在上山的路难走多了，空气骤然变得冷冷清清，太阳依旧西行。而他们离目的地还要走好几个小时。

他现在在内心中认同这个有些撒野的女孩子了，她有股子韧劲，伴着娇小姐的那种任性。在马上，他和她开始平和而愉快地攀谈起来。他知道她是为了写一篇毕业论文来这里考察，自小在北京长大。慢慢地，他才注意到她的容貌。她的睫毛坚挺而修长，鼻梁纤巧，脸盘圆润，看人时眼睛调皮而又有灵气。

不久，天空中布满了阴云。山中的天气变化是很快的。他说："要下雨了。"他们每人披上了一块塑料布。这时，老天爷开始向下倾倒着什么了。先是细密的雨滴，接着是细碎的雪粒；最后，指甲盖大小的冰雹狠狠地砸下来，好像是专为考验她的虔诚。她疼得轻轻地叫了一声。

山路狭窄，马匹左拐右弯，缓慢而艰难地向山上爬去，他们俩都没有停。有两次她都想开口请求停下来，因为冰雹实在太急骤了，但看到他坚毅的身影，她也就没有开口。半小时以后，雨雪冰雹终于停了，她感到很舒畅。西边的阳光柔和地射过来，一切发生和结束都同样突然。他们的衣服都湿了，她一连打了好几个响亮的喷嚏，两个人都笑了。他想起来该生堆火取取暖了，不远处的松林边传来了哈萨克族歌曲声。他说："走，咱们上那边去。"

马转过一处山岩，他们看见有三个粗壮汉子正围着一堆火，弹着冬不拉。熊熊的火苗子舔着半只小羊。在他们左侧，一百多只羊在闷头吃草，显然他们才从大坂上下来。他用哈语向他们打了个招呼，他们热情地拉他和她坐下，其中一个用刀割下来一块熟羊肉递给他们。她低头看了一眼，那么大一块烧肉，有些迟疑。几个男人都爽朗而且豁达地笑起来。他说："吃吧。内地人不敢吃这么大块肉，其实很好吃的。你也该真正成熟一些了是不是？"

肉咬到嘴里，有一股微腥在她嘴里弥漫开来，很香，她试着咽下去，感觉畅快极了，而且，她也的确饿了。同时，他取出一瓶烈性酒，三个哈萨克人十分高兴。四个男人一个女人在天山的肩膀部位开怀大吃痛饮，节奏简单质朴而热情的哈萨克族歌曲回荡在山中。

挥手同几个牧人告别，他们继续向山上赶路，心中余音袅袅。亲近大自然的牧人是多么美好，他们想。

很快地，他们就登上了拉库次克大坂。所谓大坂，就是从大山脉的一面翻到另一面的路口。这里的风巨大、冰冷、凛冽、刻骨地呼啸着。他们下马而行，头发和衣服在风中狂舞。他大声地问："你冷吗？"她浑身打战地说："不冷！"两人相视一笑，沿一条山脊向呼伦特斯的方向攀去。远远望去，山峰十分逼真清晰，浑身披着冰雪，孤独而庄严地接近着天空。天空显得幽蓝和浩大，白云团团，像羊群在空中漫游。他们在向山峰一点一点地靠近着。

突然，在一处险峻的地方她一脚踏空，立刻向山下滑去，她那匹灰马马失前蹄，拖着长长的嘶鸣向山下坠去。他大叫："抓住我的手！"一把把她的手拉住，慢慢地把她拖起来。他们都清晰地听到了那匹马跌落谷底的粉身碎骨声。

她的头被碰破了，身上有一些擦伤，样子楚楚可怜。他取出药品，背靠一块巨大的岩石，挡住风，给她包扎好，然后，把身上的背包取下来，放在地上，对她说："听着，你老实待在这里。我一个人上去。"

他的声音又恢复了先前的冷度和硬度，语气是那么不可抗拒。她瞪大眼睛，用力点了点头，没有说话。她从他宽阔的、反射着冰雪之光的额头上看到了坚毅顽强和向一切挑战的勇气。她真想对他说，你真美，男子汉！

他已经只身向前攀去了。

他感到自己心中仿佛有雪在悄悄融化。莽莽苍苍，气势恢宏的山峰，稳稳地压住了世界重心的山峰，正屏息凝神地望着他。他看着雪峰冷峻的面孔，心中被强烈的感情冲荡着。我来了，天山，我来了，冰峰。我要和你对话。多少年我都是这样孤身在大陆，今天我把结束当成了开始，把生命交付给了道路，我来向你朝拜。接纳我吧，天山。——他在心中轻轻地呼唤着。空气冰冷而且稀薄，他感到肺部滞重而黏稠，他的脚一步一步稳稳地踩住岩石，向前摸去。四面都是薄薄的带着一层雪白冰碴的铁色山坡。强风时息时起。我就这样接近你了，呼伦特斯，这里也许还从没人走过呢。我骄傲，因为我独自地来朝拜你，我的神，我的圣山。我赌上了一条命来攀越这山峰，你能理解。你一定能理解的。我只为了一次心灵的朝圣。为我晴朗吧！为我展开你胸襟下的世界吧！

他往下看，那茫茫的天地在自己的脚下展开。芸芸众生在那里建立了棋盘交错的城市，人都像鸟一样被关在楼房的笼子里，只有你是永恒的，天山。他轻轻地轻轻地呼吸着，抑制住心跳，慢慢向前攀去了，像一只矫健的黄羊。在这里他才体验到了什么是高度。群山在他的眼前匍匐起伏着波涛的海，天空浩远，巨大的远古的风吹拂着，他的头发迎面飞扬，心像鸟儿一样凌空飞起。我太幸运了，他想，有那么多的人都挤在污浊的城市里，像蚂蚁一样生活和忙碌着，而神性已在他们的心中消失。他感到风猛烈地撕刮着他的脸，眼睛也溢出来一些冰凉的水。某种神圣的朝拜感在他的心中疾速上升。

现在，在他脚下嘎吱嘎吱作响的是雪和碎冰。他的呼吸热胀而又急促。他死死地盯着越来越近的呼伦特斯峰，内心激动而又不安。阳光强烈，被冰雪反射着，他的眼睛生疼。遮护眼睛的当儿，陡然他脚下一滑，摔倒在冰岩之上。一阵剧烈的疼痛从肌肤迅速传入大脑。他的脸不禁拍撞了几下，他喃喃地说："我来了，我的神，我要向你倾诉。"他倒呼吸紧张了起来，山峰在他眼前呈现，他的目光中洋溢着渴望和焦灼的向往，他感到氧气一点一点地从鼻子里溜出，头一晕眼一花，他就趴在了冰雪岩石之上。但是，他终于像一个圣徒，匍匐在了他的神的脚下，亲吻着圣山的脚面。

天黑的时候，不安的她终于在山下等到了从山上下来的他。他遍体鳞伤，疲惫至极，然而双眼放射着狂热的光芒，一些升华了的光在他坚毅的额头上闪现。

他说："我们下山吧。"

通往废墟的迷宫

四号公路

当然是一条重要的道路，从某种程度上讲，它在这一刻穿越了作者。我想让四号公路成为叙述的起点，因为在道路之外则是一片空茫。这几乎是在西部中国最空旷的地方，那里连一只鸟也没有从半空中飞过，除了茫茫的沙漠。四号公路在多年以前因为战备的原因迅速地被修好了之后，修建它的人就消隐在了路的尽头。在地图上，四号公路被标为109国道。也许这并不是重要的。因为它在这一刻穿越了作者，所以叙述者已将它命名为四号公路。可是，你可以在这条道路上发现任何一个人吗？

通往废墟的迷宫

公元1738年，乾隆时期的三品带刀护卫巴天喜突然对自己的影子发生了怀疑。那一天夜里云黑月白，空气异常清冽，秋天的车轮在空中潮湿地走过，一阵冰凉从正在宫殿之间巡行视察的巴天喜脚跟传入他的心室，他不由得全身掠过一阵冷战，一层鸡皮疙瘩迅速地从他的皮肤之下生起，又在几声悠远恐怖的鸟叫声中倏然消失。

紧接着这一刻是预感的猫头鹰掠过头顶。当时月黑风高，月之清辉像水一样在天空中弥漫，巴天喜的脚步既轻且慢，他感受着某种难以言说的宁静。蓦然之间，他停住脚步，静听片刻猛然转身，这时他发现的是他的影子已委顿于他的脚下，一阵惊恐从心头像黑色大鸟一样掠起，他的身体也猛然跃出，从一处台阶上翩然跃下，而他的影子如影随形，紧紧地跟着他。他又回头一看，发觉自己的影子生长得很快。影子飘逸而神秘，微风之下衣袂飘然，诡秘而宁静。

但是在他看来，他的影子之中一直会有另一个人的身影。那个人的影子不时地与他的影子重叠。那个人的影子和三年前一场神秘的凶杀案有关，想到这里他的心中不禁掠过一阵大风。他继续跃步向前，尽量避开月光之照耀，在廊柱和台阶之间移动。打更之声遥遥地传来，悠远而生涩，就像水滴撞碎在干硬的岸石上。他一潜行在黑暗之中，顿感安全无比。那条身影也从他脚下消失，转过一条回廊，他仰天对月，心中涌起一股橘黄色的安慰。

八年了，武功卓越的他待在清宫之中已经八年了。从雍正到乾隆时代他目睹了许多奇异的宫廷事件。这些事件像钟声一样久久地回荡在他的记忆之中，流在他的血液里。

又一声怪异的鸟叫声传来，躲身于屋檐之下的暗影之中的巴天喜再次感到心悸。他看到一束幽蓝的火花像树根一样倏然在天空中闪现，紧接着掠过来一阵沉闷的雷声，看来是要下雨了。

擅长预感的巴天喜蓦然感到，厄运的猫头鹰在这时已经起飞，开始盘旋于他的头顶了。雨滴粗硬而密集，砸向地面，发出同样密集而粗硬的声响，他把目光投向天空，月辉已经荡然无存，抹布般的乌云迅速地抹去了月亮。

影子与墙

紧接着又是一个巨大的树根形银蓝色的闪电在天空中展开。就在这同一时刻，巴天喜猛然一惊：就在他眼前的那堵粉色墙上，由于闪电的辉映，显现出的是他巨大而又呆滞的身影。但是，仅仅这还不足以使他惊奇，就在天空下的一切蓦然变得煞白的一瞬间，一个秀丽的女子，她的影子在穿越他的巨大身影时似乎略迟疑了一下，而后转过墙角，不见了。

巴天喜心中宁静而又惶惑，某种恐惧再次抓住了他。他猛然一跃，从屋檐下跃出，越过长廊围，轻飘飘像一只黑色大鸟落在了地面之上，细密的雨滴立刻围拢了他，疯狂地砸击他，触动着他饱经沧桑的脸和身体的各个部位。他心中骚动而不安，因为那个女子的身影曾经像一缕烟，轻轻地在他的记忆之中飘过。他伫立于雨幕之中，张大嘴巴，竭力回想着有关这个身影的一切，但记忆的烟雾弥漫，他不可能清晰地通向过去。

一阵整齐的脚步声传来。他微侧头颅，片刻之后，一队巡逻兵卫走到他近前，其中一名领队上前施礼：巴总领，有何异常情况？巴天喜摇了摇头，而后挥手示意兵勇们继续巡逻。兵士们像一队整齐的石碑，消失在黑暗之中了。

他的额头上渗出了巨大的汗珠，和着雨水一起流下，漫过他的肌肤，他在询问自己：该不该去追捕那个女人？这个抉择对于他来说实在有些困难，某种预感像条蛇，绕满他的全身。

每个人一生中都要面临多次的选择。不同的选择会使选择者走上风景完全相异的路径，甚至会通向虚无和死亡。

但现在他稍稍移步前行，决定去追那个女人，他的耳朵捕获着最细微的声息。转过墙角，前面是一条在两面高墙之间的幽深黑暗的胡同。这又让他感到吃惊，因为这条胡同对于他来说是那么熟悉而又那么陌生。

这时天空之下霎时变白，闪电又一次炸开乌云，与此同时，巴天喜看见一戴斗笠的黄衣男子，腰挎钢刀匆匆向胡同深处走去，背影恍惚又凝重。

一股热血注满他的全身，他怀疑自己看错了，紧接着闪电之后一切重新沉浸于黑暗。他侧耳聆听，除了雨声之外，别无任何声响。他像一条鱼一样游进了胡同。

他侧身用手扒住身侧的墙壁，快速地移动脚步，这时空中才传来隐隐巨雷。他迅疾地前行，胡同幽深而长，数分钟之后，他穿越了这条七拐八弯的被黑暗占据的胡同。

现在展现在眼前的是一座破败的宫殿，冷风急雨吹奏得屋檐之上的铃铛一片喧哗而又躁动。他竭力回想这宫殿处于整个皇城的哪个方向，然而记忆之中一片煞白。一股风冲向他，被雨水浸湿的他掠过一阵寒意。他似乎预感到自己离厄运越来越近了，某种超乎他自身的力量推动着他，他根本无法不前行。

往事的刑罚

天空中闪过第四次闪电。与此同时，巴天喜蓦然发现在三层、各九级台阶之上的宫殿大门处，那穿黄衣的男子和那妃子打扮的女子正在交谈着什么，姿态诡秘而又紧张。

接着一阵巨雷在天空中和他心中同时炸响，他一个"凤凰三点头"，倏然跃上台阶，手中钢刀一个闪花，就砍向那刚才黄衣男人所站之处，钢刀所击，溅起一串幽蓝的火花，在他眼前，大门敞开，两个人影蓦然消失。他的刀砍空了。

他侧身隐于大柱之后，耳朵捕捉到的仍是骤然的雨声。一阵往事的轻烟从他的心头升起，现在他知道了，他打开了通往过去时间的废墟的大门。

他一招"蛟龙腾门"，翻跃进宫殿之中，这时天空中再次闪过一道闪电，他看得分明，那黄衣男子躲于一红漆大柱之后。与此同时，他的余光还瞥见那女子紧张而又诡秘的身影在打开的后门消失了，这时他感到那黄衣男子已然出击，钢刀掠空而来，他翻身跃起，同时闪电消逝，屋内一片黑暗，钢刀在屋内相碰，一串火花闪现，接着他悄然跃起，居于大梁之上。

现在他又想起来了，在记忆之中，那个黄衣人的刀应该砍中了一个人，那人就倒在刚才他站的地方。

屋内的声音消逝了。紧接着一只猫惊叫一声，紧张的黑影倏然从后门夺路而出。他跃下屋梁，走出后门。

后门前方五十米处又是一座大殿，在这座殿和那座殿之间，一条石砌小径笔直，衰草丛生，显然是好久没有住人了。周围偌大空间没有一个人。在他略略迟疑的时刻，一个声音在他耳边响起，说：你继续往前走，马上一切都会见分晓的。他复前行，直奔那座大殿。雨显然小多了。他又跃上台阶，有一扇窗户打开着，随着一阵闪电掠过之时，他通过窗户看见了这样一幅图景：

那个黄衣男子头戴斗笠，他正举刀下砍，刀砍之处一个婴儿身首异地，接着，又一后妃打扮的女子惊叫着从屋内奔出，黄衣人手中一甩，巨大的竹制斗笠应声嵌入那女子头颅，女子伏地而死。

巴天喜大吼一声，翻窗跃进屋内，刀花所击之处一片灿然，他的内心狂暴而又不安，因为刚才发生的一切是那么熟悉而又那么陌生，在一片黑暗之中他左冲右杀，身撞腿打，吼声和刀击之声杂作，可他看不清屋内的一切，只凭想象在冲杀腾越。这时他的头撞在了一件硬物之上，那硬物发出嗡然一声巨响，他脚下立刻错开步子，翩然上跃，这时他感觉自己已上了楼梯，他呼声大作，连连出击，刀砍之处火花四溅。一阵痛楚从脚跟注入头颅，他的头疼得快要炸开了，他大吼一声，企图翻个跟头跃下楼梯，然而他跌落下来，身体所撞之处，嗡然一声巨响，显然他和一只巨钟相撞了。

就在死亡的汁水淹没他的脑海的时候，他最后清晰地回想起了几年前宫廷一个阴谋事件，在这个事件中，他担任的是主要角色，那时他头戴斗笠，翩然若飞。

巴天喜就这样死于公元1738年秋天的一个雨夜笼罩的破败的大殿里。

多年以后，他的同事才在一座废弃的宫殿之中的一只倒立的巨大钢钟之中，发现了他的尸体骨骸，在他身边，散落的是两具更为腐败的骨骸。这两具骨骸肯定是更为久远的。巴天喜就是这样在记忆的陷阱与蛛网横陈的小径中，被往事之中的影子杀死了。

更为疯狂的老人

写到这里的时候是1992年4月，这个多风的春天使我皮肤干燥心事重重。我躲在一幢很高的楼屋中写作这篇小说，在我的周围，到处都是楼群，是楼群所构成的海洋，但在屋子里我感到了一种敌意，我感到四面墙对我不怀好意，我认为我必须逃遁。

于是我就仓皇地来到了大街上。

城市几乎永远都是一副灰蒙蒙的面孔，冷漠而又傲慢。但我融入人流漫无目的地走着，我发现所有的人的表情都镇定而且麻木，仿佛是去参观行刑的队伍。我侧身悄悄注意每一个人的表情，他们的目光茫然而且虚无，根本不重视我的存在，我总是感到忧郁和孤独，而我却无援无助，后来我终于决定在人行道上站住。人流通过我身边继续向前走，而我现在仅仅是河流中的一块石头。

起风了，在这个多风的春天一些杨树的白色花絮漫天飞舞，像飞舞的棉花让我呼吸急促，我躲在电线杆后，许久之后我睁开了眼睛。

风已经小多了，但是我的怀里有一张风送来的广告：

预言大师：帮你通向你的未来

这是几个黑体字，后面是地址，我的心中一片茫然而又疑惧，后来我终于打算去了。这是在洋桥附近的一幢两层砖式阁楼。我走到门口，上前敲了敲门。但没有人，我推开了门。这时，从二楼楼梯上下来一个穿黑色衣衫、鹤发童颜的老人。老人见了我，目光如炬，他先是仰天哈哈大笑，而后与我的目光再次相遇，蓝色火花在我面前一闪。

你就是那个充满了正义感的记者吗？

我的眼睛里掠过一丝冷静，我说：不，也许我更应该算是一个小说家。

来找我干什么?

我说:预言我的未来。

好吧,他说,脸上的肌肉莫名地抽搐着,我其实早就料到你会来找我的。他端详着我,给我倒上了一杯绿茶。许久,我喝下了那茶,但我晕了过去……

等我再次醒来的时候,我发现我已被他用绳子捆在了椅子上。他面向我,狞笑着:我会好好预言你的未来的,如同我能更好地预言人类的未来。

放开我!我大声吼叫着,请你放开我!

老人白发飘然:记者,我正需要你的到来。我要向你念一份对人类,尤其是对城市的判决,我也许该算个法官,对人类进行审判的法官。他气喘吁吁,异常兴奋,他在屋子里走来走去,并且从口袋中掏出了几张纸,我要你回去发表这份文件,你发不发?

我镇定了下来:请你先念给我听。

好吧,老人异常激动,我这是对城市人的判决:人类,作为大地上的短居者、城市的建立者,却给我,以及更多的人带来了灾难。城市,几乎在一夜之间毁灭了我可以梦见星星和草原的美梦。在城市,这邪恶的钢筋水泥丛林中,到处都在滋生欺骗、艾滋病、卖淫嫖娼、贩毒、拐卖妇女儿童、噪声、水污染、音乐吸毒、废气、垃圾和化学品……因此我希望你们能登出这样一个声明,叫人们全都离开城市,回到草原上去,回到丛林中去生活,像人类开始时那样……

我笑了起来：这简直是在开玩笑，像是痴人说梦，这是人类历经了很多年才实现的现实，时间已无法向后……

这么说你不会登出这个声明了？他狰狞地看着我。

对，我不会的，放开我！我高声叫道。

嘿，那我就先杀了你，然后再去炸毁城市。自从城市被禁放烟花爆竹以后，南方所有的烟花爆竹都被我收购了，他狞笑着，我们购了可以毁掉城市的炸药。我是一个炸药专家。我有我的计划。不过，他突然想到了什么，我得先杀死你，他说，不能叫你泄密。不合作，只有死！

他绕于我身后，手中拿着一柄利斧，我现在就劈死你。

这时，一束强光打在了我汗珠沁出的额头上，我感觉到我的脚是自由的，我在意识到斧头向我的头顶劈来的一刹那，像球王贝利的凌空倒勾那样，带着椅子翻起身，我的脚击向了他的脑门……

史前时代的呼唤

我醒了，我醒来的时候发觉我被缚在一个巨大的蛛网之上，有一只老鼠般大的蜘蛛正辛勤地捆绑着我的躯体，清凉明媚的阳光抚摸着我，我的耳朵捕捉到了大海的声音。

我用力挣扎着，挣断巨大蛛网的束缚，跌落于地面。这时我才发觉蛛网是悬结于几根粗大的石柱之上的，石柱默然地立在空旷的海滩上。当我转身看见了欢腾的幽蓝大海时，我才知道我是在北方的海滨。我是和我的情人H.D在一起。在一处湿热的海滩上狂热地做爱之后，我就睡着了，因此我不知道上述所发生的一切到底是真的还是做梦，也许出问题的仅仅是我记忆中的时间。

H.D是个长得异常饱满的姑娘，我非常迷恋她。现在，那黄昏的巨大舌头舔食着澄澈的北方海滩，可她不知跑到哪里去了。

我沿着无人的海滩向前走去，用目光搜寻着H.D饱满的身影，大声地呼唤着她的名字，就像史前时代里才从海上进化到陆地上的人类在呼唤他的配偶，声音激动而又辉煌。

平铺直叙或七天后死亡

第一天

　　我打算穿过莎依巴克街回家去。莎依巴克街是乌鲁木齐的一条街，没有任何突出的特征，在这座城市众多的街道之中，就像森林中的一棵树之于众多的树。

　　我之所以要穿过这条街是因为这篇小说的故事开端在这里。理论家们说了，小说得有环境、人物、事件三要素。在环境有了之后，我想紧接着就该让人物出场了。这个人物首先就是我。

　　当时我记得是夏天。读过我最近的小说的读者很可能会注意到，我的故事都发生在夏天，什么某年初夏我的第一次遗精啦，某年夏天我干了什么什么坏事啦，总之夏天就是有故事。的确，我发觉在夏天有我参与的事情就是多。没办法。

　　那会儿我还是个刊物编辑，结婚三年日子过得不赖但也不怎么样。我穿过这条街是因为我家就在这条街尽头一拐弯处，我"美丽的白马"——我老婆——正等着我吃晚饭呢。

我闷头走路，路过储蓄所时我见有一个小伙子敞开着怀坐在台阶上，胸毛一片迷荡的黑，他身边摆着一瓶酒，怀里抱着一把吉他，他正用被烟、酒侵蚀坏了的喉咙大唱流行歌曲。旁若无人。

故事就这样开始了，与此同时，走过他身边的时候我看了他一眼，他也看了我一眼。

他说："看你妈×。"

我说："我×你妈，你干吗骂我？"我捏紧着拳头，他放下吉他已经冲到我近前。插一句，在新疆这块粗犷的土地上，你也得随时准备粗犷一下子，和迎接别人的粗犷一下子。关于我们俩闷头打架的细节我就不描述了，总之我俩全倒了，两败俱伤。他的伤或许比我更重一些。

之后我们站起来，我擦去牙血，他在擦着鼻血，我闻到一股酒味。

我拍了拍他的肩膀："小伙子，怎么回事，有什么狗屁不顺心的事说给我听听？"

他看了我一眼，干干地一笑："你他妈拳头不轻呵。"

于是我们一起坐下就聊上了。我去买了几包花生米，我们边喝酒边吃花生米，不久就成朋友了。

我知道了他叫摩萨，是个回族，做服装生意的，手里有大把的票子。

他吹牛说他可以买到手枪，三百五十元一把问我要不要，我说："成啊，你家住哪儿？我明天去找你。"他说他家住在××云云。我说："好吧再见，我要回家了。明天我带着钱去找你。说好了，二十发子弹，一把巴基斯坦造小型手枪三百五十元。"

第二天

大家都知道编辑这活是净给别人做嫁衣服的活儿，轻闲倒是轻闲，但的确不够刺激，且钱来得太少，我那匹美丽的白马老是修理我。我没有办法，凑合着活着，反正大家都一样。

理论家们说了，写小说得注意细节，交代行为动机，进行心理分析，这样才对得起读者哥们儿。我没意见。我买枪，是因为我就想玩枪，玩玩而已，不会去抢银行杀人强奸干坏事。你肯借我两个胆，我都没屁可放。我只是幻想能有把枪，从三岁到现在我三十岁了，我一直在想念枪。在中国弄枪不容易，私自藏枪犯法，这大家都知道。

我在下午的时候，按照摩萨所说的地址，来到了本城市中央大街的协组部——这座城市中，最主要的大街呈裤子状，因此从地图上看，摩萨家刚好处在这个地方，我骑着自行车来到这里，认清门牌号码，敲了敲门，然后自己就推门走了进去。

展现在我面前的场景令我稍稍有些尴尬：摩萨正和一个女的在接吻。从侧面可以看见女的上衣两个扣子松开着，露出泛着光的脖颈，刚才我看他们第二眼的时候，摩萨正在吻着那里。

我为我打搅了他们的好事而感到内疚，摩萨见是我，就放松了。这小子跟没见过女人似的也不引见，很紧张。我内心有些轻蔑。现在我才发现那个女的长得很漂亮，她的主要特征就是性感，她穿一条碎花裙子，乳峰高耸，臀部微翘，特别是她大而黑的眼睛和圆润坚挺的鼻梁，再配上那两排修长的睫毛，就像从古波斯后宫中走出的王妃，哪个小伙子见了都会跌一跟头。好在我结婚好几年了，对异性不是那么感冒。我笑了笑，朝她点头，她也一样对我点了那么一下子。

　　摩萨介绍说她叫萨达提，也是个体户，搞服装的，两星期坐飞机跑一次广州。摩萨对她说，我是个作家，就是写《男人的一半与半个女人》那个作家，把半个中国写红了。

　　萨达提的笑相当健康而明媚，她整理好衣服就走了，出门时对摩萨说："听着，你再那样干我就嫁别人了。这次说话绝对算数。"亲昵地拍了一下摩萨的脸蛋，就走了。不一会儿，门口响起了摩托车引擎声，渐渐远去。

　　陷在沙发中的我朝天空中吐着烟圈："怎么，已经结婚了。"

　　他搓了一下手："不不，还没有。不过她已经被我这个……解决了。喂，你刚才坏了我的事。我俩才和好，打算刚才要来这么一下子，老兄你这一来……"

　　"怎么，你们吵过架？"我问。

　　"她老管着我，不叫我……算了算了，说了他妈的有些丢人，我这么大一小伙子叫一个女人管着是不是太窝囊了。"

我笑了："结了婚你就知道了。我在我老婆跟前现在还不服服帖帖的。"我环视房间布置，相当华贵。到处都是地毯挂毯，床上也是纳着叠着毛毯，有伊斯兰特色。我的目光落在墙上的挂历上，那是一幅麦加清真寺图，底下一片阿拉伯文看不太清。

他换了一套花格子西装，说："走吧，领你去取枪。"

我们一起走出了他家。

我们来到的地方是红山脚下的树林里。凡是去过乌鲁木齐的人都知道红山，高一百多米，全是红红的石头。

需要交代的是这时天色已暗下来，华灯初上一片温暖景色。他领着我走进一个屋子。

屋里灯光昏暗，看不太清陈设，我突然感到有些紧张。摩萨跟一个小伙子（屋里就他一个人）嘀咕了几句，那小伙子去里屋，不一会儿走出来，手里拿着一把黑色手枪。这个小伙子一头卷发，在灯光之下呈暗红色，脸上青春痘四起，眉宇宽阔粗大，有一股子凶气。他问："钱带来了？"

我说："带来了。"就掏出钱。

他的眼珠子一转，突然用枪对准我们，向后退出两步："快！把钱放下，给我滚！"

我登时发蒙了。我望了望摩萨，慌乱之中把手举起来，做投降状，后一想不对劲，拿着钱的手向左边一伸，打算把钱搁桌上，手在发抖。

摩萨挡住我的手，他冷冷地看着那小伙子："黑皮，咱们过去是赌钱不赌命，今天你小子不仗义，我这个赌徒今天就把命赌这里了，要钱没有，要命有一条！"

我说："不，他妈的，两条！"我的脸部掠过一阵抽搐，心想我这一百二十斤算是搁这里了。

黑皮一看，脸部掠过一层灰色，他突然笑了："哪里的话，咱们是老朋友，不会为三百五十块翻脸，你说是不是？开个玩笑别当真，给，一手交钱一手交货。"

我就把钱给他了。手枪拿在我的手里，我感到特沉重，心中有一种不舒服的感觉。我说："走吧，我们走。"

摩萨说："慢着，这枪好不好使要试试。"他出了门，不一会儿，抓进一只白母鸡，笑着说："黑皮，我帮你媳妇杀一回鸡吧。"他上好子弹，朝在桌上傻站着，不知道跑的母鸡开了一枪，母鸡尖叫一声蹬着腿死了，屋里旋即弥漫起一股鸡屎味儿，鸡毛也浮在冷气中。

"好了，这枪还可以。我们走吧。"摩萨拍了拍手说。

第三天

我越琢磨越觉得不对劲儿。这把巴基斯坦造手枪精致而小巧，我就把它放在我的枕头下面。可昨天夜里我就没有睡安稳，做了一夜噩梦，全是杀人越货强奸抢盗事件，梦的主人公好像都是我，在这个梦中是罪犯，另一个梦中我又成了被害者。

早晨起床，我老婆李玉铃问我："你眼睛怎么肿了。咱们昨天没过房事啊！"我说："男人的事你不懂，就别废话，真是的。"

上午去编辑部上班，我心中的青蛙就又跳又叫。同事王大胡子——这小子写一手好诗，在我们这座城市是个"风流小子"，文学界的漂亮女人在他的进攻下基本搓了花。我说："听说你那里有支猎枪不错，呵呵。"他说："猎枪不如机枪，啊哈。"我说："我有把手枪与你换怎么样，他妈的？"他眼睛睁大了："太好了！我就要手枪，就这么定了！"

下午的时候，他那把猎枪就挂在我房间墙壁上了，我的心，顿时一片平静，静如止水。

晚上，我和李玉铃在商议关于我们的小宝宝邱丽娜将来培养方向的问题，摩萨一身酒气闯了进来。我老婆李玉铃不冷不热地应酬着，我纳闷："你不是说要去西安提货吗？"他说："今天我手气不好，去不成了。"我说："什么手气不好？你真赌钱？"他说："不，不，我是说衣服没卖出去多少，我不怎么赌钱。"

我"噢"了一声。我们两个都身陷沙发盯着电视屏幕发呆。过了一会儿他说："你这女儿是个美人坯子，叫啥名字？几岁啦？"我说："叫丽娜，两岁了。"他说："你看她会搭积木哦。嘿嘿，我小时候可不会。"我说："是啊，她比我聪明多了，呵呵。"他说："叫她将来考大学出国嫁个高鼻子洋人多气派，你当爹也牛×。"我说："这年头嫁洋鬼子才傻×呢，很多老外很穷的。哈哈哈。"最后他说："今天是星期六，我去舞场跳两圈，你去不？"我瞅了一眼李玉玲（她不会跳舞），心里发虚："我不去了，去了你嫂子要跟我吵架，对了摩萨，你还是结婚吧。"他说："是，是，老邱你说对了。见我说结婚吧，对你有好处，啊哈，结婚吧结婚吧。明天见。"门咔嗒一声关上了。

第四天

我发现大多数人的生活都平静如水。因而我写起他们的生活也只能平铺直叙。譬如今天是星期天，李玉铃和我还有小丽娜，吃过早饭，她抱着女儿我们一家三口上街进行每周一次的商品检阅，自然买不买是另一回事。生活就是创造与消费，这句话是我说的。

我和李玉铃的关系已进入平静阶段，不像热恋期间的要死要活，也不像刚结婚时的如火如荼，现在平静如水。比如，她下班晚了我做饭，我下班晚了她做饭——后者情况多一些，每周三次性生活，但有时候她拒绝与我合作，令我略略有些苦恼。孩子丽娜一天天长大，我们少不了为孩子计较得多些。李玉铃脾气粗暴——这点结婚以前我可没看出来，那会儿她老实得可爱而又温驯，竟让我走了眼。婚后她可就大展雄威了，即使在性高潮的时刻也用手把我的背抠得鲜血直流，不放过任何一个能使我心灵和肉体痛楚的机会，没办法，以和为贵嘛，我只能哼哈忍着。

现在我们转悠到东风自由贸易市场了。李玉铃是见商场就高兴，我低头跟她一块走，对两边的叫卖和五颜六色的东西采取漠视态度。突然，我发现摩萨正在那里卖衣服，他的摊子衣服花样纷繁。我拉拉李玉铃："你瞧那不是摩萨吗？"她一看："啊，我可以买条便宜裙子了。"顿时荡漾起一脸幸福表情。

　　摩萨自然还算客气，他一面应酬顾客一边与我闲扯世界各地新形势、本城杀人案、物价问题之类，李玉铃则细细地检阅着衣服的大军，最终瞅准了一条裙子。摩萨说："不要钱，老邱是我哥们儿，我送嫂子做见面礼吧？"李玉铃说："那哪成？要不然我给你一半钱吧！"我有些尴尬，觉得李玉铃太恶劣，付完钱我就拉李玉铃打算走。

　　这时一辆"铃木"风一样驰到近前，摩萨的"媳妇"萨达提一身牛仔服，取下头盔跳下车，怒气冲冲走到摩萨跟："你昨天晚上干什么了？"摩萨一听，脸色变了："我……你管得着？"话音未落，"啪啪"两声响，我放眼望去，摩萨脸上印上两座五指山。我心中喝彩：咦，好厉害的女人！摩萨脸通红，侧目看看周围的人，发觉大家都在看他，急了，一把就把萨达提推了个跟头，她摔倒在地。李玉铃赶紧上前去把萨达提拉起来，一边说："这干吗？两口子有必要在大街上打架吗？"一边为她拍去灰尘。萨达提的泪水溢出，她骑上摩托车，走了。

　　我觉得蹊跷，问："怎么回事摩萨，小两口挺亲热的你打她干吗？"

　　他的手垂下去，一拳砸在铁皮上，过了一会儿，抬头看我苦笑一下："其实全怪我，我压根就是一个浑蛋。我和她相爱五年了，谁也离不开谁了。谁要能抢走她我就杀了谁，对她来说我也一样。我也搞不清我们之间怎么爱得这么死去活来的。没办法，她打我，我没脾气。"

我问："昨天你上哪儿去了，是怎么回事？"他脸色变了变："啊，没别的，有一个朋友是黑道人物，不太地道，她叫我不和他来往，就这么回事。"他现在脸色已缓和过来。

我说："对了，听说你可以搞到钢琴？我们主编侄女想要买，你能帮这个忙吗？"他说："问题不大，你明天取四千块过来吧，没说的。"

第五天

我的日记：

今天天气不错。十分晴朗。我和李玉铃为丽娜的培养方向问题发生了小小的争执。

下午去主编家取了四千块钱，而后就送到摩萨那里了。他说，问题不大一星期后取货。

买电熨斗18.6元，买"梦娇"系列化妆品39.8元。买《日汉词典》12.47元。

晚上李玉铃教小丽娜唱歌，爸爸坏，爸爸高，爸爸是个大草包。

第六天

　　我们一家三口还在饭桌上吃早饭呢，萨达提就冲了进来，神色焦虑地问我见摩萨了没有。我说没有哇再没见他来。她说："他昨天晚上又去赌钱了，你那四千元买钢琴的钱全被他输光了。"我一听头发都立起来了："啊呀！这小子！"我才明白萨达提为什么和摩萨有摩擦了。我他妈怎么没想到是这茬呢。他真是个大赌徒。

　　她说："你别急我先给你两千元，另一半七天后给你，我说话算话，问题是现在摩萨不见了，这可怎么好？他害怕见我。"说到这里，美丽无比的萨达提落泪了。

　　李玉铃上前劝她，一边瞪眼瞧我，一边大骂世上男人都不是好东西，说她要嫁人千万别嫁我和摩萨这类浑蛋。我说我怎么了，没招你惹你，你再说我——我就上班去！萨达提和李玉铃都笑了。

　　萨达提如梨花带雨，格外漂亮。我心想这世道是怎么啦，爱情把全世界人民都给弄糊涂了。

　　我答应帮萨达提找摩萨。她临走对我说她不能没有摩萨，她太爱他，可他别的都好就是爱赌钱。他知道理亏怕她。没有他她真没法活。

　　我找了一下午也没见摩萨的影子。

第七天

今天有两个朋友从北京来找我玩儿，大学同学。我把王大胡子和副主编都叫来，李玉铃搞了一大桌子菜，我们又吃又喝又叫的，热闹极了。

酒至半酣，有人敲门，我打开门，不用说是摩萨。我说："你狗日的怎么回事？你媳妇找你一整天都没你的影子？"他一脸苦相："我倒霉了，输了一万多，公安局现在又在抓我呢。"我说："行了先进来喝酒吧，喝完了再去投案自首不就行了？"

他是回民，穆斯林，我是汉族，我们吃的又是汉餐，因此他没吃菜，只是喝酒吃馒头。朋友同事说："介绍介绍吧？"我说："摩萨，服装大王，报上介绍过的，先进个体户每月收入好几千。上周还给一个幼儿园捐了一千五百元呢。"他苦笑："那可是有人逼的。"朋友、同事、上司一听，啊呀呀，不错不错！还是改革开放好啊，我们吃机关饭的算是拉稀喽云云。

不一会儿，又有人敲门了，我打开门，见是萨达提，说："请进吧，摩萨正说要去找你呢。"摩萨一下子站起来，脸通红，不知是因为喝酒，还是因为激动。

萨达提与我们打了个招呼，我说："你们小两口有话到内屋说，来来来。"我把他俩让进了我的居室。

我们坐下来接着喝酒。我突然感到不好，预感到有什么事情会发生。朋友、同事、上司又开始猜拳喝酒，一张张油光光的脸在闪烁着，可我竖起耳朵注意听居室的声音，但是什么也没听到。

约莫有十分钟之后，突然居室里"嗵"地响起一声巨响，我们一下子全怔住了，半醉的王胡子说："他妈的谁敢朝咱们开枪？我王胡子毙了他！"

我忙跳起来，扑到居室门口，门是关着的，我两脚踢开，冲了进去。

只见摩萨坐在地上靠着墙双手捂着肚子，两眼圆睁盯着天花板，口中"啊"地边吐气边呻吟，萨达提则跪在他身边。我忙说："怎么啦？"等到我冲到近前我才看清楚，萨达提一脸泪水，一心一意地往摩萨的肚子里填装他那花花绿绿的肠子，我的那把猎枪平静地歪躺在一边。

开阔地

　　一开始看见麦田的时候，他就有一种被光芒击中的感觉。他只记得当时身体猛地摇了一下，眼前，金黄的麦子都低下了饱满的头颅，在风中像大海泛波一样，麦子们浪潮涌动，十分壮观。

　　天空中鸟在飞，云在跑，麦田无边无际地铺展开来，他的泪水夺眶而出。"麦子，泥土和生命的舞蹈，大地的火焰"，两个诗的意象突然从他的脑海深处跳了出来，他无法自制地喊了一声什么，大群的麻雀从麦田里惊飞而起。

　　那还是在他大学的第一个暑假，他在京城里待了整整一年，现在，重新面对他既熟悉又无比陌生的故乡小镇，他首先感到了亲切，这使得他在那个夏天一直生活在一种生命内部的疼痛之中。

　　他的故乡小镇，像一艘穿越了岁月的黑暗隧道的小舟，停靠在麦田和麦田之间，姿态僵硬、谦恭、灰暗而又滞重。在重新深入故乡之后，十七年的生活迅速溃败，他这才发觉，在经历了一年的京城生活之后，面对故乡，他感到的只是单调和乏味。他发现，这种单调和乏味是由于公共生活的乐趣已全部退化为家庭隐私和不同类型的交头接耳。在这里的生活终日只看见井口之上的天空，对倏然飞到的候鸟从不关心。没有真正值得议论的东西，这里的一切谈话都外化为只与生存本身相连的具体、重复、空虚、晦涩和沉重，离开了麦子的光芒，他在故乡小镇中度过的暑假几乎仅仅是一种下坠的过程，这使他感到恐惧。因此，他逃离的生活便开始了，也就是从那个时候起，他开始了写诗。

但是，他在京都和故乡小镇都不做长时间的停留，毫无疑问，他所携带的符号只有一个，那就是：过客。他无法在这两个地点实施永久性停泊。和故乡小镇一比，在他上大学的京都，一切生活都是敞开的，这座城市的人以百万计，到处耸立着体现权力的建筑，充满了城府很深的要人，还有既得利益集团、暧昧的中产阶级，左派保守主义、右派自由主义，以及越来越没有女人味的女性。这里的一切行为都是在一个个链条上进行的，这里充满了光荣和梦想、失败与绝望，这里物欲横流，但同时，精神的火山岛也在不断地喷发，这里有他众多的亲密朋友，他们都是真诚而具有创造精神的艺术家，这里到处都是机会，以及创造机会的饭局、典礼、派对，一切都是稍纵即逝和轻浮急躁的。

当他明白了他自身这种两难的处境之后，他就从文化的蛛网中穿出，向一片开阔地进发。这片开阔地在物态上介于京都和故乡小镇之间，形式上，它以语言为手段和终极目的。他觉得，只有在这片开阔地上，他才可能实现居住，实现一种诗意人生，他知道，只有诗的刀锋才能割除他往返这两地之间的背井离乡感。

他开始写作了。在写作过程中，京都和故乡小镇作为他的生命金字塔的两个基点，塔尖上闪耀着诗和死亡的亮光。他用两种方言进行两种地域文化的交换，这时候，他发现自己碰到了一个难题：一方面，作为这两个地区的发言人和居民，他试图矫正这两个地域文化中的缺失，从而给予它们以他的提醒；另一方面，作为这两个地区的逃亡者，他又不可避免地被双方所抛弃，所不信任。他背负了两个地区的承诺，然而却又在双重的猜忌当中孤独地奔忙。最后，两个地区以心领神会的方式将诗人驱逐出境了，因为它们表面上相互抵触，而暗地里却相互通气。

因此，当一天夜里，万籁俱寂，诗人站在大地上仰视天空之时，他开始追问一个问题了。在他看来，找到家应是他的当务之急。海德格尔早就说过："无家可归的状态变成了世界的命运。"人类长途跋涉的疲惫和日益加重的文化负荷使家园的意象逐渐被淡忘了，人类越来越不认识自己了，他在为文化所围困着，在为自己的智慧围困着，在为由此而酿成的危机和恐怖围困着。诗人认识到这一点，他便越加用力地进行长途跋涉，以期进入开阔地。在那里，只生长两种植物：哲学和诗。唯有这两种植物还保留着人类家园的记忆，它们以各自的方式描绘着家园的意象，追寻家园则成了诗人的表征和图腾。

飞翔，像一只青铜大鸟那样飞过儿时的记忆，童年的村庄和河流，青年的城市，他一次次和语言的灰烬一起升腾，他在茫茫的开阔地上空飞翔，听见大海在很远的地方催动波涛和历史。在被黑暗浸湿的高空中，他看见，在脚下那片开阔地上，生长着更多的纯粹的事物，除了麦子，还有水、玻璃，以及在空气中伸展的火焰、洁净的少女和河流。最后是照耀一切的根本的太阳。他终于明白他最终是孤独的，在两个地区抛弃他的同时，他也抛弃了它们，他不打算为一种文化意义上的地区冲突而牺牲诗歌——这种呈现他生命的唯一方式。他深深地感受到，写作是一种肉体和文字的双向性耗散运动以及词语和经验的历险。写作帮助他挣脱了这两个地区造成的威压与文化负重，使得他能短暂地轻灵飞升。但他知道，他越是企图公允地判断和表现世界，他就越孤立。他痛苦地质询着，因此而依赖麦子和水，还有照顾他的少女。他像农夫一样在开阔地上挖掘马铃薯一样的诗歌，他觉得这成了他的使命，并且，他像不断迁徙的候鸟那样，开始在季节的夹缝里奔逃了。

在这片开阔地中，他首先看到了社会学意义上的自身，他看到这个人并不愿意为他人或者自己负责，他负担的只是社会中最轻的一部分，他由生存之暗直接过渡到生存之轻。他在直接的社会学问题上保持缄默，作为一个诗人，他感到自己太软弱无力了。其次，他看到了文化层面上的自己。首先，他自知是时代里文化的承载者，他有义务向社会输出文化积累。他深受这个几千年文化的民族之血的浸泡，多少次他俯瞰文化积淀的浓汤，深受其醇厚古朴的气味熏陶而心甘情愿。"种族就是命运，我无法换掉我的血。"诗人想。最后，从生命层次上，他表现出一种对存在的追思和灵魂家园的索求。从这片开阔地上，因为上述三点，他傲然地飞翔，向苍茫的人类尽头飞去。

他突然意识到，他再没有获得这两个地区的信任的必要了。在他的俯瞰中，世界和人类正在沦陷，正在进入夜半。这是一个贫乏的世界，物质和消费统治了一切。诗人何为？他想着，也许应该有一个摒弃了物质的、消除了全部差别的理想真空，一个具有希腊理想的风景区，那里为大海、月亮、柠檬、阳光所笼罩。但是这样的地方存在吗？

在另一个时刻，另一个年度里，诗人还思索了世界的女性化问题。日益增多的纷杂的物质使人类异化，要拯救世界，世界的女性化是必要的。因为，女性相对于男性来说，她们并不直接地、过多地参与政治斗争和社会化大生产，因而她们的天性中保留了人性很多真善的东西，歌德曾经说："永恒的女性，引导我们飞升。"

于是，在一个大雨倾盆的秋日里，诗人恋爱了。那个女孩子像一只鲜艳的鸟，穿越了不断凋落的季节，十分轻巧地落在了他的肩上。在京都和故乡小镇之间奔逃的过程中，他接受了这只鸟。

这个时候，世界向诗人微微开启了那沉重的大门，诗人也向世界交出了一部分他的光明。女孩单纯明净，像水一样浸透了他的生命。他欣喜，他快乐，他有了一种短暂的停泊感。在不久之后的冬天，白雪很快地覆盖了世界，装点了晦暗的世界。这年冬天的一个晴日，他的女孩在一辆重型卡车的碾压下，灵魂轻轻飘起，融入了天空。

这是一个偶然事件，是一个随机事件，然而对他的打击是致命的。很多天以来，他不断地安慰自己那颗重新变得茫然的心灵。这一场打击最终又粉碎了他停泊的梦想，在他像受伤的蛇一样冬眠了一冬之后，一天，在一场春雨的浇灌下，他的两手握满转瞬即逝的黄沙般的生命疼痛感。

这个时候，时间的指针再一次地指向春天，然而，他知道，他再也无力定期收割和探望那大片大片令他疼痛的麦子了。他终于写下了他短暂二十多年生命中最后一组诗篇：《死亡之诗》。诗的语句之中充满了预感和痛苦的质询，结尾是这样的："我能看见的少女/河流上的少女/请在麦地之中/埋好我的骨头/如一朵芦花的骨头/把它装在箱子里带回/我所看见的/洁净的少女，河流上的少女/请把手伸到麦地之中/当我没有希望坐在一束麦子上回家/请整理好我那零乱的骨头/放入一个小木柜/带回它/像带回你们富裕的嫁妆。"

现在，面对无数个破碎的语言和心灵的碎片，诗人孤独一人站在开阔地上。"我已经走到了语言的尽头，我已经走到了人类的尽头"，诗人想。他知道他八年以来几乎是咯血写下的诗文，每个字都重如燧石、轻如种子，能够使世界发亮。然而，他已经没有去路和退路了。退路是故乡小镇，一个是京都。"京都高大坚实密不透风，什么都接受、融合，又什么都抛弃和排斥，激进而保守，骄傲而又不自信，发布指示却两耳闭塞，声张平等正义又官道森严。另一个僵硬而又孤立，晦暗而又有所依靠，仿佛是一种合理的牺牲和陪伴，成为前者的附属物。"

　　他同时又无法前行，他已走到了语言和人类的尽头。"当生命已不能明晰地理解世界，当自我沉溺于非理性的生活秩序之中而遗忘了自己，当生命的黑暗面露出了整个深渊之时，沉睡的兄弟——死亡，必然负有新的使命"，在他的脑海中交替出现了这些句子，"我告诉你们完成使命之死，这种死激励活着的人，这种死将成为活着的人的誓言，完成使命的人欣欣然，在满怀希望和立下誓言的人的簇拥下，去了结自己的死"。

　　最后，他听到了内心之中里尔克的话语："诗人的使命是成为大地的转换者，把陷入了历史迷误之中的大地转换成诗意的大地，把可见的东西转换成不可见的东西。"现在，这种转换的契机来临了。

　　他决定要卸去肉体的重荷了，他要通过生存之暗，进入生存之轻，再达到生存之明。他选择的地点是在一个向阳的坡地，同时，那里还能听见海水的声响。大海是人类的母亲，这使他有一种回归母体的亲近和依赖感，在那里，有一段冰冷的铁路横穿而过，绵亘在他生活过的两个地区之间。这里很开阔，四周没有人，只有岩石、泥土、树木和鸟鸣。这段铁路曾经把他送进相互的冲突之中，而今又成了他摆脱这种冲突的工具了，在这里，他找到了一种平衡，这里既是他最后的一个支点，也是他飞升的第一个小站。

　　那一天非常晴朗，他镇定而又清澈地握着一枚橘子，向缓缓上坡的列车走去。火车开得不快，诗人选择了列车的中间地段。在车轮走过他身体的那一瞬间，世界在他眼前最后一亮，他想："我要走进上帝的血液里去腐烂。"

他手上握着的那个异常饱满、金黄、生动的橘子，在火车走过之时，随风向前滚了好远，不会有人看见。

诗人的回廊

花　园

诗人是在一束光芒中打着哈欠醒来的，这时他听到有一种低低的声音掠过花朵。他跳下喷水池边的石桌，突然注目于一朵花朵之中的颜色。

"沙漏把我的幻想给流逝了。"他自言自语。他吹了口气，一颗闪着蜻蜓之翅的色泽的露珠掉下来了，他抬起头，用一个旧瓶底，看那颗发绿了的太阳，说："我要向太阳告密。"

诗人的回廊是四方形的，在每一条回廊的尽头，都有一扇门，通向一间屋子。屋门的柱子上也都挂有一个鹦鹉笼子，花坛被回廊围在当中，喷水池又被花朵围在中央，一些纠缠的丝线一样的石板路在其中穿梭，从任何一条路都可以走到想去的任何地方。

诗人饿了，他在吃花叶。他一边嚼，一边跟踪一只甲壳虫。甲壳虫爬进一块土坷垃，他找不着了。他站起来，看见太阳光像水一样洒向每一朵花和每一片叶子，空气中弥漫着金黄色的香味。这是在早晨。

他开始在花园之中穿梭了。他看见有许多诗句都在花的叶片上闪烁。"我的脚落在空谷/像花朵般倏然开放。"他吟出一句，感到很兴奋，挥手赶走了一群蜜蜂，"我看见一匹黑马，飘进梦的水底。"他又想了一句，"我看见孩子们在夏天的浓荫里玩耍。"他笑了。现在，他把脚停在一只石凳上，他感到许多词语在眼前飞舞，有的蓦然进入花朵内部，有的又被开放的花朵泄露出来，花粉的味道蜂拥而来，把他熏了一个跟头。

"我是采花大盗。"他说，他折下一朵红玫瑰，"我能握住每一缕凋谢的感伤。"他端详着花朵，叹气了。

这个时候，风一下子扫过来，很轻，很慢。花朵都向他簇拥过来，更多的词语在花朵之上的阳光和空气中飞舞。他有些害怕，在花海之中悄悄地坐下，只露出一颗脑袋，诧异地朝四下探望，一边用手快速地抓住向他靠近的词语，装进一只黑匣子里。

炼　金

"我要逃跑。"诗人想，"可是我没有金子。没有金子就跑不出这个世界。"他苦恼了，顺手抓起一块砖，把旧瓶底砸进泥土了。

钟声在河边那棵老桑树上敲响了。诗人的眉头皱成一个"八"字，心中有一条蚯蚓在爬。"对了，我要炼金！我自己炼，不就有金子了吗？"他又兴奋了，左右瞧了瞧，他看见花朵们有的睡着了，有的在聆听钟声和鸟叫，没谁注意他。

他像一股风跑进了回廊里。一抬头，廊柱上挂着的鹦鹉说："我要逃跑！"

诗人看着它："可是你没有金子呀！"他很疑惑。

"可是你没有金子！可是你没有金子！"鹦鹉大声学他。

"对，我没有金子。我要炼金。"诗人走进了第一间屋子，先用手测量了一下放在屋子正中的那只大花瓶的线条，然后，墙上的自鸣钟响了，有一只啄木鸟咕咕叫着一伸一探，"我要拿词语炼金。"他想，他取出一叠方格纸，把那个大瓷瓶支起来，就把纸点着了。

他取出黑匣子，把装着的词语都倒进去，他看见橘黄的词语和许多花瓣一起在瓷瓶中飞舞，一股花粉气冲天而起，他打了三个喷嚏。

屋外的鹦鹉也学他。他又气又笑，走到回廊里，一眼望去，看见更多的花朵在阳光之海里绽放，更多的词语在花海上空飞舞。他取出一个捕蝶网，就冲到花园里了。

他又把捕到的词语放进瓷瓶里烧。他看见一句诗在瓷瓶之中的火苗中升腾："黄昏一场雨，把我的爱情淋湿了。"他说："不好，不好，一点儿也不好。"

门被敲响了。他很惶惑，来不及把炼金工具藏起来，门就开了。"你好你好你好。"三个古怪的小机器人举着三只小瓶子，冲进来了。

"呀，好漂亮的机器人，你们是找我吗？"

"你是诗人吗？"机器人头上的小灯一明一灭。

"是的。"他说，他皱了皱眉，"我在炼金呢。没有金子我就不能逃跑。"

"我们给你送来了空气、水和玻璃。"机器人把三个瓶子交给他，"你把它放进你的炼金炉，你就会炼出金子了。"

"太好了！"诗人兴奋起来。他接过三个瓶子，走到大瓷瓶跟前，就把这三种东西都倒进去了。机器人说了声"再见"，就出门走了。他突然感到好惆怅。

瓷瓶里的火一闪一闪，一会儿变蓝，一会儿变红，还吱吱作响。很久很久，一阵风吹来，火扑哧灭了，瓷瓶也裂成两半，摔碎了。

诗人忐忑不安，倾身向前。呀！好大一块金砖。金砖上有几行字："我听见我的生命像琴弦/在土地和天空之间被风所弹奏""秋天的手指通过冬天触摸春天""狗的叫声很黑"。他想了半天，弄不懂什么意思，就用水浇到金砖上，"吱啦"一阵白气上升，温度凉下来了，他一看，那些句子也没了。

"呜啦！"他说，眼睛里放出了光芒，"这下我可以逃走了。"他兴奋地拿起金砖，"逃走吧。"

女　孩

诗人一脚踏出房门，跑得太急了，一头撞在廊柱上。鹦鹉笼子从上面摔下来，鹦鹉钻出了笼子："我要逃跑，哇！我要逃跑。"它一跳一跳，振翅隐没进天空了。

他头晕眼花："我的金砖！"他在地上摸，摸了好久，终于摸到了。心头落了一阵雨。他鬼鬼祟祟地探出脑袋，向长长的回廊望去。啊呀，不好，有一个人！有一穿白裙的女孩子，也正在探头探脑望他。然后，女孩就跑开了，她的脚步声啪啪啪啪响起来。

诗人在后头追："居然有人敢到我的回廊里。"他们绕了三圈，最后，在喷水池的台阶上，诗人一手抱着金砖，一手把女孩抓住了。

女孩咯咯娇笑："放开我！我痒痒！"诗人松了手："你是谁？"

女孩长得很漂亮，睫毛上粘满幻想："我叫十七岁。我坐在一块木头上顺河漂流，结果就到这里来了。你干吗那么凶？我闻到花香了，就来了嘛。"叫"十七岁"的女孩噘起嘴，怪好看的。

诗人笑了："我正想逃跑呢。你看我炼的金子。"

女孩走到花枝旁："干吗要逃跑呢？这里这么好，你干吗要跑？"

他们俩都看见无数只白鸥和红鸟从天而降，每只鸟的翅膀上都闪闪发光，顷刻间落满了诗人的回廊和屋顶。一时间，所有的鸟都在鸣叫，叫声像海浪一样汹涌澎湃。而且，花园里所有开放的花朵都纷纷闭合了。

"发生了什么事儿？"诗人很害怕，拉起女孩就跑，跑进了朝南的一间屋子。

屋子里到处都是镜子。他们一进去，每一面镜子中都映照出一个鬼鬼祟祟的男人和一个纯白的女孩。

女孩的大眼睛一闪，墙上面挂着的花篮都掉下来了，里面装满了白蘑菇。她笑了，打开窗户，诗人和她看见残阳如血，所有的鸟儿又振翅飞起，向太阳方向奔去了。

他说："喂，十七岁，你曾经梦见过水晶和琥珀里封存的秘密吗？"

女孩一偏头："你是说那句关于黑夜和死亡的诗？"

诗人摇摇头："我等待一个人教我穿墙术。这个世界上到处都充满着物质，什么水泥、钢材、硬塑料。你看，我头上刚撞的一个包。"诗人委屈地摸摸头。

"我来给你包扎吧。"女孩取出一根牙签，在诗人脑袋上的包上刺了一下。"不疼了，"诗人高兴地说，"现在，十七岁，我要你藏到镜子里去。"

"好啊。"女孩浅笑轻盈，一闪就走进了镜子，"来来，你来抓我。"

诗人一把抓去，扑了个空，但每一面镜子里都闪着女孩的身影。抓了好久，诗人气喘吁吁，汗流如雨。他把金砖放在地上，说："不抓了。你出来吧。"

女孩又出来了，也坐下来。他们两个相互拥吻了。好热烈。

蝉声大片大片涌进来，在墙上和镜子上凝成好多露珠。

月光下的堡寨

黑夜降临了。诗人打了一个哈欠，从一棵桂树上跳下来。女孩也在花丛中，打着哈欠站起来。

"我刚才梦见一个堡寨。"诗人说，"堡寨上飘挂着许多旗，旗上写着字。很多人的影子在城墙上延长。"

女孩的笑容里盛满了倦意："我想家了。你送我回家吧。"

"可我没有麦地啊，要是有，你沿着一束麦子就可以走回去了。这是我一个自杀的朋友教我的方法。我也忽然想家了。"诗人一下子变得愁眉苦脸了。

"咱们就去你梦见的那个堡寨吧。我要去那里找到一柄木梳子。"

诗人表示同意。他们俩打开门，立刻，黑夜像水一样漫进来。月光像雾，把原野上的一切都罩住了。油菜味儿很浓。他们走在土路上，不时地打断蝉的交谈。他们走了半小时，就接近了一座古堡。

"真有这样一座古堡啊。"诗人惊讶了，拉着女孩子，看着黝黑的古堡。古堡的大门开着，猫头鹰的叫声一起一伏。他们俩悄悄进去，里面没有一个人，房间错杂而又凌乱，像一座迷宫，每一间屋子都可以通向另外九个屋子，当你选择错了之后，以后的每一间屋子都可通向第八间、第七间、第六间屋子……直到进入一个死胡同，然后，再往回走，但他们老是走错。

"完了。"诗人拉着女孩说，"我们走不出去了。也没见到你的什么鬼木梳。"

女孩沉默了。她仔细地回忆着很久以前一个老人告诉她的秘密。"关键是火。"她想起来了。可这些屋子里除了玻璃窗和门，什么也没有呀。

"该死的古堡。"诗人说，他从口袋取出一个小本子，大声地念着，"土地、流浪、天空、河流、田野、村庄、行动、勇敢、学习、进步、创造、黯然、美妙、恶劣……"但还是没有动静。他生气了，把本子装进口袋。他忽然想起来一个童话《卖火柴的小女孩》，灵机一动，取出一盒火柴，说："咱们一起幻想吧。"

玻璃之火

女孩的眼睛一亮："有了有了！"她一把夺过火柴，走到窗户跟前，划着了一根，去烧玻璃窗。

诗人吃惊地看着玻璃变成了汁水，慢慢流下来。"好啦，我们出去吧。"诗人托着女孩的腰，把她放到窗台上，手感到很温存，他有些害羞，说，"快下去。"他们又来到了另一间屋子。屋子的墙上竖着长满了小草，一摇一飘。他们俩都感到饿了，就吃了些小草，继续前进。

他们把所有的玻璃窗都点着了，玻璃的火焰毕剥作响，在火焰之中，他们看见了金鱼群和牦牛群在缓缓向前，有一个白发老太太手捻念珠，说着什么，他们看见天空伸出一条闪闪发光的手臂，一直伸进河流，一些小动物沿着这条手臂向天空飞升而去。他们看见有人在大地上挖掘，在山洞中掏挖，在河流中捕获。许多张脸在晃动，许多个脊背上的汗水闪闪发光。他和她都很吃惊。

　　"他们都是诗人。真正的诗人。"诗人说。

　　"那你呢？"女孩狡黠地问他。

　　"我只是一个语言的烹调师。"

　　这时候，在窗台上，她找到了一把木梳。"你看，我找到了！我可以拿着它回家了。我想爸爸妈妈了。"她笑了，很高兴，也很伤感。

　　诗人把木梳举起来，向前一指，有一扇门开了。他们终于走出了古堡。现在，他们又发现他们还是在那个回廊里，而且，天也亮了。

　　"奇怪，"诗人说，"我们是怎么回来的？"他从口袋中掏出一个纸条，上面写着："最后的季节将被一匹马带走。"

　　女孩看着他："我要回家了。"

　　诗人挥了挥手，说："拿着这块金子吧，走在路上要用。"

　　女孩眼睛红红的，说："我爱你。可是我想家了，再见。金子留给你，将来有用。"说罢，她跳进一朵花的内部，不见了。

诗人感到很惆怅。"我是一棵孤独的棕榈，长在语言的回廊里。"他作了一句诗。

　　太阳光把一切都照得水淋淋的。现在，阳光穿透了诗人的回廊，把他的影子越拉越长，这影子穿过花园，与许多雕像的阴影相连。

　　"我最终是一个孤单的行者。"在随着一串肥皂泡上升的过程中，他最后说。

找寻：在穿越时空季节之中

最初的意象是在一个深红色的夏天，那一年我浑身笼罩在一种玻璃一样澄澈的寒冷之中，当时我居住在一座巨大的古堡里，古堡里堆积着无数腐烂的词语和细节，蛛网横陈，我脸色苍白，不停地咯血，沿着青苔密布的台阶上升，在沉重的铁门"哗"一声打开之时，我的目光捕获了一个永恒的印象：一个睁着两只有些慌张和好奇的大眼的女孩子，她的年龄不超过十八岁，她的臂上搭着一只死去的红鸟，她和我猝然地相遇。我们先是一怔，然后，有无数只蝙蝠幽暗地从我的耳朵里飞出。

在另一个更为幽深的秋季，树叶金黄，正在与泥土构成庄严的凋落二重奏。我，一个面色忧郁的人，行走在阳光像冰块一样碎裂的天山山脉的山谷中，寻找着一个身影，这使我内心弥漫着苍茫。我到达了一个古老的村落，这个村落似乎从亘古就在这里的，一些亲密的幽绿的塔松静静地围着这个孤岛一样的村落，另一种语序和语言笼罩在其上。在我走近这个神秘的村子的时候，先是一群浑身没有一根白毛的黑山羊走了出来，用它们深邃的眼睛看着我。接着，一群老人走出来了，他们巨大的身影和背后奇特的傍晚红色天幕构成了一幅古朴、悠远的风景画。

我上前向他们询问一个名字，这个名字有水的质感与光芒，穿透着人类母性的色泽。显然这是一个女人的名字。

这些老年人惘然地看着我，看得出来他们听不懂我的话。从我所带的地图上得知，他们是厄鲁特人——古代蒙古人的一支。他们用鱼一样的语言诉说着他们所看见的历史，然而我不懂他们的语言和语序。最后，一位身披黑纱的老女人手一挥，四个年轻人从毡房里抬出一具用大红色地毯裹着的尸体。红色地毯在夕阳的烧灼下耀眼异常，像一片刀锋猛然地切进了我的记忆。

他们打开了地毯，里面躺着一位面容安详宁静的少女，她美丽异常，眼睛像清水中的黑石子一样凝视天空。她一动不动，在我的手触及她的手的一刹那，我体内的冰块咔嚓一声脆响，我知道我无法进入那一种美丽的少女之死了。少女之死是水里的死亡，是空气中永远飘荡的一片羽毛，是残留在我们被淹死的梦边的一缕头发。

"没有人能看得见草的生长，就像没有人能看见少女的死亡。"那个巫婆一样的老女人最后突然用汉语这样对我说。之后，他们全部起立，缓缓地后退，和那些黑山羊一起，隐入了再也不会有人看见他们生长和衰败的村落里了。

很久很久以来，我作为配角一直都连续不断在一个梦中出现：一具洁白的棺材从一眼泉水中缓缓升起，一个我无比珍爱，让我又永远无法接近的红衣女孩躺在棺材里，一束看不见的丝线拉着棺材缓缓升向天空，在升起的短暂停留期间，我和女孩进行了短暂对视，之后，这具棺材和一大片白色的羽毛浮起，悄悄地升入天空，在那一刹那间，我的眼睛陷入了一片永远的黑暗。

我知道我生下来的命运就是寻找，寻找是我的主题。在穿越不断凋落的季节之中，我并不留意生命存在的每一个细节，我因此而疲惫，而倦怠，而干渴，一个灵动的少女身影总是在我眼前晃动。我的形象就是一个倚靠在棕榈树上面色忧郁的少年，随着漂流岛不停地向前，向前，寻找着一种只能属于我的语言。

在我所居住的这座经年已久的古堡里，我已经等待好久了，但一直没有人的脚步声惊飞我耳朵中的蝙蝠群。在我和这个十七岁女孩猝然相遇的时刻，我脸上的肌肉不规则地抖动了几下，接下来，我示意她可以坐在我的石凳上。你见过一束兰草吗？就是从不拒绝露珠的那种。我的幻想沿着兰草丢失了。我要找回它。那个女孩子有些胆怯地说。她穿着一件白色，上面缀有许多小小的碎花的娃娃裙。

你已经找了它很久吗？我问。我的鼻子闻到了一种奇异的墓地上的新鲜气息。

是的，我一直在寻找兰草和一匹汗血马。拥有它们我才会和光在一起。我是一个盲人。

我这才看出来她的确是一个盲人。我惊叹于这一双美丽的大眼睛的衰败。

那么，我走了。既然你没有看见，我走了，我终究会找到。女孩站起来，沿着青苔弥漫的台阶缓缓上升而去。

　　我行走在冬天的灰烬里。多少年以来，我都生活在这个城市，这个一到冬天大雪就会覆盖整个城市达五个月之久的人的聚集地。我的面色忧郁，衣着简朴。关于童年的唯一记忆大概就剩下我倚着一棵挂满冰凌的老榆树，神情苍茫地观察世界的景象了。

　　在冬天，世界更多的时候是孩子们的。我看见许多孩子肩上都蹲着黑兀鹫，在屋舍和雪堆之间隐现，互相以雪块掷击。在人们常用脚走过的地方，会出现一条条冰道。这些冰道贯穿整个城市每一条巷道、马路，连通了几乎所有的人居。孩子们坐在安有钢筋板的"爬犁"上，用两只钢筋撑子使劲地滑，在这些雪道上追逐、嬉戏。

　　一些巨大的雪花落下来，掩埋了所有有关这一切的场景。但最终还是有一些东西像冰雪融化后的石头一样显现了出来。

　　记得是在做了那个淫秽的梦之后不久，所有有关时间的背景全部都换成了冬天。在这个冬天里，我深深地爱上了一个女孩子，一个长着紫葡萄一样美的眼睛的小女孩，她的年龄不超过十三岁。她喜欢在冬天穿一件橘红色的滑雪衫，像火苗子一样飘扬在这一片洁白的冰雪世界里。我整个冬天都像黑色的幽灵一样跟随着她。

　　我总是躲在树后，探出脑袋来寻找她，在那个冬天，每当她的身影像火焰一样在我的眼睛里出现，我都会蓦然了悟了"生命"这个字眼鲜活的意义。

她有一段时间常常坐在一只爬犁上，与一些男孩子玩追逐的游戏。她总是被人捉住，因为她是女孩子，却总是追不上别人，尽管她在拼命地划着。

我躲在不断变换的树背后，观察着这一场角逐中的变化，气恼无比。因为我不能容忍我最喜欢的、像葡萄一样晶莹的女孩子，处在一个弱小的无援无助的境地。但我胆怯得没有一点儿勇气出来帮她。直到有一天，她在一片追逐的笑话声中，用力撑划爬犁，那爬犁像脱缰的野马一样冲过街角。与此同时，一辆野牛一样的大卡车轰然驶过，一声明亮的惊叫刺破了所有的寂静，世界猛然停顿下来，一股股红的云团从街角那边升起，直冲天空。

所有的声音刹那间都静了下来，人们都张着嘴巴，等待着一个惊人的闪电消息，我从一株古老的榆树背后探出头来，我再也没能看到那束照亮我生命的火苗子了。妈妈，她到哪里去了？那一个冬天我被反锁在家中，大声地哭泣。妈妈说，那个女孩子和冬天一起，被风带走了。

人的生命其实就是一股风，这是我最初的关于人生的印象。

在古堡中因不信任周围的世界，不信任自己而居住经年已久的我，目送那个怀抱死鸟沿着爬满青苔的阶梯缓缓上升的女孩子，那扇朱红色铁门再次被打开，一束束强烈的阳光白花花的，像水一样涌了进来。之后，那个怀抱红色死鸟的女孩子消失了，那个盲眼的女孩子，到处寻找兰草的孤独的女孩子，再一次从我的记忆中消失。

在她走出的一刹那，我清晰地回忆起多年以前，那个在冬天洁白的冰雪大地上像火苗一样鲜艳的女孩，那个倏忽间生命灰飞烟灭的女孩。我听到了一丝不规则的声音在我的心脏里响起，一些血从我的鼻里流出，有无数只蝙蝠再次从我的耳朵里飞出。

接下来的景象是春天，燕子像皮鞭的影子一样迅疾地掠过大地，花朵不断地在大地之上开放，放出一阵阵夺人魂魄的迷香。每一株树上都有嫩绿的手臂伸出，在风中抖动。我手里拄着一根拐杖，行走在花的迷香和大地的中央。

我思索和回忆了整整一个冬天，我下定决心离开古堡去浪游时，春天已经席卷了整个世界，鸟鸣像雨水一样不断地从空中滴落，一些红马鹿的身影不断地掠过我的眼帘。我知道我的寻找开始了。

在踏上征程的时候，那个十三岁女孩和十七岁寻找兰草的女孩子的形象交替出现，以至于我不断地在我经过的花朵内部看到她们艳丽无比的面孔。这面孔在阳光的辉耀下一闪而逝，快得像蜻蜓点水。我不停地走啊，在春天里我行走，我叹息，我不断地咯血、咳嗽，像一株病态的草一样在风中倾斜。

有时候，我坐在一条木船上，木船低低地掠过开满荷花的水面，一些水鬼的语言在水面溢出，我和水面上孤独的我的影子相遇，心中骤然落下一场南方的雨。有时候，在无边的大漠之上我疲惫至极，我像一头山羊一样倚着一棵古怪的胡杨纵声高唱，没有一朵云陪我。我行走在青翠的山谷中，我的足音像花朵一样倏然开放。我的目光执着而又疲惫，总是被无数幻象所包围，一些蝴蝶和蜜蜂总是萦绕着我的记忆，我的记忆深处总是散发出浓厚的青草味儿。

我在跋涉的过程中，穿烂了许多双草鞋，我总是喜欢睡在水边，倾听水的声音悄悄地塑造出一个女孩来。

就这样我穿越了所有的春天，当我从一条充满花的迷香的隧洞中走出时，我惊奇地发现，我已经进入了夏天。

几乎所有关于夏天的记忆和感觉全是运动的，热烈的，燃烧的。夏天里所有植物在风中飘扬，都被我看成一束束摇摆着的绿色火焰。在目睹了天山深处古厄鲁特少女灰飞烟灭的死亡之灿烂面容，她不是我要找的那个女孩。那个女孩只应该在一片火焰的奔突中猛然显现，或是在一面金黄的树叶背后倏然而遁。

夏天深沉而又忧郁，我行走的身影被每一片浓荫所吞没。在一个没有蝉声的傍晚，我到达了一个城市著名的火葬场，手里拿着一束蓝色的草花。我被人所牵引，走进巨大的停尸房，我立刻被死亡大军整齐的队伍给震撼了。我惊怖于这世界上人的生命的消逝之快之猛。我想起来很久以前一个冬天，我所获得的关于生命的印象：人的生命就像是一股风，现在，当一阵风掠夺走了人生命中的像枯枝败叶一样多的细节之后，剩下就是大水过后裸露在沙滩上的石头一样的人的尸体了。

葬仪工掀开每一条白色床单，叫我去辨认那全裸的女性尸体。我回忆起我所寻找的那个女孩应该是可以在乳房上布满露珠的，因此，每当我看到那些皮肤干燥，似乎被男人和孩子的嘴唇粗暴地吮吸过的塌瘪的乳房时，我就摇了摇头。而每当我目睹到这些女人的成熟过分而剥落的尸体时，她们身上顽强盘踞的其他男人的气味排斥着我。我要找的女孩子是没有被任何一股男人的污水污染的女孩，她是纯洁的，她的隐秘之处，沼泽地和青草地交相辉映的那里，景象奇异的两腿之间，应该是任何一个男子还未曾达到的。

在匆匆浏览了火葬场内死去的女人的大军之后，我走出了火葬场，这时候，伴随着夏天喧嚣的蝉声猛然涌至的是一辆正要推进停尸房的尸车。我掀开床单，一个女孩子熟睡的面庞像湿漉漉的花瓣一样倏然映现。但她仍是一个小孩子。她还没有长大。她不是我要找的那个人。我把手中的那束草花放在她的怀里，对她的母亲——一位被泪水浸湿的女人说："她应该回到上帝身边去。"之后，我就像影子一样逃走了。我就这样离开了可怕的夏天。

秋天和一场暴雨一同降临了，我伫立于窗前，观看一年中季节的凋谢。黄色的树叶在风中飘落，发出无可奈何的声响。在穿越不断凋谢的季节中我已变得苍老了。面对秋野，面对大地之上蒸腾的雾气，我再次回忆起走出古堡后寻找的使命，无奈我恐怕永远也找不着她了。

因此，当一个白发老人出现在我身边时，我并没有觉察。他举起一只手臂，说："你要寻找的东西在那座小山的山顶上。"我沿着他的手指所指引的方向看去，一座小山横在我的左侧。我怀疑似的看着老人，老人以拥有比我多几倍的，在穿越凋落的季节中堆积的皱纹告诉我，他没有撒谎。

我最终在一个澄明的秋天登上了一座山顶，周围一片空虚，只有各种层次的绿色做背景。我并没有看到人，我看到的是一口殷红的棺材。棺材里放着一只金杯。一个指令指示我应该躺进去。此时，我已忘记了死神的面容，我躺进了棺材，用我的嘴唇轻轻地吻了吻金杯，立刻，金杯变成了泥的碎块了。

而这时，一个穿白纱的女孩突然出现在棺材边。与此同时，有数条丝线拉着棺材缓缓上升，上升。

我坐起身，眼看着我慢慢高过女孩的头顶，在与她对视的一刹那，我透悟了爱情的虚无。是的，爱情像鸟的鸣叫一样刹那间盈满了我的心中，但是我得不到它。

棺材上升得很快，渐渐地陷入了天空，在空中，我从棺材中探出身子，用手抓住了一束阳光一把羽毛，我感到我全身的血迅猛地流着，是的，我完成了我的主题。在浸入黑暗的最后一瞬间，我听到了她的声音传了过来："等着我！我们走到花朵的内部里一起去睡眠！"

外乡人

  外乡人是一种无根的植物，他总是漂泊不定，伤感是他的性格特征，他的目光常常是忧郁的。从南到北，从东到西，很多的沧桑在他的脸上呈现，他不停地走啊，走啊，对于他来说，"生活在别处"，而不是在他曾经待过的地方。什么时候他才能找到他的水源和家园？

  现在，我们在黄昏阴沉的光里，可以看见正有这样一个外乡人慢慢地从一座山梁上升起了。当他的全身作为一个影子出现在我们的视野里的时候，血红的夕阳沉没到了西天的大沼泽里，我们都可以感受到一种强烈的苍凉和跋涉感。

  外乡人站在山梁上，回头眺望了许久，似乎是在眺望消逝的时间。然后，他转过脸来，通过他的目光，我们可以看见一座堡寨，这座堡寨像一堆冰冷的废铁，懒散而又戒备森严地摊在山脚之下，颜色是灰暗的。外乡人的脸我们看得非常清晰，就像我们中间经过长途跋涉的人一样，满面灰尘，神色疲惫，步履稳定缓慢然而坚实有力。在到达堡寨的大门口时，他看见，有两个卫兵手持利器，把守着城门。

门卫问他话，然而他和我们一样，无法弄懂对方说什么。显然，外乡人和这座堡寨里的人说的是不同的语言。外乡人掏出了他的身份证明，卫兵用怀疑的目光透视了他许久，最后，终于放他进城了。外乡人松了口气，他感到了一种被人接纳的欣悦，然而，灾难也是这个时候开始到达他身边的。他像一条陌生的鱼一样游走在陌生堡寨的大街上，倾听着陌生堡寨里的居民们都用十分怪异的语言交谈。从他们的表情上，他看出来这个堡寨的居民缺乏真正的生活，他们所谈论的很可能都是最近领导人更迭的传闻。然而，当他们中止谈话，把目光射到他身上时，一种不信任的电流就击中了他。他知道，他身上的明显特征使得他们很容易区分出一个外乡人的到来。

他知道，首先自己必须找到旅馆，找到一个可以暂时栖居的地方。然而，在这座固若金汤的堡寨里，几乎所有的旅馆都停业了，他分明看见那些旅馆上面蛛网横陈，已经很久没有人居住了。然而，最终他还是在这座堡寨的西南角找到了一家旅馆。这家旅馆铺面晦暗，只住着一对本堡寨的新婚夫妇，他们走出城门，这是外乡人后来才了解到的。一个长相奸猾矮胖的店主把他引进了二楼，告诉他这里的老鼠是出奇地多，他一笑置之，关上门，倒在床上就睡着了。

我们知道，就在他到达这座警惕性很高的堡寨之后，多日未变的天气突然地有了一些极其微妙的变化。第二天一大早，四个方向的城门都同时被一股异常强劲的热风冲撞开来，其中一个城门的一扇高两丈的大铁门还倒下了，砸死了三个卫兵。很快地，这股肆虐的热风就充斥了堡寨的大街小巷和家家户户的庭院，冲进了堡寨居民的居室。这一天上午，居民们都像缺水的鱼一样使劲儿舔着焦干的嘴唇，在进行已传得面目全非的小道消息的传播时，他们都干得要命。到了下午，他们同时都闻到了一股强烈的臭气。他们仓皇地从广场和街头逃回自己的家里，发现原来每一家珍藏起来的腊肉都发臭生蛆了，白花花的蛆虫爬得满屋子都是。清扫这些蛆虫花了他们整整一个晚上，而这期间，外乡人除了起床吃了一餐午饭，依旧在床上沉沉地睡着。他可能是太疲倦了。一旦沉入梦之湖底，很难自行将自己捞起。他对臭气充耳不闻，依旧在梦中跋涉迁徙。

此时，一大群灰褐色的候鸟飞在，或者说悬游在无边无际的苍茫的天空中。

第三天早上，所有堡寨的居民都听到了一声巨响，包括那个外乡人，都从睡梦之中被惊醒。于是大家都奇怪地跑到了街道上。很快地，人群都聚集到了那个大广场上，他们看到——原来矗立着一个巨大的纪念碑的广场从四个方向裂开了一道巨大的裂缝，中间地带完全塌陷了，露出了大面积的白骨和尸体。这个堡寨的居民们完全惊呆了。他们刚刚从私藏腊肉被揭露、从禁食肉类的尴尬中缓过神来，旋即又被这一场惊人的变故给彻底震撼了。他们简直想象不出，他们认为，只有英雄的灵魂才配居住大广场下面，可下面竟然白骨累累！经过鉴定，这些尸骨从一百万年以前到一个月以前的都有，从地壳的深层一直堆积了上来。善良、守旧、胆小而又敏感脆弱的堡寨居民慌了，也就是在这同时，在外乡人栖居的旅店里，传来了店主被杀，店主夫人失踪的消息。

全副武装的保安人员抓获了那对新婚夫妇和那个外乡人。很快地，新婚夫妇因为与堡寨说相同语言和他们相互证明案发时间他们正在疯狂地做爱，而被释放了。

外乡人则被关押了。现在，铁窗生活构成了外乡人的特征。他几乎不相信这个事实，因为他那么劳累，那么软弱无力，根本就不可能杀死店主那样的大胖子。然而，他那满腔的沙哑和疲惫之色，以及他学说本地话的含混不清，加剧了警察对他的怀疑。越来越多的证据显示，他来的第二天，这个一贯无比平静的堡寨就接二连三地发生了几起变故，这里面的原因是值得详察的。在接下来的审讯中——这种审讯是不分昼夜的轮番审讯，被传讯的一个个证人，有卖豆腐的、修脚的、出租汽车司机、酒吧招待和歌女、大学生，甚至也有接生婆和国会议员，都以种种他们亲眼所见的关于他的可疑之处向法庭证明，外乡人肯定是杀人犯。要不然，这座一直安宁平静的堡寨怎么会因为他的到来而陷入了盲目和慌乱，陷入尴尬和混乱？

对于外乡人来说，他认为他被判罪的唯一理由是他所使用的语言与他们不同。然而，他的辩解是苍白无力的。法官们都一致认为只能是他杀的人。在作案现场的人只有他和那对新婚夫妇。新婚夫妇在性的高潮中只能忘乎所以，法官以为，他们不可能去杀死一个善良本分的胖老板。而他，一个带着一身可怕气息的外乡人，怀着对本地善良人民的仇恨而杀死了店主，情况只能是这样的。其他全城的居民们都互相证明发案时间他们都在捕杀一种从天而降的蛆虫，根本不可能杀人。而且，法庭还认为外乡人同时还杀死了店主的夫人——她是个胆小怕事，体弱多病然而容貌姣好的女人，她失踪了，他们逼着他把她交出来。外乡人显得比在旅途中更忧郁了，后来，他只能不说话，以示自己的抗议。最后，法官决定在那座旅馆的厅堂挖地三尺，因为外乡人很可能对杀死的店主夫人，进行了残暴的蹂躏，并且将她埋在了地下。

他们派了八个大汉开始挖地三尺。在众目睽睽之下，很快地，他们掏出了一个方圆十尺、深两米的深坑，所有的观众一起惊呼，他们看见，很快地，这个大坛里就注满了鲜红的人血。

外乡人冷笑了，但他质问法官，说，你们这座城市的地下水都是人血构成的，到底是谁在杀人，是你们，还是我？

堡寨居民连同法官哈哈大笑，他们说，他们不可能杀死自己的同胞，而这血的渗出，只能预示着他死期到头了。因为这个堡寨已经有五百年没有出过人命案子，同时也没有处决过罪犯了。

这是一座无比贫乏的城市，没有值得认真议论的东西和事物，居民们的生活日益地麻木、琐碎，终日饱食无忧而又敏感、脆弱，没有闪电和雷鸣在他们头顶轰响过，也没有人使用过不同的语言与思想和他们交谈过，他们的存在等于他们不存在，外乡人站在行刑台上想。

这一天阳光灿烂，在堡寨郊外，新垒起的行刑台上，外乡人神色沉重而又忧郁地看着他们，仿佛他们才是应该被宽恕的。居民们异常兴奋，像蚂蚁一样密密麻麻地围着行刑台，人多得数不清。外乡人眯着眼睛，他看见无数颗兴奋异常的人头在游动，直至天边，就像是大粪里蠕动的蛆虫。外乡人一点也不惊慌和害怕，当午时三刻到来之际，他非常从容地将脑袋伸进锈迹斑斑的铡刀底下，这个时候，兴奋、游移、目光短浅而又胆小怕事，众口一词而又心怀鬼胎的堡寨居民们屏住了呼吸，张大了嘴巴，看着那铡刀准确地落下和喷出的血，之后，他们又重新喧闹起来，互相舔食着对方胳膊上的泥垢，心安理得地迎接黑夜的到来。

大地守夜人

父亲说，大地上有一种被称作守夜人的人。每当黑夜从大地上升起，黑夜像墨汁一样染黑了所有的阳光、道路、田野、人群和楼厦，那些守夜人就会飞在空中，守卫在梦中碰见了蛛网和找不到家的人。

我在大地上行走与成长，我在与大地的对话中认识世界。我父亲是个筑路工人，每年他总是随同筑路大军出发，灰尘滚滚伴随着车轮滚动，到几百公里以外的地方去修路，并且在那里安营扎寨几个月。因此我在长达几个月的时间里，在黑夜里没有爸爸的守护。我是个胆小鬼，到十二岁了，还不敢一个人睡一张床，我总要睡在爸爸的脚旁才能做梦。在白天，当我走在小城镇中，抬头仰望遥远的戴着冰冠的西天山，我的心中总是涌动着与大地亲和的激情。没有爸爸在身边的日子我多么恐惧呀，恐惧黑夜，在黑夜中，任何一种声响，任何一种物体的影子都会变成魔鬼，企图把我从房间里拉走，继而把我吃掉。我是一个害怕黑夜的人！

尽管爸爸给我讲了那些看不见的大地守夜人，我仍然害怕黑夜。每当夜晚降临，母亲和妹妹在另一间屋子里睡下，我都会钻进被窝，恐惧地睁大眼睛，听着四周发出的任何一种声响。我听到了墙皮脱落的声音，就猜想一定有一只手从墙壁中伸出来，我甚至听见木质家具在轻轻地裂开，也许有无数只小虫子就要从中跳出来了，我还看见窗外一棵树的影子被月光映照在我床头的墙壁上，看上去就像是一个阴沉的人站在我的床边注视着我，他的眼睛却是白色的。我还听见蚊子在半空滑过，那是鬼魂在用手拍向我的脸吗？墙角上，蛛网在轻轻飘动，如同鬼的衣裳。我总是要在恐惧万分的奇思怪想之中缓缓入睡。

　　而到了白天，世界就变得万般可爱了。我可以爬上树去采榆钱，我可以在高得仿佛钻入了云霄的白杨树上掏鸟窝，我是个野孩子，在没有爸爸管我的时候，我还喜欢凝望远处清真寺顶上那一弯铁制新月而陷入沉思。在那个春天，白天和夜晚对于我来说是完全分裂的。我每天都能听到我体内生长的咯咯拔节声，我甚至还以为我就是用食盐和水做的鬼。要不为什么吃完东西，我的身体总要把盐和水留于其中？那个春天，我的心在古怪地跳动，我比以往更多了些对黑夜的敏感，对成长的疑惧。

　　我突然发现我的胸乳处有两个肿块，一边一个，一碰就疼得要命，而且我的唇上似乎长出了胡子，我的胯下——我羞于谈到那里，从那个春天开始也在长着黄色的绒毛，一根又一根地在逐渐变黑。到了夜晚，似乎有什么东西压住我的胸口，我睁开眼睛，看见了一个女鬼一样妖冶的女人坐在我的腿上，她奇怪地笑着并抚摸着我的已变得像个小萝卜的胯下之物。我吓坏了，我尖声叫着……然后在半明半暗中我醒来了，我第一次遗精了。

我立刻羞得面红耳赤，就在那一瞬间，我突然明白我已与童年和少年告别，我即将长大。我感到了惆怅和失落，拥着被子坐在床上，我的呼吸急促，望着灰暗的凌晨的窗外天色，我仿佛看见了什么鸟儿，呼啦啦地在空中飞过。那些大地守夜人似乎带着他们窥探到的秘密，带着黎明要来到的消息，缓缓地隐入天空。

父亲在千里之外坚忍地和其他的男人在把路修向更远的地方，我在家里长大着，由十二岁向十三岁顽强进军。我仍然对黑夜充满了敬畏，我仍然从不在黑夜里出门。但是，我发现我绝望地爱上了我的一个女同学。

她是一个回族姑娘，长得很像古代的波斯美女，一身的妖媚气息。她非常会打扮，经常在小耳朵上夹上一朵野花，让我忍不住就想摘下来。她还会用一种叫伊斯玛的草，把十个手指的指甲都染得红红的，她的手在空中轻轻抖动着，仿佛一朵朵红色的花在慢慢盛开了。我就喜欢她一副小狐狸精的架势，而且，她的学习在班上也是顶呱呱的。我发现她知道我在痴痴地观察着她，她也总是对我报来轻蔑的一瞥，告诉我不要痴心妄想。

有一天，为了讨好她，我掏了一窝没长毛的小麻雀送给她做礼物，可她看了一眼那些红色的、光着屁股在纸盒子里乱撞的小东西，撇了撇嘴说："有老麻雀才叫有趣呢。你为什么不掏它们一家子给我？老麻雀呢？"

"老……老麻雀在白天出去觅食了，不回家。"我嚅嚅地说。

"笨蛋！你不会在天黑了去掏呀！天黑了老麻雀肯定是要回家的。真笨！"

我满头都是晶亮的小汗珠，我说："我害怕……害怕黑夜，我……"

她一下子轻蔑地笑了。"胆小鬼，"她推开我手中捧着的装麻雀的纸盒子，"有老麻雀我才要呢。"她说完，拉着老和她在一起的，长了一脸又丑又密的雀斑的同伴齐红就跑远了。

我想，十二岁那年的春天我也许还不知道什么叫作失恋，但我分明已感受到了痛苦。痛苦像虫子一样咬着我，黑夜的幕布降临，我龟缩在被子里瑟瑟发抖。我在心里呼唤父亲，他为什么不回来？我不敢走到黑夜里去，更没法为米兰——我喜欢的那个刁钻女孩去掏一窝带父母的麻雀。我有点儿憎恨米兰，尽管她有一个好听的名字，可她仍叫我痛苦得像一条狗。我听见所有的精灵都复活了，都在黑暗的大地上悬浮与飞舞，包括所有的幽灵，黑夜是他们的节日，可没有父亲在身边，那些我看不见的大地守夜人会保护我吗？

有一天下课后，米兰走到我的桌子面前，我看见她的两个小胸脯已经在衬衫下悄悄地隆起老高了，我赶紧像罪犯一样把目光挪到别处去。她却俯下身子对我说："胆小鬼，今天晚上我在大操场上等你，你敢来吗？"

我闻见了她吹气如兰的气息，我看见她美丽的眼睛里闪耀着的挑战、期待、蔑视、鼓舞与恶毒综合起来的东西，我想了想，说："好吧。我……一定来。"

她笑了起来，娇媚地看了我一眼，拉着齐红的手，跑出教室踢毽子去了。

而我却陷入了一种深深的忐忑之中。我敢在黑夜的大地上行走吗？而不敢在黑夜的大地上走动，就不配得到米兰的心，不配得到她的信任，就再也无法靠近她啦！她向我发出了约会邀请，同时也是向我的挑战。我应该勇敢些，我想像我爸爸那样勇敢，从不惧怕黑夜，在黑夜里也能把路铺得笔直，铺向没有人的远方。

黑夜降临了。我的心像大钟一样也沉重地坠了下来。吃过晚饭，我心事重重地看着渐深的暮色，我妈喊我我也听不见。

夜幕掩盖了一切，我也走出了门。

我觉得我的步子很轻。我能听见此刻所有的鬼魂都在黑暗处议论我，我走得又僵又硬。但少年血在我心中涌动，我为什么不敢在夜里行走？我就这样穿行在黑夜里，我僵直地来到了黑暗无人的大操场，我的头发都竖起来了。黑夜像陷阱，黑夜像魔鬼的胃，我现在感到害怕了。我沿着四百米的跑道一边走一边喊："米兰，米兰，你在哪里？"

没有人答应我，我的步子加快了，我的心跳像青蛙跳，我一不小心绊了一个跟头，我哭了，我大声喊："米兰米兰，你在哪里？我害怕，米兰，你出来呀，出来呀！"我哭得不顾羞耻，我知道我还尿了裤子，我一边哭喊着一边跌撞着向家跑去。

米兰欺骗了我，她让黑夜这个魔鬼的嘴巴咬住了我，我回到家里时浑身像筛糠一样，我的心凉凉的，好像很多东西都碎了。

第二天去上学的时候，我决定再也不去理会米兰了。她伤害了我，刺伤了我全部的自尊心。在课间操时我看见她向我走来，我赶紧避开了，她追了上来。"你站住！我有话对你讲！"她的声音中带着严厉的请求。

我站住了。她站到了我对面，我这才发现她有一双淡灰色的美丽眼珠。"我昨天去了大操场，我一直躲在黑暗里，可是你却哭了，你被黑夜吓哭了。于是我就没有喊你。我想你真是一个胆小鬼，"她用她那双美丽的波斯猫眼看着我，"真的，什么时候你敢在夜里为我掏上一窝老麻雀，我就会和你好。我还从来没有和男孩子好过，我不喜欢胆小鬼，你明白吗？"她认真而严肃地把手搭在我的肩膀上，我羞愧极了，我用力地点了点头。

那些大地守夜人，你们在哪里？当黑夜的边缘纷纷亮起了鬼怪的磷火，你们在哪里守卫着我蛛网横陈的梦？我从黑暗中惊醒，拥被而坐，我还没有长大，我也许永远都不会像我的父亲那么勇敢，那么强大。我听着黑夜中的千万种声音，心在古怪地跳着。我的身体日益地发生着变化，我两腿之间的小绒毛在变黑，每到早晨，那里的"小士兵"都昂首挺立地守卫着我。有时候它吐出的黏液会濡湿周围的绒毛，叫它们倒伏。我多么渴望米兰月亮一样的脸啊，可我是个胆小鬼，我为什么这么惧怕黑夜？大地守夜人，你们是一种什么样的人？当潮气从大地上升起，黑暗里响起了蛙鸣，你们从哪一棵树的背后飞出，去围扰小孩的睡梦？

也许，你们是不存在的，你们从来就没守卫过我的梦，我在黑暗之中依然害怕，我是个胆小的人，我连给自己心爱的姑娘掏一窝鸟都不敢，全是因为黑夜。大地和太阳，你们为什么用白昼和黑夜来瓜分一天？为什么会有黑夜？它会永远伴随着我吗？我倾听着体内熊熊的生长着的火焰，在被窝里把拳头捏紧。父亲为什么还不回来？

春天过去了，夏天和蝉鸣一起涌至，夏天过去了，秋天被大雁的叫声驮来。依旧有白昼和黑夜的交替，我依旧害怕深夜出门。米兰一直期待着我，她长得更俊俏了，我们又大了一岁。我仍一天一天地长大，变得俊美了，可我的胆子却依旧很小。我害怕黑夜的所有气息。

有一天晚上，劳累了一天的母亲忽然从床上坐起来，她对我说："你父亲今天要回来啦！他要回来了，我听见他在对我说话，快，冬子，你去接接他！"

可现在是黑夜呀，我想。但是我勇敢的父亲回来了，我立刻增添了无穷的勇气。我披上了衣服出了门。黑夜真柔软啊，走在夜里就像是走在沙子上面，我满心欢乐，内心亮起了一盏小灯。我沿着漆黑的公路朝前走，朝父亲他们大队人马回来的方向走。我体内的水在轻晃。我有些发抖。很多手在扯我的衣服。你们不要动，我去接我的父亲，他回来了，他会打你们的。我忽然听见头顶上有一些鸟在扑棱棱飞过，我想起了关于米兰要的那一窝麻雀。我看见路两边全都是很高的白杨树。麻雀们就把窝垒在最高的地方。我开始爬树了，很多手在扯着我，我不去管它，我有些害怕，但我已经爬了上去，我用帽子猛地盖住鸟窝，我听见老麻雀在扑棱棱扇动着翅膀，我终于掏到一窝完整的麻雀啦！我想起了米兰淡灰色的眼珠，我自豪地想明天她还会轻蔑地拒绝我吗？

我走在黑暗里，黑夜铺在大地上。到处都是鬼火和幽灵在飘动，我双手捧着鸟儿向前走，父亲我来接你了，我这是第一次没有你在身边，敢于一个人在夜里走，那么多的手在拉我，我想哭。怎么下起雨来了？雨滴大得像黄豆，砸在脑袋上很疼很疼。我跌了一跤，一只鸟飞跑了，我叫了起来。雨越下越大，我在雨中狂奔起来。公路上响起了密集的雨滴声，也许是鬼魂在为我鼓掌，我又跌了一跤，剩下的鸟全飞跑了，我的帽子在哪里？全身都湿透了，我哭了起来，我没法不哭。我突然感到恐惧起来。四周没有一个人，没有一点灯光，只有我一个人被大雨冲刷着，我今年十三岁，深夜出来接我的父亲。我爱我的父亲，他是个筑路工人，通常一年要在家待三个月。我害怕极了，我在雨中飞奔。

这时，我忽然听到一个声音在半空中对我说：孩子，慢些跑，别怕，慢些跑，要不你会摔一跤的。

你是谁？我仰起脸问。风把雨吹到我脸上，我看见的只是无边的黑夜。

我是大地守夜人，我的责任是看好那些夜晚离开家的人，老年人、青年人、少年和孩子。我要保护你。请你慢慢走。别怕，别怕。

我不怕。我说，我高兴了起来。我的步子不快不慢，我大步地走着，内心里所有的恐惧感都没有了。我听见了大地守夜人对我说话了，说明他们是存在的，虽然我看不见他。现在我看见前面有灯光，有长长的，长长的一列车亮着灯，沿着公路开了回来。我知道那是父亲他们的车队，我站在路的中央，雨水哗哗顺着我的脖子往下流。黑夜真黑啊，但是有大地守夜人，我一点儿也不怕，汽车灯照见了我。

"什么人？"他们问。

"爸爸，我来接你了！"我大声喊。

他们有人下了车，朝我奔过来。我认出来他们是我爸爸的同事。我看见所有的车都停下来，都在黑暗的雨幕中亮着灯，像是一条长龙。有一个叔叔走到我身边，给我披上了雨衣。

"我爸爸呢。"

"……昨天夜里路上发洪水把路冲断了。你爸爸下车指挥车队，被洪水冲走了……"

"爸爸！"我在黑夜里大声呼喊着，我听见所有的黑夜鬼魂都已离去。"爸爸！我来接你啦！"我甩开了那个叔叔，扔掉了雨衣，我沿着车队一步步向前走，我经过每一辆车都喊了一声，所有的车都开着灯，所有的车都沉默着，我就这样大声地喊着，一直到了车队的尾部。我听见大地守夜人在夜空中悄然离去的声音。我站在那里，面对着广袤的黑暗，突然意识到，我再也没有爸爸了。我站在那里止住了哭声。我想也许那个刚才在我耳边说话的大地守夜人，就是我父亲？

　　我的父亲成了大地守夜人，在我十三岁那一年。从那一年起，我不再惧怕黑夜，我开始像一匹黑马一样成长，并且在黑夜大地上飞奔起来。

你敢再进那间教室吗

通过一个长镜头的视线去看那所学校，它在大多数时间里都是静谧的。因为孩子们还在上课，整个校园里几乎都看不到人，但是有声音，有各种各样的声音在空气中汇聚。

一所完全中学，一所由初中部和高中部构成的完全中学，一所由两座L型教学楼、一座实验楼、四个篮球场、两个排球场、一个大型田径场和几栋教工宿舍楼构成的学校。也许可以把这些看成一条鱼的骨头，那么鱼肉呢？是那些随着下课铃声从教室里涌出来，像喷泉散落的水珠一样活跃在校园里的学生吗？是胳膊下夹着课本、面带微笑走过孩子们中间的老师吗？是那些草坪、花坛，或者是小型喷泉在太阳光的照映下闪现的一道小型彩虹吗？

在另一间屋子里，校长在和一个女孩子说话。校长是一个五十多岁的瘦男人，那个女孩很小，看上去像个高中生，可实际上她即将成为这所中学初中部的语文老师了，她马上要去上第一堂课。她有些慌乱，校长告诉她，你不要慌，不要怕，你什么都不用怕。铃声响了，校长说，你去吧，你什么都不用怕，你很快会适应下来的，学生们都在等你呢。

一些蝴蝶在草坪上飞，一些蜻蜓在花坛上空追逐。这些她都看不见，她心想我要去上第一堂课了，我从此开始我的老师生涯了。我不用慌，我马上就要走进那间教室了。

一个十四岁的少年和一个十三岁的少年慢慢地从学校大操场边的一条没有水的水渠中探出脑袋。刚才他们是躺在这里的。他们躺在那里直到操场上一个人也没有了。这是五月的一天，空气有些燥热，但却已显露出凉爽的味道，这种味道他们已经闻到了。

他们还闻到了钞票的味道。共五张一百元的钞票，他们躺在那条两边栽种着很多挺拔的小白杨的水渠中，使劲地闻那几张钞票。钞票是崭新的，因而它有一种崭新的味道，这味道让他们迷醉。没有比钱更好的东西了，这一点他们是知道的。

他们慢慢地从干渠中爬起来，望着远处的教学楼，就是孩子们一下子消失在其中了的那幢绿色教学楼，互相对望了一眼，高个子嘴里发出了一些响声，用手比画着一些什么。他们站起来，开始向那边走，你会明白他们是两个聋哑人。

他们走了几步，忽然矮个子男孩叫了一声，他俯下头，从鞋底上拔下一枚图钉，这图钉扎透了他的鞋底，扎透了他脚底的皮肤和血肉，让他疼得尖锐地叫了一声。他们向四周望望，然后两个人弯下腰察看伤势，并且在使劲地拔去图钉。

一些刚才因为有很多学生出现而受了惊吓的毛毛虫，因为孩子们又走进了教室，开始从树叶背后出来，大口地嚼着树叶。它们发出的沙沙声像沙子在流淌一样。

这个春天的毛毛虫比任何一个春天的毛毛虫都多。在校园里有的树上，它们几乎把树叶都吃光了。然后它们就像树叶一样挂了一树，看上去十分吓人。因为在上一年的冬天，这座城市有很多人，在拿着气枪打麻雀。他们把麻雀都快打光了。他们是为了吃麻雀才这样干的，这些成年人打光了麻雀，吃光了麻雀，现在没有麻雀来吃那些毛毛虫了。

他们，那两个聋哑人俯下头去拔那枚扎进矮个子鞋底的鞋钉，他们做着手势，这手势是表示愤怒和诅咒的。他们俯下头，那枚图钉是那个高个子聋哑少年拔出来的，他把它举了起来，对准天空，借着光亮来察看它。其实在他们刚才低头的时候，他们的后腰上别着的铁锤露了出来。

那是两把小铁锤，被他们分别别在腰上，不弯腰的时候还看不见它。他们别着那两把铁锤要干啥？

远处，很远处那湛蓝的天空中，有一架喷气式飞机正徐徐地飞过，它拖出了一条长长的白线，白线凝止在那里很好看，它们一直没有消散，这一点两个聋哑少年并没有看见。

那些隐伏在杨树叶上的毛毛虫也没有看见，它们的视力只及眼前的树叶，它们像一支大军，疯狂地吃着树叶，吃出了一种非洲土人的原始摇滚节奏，嚓嚓嚓，嚓嚓嚓，嚓嚓嚓……

几只麻雀飞到一棵树上吃毛毛虫。它们吃了几只后，被毛毛虫的大军吓跑了，它们惊恐得像一串球状闪电般飞越操场边上的墙，不见了。

在教室里，她站在讲台前，看着台下几十双眼睛在盯着她。那些眼睛又黑又亮，非常密集，仿佛是鱼的眼睛，让她感到晕眩。她给他们讲第一节课。她发现他们都很沉默，他们还没有接受她吗？

"我一开始有些紧张，但后来就好了，因为他们看上去很乖，即便是回答问题，他们也不大声说话，他们很乖，我就不紧张了。他们都已经上初中一年级了，可他们都很乖，也许是因为他们对我不熟悉。校长，其实一开始我就错了。因为当我转过身，有一个女孩子就大声哭了起来。"后来她在讲述那天发生的事时这么对校长说。

她在黑板上抄写一段课文，然后听到了一个女生的哭声。那种哭声中含有恐惧、胆怯和愤怒的意味，她想莫非我错了？也许他们并不乖？她转身，看见了那个哭出声来的女孩。她有两个像红富士一样红的脸蛋，她在大声地号哭着。她走近她，立即明白了她哭叫的原因。在她的桌上，爬着一只毛毛虫。它正爬在她的课本上。这是一件小事情，她想，于是她壮着胆子，把那只毛毛虫用手指抬起来，然后扔到窗外了。"不要怕，"她对她说，"我已经把它扔到窗外了。"

"那个女孩不时告诉我，是另一个男孩把它放进她的文具盒的。我问了那个胖胖的男孩，他承认了。我说，你下课后到我的办公室来一趟。就在这个时候，我透过窗户看见了那两个人，他们比我班上的学生略大，一高一矮，正在向我们的教室走过来，走得不紧不慢，像是两个闲散的少年。这时候我的课已上了一半了。除了那只毛毛虫，整个教学过程十分顺利。"她后来对校长陈述说。

"那些树上的毛毛虫，你要尽快与园林局联系，叫他们派一辆农药车来喷一些药，"校长对后勤主任说，"它们太多了，都快把校园里的树叶全吃光了。而且，最关键的是它们经常掉进学生的脖子里，把学生们给吓坏了。而且，还发生了三十多起男生用毛毛虫吓女生的事。三十多个女生都告了状，必须尽快给校园里的树喷上药，否则，树叶要全让毛毛虫吃光了。"

"喂喂……园林局吗？我是地区二中，我们校园里发生了虫灾，所有的树……你们知道这件事？全城的树都被虫吃光了树叶？什么？叫不到农药车？在校园里放飞麻雀？喂喂……校长，刚才园林局的人说他们紧急从另一个县弄来了一万只麻雀，就要在全城四处放了。"

两个聋哑少年还在向那幢教学楼走。突然，那个矮个子聋哑少年面容变得十分紧张。因为他看见了一个可怕的场景，有无数只灰黑色的飞行物在城南一片空地上飞起来，像渐渐变大的黑色雨点一样向他们这个方向冲来。很快，那些雨点就到了他们身边，在他们的头上掠过，它们上下翻飞，一下子就扑进了树林，它们是成百上千只麻雀，被园林局放飞以后，开始吃树上的毛虫了。

"关键在于要标本兼治，"市长在接受电视台的采访时说，"要放养麻雀，我们从郊县买来的一万只麻雀花了几十万元，而过去我们市是到处都有麻雀的。市人大将通过一项法规，禁止再捕猎麻雀，否则将处以重额罚款，并没收枪支。而且我们马上开展一次回收气枪行动，麻雀是个宝，我们市少不了。过去麻雀是四害之一，那种观念是错误的，没有麻雀，我们的树就要遭殃了。喷洒农药只治标不治本，放养麻雀才能让生物圈变得平衡，才能达到治本的效果。"

那一群麻雀纷飞的景象让两个聋哑少年痴迷地看了好久，他们有好久没有见过这么多的麻雀了。他们站在那里，表情多少有些怪异，然后，他们都流出了惊喜的眼泪。他们为什么看见那么多麻雀而流出惊喜的眼泪呢？

"他们向我的教室走过来，有些心不在焉。因为那只毛毛虫，一开始有的紧张劲头又来了。我还从来没有抓过毛毛虫，可为了在学生面前表现得不胆怯，我生平第一次把毛毛虫用手指抬起来，然后我把它扔出了教室。我战胜了我自己。那一刻我是非常兴奋的。我当老师第一天，就敢抓毛毛虫了。但当那两个少年向我们的教室走过来的时候，我就有一种不祥的预感。"她对校长说。

当她那天抬头看见那两个少年向教室方向走来的时候，有些迷茫，觉得他们一定与她有关，但她并不认识他们，也从来没有见过，今后也再也见不到他们了。事实也证明了这一点，她抬头看了他们一眼，然后又转身在黑板上写字了。这个时候，她的学生们惊叫了起来。

"我一转身，发现有成百上千只麻雀，蜂拥而至，一下子都往我的教室里冲。它们上下翻飞，啁啾鸣叫，扑啦啦地在我的教室里乱飞，有成百上千只麻雀冲进我的教室。为什么会有这么多麻雀冲进我的教室呢？我一直弄不明白。教室里一下子乱了，很多学生都惊呆了，他们尖叫着，但却没有一个离开教室的，他们都趴在了桌子上。麻雀们都贴着屋顶在飞，它们旋转、飞动，形成了一个顺时针的大转盘在教室顶上旋飞。这个景象是十分奇异的。我站在讲台上，当时真的是呆住了。麻雀们大约在教室里飞了足足有三分钟，然后它们又像一股烟一样飞出教室，消失在天空中了。"

教室里出现了片刻的宁静，她和学生们都处在一种惊愕之中。这一事件突如其来，仿佛一只手一下子深入到一个噩梦中一样，大家都有些恍惚。空气中有粉尘和鸟雀羽毛的味道，在半空中，作为佐证，有几片羽毛正在向下缓缓降落。没有人伸手去接它。这时候，两个聋哑少年，一个穿蓝衣服，一个穿黑衣服，他们走进了教室。

"我问他们，你们要找谁？他们似乎没有听见我的问话，而是直接向教室里走。当时我要是拦住他们就好了。他们似乎什么也听不见，一进门就向里走。全班的学生还没有从刚才麻雀冲进教室的惊愕中醒来，怔怔地看着他们走了进来，然后，他们走到了范小江的课桌边，于是就……"她哭着对校长说。

矮个子聋哑少年迅速地从口袋中掏出一圈白绳子，一下子就套在了学习委员范小江的脖子上，将他向后用力一拉，范小江把头仰了起来，他喘不出气。高个子聋哑少年从后腰上取出了一把铁锤，在范小江的头上开始砸了起来。一共砸了十几下，砸得很狠很快，大家都看见范小江的血和脑浆流出来了。教室中一下子大乱了，女生们尖叫着向外跑，男生有大胆的，举起椅子向那两个聋哑人砸了过去。

"我愣了一下，因为他们的动作太快了，我都来不及反应，但我还是扑了过去，我去夺他们手中的铁锤。我一把扯掉了高个子手中拿着的一把铁锤，但这时矮个子从后腰上也拔出了一把铁锤，敲在了我的脑袋上，我也晕了过去。后面我什么也不知道了。"她对校长说。

警察很快就抓住了两个聋哑少年。很快查清楚他们是附近聋哑学校的学生。他们被雇用杀范小江，佣金是五百元人民币，就是他们躺在学校水渠里闻过味道的那几张钞票。雇用两个聋哑少年杀死范小江的是范小江的同班同学、文体委员罗脉。他们都才十二岁。范小江因为做作业和罗脉吵过几次架，罗脉怀恨在心，就想把他杀了，雇人把范小江杀了。

"少年暴力在我们这个社会越来越多了。就在不久前，北京有两个十岁的男孩，把一个七岁的孩子推到一个土坑里活埋了。就因为这个男孩用脚踢了他们的足球，"电视台《焦点话题》节目主持人熊萍在电视上说，"×省×市的这起少年雇用杀人案，也是少年暴力的一次新的表现，现在，两个聋哑人和雇用他们杀人的人都已被收审，等待这些未成年人的仍将是法律的严惩。但是，为什么在今天，少年暴力反而越来越多，这是需要全社会关心的问题，这不仅要依靠我们的家长和老师，还要依靠全社会的力量，因为一个健康良好的社会治安环境和良好的道德风尚教育才是根本。我们真的希望这类事件再也不会在中国的大地上发生。感谢收看《焦点话题》，再见！"

"校长，请您给我调一个岗位吧。我再也不敢进那间教室了。在我担任人民教师的第一天，我就目睹了学生被杀，我难过啊！一进那间教室，我就历历在目地想起了那天发生的情景，我伤心、害怕、恐惧，这些天来我一直都在失眠。我再也不敢进那间教室了，校长，你给我换一间教室吧！"她对校长说。

"经过了园林局洒农药和从邻县调剂购买的麻雀，我市已很快消灭了虫灾，"市长在电视中说，"从而我市的生态平衡又将得到恢复。当然，害虫没有了也不行，没有毛毛虫有些树是长不好的。而没有了麻雀，害虫也会太多。可麻雀多了也是坏事，它们要吃掉很多庄稼。关键是如何让每一个环节都流通起来，不出问题，树、害虫、麻雀几个方面都协调共存，是个环境保护的大问题，结合这次消灭毛毛虫的行动，我们市也将为迎接建国四十周年进行社会治安综合治理，以崭新的面貌迎接国庆的到来……"

塔

　　每当阴雨连绵，整座城市的景物都迷蒙不清的时候，画家翟总是会悄无声息地打开他的窗子，他就会看见那座塔，那座灰黑的七层高塔默然独立在雨幕之中，显得卓然不群和富有诗意。对于画家翟，这座塔的存在是他不断进行往昔回忆的唯一参照系，他所富有激情的生活片段都是与它有关的。在平常的日子里，画家翟的房门紧闭，窗帘拉起，他不理会屋外的任何景物，而只是沉浸在艺术想象和构思之中，间或喝一杯热茶或者咖啡。阳光明亮，有时候风会把他的窗帘吹得飘扬而起，这个时候，在思维出现空白之际，他会漫无目的地向窗外瞭上一眼，他会发现，原先有塔的地方现在一片空茫，什么也不存在，正待他刚要仔细地证实自己这一印象的时候，那掀起的窗帘旋即又落下，重新阻隔了他和世界。

　　更多的往事和颜料一起在画布上堆积，这使得翟想起了他刚刚开始学习油画的日子，那个时候他已是某重点理工大学机械制造专业的二年级学生了。在他们那座风景秀丽的校园里的一棵女贞树下，他和女友西蜜百无聊赖地没完没了地接吻，这个时候，他突然推开西蜜两眼发直，因为他看见有一只轻型白鸥，穿越从树叶间稀疏地漏下来的阳光，不动声色地重又隐入天空。这飞鸟穿越阳光的一刹那给他带来的激动无与伦比，几乎等于是当头一棒，他猛然觉得，世界上任何美丽的事物都是转瞬即逝的，而要想留住它们，永远而持久地留住它们，只有通过画笔。在目睹飞鸟穿越阳光的那个下午，他想到这些的时候两眼发亮。"他妈的，我要画画，"他对自己说，"我要改换门庭了。"

西蜜那蜜一样的目光正看着他，她有些不解地问："我的疯子，你说你要干什么？"他不耐烦地做了个手势，什么也没再说。

不久以后他就悄然地退学了。理工大学对这个怀着对艺术的宗教情绪的学生的选择表示不理解。又过了些日子，他就突然出现在了中国某艺术学院著名的朱教授的课堂上。朱教授对这个有些偏执狂的年轻人颇为赞赏："要的就是这个劲儿，搞艺术必须得有献身精神，当你觉得还没到为了艺术而能舍弃一切的时候，最好干别的去。"朱教授油亮的秃头熠熠生辉，嘴巴像反刍类草食动物那样在一片石膏像的暗影里嚅动着。

接下来的记忆随着一股纯蓝的颜料在记忆中一起流淌。一片活泼的水流穿越了回忆地带，一阵女孩子银铃般的笑声像河底的卵石一样清晰。在迷蒙的印象中，他牵着一个女孩子的手，那时候他只有十五岁，而那个女孩子比他大一岁。他们两家住在同一栋阁楼里。在一条河边的一片青嫩的草地上，在十分老练的女孩子的引导下，他们接吻了，阳光像蜂鸣一样顷刻结满了他们的全身。

"你的嘴里有一股颜料味儿。"女孩子放开他之后说，"真难闻，你到底吃了什么？"女孩子以比他老练和成熟的姿态，从高处审视和威逼着他。他刚刚进入发育期的胸部的硬块隐隐作痛，脖颈上刚成形的喉结上下滑动。"我什么也没吃。"他急得几乎哭了起来。

"没吃就算了。我们开始吧。"女孩子以蓄谋已久的老练腔调说。在那片阳光滚动的草地上，他的手像一条冻僵了的蛇，在她引导和鼓励下触摸着他原来想象中的她身上的一些部位，一些热浪在他和她体内掀起，他感到头晕耳鸣，女孩子高声呻吟着，像一条快死的鱼大口呼吸着，他的手畏畏缩缩地摸黑前进。女孩子仰躺在草地上的样子在他看来像是一只傻白鲢，但他不敢把这样的印象说出来。两个人都喘着气，忽然，他好像感觉到身上被什么东西击中了。"有人！"他喊道。两个人连忙翻身坐起来，向四周探望。周围是一片树林，远处还有一面湖泊，十分岑寂，四下里没有一个人。然而他们旋即都听到了密集的声音从天而降，他们这才发现，原来下雨了。

女孩子整理好裙子，沮丧地说："倒霉！快走，我们回去吧。"女孩子没有注意到他的窘迫和尴尬，拉着他快速地在雨粒的方阵冲击下跑起来。雨水打湿了他的头发和衣服，他们飞快地向家所在的街镇跑去。突然地，在一棵大树下他站住了，仰头看着前方，脸色迷蒙而又困顿。"你怎么啦？"女孩子责备着他。

"塔。那里有座塔。"他说。女孩子望去，看见灰暗的天空背景映衬下，巨大的黑色古塔高耸入天空，七层塔楼悬挂的风铃交相辉映，在风雨中响成一片。"塔，塔。"他喃喃自语，他猛然觉得那塔的形状很像自己的生殖器……

　　河流带走了船，船又带走了人们。在他生存过的空间里，到处都充满了海藻般泡沫的气息。他走过的脚印里也注满了雨水和岁月的灰烬。在那些凌乱的石膏像的影子里，在校园内梅花樱花交相辉映和凋落的季节更替中，翟出色地成长着，并以画家高更自居。艺术学院的女孩子们为这个外号"高更"的被教授们称为鬼才的家伙所倾倒，趋之若鹜。在他住处那张床上，淤满了几年来堆积的深红色的呻吟与快乐。不久之后，随着一次次国内外画展和比赛获奖，他声名鹊起。但在毕业之后，他就神秘地消失了，谁也不知道他去了哪里。他在一年后写给朱教授的信中说，凡是有塔的地方就可能找到他。

　　现在，他成了一个纯粹隐居的职业画家。他的作品堆积如山，但从不出售。在这座陌生的城市里，他找到了一间可以每天面对塔的房间，就是开头提到的这一间。只有面对高塔，他感觉自己才能灵感如泉涌。他与这座栖居的城市之间并不存在信任感，而是双方达成了一种默契，谁也不干扰谁的秩序和利益。

　　然而有一天，那座七层高塔在连续一个月的机器轰鸣伴奏下，被改建成了一座水塔。也就是说，塔的头顶之上被戴上了一个大帽子。其实，在翟不断地进行构思和创作的过程中，他已经弄不清这是他的一个幻象还是真实地发生过的。现在，他所有的作品都是关于塔的，各种各样从古到今，从东方到西方，所有的塔画构成了一个塔的世界。在他屋子的四周和墙壁上，到处都晾着有关塔的油画，由局部放大、横切、侧写、俯瞰、内视、透视、变形、夸张、立体、超现实（塔上长满了耳朵和手臂）风格、象征主义等等诸种手法构成。可以说，塔已经无所不在地充满了画家翟生活中的每一个细节和角落。他也总是不停地迁徙，从一个有塔的地方迁到另一处，他已经记不清自己在中国大地上究竟有多少次这样神秘而又内心炽热地面对塔了。现在，他终于有了一种停泊感。

在浸入回忆的水彩里之后，他触摸到了黑色的水流。有一天早上，警方从那座戴有一个尖顶小帽的水塔中的水箱中发现了一具女尸。她已经泡在那里好几个月了，四周的居民们为多日以来喝着变味的水而牢骚满腹，这才使得卫生检测员和警察闻风而至，结果就发现了她。在随后的日子里，灰暗的雨季来临，遮蔽与冲淡了这个凶杀案。他隐约记得，警方证实了死者是中国某画院的学生南妮，她大学三年级与同班同学梁红一同出走，至今下落不明，她们俩同是朱教授的得意门生。现在，南妮的尸体找到了，可梁红仍无下落。

翟在听说了这个情况之后，悄然地焚烧了一幅非常优美凄清的塔画。望着火舌一点点地吞食了蜷缩的画布，他的内心忧伤而又凄凉，这个时候，他已经四十岁了。

他忘不了一个异常晴朗的下午，那一天他忽然像焦躁的狼一样在屋子里走来走去。画架上有一个戴了帽子的塔赫然醒目，与四周墙上的、在地上的所有的塔画都颇不协调，这个时候，门被轻灵地敲响了。

他极不情愿地打开了门。因为他的门极少在下午被人，尤其是被肯定是陌生的人敲响。他拉开了门，一股青草的气息扑面而来。在他面前，站着两个年轻得吓人的姑娘。一瞬间他猛然发现自己已经老了。在多年的与塔的对话与不断地迁徙中，他和塔一样浑身青苔弥漫，锈迹斑斑。"您是中国美术学院的××届毕业生翟吗？"其中一个白鸟一样的女孩用鸟鸣一样的声音问他，他点头说是的。两个姑娘欢呼了。"我们是你的崇拜者，我叫南妮，她叫梁红。"

所有的迹象显示，河流不只是带走了自己和人们，河流还带走了闪电和雷鸣，带走了四个季节更替的最后消息。当他和两个姑娘在画室坐定之后，他得知这两个来自母校的姑娘找了他整整半年。这一年里，她们像两枚耀眼饱满的橘子，在人海之中漂浮，在岁月之中隐现。她们看了他在多年以前写给朱教授的信，并牢记了"在有塔的地方，就可能找到我"这句话，找遍了大地上塔存在之处的四周，渐渐地画出了他的行动轨迹。她们同时以明亮的富有激情的嗓音告诉他，她们崇拜他并且一同爱上了他。在学校里，多年以来，朱教授每每在授课时提及他，总是眼眶湿润，说他是一个真正的天才，而且还具有天才的性格。"为了艺术而隐居了近二十年，让我这个快死的老师都不得再见一面。"——朱教授八十高龄，老泪纵横地说。

南妮和梁红的到来给他造成了一种恐惧。他简直不敢想象，多年来他隐秘的行踪被两个年轻得像嫩草一样的姑娘发现。在她们像百灵鸟一样在他的屋子里叽叽喳喳的时候，他沉吟不语。那个下午很快地就在两个姑娘不断地被他的塔画所引起的震惊中过去了，她们说见到了本世纪最伟大的作品。她们的热气和腥气使他想起了多年以前在那片草地上与女友的探索和第二次面对塔的冲动与激情，他的嘴里开始弥漫起一股子颜料味儿。这一天晚上，他极富热情地在床上与她们发生了十分热烈的关系，在那张积满了颜料味儿的床上，他们三个人的高叫与呻吟像大海的波涛一样喧闹和激动。

在季节的帷幕不断下落，又不断地升起的时候，画家翟嗅着岁月潮湿的气味儿，一脸沧桑。在更早的时候，透明的鸟从幼小的他的头顶上空飞过，他像一只敏捷的小鹿一样在殷红的原野上奔驰，白云跟着他飞跑，他快活得无法言说。

似乎是同样的一个下午，阳光明媚，蚂蚱像子弹一样在草地上溅射，他进了那座古塔，塔里到处密布着蛛网，散发着潮湿的河马气息，他沿着旋转楼梯向上跑去，跑到了第五层，他把带来的风筝从窗口放了出去。风筝在空中招展着不断升高，幼小的他欣欣鼓舞，透过那一窗明亮的天空，他在塔里把风筝越放越高。

就在他不经意地转过身向后瞧了一眼的时候，一声失常的惊叫使他瘫软了。他分明看见那里有一个女人，高悬在塔梁之上，舌头外伸，眼睛上翻，十分可怖。许多人都在那个下午看见了一只断线的风筝从古塔外向远方飘去，它越飞越高，越飞越远，直至隐入了远处的大海上空。没有谁知道幼小的他是如何第一次面对死亡的惊惧的，从那以后他只要一看到塔就小便失禁，一直到十五岁那个亮丽的夏天与那个姑娘一同在雨中狂奔时，猝然地面对了一座古塔才好了。

　　现在，母校的气息日复一日地从南妮和梁红那充满青草和泡沫气味的躯体和言语中散发出来，令他的脑海中交替地映现青年时代画院的轻灵生活。渐渐地，他明显地察觉出南妮和梁红之间的敌意来。这种敌意是女人为了争夺一个男人时的嫉恨，然而它又隐藏在表面的含情脉脉之下。可怕的女人，画家翟想。他面前的画架上一直放着那幅戴了帽子的塔画，他已记不清有多长时间他都没法去画幅新的作品了。戴了帽子的塔像一块心病使他头疼，他弄不清他的内心世界究竟怎么了。
　　一天，他和南妮一同出去，对梁红说："我们去看看那座古塔，该死的城市人把它改装成水塔了。"南妮却已因为拥有和翟单独出行的机会而兴高采烈，认为天才画家一定会偏爱她的，梁红则在他们走了之后长久地哭泣着。她哭完了，心怀仇恨地把翟留在画架上那幅戴了帽子的塔的周身添上了火焰，使它在画布上成为燃烧的背景。

天已经漆黑的时候，翟一个人回来了。梁红奇怪地问：
"南妮呢？"翟脸上不动声色，他拍了拍身上的尘土和蛛网：
"她走了，我把她撵走了。因为我是爱你的。"

梁红高兴得跳了起来，她欢呼着，把年轻的嘴唇潮湿地贴
满了翟的脸。那个夜晚，她使尽浑身解数，叫饱经沧桑的翟彻底
释放了激情，直到他成了一条瘫痪的狗，交会而过的闪电和雷鸣
为他们伴奏，一些蓝色的光不停地在空中炸响，照亮了他们在床
上扭曲和激动的发着绿光的躯体。

第二天上午，懒惰的他起了床，发现自己脸色铁青。他为
自己一夜的放纵而羞愧不已，当他的目光触及他画架上的时候，
他看见了那幅戴着帽子的塔已被添上了火焰，他的眼前腾起了很
久以前的阵阵浓烟和火焰。他从回忆中把自己拉回到现实里，立
刻勃然大怒，吼叫着把梁红从床上拉起来。当证实了是她所为之
后，他毫不犹豫地把门打开，把梁红赶了出去。接着，他疯狂地
把她的东西扔了出去，叫她滚蛋。只有一张报纸在半空飘了半
天，又溜回了他的屋子。房门被重重地关上了之后，他大口地喘
着气，听着屋外梁红一阵阵冷笑着下了楼梯。

他随手将那张纸片从地下捡了起来，这是一张报纸，他满
怀心事地随便阅览着。突然，他读到了一段文字，说警方一直在
追寻一个罪犯，一年以来，这个罪犯共烧毁了五十八座古塔，给
国家造成了重大损失，他心头的乌云一团团地升了起来。是谁干
的呢？他想。从报上得知，烧毁古塔的路线与他的路线是一致

的。报上还预测了几个地点的古塔也许会成为罪犯的下一个目标，其中也包括了这里。

他浑身冒起了一层冷汗。是谁呢？除了南妮和梁红，一定还有一个人在神秘地跟踪我，而且他总是要烧掉我画的塔，这太可怕了，他想。

现在，他的眼前又重新燃烧起了幽蓝的火焰。那还是在二十二年前的一个晚上，在那座古塔里，他和比他大一岁的她从黑暗之中像鱼一样逃到了那里。在古塔里，女孩子脸色苍白，失去了血色，一点儿也不见其原先的镇定自若了。她奔跑着的笨拙的身躯可以看出她怀孕了。在他们的身后，黑夜像海一样漫无边际。一些鸟在黑暗里追逐着他们，他们像仓皇的小狗逃到了塔里。

他们大逆不道的恋情终于败露了。一直懵懵懂懂的他无计可施，他根本就搞不清楚，为什么女孩子的肚子会一天天地大起来。在那个夜晚他哭了，他感到自己走投无路，四顾茫然，比孤立荒原的羊羔还可怜。"怎么办？"他一脸眼泪，问女孩，"他们要抓住我们会打死我们的。"女孩子沉吟了片刻，星光之下，可以看见她的脸苍白而又美丽。她忽然冷笑了："死。我们一块儿死！你敢不敢？"

她像一头浑身燃烧着蓝色火焰的母豹子，两眼发蓝，叫他不寒而栗。她挪动身子，从一个墙洞中掏出了一塑料桶汽油："这是我早就准备好的，咱们最终还是有了这一天。一块儿死吧。"女孩子把桶盖打开，不顾他哭泣，将汽油浇在了地上和墙上，浇在了两个人的身上。汽油浸入泥土和衣服的时候发出了滋滋的声响，他把头埋进草丛，脸上的毛孔被草丛扎得难受。"一块儿死吧。"她坐回到他身边，把他的脸捧起来，他这时看见了一张坚毅而又冰冷的脸。之后，她把上衣的扣子解开，他的嘴唇像幼兽一样寻找到了她的乳房。在带有疼痛的愉悦中，她腾出手来，偏头听着塔外越来越近的人声，悄悄地划着了火柴，一边安详地拍着在她胸部蠕动的他，并抚摸他的下体，心中的激情澎湃。

火舌很快地吞噬了他和她，还有整座古塔。在她大声尖叫的时候，他看清了周围全是火焰，他异乎寻常地镇定了来，最终猛地推开了她，像轻捷的燕子一样跑上了塔的第二层，从塔的窗户纵身跳下。那天晚上，有人看见一团火球从塔的第三层窗口飞跃而出，很快地，他扑灭了身上的火，在一片黑暗的柳林里，满腹心事一脸沧桑地看着那座燃烧的塔，他悄无声息地融入了黑暗。

现在，自从赶走了梁红，他心事重重、步履凌乱地来到窗前，破例地打开了那扇他很少打开的窗子。他看见有两个便衣正在巷口悄悄地观察着这里。几个月来，自从南妮的尸体被发现以后，他就被警方严密监视了。他现在心乱如麻，流水般的往事淹没了他。这天晚上，他整理好近二十年来自己所有的关于塔的作品，把它们都运进了塔内。他干这个用了整整一个晚上。

第二天一大早，他在这座戴了帽的塔里点燃了火。火焰淹没了他，也淹没他的全部作品。很多人都看见了火焰在那天早晨，从这座七层古塔的每一层窗口夺框而出。

与此同时，在离燃烧着的古塔不远的地方，有一个年轻的男子正支着画架，在他眼前的画布上，一幅古塔燃烧图赫然出现。他的嘴角流露出快意的冷笑。在人们慌乱地忙于救火的时候，他把画好的作品放进了一个手提箱，悄然地拐过一个街角，不见了。

据报道，6月21日，中国著名画家朱××教授因患心肌梗死猝死在画室里，享年八十一岁。他一生为祖国培养了大批画家和艺术工作者，他的逝世是我国艺术界一个重大损失。

小道消息：朱教授之死是因为在那天下午，他收到了五十九幅燃烧着的塔画。他在拆看包裹后的一分钟后就倒地身亡。他的最得意的四个学生，翟、南妮、梁红与董飞，分别在十八年前、两年前、一年前神秘失踪。有消息说，翟在一次火灾中神秘死亡，南妮被害死，尸体在一座水塔中找到，而梁红和董飞，则迄今没有下落。

据报道，一年多来多次作案，焚烧我国古塔达五十九座的翟×，因杀害南妮的罪行败露，于6月12日在本城西南角的古塔里自焚身亡。翟×同时还烧毁了大量罪证和他的一些绘画作品。他曾毕业于美术学院。